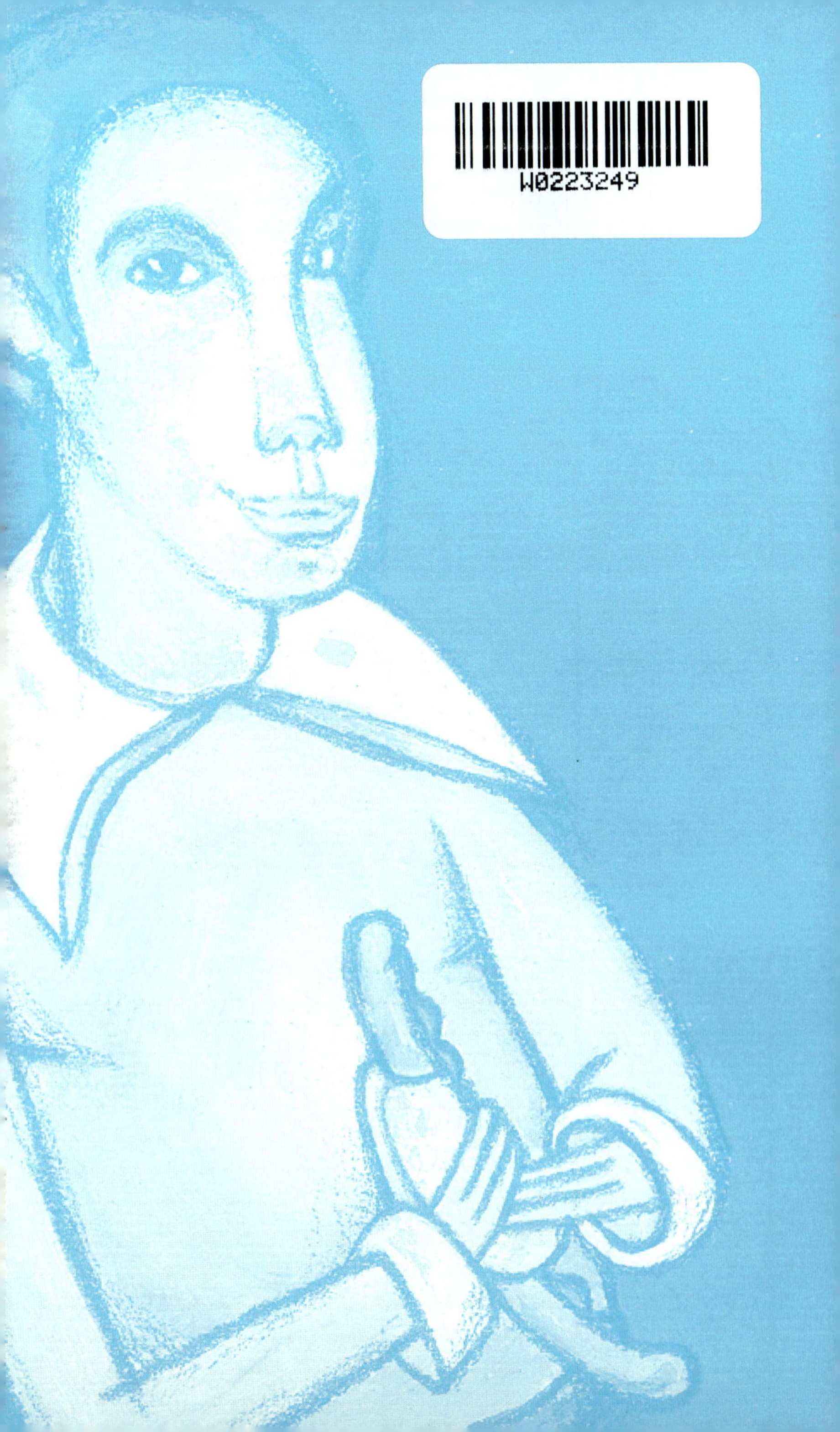

Lieb mich morgen

Ingvar Ambjörnsen

Lieb mich morgen

Roman

Aus dem Norwegischen von
Gabriele Haefs

Fretz & Wasmuth

Die Originalausgabe erschien 1999 unter dem Titel
«Elsk meg i morgen» bei J. W. Cappelens Forlag a·s.

Erste Auflage März 2000

I

Ich fand keinen Schlaf. Konnte nicht mehr schlafen. Ich starrte jede Nacht die Wand an und dachte dabei: Wer sind die anderen? Warum täuschen sie vor, sich in diesem Rätsel zurechtzufinden? Die Selbstverständlichkeit, die sie ausstrahlen, wenn sie sich Schuppen vom Kragen bürsten, sich Feuer geben oder ganz einfach beschließen, eine Pflaume zu essen, hat etwas Krankhaftes.

So einfach ist das nämlich nicht. Davon bin ich überzeugt. Es muss noch mehr dahinter sein. Auf irgendeine Weise muss sich in unseren Taten und Erlebnissen ein Muster verstecken. Nicht notwendigerweise ein Muster, das einen Sinn ergibt, aber etwas, das ganz und gar wirklich ist. Und nicht wegzudiskutieren.

Das waren so meine Gedanken. Die Uhr schlug vier und dann fünf, und manchmal stand ich auf und schaute in den engen Hinterhof hinunter, wo das blaue Licht auf die heruntergekommenen Fassaden traf. Ab und zu hatte ich das Gefühl, dass die ganze Welt schlief. Dass ich als Einziger wach war. Dass ich durch mein Bewusstsein alles zusammenhielt. Und nicht nur die Menschen, die unter ihren Decken lagen oder durch die Straßen liefen, die sich liebten oder sich schlugen, sondern die Welt an sich, dieses ganze gewaltige Mineralreich mit Bergketten und endlosen Ozeanen, die seltsame Welt der Pflanzen mit Staubbeuteln, Stängeln und Blattwerk. Und die Tiere dieser Erde! Auch sie ruhten im Schutze meines Bewusstseins, sie wurden schlichtweg in meinen wachen Blick hineingeboren. Kühe und Schneeleoparden, Koalabären, Giraffen und Wespen.

Es war eine ungeheure Verantwortung.

Ab und zu verlor ich im Laufe des Vormittags das Bewusstsein, und alles ging zu Grunde.

Doch. Wir gebären die Welt. Wieder und wieder gebären wir die Welt. Auf jeden Fall gebäre ich meine Welt – die anderen sollen machen, was sie wollen. Ich auferstehe aus dem traumlosen Tod des Tages oder der Nacht und gebäre mich selbst. Elling, sage ich mir, mit der Kraft des wunderbaren Gedankens, zieh die Hand unter die Decke, es ist so kalt im Zimmer. Und so geschieht es! Die Armmuskeln gehorchen dem Gehirnimpuls, und die Hand wird ins Warme gezogen. Hier ist ein Bett. Eine Wand, nein, vier. Eine Tür führt in neue Zimmer, weiter auf die Straße, in die Stadt, in die Welt. Und dort auf dem Boden steht wahrlich ein ruinierter Wecker und macht sich über die Zeit lustig. Dort steht er, so weiß und so schwarz und zeigt auf sechs vor halb fünf. In irgendeiner Nacht, als mein Blut gegen die Fensterscheiben peitschte, habe ich mit einem zielgerichteten Schlag das Tick und Tack der Zeit zum Stillstand gebracht. Um Punkt sechs vor halb fünf.

Es war eine dieser endlosen Nächte. Ich lag in der Dunkelheit und hatte mich in Gedankenbahnen verirrt, aus denen ich keinen Ausweg fand. Ich dachte an alles, was *gleichzeitig* geschah. Mein Herz schlug sicher und regelmäßig, und ich stellte mir vor, wie das Blut durch das Adernnetz des Körpers gepumpt wurde. Aus den Zehenspitzen bis nach ganz oben, in die dünne Fleischschicht unter den Haarwurzeln. Ich stellte mir vor, wie die Wurst «mit allem» (wie es an der Imbissbude heißt), die ich am Vortag verspeist hatte, in den Geheimgängen des Gedärms geknetet und zu einer übel riechenden Masse zersetzt wurde, wie zahnlose Bakterienstämme das rote Fleisch und das weiße Brot, den Krabbensalat, den Senf und das Ketchup angriffen, wie sie die Nährstoffe herauszogen und mir noch einmal das Leben schenkten, unterstützt vom Saugen der Darmzotten. Und ich stellte mir die unaufhaltsame Aktivität meines eigenen Gehirns vor. Unter meiner krummen Stirn, in diesem äußerst verletzlichen Schädel, lag der Ballsaal eines irren Königs, bevölkert von ... O Herrgott! Ich sah irgendwo in Tansania eine Termite über ein Blatt kriechen, während die Morgensonne über dem Hügelkamm explodierte, sah sie zögern, um dann mit vibrierenden Fühlern stehen zu bleiben, während die Sonnenstrahlen Diamanten in den Tau der Nacht pflanzten. Gleichzeitig tritt die kleine Mary Key auf die Vortreppe ihres Hauses in einem Bostoner Vorort. Sie steht im Regen und rülpst; ihr linkes Ohr brennt noch immer, weil ihr Bruder sie mit seinem Saxophon-Koffer geschlagen hat. Sie denkt an die im letzten Winter verstorbene Großmutter und an ein großes Stück Graubrot mit Blaubeermarmelade. Ein Auto fährt durch die stille Wohnstraße, und hinter der Hecke lacht eine Frau resigniert; es ist Ellen Carver, die Frau des Maklers, sie lacht, während in meinem Inneren langsam die Wurst zu Grunde geht. Ich atme aus, und ehe ich wieder einatmen kann, haben sich hundert Millionen Ereignisse in das seltsame Buch der Zeit eingeschrieben. Milton Hamilton bricht sich einen Zahn ab, als er Jogurt isst und das Layout einer Broschüre über Gartenarbeit für Behinderte entwirft. In einem Hotelzimmer in Bangkok dringt Jens Wilhelm Kruger in den dritten Enddarm an diesem Tag ein und leert sich augenblicklich mit einem Schnaufen. Gleichzeitig: Eine Türkentaube legt in einem Wäldchen auf dem Balkan ein Ei und registriert emotionslos, wie im Gestrüpp unter ihr ein Säugling stirbt, während die Mutter des Kindes Gott verflucht. Bei der Morgenbesprechung der Oldenburgischen Volkszeitung wird Ursula Kleinkram beauftragt, über den Prozess gegen den notorischen Autodieb Christof Halle, unter zweifelhaften Freunden auch Hal genannt, zu berichten. Auf Grönland kalbt ein Gletscher, ungesehen von Menschenaugen. In Kopenhagen, auf dem Kongens Nytorv, pisst Asle Bredesen auf ein Stück Pizza, das der Schwede Gunder Larsson vier Stunden früher aus Wut über das fehlende Verständnis seiner Frau für rassistischen Humor und alkoholische Getränke weggeworfen hat. Jetzt liegt er quer über dem Hotelbett und schläft mit offenem Mund, während sie am Fenster steht und den Postboten unten auf der Straße betrachtet und sich dabei vorstellt, wie sie drei große Neger auf einmal bedient. Gleichzeitig schnippt Yoka Yamamoti ein Katzenhaar vom rechten Ärmel seines italienischen Sakkos. Tausende von Frauen gebären, sehen zwischen ihren Beinen den behaarten Kopf eines Jungen oder eines Mädchens hervorwachsen wie einen gesegneten oder bisweilen auch verhassten Pilz. Einige Millionen sitzen in jedem Moment auf dem Klo, in einer lärmenden Gemeinschaft aus Erleichterung und Schmerz. Eine Eisbärin stillt ihr Junges. In Kristiansand sagt Bernt Karlsen zu seinem etwas älteren Bruder Hans: «Hab ich's nicht gleich gesagt?» Und überall auf dem Globus weht Wind in allen Stärken und lässt Gras und Blätter in wunderlichen Wellenmustern tanzen, während die Menschen das alles sehen und sich ihren Teil denken.

Ich dachte: Wer sind diese vielen anderen? Wieder und wieder dachte ich das.

Ich stand auf. Es war eine von den Nächten, in denen wirklich gar nichts half. Mein Schlafanzug war schweißnass, ich musste an die blutige Haut denken, die soeben einem geschlachteten Tier abgezogen worden war. Mein Glied war halbwegs angriffsbereit, aber nur halbwegs, und wen hätte es hier überhaupt angreifen sollen? Nur das leere Schlafzimmer und das Rollo, das sich langsam im Luftzug vom Fenster bewegte. Ich fror, ich konnte die Vorstellung einer Dusche nicht ertragen, ich zog mich an und führte zu Protokoll, dass ich in letzter Zeit ein wenig herumgesaut hatte. Ein wenig. Ein herber Geruch umgab mich.

Meine Armbanduhr lag auf dem Wohnzimmertisch, ich lege sie immer dort ab, ehe ich versuche, zur Ruhe zu kommen. Der Riemen war flach gestrichen, in einer erlesenen Parallele zur Tischkante. Ich mache das, ganz ohne zu denken. Ich mache es perfekt. Meine Uhr zeigte siebzehn vor halb vier. Hinter beim Ofen lagen die Katzen und umarmten sich gegenseitig mit ihren Pfoten. Elmer betrachtete mich mit halbem Auge. Pfeffer schlief mit offenem Mund, er erinnerte mich ein wenig an diesen erbärmlichen Schweden im Kopenhagener Hotelzimmer. Ich kann Schweden nicht leiden. Ich finde Schweden feige. Ich finde, sie hätten während des Krieges die Ärmel hochkrempeln und zusammen mit Norwegern und Dänen zupacken sollen, statt sich in ihrer so genannten Neutralität zu suhlen und Strömling oder sonst irgendeinen Fisch zu fressen.

Der Hinterhof war öde und verlassen. Hinten bei den Mülltonnen lag ein blauer Ball. Lautlos fiel der Regen. Ich dachte an alle, die jetzt nicht mehr lebten und die jeden Tag über diesen Hof gegangen waren. Im Schatten über dem Torweg hatten die Bauarbeiter die schwarze Eisenzahl 1891 in die graue Mauer eingegossen. Vor über hundert Jahren … Ich sah die Kinder. Erst als einen halb durchsichtigen Wirbel hinten bei dem vergessenen Ball. Der Wirbel erweiterte sich und umfasste bald den ganzen Hof, und dann traten die Bilder hervor. Kleine Jungen und kleine Mädchen in fremder, altmodischer Kleidung. Lange Kleider und Kniehosen, bloße Füße und Schnürstiefel. Schirmmützen auf kurz geschnittenen Knabenköpfen, die langen Zöpfe der Mädchen. Sie tanzten wie in Zeitlupe an mir vorbei, sie spielten mir unbekannte Spiele, sie sprangen Seil und Himmel und Hölle. Dann wurden die Fenster der Wohnhäuser geöffnet, alle auf einmal, und ich sah Erwachsene in Unterwäsche oder vollständig angezogen, die an den Küchentischen saßen oder sich aus dem Fenster beugten und lautlos etwas in den Hof hinunter riefen, ich dachte an die Ermahnungen, die Tausenden von Ermahnungen, die die grauen Mauern im Laufe eines Jahrhunderts absorbiert hatten. An alle Angst und alle Wut, die in diesen Leerraum mitten in Oslo geschleudert worden waren, mitten in die Welt, die diese Menschen gekannt hatten und von der sie ein Teil gewesen waren, als sie noch ihr Leben auf einem bevölkerten Stein mitten in der Weltnacht lebten.

Hinten bei den Mülltonnen stand ein kleiner Junge und schaute zu mir hoch. Er stand ganz still da, während die anderen Kinder um ihn herum und durch ihn durchglitten. Er war kurz geschoren wie die übrigen Jungen, trug jedoch einen seltsamen, zu großen Mantel. Als unsere Blicke sich begegneten, zerfloss dieses wache Traumbild, und der Hof lag wieder so leer und nass da wie vor einigen Sekunden. Ich fürchtete mich ein wenig, solche Visionen sollte man schließlich nicht haben. Da bin ich mir sicher. Etwas, das meine Unruhe noch verstärkte, war die Tatsache, dass die beiden Kater, die wie auf Kommando aufgesprungen waren, jetzt mich anstarrten oder etwas hinter mir, das wusste ich nicht.

Egal. Alle haben ihre Probleme. Ich habe mich jedenfalls daran gewöhnen müssen, dass ich meine habe. Ich ging ins Badezimmer und wusch mir das Gesicht mit kaltem Wasser. Dann nahm ich ein Vival aus der Dose im Medizinschrank und stellte Teewasser auf. Als ich das Radio einschaltete und die Geborgenheit verheißenden, vertrauten Stimmen des Norwegischen Rundfunks das Zimmer füllten, fügte sich fast alles wieder zum alten Bild und das noch ehe die Wirkung des Vival einsetzte.

Später ließ ich einen Pornofilm laufen und sah ihn mir an, während ich am glühend heißen Tee nippte. *Lulu's crazy cunt.*

Das ist der, in dem Lulu gleichzeitig vom Klempner und vom Postboten besucht wird.

Ich konnte mich nicht konzentrieren. Es war jetzt offenbar vier Uhr, und der Rundfunkmann erzählte mit gewichtiger Stimme irgendetwas über Ruanda oder vielleicht Bosnien oder Kurdistan, es gab ganze Leichenhaufen und jede Menge von Soldaten im Kindesalter, die plünderten und mordeten, während sie weinten und vergewaltigten, weinten und vergewaltigten. Die Krone war wieder schwächer geworden. Der Zinssatz stieg. Dann sang Wenche Myhre: «Wenn ich sechsundsechzig bin.» In einem Roman hatte ich von einer Person gelesen, die Wenche Myhre für einen inkarnierten Dämon hielt. Warum nicht, dachte ich, während ich mich über dem Spülbecken in der Küche erbrach.

Danach brauchte ich Luft. Und zwar sofort.

Der Kirkevei im Regen, um kurz nach vier, an einem Morgen im März. Unten im Zentrum pulsierte noch immer das Leben in Cafés und Bars, hier oben in Majorstua jedoch herrschte das fast vollständige Fehlen von Menschen vor. Ab und zu glitt ein Auto vorbei, ansonsten gab es nur mich und die räudigen grauen Tauben. Ich verspürte eine Leichtigkeit. Ja, eine Leichtigkeit. Die Nichtanwesenheit der anderen schien die Schwerkraft verändert zu haben. Ich hatte mich leer gekotzt und ganz hinten im Gehirn summte das kleine Vival Vertrauen erweckend vor sich hin. Auf seltsame Weise hatte es sich in mein Nervensystem einschleichen können, ehe mein Magen sich umgestülpt hatte. Nicht schlecht. Ich überquerte die Straße und erreichte den Frognerpark. Hier tropfte das Wasser von den schwarzen Bäumen, und der Himmel hing tief und war aus Milch, nein, aus Spermien, ich weiß es nicht. Es war wärmer als normal und nass, nass, ich knöpfte meinen alten Wintermantel auf und befand mich schon in einer Art erotischem Abenteuer, noch ehe ich Vigelands nackte Steinmenschen erreicht hatte, ich fand es durchaus nicht unangebracht, mein Glied hervorzunehmen und es frei baumeln zu lassen oder es in der Hand zu halten. Aber da war noch die Sache mit der Erziehung, Mutter wäre noch in ihrem Grab rot geworden angesichts dieses schändlichen Gedankens. Auf der Brücke blieb ich stehen und betrachtete Enten und Schwäne, ganz zu schweigen von den Gänsen auf der Brücke unter mir, und die ganze Zeit hatte ich den Monolith im Augenwinkel. Ob es wohl stimmte, dass die Rentner nachts hier auf Jagd gingen, oder war das eine Mär, die die Boulevardpresse unten in der Akersgate in Umlauf gebracht hatte?

Nun ja. Es konnte schon stimmen. Wenn ich mir das so richtig überlegte, dann kam ich zu dem Schluss, dass die Presse sich diese Geschichte nicht unbedingt aus den Fingern gesogen haben musste. Es bestand jedenfalls kein Grund zu der Annahme, die Rentner des Landes bestünden aus einer homogenen Gruppe herzensguter Individuen. Viele von ihnen schleppten nach einem langen Leben zweifellos allerlei Schlacken mit sich herum. Sie hatten den Krieg erlebt. Sie hatten bis zum Schritt im Schnee gestanden, mit Waffen und geheimen Nachrichten, und das oft mitten in der Nacht. Nur um mit einer Tasse Muckefuck und einem Stück Steckrübe abgespeist zu werden, wenn sie dann endlich die Hütte erreicht hatten, wo der Rest ihrer Gruppe in ein gedämpftes Gespräch miteinander und mit zwei Juden vertieft war, die so schnell wie möglich nach Schweden geschafft werden mussten. Sie wurden gefangen genommen und im Keller des Gestapo-Hauptquartiers zusammengeschlagen, sie sahen die Besten unter ihnen sterben. Andere wurden Nazis und blieben für den Rest ihres Lebens missverstanden. Sie hatten es doch bloß gut gemeint. Es war nur die Rede von kleinen Regulierungen der Verfassung, nachdem die vom Volk gewählte Regierung die Goldvorräte der Bank von Norwegen in die Hosentasche gesteckt und sich nach England abgesetzt hatte. Zusammen mit dem König. Ein solches Benehmen löst Verbitterung aus. Und danach? Danach erhielten sie alle, Verlierer wie Sieger, den Verdienstorden des Wohlfahrtsstaates in Form einer Mindestrente. Und dann schnappt man sich seinen Stock, zieht los und schlägt eine Ente tot.

Nach einem raschen Sprint fühlte ich mich zusehends wohler. Hellwach und fast ein wenig gleichgültig. Elling, sagte ich mir. Das Leben ist heilig. Vielleicht ist es nicht immer herrlich, aber heilig ist es doch. Ich lief aus dem Park und sah zu meiner Erleichterung, dass sich in den Straßen jetzt Menschen aus Fleisch und Blut manifestierten. Ich sah noch nicht viele, es war trotz allem erst kurz nach fünf, aber sie waren allesamt ausgesprochen anwesend. Da kam zum Beispiel eine Frau. Möglicherweise war sie unterwegs zu einem frühen Putzeinsatz in den Räumen von Krøger & Krøger, einer Anwaltsfirma mit leicht angeschlagenem Renommee. Aber die Frau sah bestimmt nur so aus, ich ahnte schon, dass sie die Nacht in den Lokalen einer Motorradbande verbracht hatte, und dort hatte sie sich immer wieder vögeln lassen, ja, sie hatte Serienbeischlaf mit bärtigen Männern mit liberaler Einstellung zu Amphetaminen und Geschwindigkeitsbegrenzungen gehabt. Jetzt eilte sie heimwärts nach Skillebekk, und dort würde sie unter die Bettdecke schlüpfen und sich schlafend stellen, wenn ihr Mann, der bei einer Wachgesellschaft arbeitete, gähnend von einer langen Nacht im Dienste der Gerechtigkeit zurückkehrte. Die Arme, würde er denken. Sie sieht so niedlich aus, wenn sie schläft. Mit dieser Frau möchte ich ein oder zwei Kinder haben, wenn meine Spermien von so guter Qualität sind, wie ich ja wohl annehmen darf.

Während sie den Strom von Kaulquappen, der aus ihr herausfließt, noch nicht einmal zum Stillstand gebracht hat.

Langhaariger Mann in kernigem Mantel: Leonard Treanger. Gitarrist.

Die Frau auf dem Fahrrad? Erzähl mir doch nichts!

Ich hatte die Ecke bei Peppes Pizza erreicht. Einem Lokal, das ich vor einigen Jahren frequentiert, zu dem ich jedoch inzwischen ein etwas ambivalentes Verhältnis entwickelt hatte. Ich hatte dort zu viel gesagt. Ich hatte mich bloßgestellt. Jetzt sah ich das Lokal so, wie es war, leer und abgeschlossen, mit dem schwachen Geruch von Mahlzeiten und Zigaretten des vergangenen Tages. In einer Ecke liegt ein Straßenbahnfahrschein. Unter einem Tisch eine Glasscherbe. Das Zimmer wartet.

Plötzlich ging mir auf, dass wir in den Gedanken der anderen gehen und stehen. Genauer gesagt in den Früchten der Gedanken der anderen. Abgesehen von Bäumen und Büschen, die noch nicht aus ihrem Winterschlaf erwacht waren, und der Luft, die ich atmete, war alles um mich herum von Menschenhand geschaffen. Jemand hatte gedacht: Wir überziehen die Straße mit Asphalt. Wir holen Öl vom Meeresgrund herauf. Wir vermischen dieses Öl mit zermahlenen Steinen und walzen es auf einer Kiesdecke aus. Wir brennen Ton zu genau gleich großen Ziegeln. Wir legen die Ziegel aufeinander und bauen ein Haus, in dem die Menschen Zuflucht vor den Naturkräften suchen können. Jemand anderes denkt: Wie würde sich ein schmiedeeisernes Tor wohl machen? Oder eine Straßenlaterne? *Und irgendwer hat wach gelegen und sich den Kopf über Form und Gewicht der Gullydeckel zerbrochen!*

Ein Auto hält vor der roten Ampel. Darüber haben die Menschen sich geeinigt. Wir sind die verbindliche Abmachung eingegangen, vor einer roten Ampel anzuhalten, auch wenn die Straße hinter der roten Ampel öde und leer ist. Wir haben uns unsere Zivilisation ausgedacht, und es kostet soundsoviel, die Grenze zum Chaos zu überschreiten. Gelb, gut. Aber Grün ist noch besser. Grün bedeutet los, aber nur mit fünfzig. Sechzig ist Unsicherheit. Hundert führt zum Verlust eines offiziellen Dokumentes, in dem dein

Gesicht in Plastik eingeschweißt ist. Einer Art Wiedergabe deines Äußeren zu einem bestimmten Zeitpunkt, so, wie ein Fotograf oder vielleicht ein Automat es gesehen haben. Du hast selbst unterschrieben. Jemand hat einen Stempel herbeigeträumt. In dem Dokument steht nichts darüber, wer du bist, das weißt du ja selbst kaum. Jetzt wartest du auf Grün. Du willst nach Risør, und dazu hast du sicher deine guten Gründe, wir anderen dagegen haben leider oder vielleicht glücklicherweise keine Ahnung. Wir wissen nicht, was du in Risør vorhast. Wir wollen es auch gar nicht wissen, denn es gibt so viel anderes, zu dem wir uns eine Meinung bilden, das wir erforschen müssen.

Ich überquerte die Straße. Gepp.

Dachte an eine Radiosendung, die ich kürzlich gehört hatte. Es ging um einen Gehirnforscher, der Land und Strand mit Staunen geschlagen hatte. Ja, ich greife wirklich zu so großen Worten. Mit Staunen geschlagen. Er legte großes Gewicht auf die Tatsache, dass die moderne Forschung noch immer nicht in der Lage ist zu erklären, wieso der Mensch einen Fuß vor den anderen setzen und gehen kann. Die Lösung für das Mysterium des Schlenderns, von dem des Laufens ganz zu schweigen, liegt noch weit in der Zukunft, wenn ich das richtig verstanden habe. Ich weinte, als ich das hörte. Ich weiß nicht genau, warum, aber ich glaube, es hatte mit Ehrfurcht zu tun. Und jetzt ging ich in einem einzigen schäumenden Wunder aus unbegreiflichen Bewegungen über die Straße.

Mit jedem Meter, den ich in den Tag eindrang, wurde es heller. Ich war mir meines eigenen Zieles bewusst. Ich wollte den Imbisswagen bei vollem Tageslicht betrachten. Dieses Vergnügen stand nämlich noch aus.

Er kam mir ein wenig – wie soll ich sagen – zahm vor. Er hatte etwas Enttäuschendes. Auf jeden Fall war er mir in der Dunkelheit spektakulärer vorgekommen. Das stand fest.

Zum Beispiel wirkte die Colareklame jetzt, wo die Neonröhren ausgeschaltet waren, seltsam blass. Dasselbe galt für das Schild «Heiße Würstchen» auf dem Dach. Die Blenden vor den Fenstern wirkten geradezu abweisend auf mich. Schmutziger Regen und Matschspritzer von der Straße hatten dunkle Flecken und Streifen über den weißen Lack gezogen. Das alles blieb einem erspart, wenn man in der Dunkelheit stand. Plötzlich machte ich mir Sorgen wegen der Hygiene, doch diesen Gedanken konnte ich verdrängen. Die Würstchen wurden schließlich nicht auf der Straße heiß gemacht. Das Wageninnere wurde bestimmt regelmäßig von der zuständigen Behörde überprüft, trotz allem lebten wir ja an der Schwelle zu einem neuen Jahrtausend. Ich ärgerte mich über eine leere Fantadose und beförderte sie mit einem Tritt unter den Wagen; das Geräusch dieses dünnen Metalls auf dem Asphalt war überraschend laut und schrill. Ich presste mich zwischen Hausmauer und Wagen und betrachtete den engen Darm zwischen Zaun und Treppe. Nun gut. So war das also. Eine grob gezimmerte Holztreppe führte zur Hintertür des Wagens. Ich trat zwei Schritt vor und küsste dann behutsam das Schlüsselloch. Mit allem Respekt. Vulgarität habe ich schließlich immer schon gehasst.

Um halb sieben stand ich hinter den Fahrrädern unter der Treppe. Bald darauf hörte ich ihn mit polternden Schritten aus dem dritten Stock kommen, wobei er eine zehn Jahre alte Landplage pfiff. Ich beugte mich vorsichtig vor und sah, wie Kjell Bjarne in eine etwas vereinfachte Ausgabe der Wirklichkeit hinausstürzte.

Es war zu spät, um an Oliver Grøtte zu denken. Oder zu früh.

2

Ich bin eine einsame Insel. Ich bin gänzlich unbewohnt. Kein Robinson. Kein Freitag. Gras und Palmen? Nein. Und auch keine großen Vögel. Ich bin im Grunde nur ein großer Stein, der über die Wellenkämme hinausragt. Es schneit und regnet. Ab und zu treibt eine Eisscholle vorüber.

Ich wurde davon geweckt, dass Elmer meine Stirn ableckte. Was für ein seltsamer, düsterer Traum! Ganz stillstehend, es war nichts darin passiert. Fast hätte ich lachen müssen, denn eigentlich bin ich doch ein munterer Bub. Ich bin zwar zweimal an meine Grenzen gestoßen, aber das kann doch jedem passieren. Das gehört zum Menschenleben. Das ist meine heilige Überzeugung. Wir sind nicht hier, um die ganze Zeit Bingo zu spielen und Sahnetorten zu verzehren.

Es war mitten am Tag. Zeit für lichte Gedanken. So hat Gott mich erschaffen. Ich sehe alles Mögliche lichter, wenn es hell ist. Vier oder fünf Uhr ist so eine Sache. Dann ruht ein *krankes* Licht über der Stadt. Aber die Mitte des Tages ist recht häufig die pure Lust.

Ich hatte im Laufe dieses Winters eine im Grunde witzige Veränderung durchgemacht. Ich hatte einen gewissen Hang zu Spiegeleiern entwickelt. Früher hatte ich niemals Spiegeleier essen mögen. Wenn mir ein seltenes Mal ein Spiegelei angeboten worden war, hatte ich nein gesagt. Nicht nein danke, sondern nein. (Warum soll man für etwas danken, das man gar nicht haben will?)

Als sich mein Drang zum Spiegeleiverzehr zum ersten

Mal zu Wort meldete, saß ich in der Straßenbahn. Das mit der Straßenbahn war auch neu. Ich fing an, zu allen Tageszeiten in der Stadt umherzufahren, und fand es wunderschön. Ich nahm ein Vival, kaufte einen Fahrschein – und fuhr Straßenbahn. Ich schaute mir Menschen und Häuser, Bäume und Autos an und fühlte mich wohl. Den Fahrschein hielt ich die ganze Zeit in der Hand, bereit zur Kontrolle. Ja, ich wollte kontrolliert werden. Eine Schaffnerin sollte kommen und mich kontrollieren. Sich davon überzeugen, dass ich einen gültigen Fahrschein besaß. Es konnte natürlich auch ein Mann sein – gerne ein etwas brutaler, aber eine Frau wäre mir doch noch lieber gewesen, eine Frau, die sich vielleicht über ein Vertrauen erweckendes Lächeln und eine Fahrkarte gefreut hätte, eine Frau, die *per definitionem* wirklich nur als gütig bezeichnet werden konnte. Bisher war ich nicht ein einziges Mal kontrolliert worden. Und das ärgerte mich, schließlich hatte ich viel Geld in diese Fahrten investiert. Als Frührentner muss man eine gewisse Disziplin walten lassen, sonst bricht das Monatsbudget zusammen. Ich hatte bei diesen Straßenbahnfahrten auch noch ein anderes Ziel. Ich wollte einen echten Schwarzfahrer erleben. Ich wollte mit meinem gültigen Fahrschein dasitzen und mir seine sinnlosen Entschuldigungen anhören. Ich wollte zusehen, wie er unter wildem Protest aus der Bahn geschleift wurde, während ihn draußen schon eine ganze Fußballmannschaft von Kontrolleuren erwartete. Name? Soundso. Zivilstand? Soundso. Alles nur verdammte Lügen, und dann kommt die Polizei. Und *wir anderen* setzen unsere Reise durch Oslos Straßen fort. Wir Besitzer eines gültigen Fahrscheins. Wir, die wir den Osloer Verkehrsbetrieben nichts schuldig sind. Wir mögen unterschiedlich sein, was Charakter und sexuelle Veranlagung angeht, aber wir haben doch die Gemeinsamkeit, dass wir Anarchie nicht billigen. Wir wollen nicht, dass wir oder die Gesellschaft, der wir angehören, ins Schlingern kommen.

Spiegelei. Es war im Januar, vielleicht auch im Februar, und die Straßenbahn hielt vor dem Kaufhaus GlasMagasinet. Und da und dort hatte ich Lust auf ein Spiegelei, ich kann das nicht anders ausdrücken. Zuerst wehrte ich mich gegen diese Lust. Ja, ich wehrte mich. Ich meine, man hat doch nicht Lust auf Dinge, die man gar nicht leiden kann. Aber das hatte ich seltsamerweise. Das Ganze war ja eigentlich eine Bagatelle. Aber ich wunderte mich. Ich überlegte mir, dass ich zu irgendeinem Zeitpunkt in meinem Leben Spiegeleier gegessen haben musste, sonst konnte ich ja nicht wissen, dass ich sie nicht mochte. Bei Blutpudding sah die Sache anders aus. Den aß ich auch nicht, aber das lag daran, dass mich das Wort «Blutpudding» an sich schon ekelte. Die Vorstellung von Blut, aus dem Pudding gekocht worden war. Ich hatte dieses Gericht nie gekostet. Aber bei Spiegeleiern musste die Lage anders aussehen. Während die Straßenbahn sich in Richtung Grensen in Bewegung setzte, ließ ich mich auf meinem Sitz zurücksinken und versuchte, in mein verschlossenes Gemüt einzudringen.

Als ich in Majorstua ausstieg, hatte ich das Rätsel gelöst. Meine Mutter hatte mit den Spiegeleiern geschlampt. Mitten auf dem Hegdehaugsvei war mir alles wieder ganz deutlich eingefallen. Dass meine Mutter mit den Spiegeleiern geschlampt und dadurch in mir eine ganz unnötige Aversion ausgelöst hatte. Sie hatte die Eier aus der Pfanne genommen, noch ehe das Weiße richtig fest geworden war. Über der ganzen Eierfläche hatte etwas gelegen, das aussah wie eine sehr feine Rotzhaut, sogar über dem Dotter. Und deshalb hatte ich seither mit Spiegeleiern solche Schwierigkeiten gehabt.

Zwei Wochen später machte ich mir mein erstes Spiegelei. Es funktionierte hervorragend. Das Ei schmeckte gut und war von tadelloser Oberflächenkonsistenz. Über mich und meine Angelegenheiten lässt sich allerlei sagen. Aber ich schlampe nie.

Spiegeleier esse ich immer im Stehen. Am Tisch unter dem Küchenfenster. Diese Idee ist mir durch allerlei Fernsehfilme gekommen, in denen eilige Geschäftsleute an kleinen runden Tischen ihren schnellen Lunch verzehren und dabei dauernd auf die Uhr schauen.

Ich selbst aß Spiegeleier und schaute dabei in den Hof hinunter. Das hier war kein Lunch, und ich war kein Sklave der Zeit. Mein ganzes Dasein hatte etwas Zeitloses angenommen, überlegte ich. Ich kam und ging ganz unabhängig vom Lauf der Sonne über den Himmel. Plötzlich fiel mir der kleine Junge ein, den ich an diesem Morgen hinten bei den Mülltonnen gesehen hatte. Genauer gesagt, von dem ich in einer Art Fiebervision geträumt hatte. War es ein Zufall, dass gerade er aufgetaucht war, von ich weiß nicht woher – oder stand er mit mir in irgendeinem Zusammenhang? Hatte ich mich selbst gesehen, sagen wir vor hundert Jahren? Meine letzte Inkarnation? Ich hatte in Illustrierten mit großem Interesse über solche Themen gelesen. Die meisten waren in einem früheren Leben die Königin von Saba oder Ludwig XIV. gewesen, aber ich konnte mich problemlos als tuberkulösen Sechsjährigen mit schief stehenden Zähnen sehen, der Tag um Tag unten auf dem Hinterhof den anderen Kindern beim Spielen zuschaute. Der kleine lungenschwache Eilert, der selbst nicht teilnahm, der aber mit gewisser Verwunderung und Freude der Entfaltung der gesunden Kinder zusah. Ein kurzer Lauf über die zerbrechliche Oberfläche der Erde, dann der Tod auf der Küchenbank, umstanden von großen und kleinen Geschwistern und zwei weinenden Eltern, die im tiefsten Herzen durchaus erleichtert sind, weil jetzt ein Mund weniger satt werden muss.

Ich musste die Sache mit Kjell Bjarne in Ordnung bringen. Zu irgendeinem Zeitpunkt war zwischen uns etwas falsch gelaufen. Etwas Böses und ganz Unnötiges war passiert. Es war nicht mein Fehler gewesen. Und auch nicht seiner. Die Wirklichkeit hatte zugelangt, das tut sie ja so oft. Während des letzten halben Jahres hatte ich es nicht über mich gebracht, ihn hereinzulassen, wenn er bei mir anklopfte. Ich hatte im Dunkeln gesessen und seine enttäuschten Schritte gehört, wenn er die Treppe hochschlurfte, zurück zu Reidun und der kleinen Stieftochter.

Es war drei Uhr. Ich stellte Teller und Besteck ins Spülbecken. Mir war wieder ein wenig schlecht.

Ich wollte die Sache mit ihm jetzt in Ordnung bringen. Oder genauer gesagt, ehe er um vier Uhr Feierabend hatte.

Seit Kjell Bjarne seinen Teilzeitjob im Supermarkt Prix angetreten hatte, hatte ich bei der Konkurrenz eingekauft. Ich weiß nicht. Ich konnte irgendwie die Vorstellung nicht ertragen, einen ehemaligen Freund von hundertfünfzig Kilo in weißem Lagerkittel sehen zu müssen, wenn ich mir ein Brot und eine Dose Leberwurst kaufen wollte. Nun gut. Einmal hatten wir in derselben Wohnung gewohnt und gelebt. Hatten sogar im selben Zimmer geschlafen. Dann hatte er eine Frau gefunden. War einen Stock höher gezogen. Drei Jahre vergingen, und wir glitten auseinander. Es konnte nicht die Rede davon sein, dass wir «einander entwachsen» waren, was Liebespaaren und Freunden oft passierte, wie ich gehört hatte. Nein. Kjell Bjarne war ich schon entwachsen gewesen, als ich ihn noch gar nicht kannte. Aber er war ausgezogen. Er vögelte direkt über meinem Kopf. Dann kam dieser Job, diese *Arbeit*, bei der er vier Tage die Woche im Prix an der Ecke Pfandflaschen sortierte. Weniger Rente, dafür mehr Selbstvertrauen, wie irgendein kluger Kopf gesagt hatte, ich weiß nicht mehr welcher. Ich hatte die Vorstellung von Kjell Bjarne mit neuem strotzendem Ego nicht ertragen können, weil sich dieses Ego auf Türmen von Limonaden- und Bierkästen aufbaute.

Andererseits: Wir hatten Blutsbrüderschaft geschlossen. Unfreiwillig zwar, aber wir hatten Blutsbrüderschaft geschlossen.

Ich stand vor den riesigen Fenstern des Prix. Ich hatte das Gefühl, in ein Aquarium zu blicken. In ein Aquarium, in dem Menschen lautlos mit ihren Einkaufskörben und -wagen umhersegelten. Alles Futter war auf den Boden gesunken. Tüten mit Mehl und Zucker. Konservendosen. Milch und Jogurt. Berge von Obst und Gemüse. Ich hatte mich so oft von all dem fortgesehnt. Fort aus einem Dasein mit täglicher Nahrungsaufnahme und regelmäßiger Entleerung des Gedärms. Das erforderte zu viel Zeit. Und schlimmer noch: Wenn die Jahre vergehen und das Alter seine Hand nach uns ausstreckt, wird sich der Lebensinhalt noch weiter begrenzen. Ich besuchte Alfons, meinen alten Freund, mit dem ich früher so gerne einen getrunken habe, oft genug, um das zu wissen. Dass am Ende nur noch die Darmtätigkeit bleibt. Die Verdauung, die mahlt und sich dreht, Schlaf, viel Schlaf und vielleicht ab und zu ein verwirrter, aber wohl kaum besonders lustiger Gedanke. Sie werden wieder wie Kinder, hatte eine Pflegerin gesagt. Aber das stimmt nicht. Du wirst nicht wieder zum Kind, wenn du zufällig Sprache oder Vernunft verlierst. Ein Kind findet die Sprache. Ein Kind baut seine eigene Vernunft auf.

Ich ging in den Laden und steuerte den Pfandautomaten an. Ich zog eine Mineralwasserflasche nach der anderen aus meiner Tragetasche und fütterte den Apparat damit. In die letzte steckte ich einen Zettel. *Wir treffen uns bei der Hammelwurst, du fetter Lohnsklave!*

Und dann stellte ich mich vor dem Aufschnitttresen auf.

Er kam fast sofort angestürzt. Er trug wirklich einen weißen Kittel, Größe XXL möchte ich hinzufügen. Der Kittel umflatterte ihn, während er sich durch das Lokal arbeitete. Sein großer Kopf wackelte hin und her.

«Ich hab's gewusst!», sagte er atemlos. «Als ich diesen beknackten Zettel gesehen hab ...»

Er versuchte zu lachen, war jedoch zu nervös.

«Du machst nie die Tür auf», sagte er vorwurfsvoll

und kaute dann am Nagel seines linken kleinen Fingers herum.

«Das weiß ich», sagte ich. «Ich bin ja schließlich derjenige, der die Tür nicht aufmacht.»

Diese Mitteilung verwirrte ihn. Das konnte ich sehen. Er fuhr sich unsicher mit der Hand durch die fettigen Haare.

«Du warst das die ganze Zeit, oder? Da war nie eine Frau, die –»

«Dir hinter den Limokästen einen blasen wollte? Nein. Die gab es nicht. Tut mir Leid. Aber du hast trotzdem einen Blick hinter die Limokästen geworfen. Oder etwa nicht?»

«Du bist doch knatschverrückt», sagte er. «Das bist du. Und du hast Dreck im Gesicht. Du siehst total krank aus.»

Ich versicherte ihm, dass meine Formkurve bis zu den Sternen hoch reichte. Bis weit über die Sterne hinaus sogar.

«Komm mit», sagte er und zog mich am Mantel.

Gleich darauf stand ich zum ersten Mal auf der anderen Seite eines Pfandautomaten. Ich hatte Kjell Bjarnes Reich betreten. Ich befand mich in den tiefen Wäldern aus geleerten Flaschen, wo Kjell Bjarne in seinem weißen Kittel den Orang-Utan gab. Aber die Reise ging sofort weiter. Er schleppte mich in einen engen Verschlag, wo sich ein Klo und ein Waschbecken befanden. Er riss ein weißes Handtuch an sich, machte es unter dem Wasserhahn feucht und wusch mir das Gesicht.

«So kannst du doch nich' rumlaufen.»

Ich schloss die Augen und ließ ihn gewähren. Genoss es sogar. Wenn sich schon jemand um uns kümmert, warum soll das dann nicht auf dem Personalklo in einer der hervorragenden Prixfilialen geschehen? Es war so absurd, dass es mir auf irgendeine Weise als ganz natürlich erschien.

«Was machst du eigentlich die ganze Zeit?», quengelte er.

Ach, da gab es so allerlei, das konnte ich ihm versichern. Ich hätte ihm erzählen können, dass ich schon als Kind einen gewissen Hang dazu verspürt hatte, mich meinen Gedanken hinzugeben, aber das erzählte ich ihm nicht. Ich kannte ihn gut genug, um zu wissen, dass solche Mitteilungen ihn nur verwirrten. Kjell Bjarne lebte in einer schlichten und übersichtlichen Welt aus Essen, Sex, Schlaf und Sortieren von Pfandflaschen. Es brachte nichts, ihm den Sinn des Lebens und anderen Unsinn vorzusetzen.

«So! Das ist besser. Siehst du das selbst oder bist du total weggetreten?»

Ich war sicher total weggetreten. Ich konnte keine Veränderung sehen, weil ich schon seit ewigen Zeiten nicht mehr in den Spiegel geschaut hatte. Ich meine, wenn man auf die vierzig zugeht, weiß man doch so ungefähr, wie es um die eigenen Gesichtszüge bestellt ist. Die wöchentliche Rasur wurde mit dem Elektrorasierer erledigt. Im Schlafzimmer, im Dunkeln. Ich sah einen Mann mit strahlend sauberem Gesicht. Sein leicht fliehendes Kinn sah so aus wie immer. Auch die Nase war mir vertraut, ganz und gar durchschnittlich, weder groß noch schief noch klein. Die Augen hatten rote Ränder, das kam sicher von den durchwachten Nächten.

«Elling! Sieh mich an!»

«Jetzt sag mir nicht dauernd, was ich ansehen soll», sagte ich. Ich merkte, dass ich langsam wütend wurde.

Trotzdem sah ich ihn an. Das passierte ganz automatisch.

«Können wir nicht Kumpels sein, so wie früher?», fragte Kjell Bjarne, und ich sah, dass sein Mund dabei zitterte.

«Was glaubst du wohl, warum ich hergekommen bin?», fragte ich.

«Keine Ahnung.»

«Dann überleg doch mal!»

«Vielleicht weil –»

«Ich wollte wissen, wie es dir geht», fiel ich ihm ins Wort.

«Echt?», fragte Kjell Bjarne.

«Ja. Und ich war so furchtbar neugierig darauf, wie ein Pfandautomat von hinten aussieht.»

Er lächelte und nickte zu seinem Arbeitsplatz hinüber. Zog mich wieder mit sich.

«Die kommen da aus dem Loch», sagte er und zeigte darauf. «Und dann pack ich sie in die Kästen und stell die Kästen aufeinander.»

Nicht so bescheiden sein, dachte ich. Immerhin sind das unterschiedliche Flaschen, die in unterschiedliche Kästen gehören.

«Heißt das, du stehst hier und wartest darauf, dass irgendwer eine kleine Limoflasche vorbeibringt?», rutschte es mir heraus.

«Nix. Ich stapel auch Waren, zusammen mit Arnstad. Leg Pappkartons zusammen. Ich hab wirklich alle Finger voll zu tun.»

Alle Finger. Alle Hände hat er voll zu tun.

Ich nickte. «Das glaub ich dir gern. Die Leute fressen heutzutage ja wie besessen.»

«Dieser Job ist das Beste, was mir je passiert ist, Elling. Reidun und die Kleine und dieser Job. Wenn ich so herumsitzen würde wie du, dann wär ich schon total durchgedreht.»

«Du sortierst Flaschen», sagte ich, «ich sortiere Gedanken.»

«Und damit musst du aufhören», sagte er plötzlich heftig. «Frank sagt –»

«Frank *hat* gesagt», korrigierte ich. «Unser ehemaliger Sozialarbeiter hat allerlei Unsinn geredet, ehe die Sozialbehörde ihn gefeuert hat.»

Er nickte.

Ich fand es gut, Frank loszusein. Ich fand es gut, dass die Gemeinde Oslo endlich begriffen hatte, dass Sparen sich bezahlt machte. Dass es sinnvoll war, ganz und gar überflüssige Arbeitsplätze abzuschaffen. Frank war ein Schmarotzer an der Kasse der Gemeinschaft gewesen. Ein Schnupferich, der dafür bezahlt wurde, dass er sich ins

Leben und Treiben anderer Menschen einmischte. Es war nicht zu glauben! Auf diese Weise hatte er mehr als ein Jahrzehnt geprasst, bis irgendjemand aus der Verwaltung sich endlich ein Herz gefasst und streng durchgegriffen hatte. Frank, hatte der Betreffende gesagt. Deine Fähigkeiten sind bei der Gemeinde Oslo nicht mehr erwünscht. Hebe dich hinweg!

Und Frank hatte sich hinweggehoben. Vermutlich in einen ebenso überbezahlten Job, aber wir waren ihn immerhin los.

Kjell Bjarne redete wild auf mich ein. Es ging ums Essen. Ob ich bei ihm und Reidun essen wolle.

Ich sagte nein. Ich sagte, Scheiße, nein, und dabei benutze ich nur selten Kraftausdrücke, aber ich hatte noch so viel zu erledigen. Und ich war gar nicht hungrig, eher war das Gegenteil der Fall, mir war schlecht. Ich erklärte ihm, dass meine Verpflichtungen Schlange stünden und dass ich außerdem um halb fünf eine Verabredung hätte. Er glaube mir kein Wort, sagte er, und dann zog er an meinem Mantel, ich riss mich los und schob ihn an die Wand.

«Wenn du mich noch einmal am Mantel ziehst, dann kannst du dein Testament machen», schrie ich.

Und dann ging ich, nein, ich stürzte davon. So eine Frechheit aber auch.

Rasch und wütend ging ich durch die ganze Stadt. Warum war es so restlos unmöglich seine Ruhe zu haben? Kaum hatte man einen kommunalen Klammeraffen abgeschüttelt, schon sprangen einem angebliche Freunde auf den Buckel, mit feuchten Handtüchern und angedrohter Zwangsernährung. Ich wollte nichts essen. Ich fand Essen schrecklich. War das so schwer zu verstehen? Mein Leben lang war ich über Menschen gestolpert, die sich mir in den Weg gestellt hatten. Ich hatte Gott um eine Frau gebeten, aber da hatte ich mir eine glatte Abfuhr geholt. Nun gut. Von mir aus. Aber dann lasst mich um Himmels willen in Ruhe!

Ich war am Ende total erschöpft. Schweißnass setzte ich mich auf eine Bank, ich glaube, es war in Tøyen, auf jeden Fall wimmelte es nur so von Pakistanern und Negern. Ich schloss die Augen und bereitete mich darauf vor, ausgeraubt und vergewaltigt und vielleicht auch zwangsverheiratet zu werden. Plötzlich setzte ich mich auf und schluchzte vor Lachen. Warum konnten die norwegischen Behörden, statt sich in alles mögliche *andere* einzumischen, für mich nicht einfach eine Ehe arrangieren? Schließlich liefen so viele Menschen einsam durch diese elende Stadt und niemand griff ein und zwang sie zu einer Heirat. Du nimmst Elling zum Mann und liebst und ehrst ihn in guten wie in bösen Tagen, basta. Ich meine, so hatte man es doch bis vor ziemlich kurzer Zeit auch hierzulande gehalten. Ich erkannte, dass die Journalisten der Boulevardpresse im Grunde als ziemlich geschichtslos bezeichnet werden mussten. Seit einem kurzen Jahrhundert hatten wir die Gattenwahl der so genannten Freiwilligkeit überlassen. Was war denn so entsetzlich freiwillig an einem ganzen Leben in Einsamkeit? Das war doch nur traurig. Und was machte glücklich daran, dass man im Suff irgendwen aufriss, um dann drei Jahre und zwei Kinder später geschieden und mit einem hohen Schuldenberg dazustehen? Warum wurden Pakistaner und Marokkaner angepöbelt, bloß weil sie das einzig Vernünftige taten, nämlich dafür zu sorgen, dass ihre Kinder mit anständigen Menschen verheiratet wurden, die nicht soffen und die halbe Stadt durchvögelten? Die Freiheit, dachte ich, ist eine launische Herrin. Der Umgang mit ihr ist wahrlich nicht leicht.

Ich war so müde. Und jetzt meldete sich auch mein schlechtes Gewissen zu Wort. Vor allem bereute ich meine Morddrohungen Kjell Bjarne gegenüber. Ich bereute außerdem, ihn angeschrien und ihn überhaupt aufgesucht zu haben. Jetzt saß er sicher am Esstisch und stopfte sich mit Lungenhaschee voll, während er sich mit vollem Mund über Ellings neueste Abenteuer verbreitete. Über meine verdreckte Stirn. Über die schweinischen Zettel, die ich ihm in den vergangenen Monaten als Flaschenpost geschickt hatte. Ich hatte arge Zweifel, ob Reidun das Humoristische in alldem sehen würde. Reidun Nordsletten, die von ernstem Wesen war, würde aller Wahrscheinlichkeit nach die Stirn runzeln und mich als komplettes Schwein betrachten. Und es machte mir zu schaffen, dass sie möglicherweise Recht hatte. Dass ich in meiner Einsamkeit schweinische Neigungen entwickelt hatte. Andererseits: Das lag daran, dass ich in meinen jungen Jahren keinen Sex erlebt hatte. Dass ich niemals Sex erlebt hatte. Was man nicht auf natürliche Weise ausleben kann, quillt an allen anderen Ecken heraus. So ist der Lauf des Lebens. Ich kam zu der Erkenntnis, dass das ein großes Manko der gesamten Schöpfung war. Dass sich allerlei Übel verhindern lassen würden, wenn der Sexualtrieb erst langsam, zwei Jahre nach Eingehen der Zwangsehe erwachte.

Ich bereute und grübelte. Bereute mein ganzes Leben.

Aber dann riss ich mich zusammen, ehe alles in Rotz und Tränen endete. Ich kann mich im Grunde gut zusammenreißen. Ich setzte mich gerade und öffnete die Augen. Und seltsamerweise sah ich sie vor mir, als ich die Augen öffnete. Es schneite jetzt, ein feines weißes Pulver tanzte über Gras und Asphalt, und da war sie. In allem.

3

Wenn ich im Eingang zu Hamstrøms Herrenkonfektion in Stellung ging, mit dem Rücken zum erleuchteten Schaufenster, dann nahm ich an, dass ich aus der Entfernung als Schaufensterpuppe durchgehen konnte. Wenn ich ganz still stand, meine ich. Und das tat ich. Ich stand ganz still. Mehrere Abende in der Woche stand ich im Eingang zu Hamstrøms Herrenkonfektion, zusammen mit geschlechtslosen Männern aus hartem Kunststoff, die Mäntel, Anzüge, Windjacken, Hosen und Pullover trugen, wir standen ganz still da, und ich sah alles und nahm alles in mich auf, alles, was vor dem Lichtwagen geschah, unten am Fuße des sachten Abhangs, an der Stelle, wo die Straßenbahnschienen eine Art Schleife beschreiben, ich sah alles und teilte es auch meinen PVC-Kameraden mit. «Jungs», konnte ich sagen oder richtiger flüstern, «jetzt bedient sie schon wieder einen wildfremden Mann.» Oder: «Jetzt sehe ich nur ihre Hände. Es sieht so aus, als hätte jemand zwei abgehackte Hände auf die Theke gelegt.»

Ich stand ganz still da. Auf Zehenspitzen. Ich musste nicht an allen Abenden auf Zehenspitzen stehen, aber im Moment hielt ein Stück die Straße hinunter ein Lieferwagen, ich musste über ihn hinwegschauen, normalerweise standen dort verschiedene Personenwagen, aber jetzt eben ein Lieferwagen, auf die Zehen mit dem, der bei diesem Spiel mittun wollte.

Der Imbisswagen sah jetzt in der Dunkelheit ganz anders

aus. Auf irgendeine Weise weniger physisch als am frühen Morgen. Ich dachte an die Schlammspritzer auf den weiß lackierten Metallplatten. An die Nägel. An die schweren Blenden vor den Fenstern. Die Blenden waren jetzt entfernt worden, und der Wagen wirkte wie verwischt. Aus den Fenstern und der offenen Verkaufsklappe fiel weiches, gelbes Licht auf die Straße, fast bis zu den Straßenbahnschienen. Kein Wunder, dass ich den Wagen «Lichtwagen» getauft habe, dachte ich. Blödsinnig und melodramatisch, ungefähr so wie «Himmelswagen», aber eigentlich kein Wunder, wenn wir bedenken, dass ich früher ein wenig Poesie betrieben habe, um meinen künstlerischen Ausdruck zu finden.

Eine Gestalt bewegte sich dort unten in den Lichtstrahl hinein. Ein Mann in Jeans und kerniger Lederjacke. Ich ging davon aus, dass er zwei Stunden im Kino verbracht hatte, er hatte zwei Stunden totgeschlagen, wie man sagt, und jetzt hieß es eine Wurst und nach Hause. Oder einen Hamburger und nach Hause. Eine Cola und nach Hause. Eine Tüte Lakritzpastillen und nach Hause. Auf jeden Fall stand er unten vor dem Lichtwagen und führte Verhandlungen, nein, erteilte den Befehl, ihm irgendetwas zu verkaufen, was ein orales Bedürfnis befriedigen konnte. Er wollte etwas von ihr. Etwas, das mit barer Münze bezahlt werden konnte. Diese Transaktion, die nun gerade stattfand, machte mir im Grunde keine besonderen Sorgen, aber musterte er sie mit einem Blick, der an meinen eigenen erinnern konnte? Sah er ihre eigene, vielleicht ein wenig schiefe Schönheit? Und sie? Machte sie sich Gedanken über jeden Besucher, jeden Kunden, oder wurden sie alle zu einem Fluss aus Fleisch und Blut, der vorübertrieb, Stunde um Stunde, Abend um Abend, zu einem Fluss, der Würstchen und Süßigkeiten aller Art mit sich davonspülte und der Geld auf ihr Verkaufsbrett schwemmte? War ich ihr aufgefallen? War ich ihr als Individuum aufgefallen, oder war ich nur einer der zahllosen Abendwanderer, Nachtschwärmer, mit Ernährungsgewohnheiten, von denen Ärzte und Boulevardpresse sich so energisch distanzierten? Das hätte ich gern gewusst. Ich stand auf Zehenspitzen da und hätte das gern gewusst.

Eine Stunde verstrich. Dort unten kamen und gingen die Menschen. Gruppen von Jugendlichen, die einkauften und weiterzogen. Einzelne Männer. Viele einzelne Männer. Die einzelnen Männer lungerten zumeist vor dem Imbisswagen herum, während sie ihre Würstchen verzehrten, ich registrierte, dass manche mit ihr sprachen. Ab und zu war ihr Kopf über der Verkaufstheke zu sehen, ihre Brillengläser funkelten. Ich dachte: Daran will ich Anteil haben. Ich will dort unten stehen und Würstchen essen und mit ihr reden, als sei das ganz normal. Es war ja schließlich ganz normal. Seit undenklichen Zeiten hatten die Menschen miteinander Geschäfte gemacht und dabei über Gott und die Welt geplaudert. Bisher hatte ich meine Wurst in Empfang genommen, hatte bezahlt und war gegangen. Aber das sollte bald anders werden.

Es kostete natürlich Überwindung. Und Zeit. Ich konnte nicht länger auf den Zehen stehen, deshalb wanderte ich ein wenig hin und her. Ging um die Ecke. Zählte bis hundert. Ging zurück. Um zehn Uhr war die Straße wie ausgestorben. Als ich am Lieferwagen vorüberging, es war ein schwarzer Ford Transit, dachte ich, dass Oliver Grøtte in einem solchen Wagen hauste. Ich stellte mir sein Gewehr im Futteral vor. Die schweißdurchtränkte Matratze auf dem Boden, das Transistorradio, das rauschte, denn es war irgendwo zwischen zwei Sendern eingestellt.

Ich überquerte die Straße. Ich registrierte, dass ich einen guten Tag oder genauer gesagt Abend hatte. Seit ich nachmittags aufgestanden war, war sehr viel fehlgeschlagen, aber nun segelte ich mit Rückenwind.

Sie las. Ein Kontaktpunkt, dachte ich, ein klarer Kontaktpunkt, ich bin ja selbst auch sehr belesen. Ich war jedoch nicht dumm genug, diese Karte schon an diesem Abend auszuspielen. Sie las, und ich sah ihren weißen Nacken, wo ihre dunklen Haare sich teilten, ein Vorhang fiel über ihre Brüste, der andere über ihren Rücken. Sie schaute auf, als ich aus der Dunkelheit auf sie zuglitt, und zum tausendsten Mal fragte ich mich, wie eine Frau wie sie wohl heißen könnte. Beril vielleicht. Hatte der Pastor sie Beril getauft, in einer Dorfkirche in den Bergen, vor vielleicht zwanzig Jahren, während das Schneegestöber draußen in übermütigen Windstößen die Grabsteine liebkoste? Schwer zu sagen, fast unmöglich. Fest stand nur, dass ich in sie verliebt war. Ich war verliebt in eine junge Frau mit einer etwas großen und komischen Nase und mit fast zusammengewachsenen Augenbrauen über einer starken Brille. Ist das nicht seltsam? Eine zu große Nase. Fast zusammengewachsene Augenbrauen. Wenn man solche Wörter in die Nacht hinausschleudert oder aufs Papier bannt, dann scheinen sie mitzuteilen, dass hier gegen das herrschende Schönheitsideal verstoßen wird. Dass nicht alles so ist, wie es sein sollte. Und dann steht man plötzlich einer solchen Frau gegenüber, einer Frau mit einer großen, komischen Nase und fast zusammengewachsenen Augenbrauen – und das Herz macht einen Sprung, man merkt, dass man innerlich abstürzt und dass dieser Sturz gut tut.

«Eine Wienerwurst», sagte ich, «mit allem.»

Sie legte ihr Buch beiseite, stand auf und machte sich wortlos an die Arbeit. Ich empfand eine solche Zuneigung zu ihr, dass meine Brust zu bersten drohte. Ihre ganze Erscheinung hatte etwas Leises, Ruhiges, das mich rührte. Immer dann, wenn sie mir die jeweilige Summe abverlangt, wenn sie in gebieterischem Tonfall den Preis der Wurst genannt hatte, dann war mir aufgefallen, dass sie versuchte einen Dialekt abzutöten. Wie so viele andere Menschen in dieser seltsamen Stadt hatte sich die Welt für sie an einem ganz anderen Ort aufgetan. Ich wusste nicht wo, ich kenne mich mit Dialekten nicht sehr gut aus, vor allem nicht mit halb abgetöteten, aber ich stellte mir vor, dass das Bild der weiß gekalkten Kirche, das ich eben noch vor mir gesehen hatte, sicher nicht aus purem Zufall aufgetaucht war. Eine Dorfkirche mit weißem Schiff, mit Bauernhöfen und Versammlungshäusern als Satelliten in der Landschaft. Es fiel mir nicht schwer, Beril am frühen Morgen vor mir zu sehen, in Overall und Gummistiefeln. Und abends? An den frühen Abenden, wenn die Tagesfron noch nicht zum Einschlafen um halb zehn gezwungen hatte? Dann saß sie am Fenster ihres Mädchenzimmers und ließ ihren Blick über die schwarzen Felder wandern, und dabei dachte sie an ein Buch, das sie gelesen hatte, oder vielleicht an die Stadt, an Oslo, an Norwegens Hauptstadt, und an die Möglichkeiten, die dort auf sie warteten. Wie die meisten jungen Mädchen phantasierte sie wohl zaghaft über ein mögliches zukünftiges Glück, über Arbeit, Ausbildung, einen Jungen, vielleicht sogar einen reifen Mann im abgenutzten Wintermantel. Nun gut. Die Arbeit hatte sie, die Ausbildung vielleicht nicht. Und hier stand ich. Ein zufälliger Kunde. Ein Glücksjäger wie sie. Ein reifer, fast überreifer Mann im abgenutzten Wintermantel.

Sie brachte die Wurst. Die von mir gewünschte Wurst, mit Krabbensalat und allem, was sonst noch dazugehörte.

Ich bezahlte.

«War Jørgensen heute hier?», fragte ich und biss in die Wurst.

«Jørgensen?»

«Der mit der deformierten Hand.»

Sie bedauerte. Sie hatte niemanden mit einer deformierten Hand gesehen, weder an diesem Tag noch früher.

«Dann arbeiten Sie hier wohl noch nicht lange?» Es überraschte mich, wie leicht diese Kontaktaufnahme mir fiel. Und wie gut ich die Kommunikation zwischen zwei

Menschen beherrschte. Dass ich dabei die ganze Zeit aß, verstärkte den Eindruck von Natürlichkeit noch weiter. Mein ganzes Leben lang hatte ich davor zurückgeschreckt Frauen, die ich begehrte, direkt anzusprechen. Jetzt spürte ich, dass eine Sperre verschwand. Vielleicht hatte das mit der Midlife-Crisis zu tun, das wusste ich nicht. Aber man kommt zu einem Punkt, an dem man sich sagt: Was hast du zu verlieren?

«Nein, erst seit dem letzten November», sagte sie und musterte ihre Fingernägel. (Was sie unbesorgt tun konnte, denn die waren ganz sauber.)

«Typisch Jørgensen», sagte ich. «Wenn er sich erst in seine Gedanken verkriecht, dann bleibt er da für einige Monate. Blöd von mir, mir Sorgen zu machen. Ich weiß doch, wie er ist.»

Sie gab keine Antwort. Was im Grunde nur recht und billig war, schließlich hatte ich ihr keine Frage gestellt. Sie schielte zu dem Buch hinüber, das neben dem Gestell mit den vielen Bonbontüten lag. Ich schielte mit. «Von Außerirdischen entführt. Eine Dokumentation.»

Sieh an!

Eigentlich war ich satt. Und so viel Geld hatte ich ja auch nicht, aber trotzdem bestellte ich noch eine Wurst.

«Sie sind doch auch nicht aus Oslo?», rief ich hinter ihr her, als sie sich nach Brot und Kartoffelfladen umdrehte.

«Nein, aber Sie doch sicher?» Sie schaute schrägt zu mir hoch, während sie mit einer Holzzange eine Wurst aus dem Kessel fischte.

«Ach, im Gegenteil», sagte ich.

Und ließ es darauf beruhen. Genial, wie sich herausstellen sollte, denn damit hatte ich ihr Stoff zum Nachdenken gegeben. Der häufigste Fehler, den Männer in der Eingangsphase einer Beziehung begehen, ist, sich dem weiblichen Objekt gegenüber zu deutlich zu erkennen zu geben. Sie liefern alle möglichen Informationen. Sie prahlen und gehen ins Detail, über sich und über ihr Leben. Sicher, diese Informationen wünscht sich die Frau. Aber warum sollen sie ihr so einfach in den Schoß fallen? Warum nicht sagen: Komm sie dir holen, meine Liebe. Sie gehören dir, aber holen musst du sie dir selbst.

Sie legte die zweite Wurst vor mich hin. «Ich finde aber, Sie reden so richtig wie die Leute aus Oslo.»

Ich bezahlte.

«Das schon. Aber ob Sie's nun glauben oder nicht, ich habe in Ngombo sprechen gelernt. Ich wurde in Buenos Aires geboren. Aber ich bin in Ngombo aufgewachsen. Meine Eltern waren Missionare. *Sie* kamen aus Oslo.»

«Ngombo?»

«An der Grenze zwischen Tansania und Kenia», sagte ich und biss in meine Wurst.

Und dann erzählte ich ihr ein wenig über Alltag und Feste in Ngombo. Ich erzählte ihr von dem neuen Dorfbrunnen, um den meine Eltern den Herrn angefleht und den sie auch bekommen hatten, so dass die Frauen aus dem Dorf nicht mehr jeden Tag zwanzig Kilometer zum alten, pestverseuchten Brunnen laufen mussten. Ich erzählte ihr von der ehrlichen Freude des Nagagambavolkes über die schlichten Ereignisse des Daseins, wie die Wanderung der Sonne über den Himmel und den Gesang der Vögel.

«Und der Alte Kedanga», sagte ich und lachte. «Den hätten Sie mal sehen sollen. Kedanga war der Medizinmann des Dorfes. Er trug ein Penisfutteral und hatte sich einen Hühnerknochen quer durch die Oberlippe gebohrt. Er hat dafür gesorgt, dass sich nicht eine einzige Seele zu Jesus bekehrte, jedenfalls nicht, solange wir dort waren.»

Sie nickte ernsthaft. «Ich finde, alle sollen glauben, was sie wollen.»

Und wer ihr da von ganzem Herzen zustimmte, das war ich. «Schluss mit der ganzen Missioniererei», das war meine klare Überzeugung. Ich warf den Rest der Wurst in den

Mülleimer. «Früher hatten die Europäer bunte Glasperlen in den Taschen, wenn sie nach Afrika kamen. Heute bringen sie gelbe, blaue und weiße Pillen aller Art. Sie tauschen Medikamente gegen religiöse Unterwerfung.»

«Stimmt das wirklich? Auch heute noch?»

Ob das stimmte? Ich erklärte ihr, dass ich den Verdacht hatte, ja, es war mehr als nur ein Verdacht, dass mein Vater bisweilen gegen eine Hand voll Penizillin noch ganz andere Dinge eingetauscht hatte. Ich ging nichts ins Detail. Sie war alt genug, um meine Andeutungen zu verstehen.

Ich dachte: Hör jetzt auf, Elling. Du hast ihr für diesmal genug zum Verdauen gegeben. Schließlich bekommt sie nicht jeden Abend Besuch von Jungs, die in einer Nagagambagesellschaft aufgewachsen sind.

Ich schaute demonstrativ auf die Uhr. «O verflixt!», hörte ich mich selbst sagen. «Jetzt komme ich schon wieder zu spät. Machen Sie's gut. Wenn Jørgensen vorbeischaut, dann richten Sie ihm aus – nein, vergessen Sie's. Wenn er nicht bezahlt, dann schicke ich ihm einen Schläger zum Eintreiben.»

Meinen Rückzug hatte ich genau geplant. Ich machte auf dem Absatz kehrt und überquerte die Straße, wobei ich ihr mit erhobenem rechten Arm zum Abschied zuwinkte. Zwar kam gerade in diesem Moment die Straßenbahn, so dass ich mit erhobenem Arm stehen bleiben musste, bis sie weitergefahren war, aber mein Manöver war durchaus nicht wirkungslos. Ich war überzeugt davon, dass in ihrem Heimatort sich niemand auf diese Weise von ihr verabschiedet hatte. Wenn ich mich nicht irrte, verabschiedete man sich draußen in der Gottlosigkeit überhaupt nicht voneinander. Man kam und ging ohne ein Wort, und in der Zwischenzeit saß man am Küchentisch und murmelte etwas über Subventionen und die unverschämte Landwirtschaftspolitik jedweder Regierung. Und ziemlich sicher war sie vor diesem ewigen Müßiggang geflohen. Davor und vor den groben Bauernhänden, die immer wieder versuchten sich auf unsensible Weise an ihren Brüsten zu schaffen zu machen.

Als ich den Eingang zur Herrenkonfektion erreicht hatte, überkam mich eine Art Ratlosigkeit. Was jetzt? Es war kurz nach elf und der Imbisswagen machte erst gegen zwei Feierabend. Immer kam dann ein Mann, der ihr half, die Blenden vor Fenster und Servierluke zu befestigen. Ein alter Mann, der vielleicht ihr Großvater, ihr Onkel oder auch ihr Patenonkel war. Nicht einmal mit dem allerbösesten Willen konnte ich bei meinen Beobachtungen etwas erkennen, was auf eine erotische Anziehungskraft zwischen den beiden hingewiesen hätte. Er kam und brachte die Blenden an. Hängte ein Hängeschloss vor. Sie kam dann hinter dem Wagen zum Vorschein, jetzt im Mantel. Sie gingen immer denselben Weg, immer mit einiger Entfernung zwischen ihren Körpern. Sie gingen zur Tankstelle und bogen dann um die Ecke.

Ich setzte mich vor die Ladentür. Wie ein Penner, muss ich wohl sagen. Wie ein Stadtstreicher. Ich schloss die Augen und sah mich in dieser Rolle. Hier saß ich mit einem Schlüssel in der Tasche, einem Schlüssel zu einer gemeindeeigenen Wohnung, zu meinem Zuhause – und doch konnte ich mir problemlos vorstellen, von diesem Zuhause abgeschnitten zu sein. Ich überlegte mir, dass so wenig dazu gehörte. Zu irgendeinem Zeitpunkt überschreitet man eine unsichtbare Linie und schon steht man auf der Straße. Im Fernsehen hatte ich Penner und Bettler in Europa und Amerika gesehen. Ich hatte gesehen, wie sie in ihren Lumpen wie Buddhastatuen dasaßen, vor ihnen stand ein leerer Kaffeebecher aus Styropor. Was dachten sie wohl, wenn sie Stunde um Stunde so verharrten? Dachten sie an ihre Mutter? An ihren Vater? An die Kinder, die sie verlassen hatten oder von denen sie verlassen worden waren? Einst hatten sie ein Zuhause gehabt. Vielleicht ein ganz und gar erbärmliches Zuhause voller Suff und Brutalität, aber eben doch ein Zuhause. Und dann das. Das Geräusch von Schritten auf dem Bürgersteig, ab und zu eine Münze im Becher. Die Autos, die auf der Straße vorüberdröhnten. Deprimierend, natürlich. Zugleich sprach mich etwas daran auch an. Dieses Dasein ohne irgendeine Sicherheit. Die Notwendigkeit, sich dem schlechten Gewissen und vielleicht sogar der Nächstenliebe der Mitmenschen auszuliefern. Ich habe Aids. Bitte, helfen Sie mir. Geschrieben mit Filzstift auf ein grobes Stück Pappe, halb aufgelöst von Schneematsch und Regen.

Und ich dachte an Oliver Grøttes rollendes Zuhause, an das Auto, das nur zwanzig Meter von hier entfernt stand. An einen schwarzen Transit mit Rostflecken und toten Insekten an der Windschutzscheibe. An das Gewehr. Die Matratze. Das Radio. Die schmutzige Wäsche und die Fischfrikadellendose voller Kippen. Kriegstrommeln. Die Nagagambas kommen und Oliver Grøtte dreht den Zündschlüssel um. Wer ist der Nächste? Immer ist einer der Nächste, immer einer, der nicht weiß, dass er der Nächste ist.

So ist das Leben. Da stehst du und wachst deine Skier mit blauem Swix ein und ahnst nicht, dass ein gewisser Mann in seinem schwarzen Transit unterwegs ist.

Ich stand auf Zehenspitzen. Es wurde halb zwei. Es wurde zwei. Und dann kam der alte Mann. Sofort verließ ich meine Basis und lief durch das Viertel bis zur Tankstelle und der Dunkelheit hinter den Mülltonnen. Und wartete wieder. Warten kann ich gut. Ich hörte, wie Onkel Kåre sich leise mit ihr unterhielt, aber es konnte hier wirklich nicht die Rede von einem Onkel sein, dazu war er zu alt, bestimmt hörte ich hier die Stimme ihres Großvaters. Beril, sagte der Großvater. Weißt du noch? Und Beril weiß noch. Die Trolle im Wald von Heddal, der Grindkopf mit den sieben guten Helfern, Opas große Arbeitshände, die sich langsam durch

Asbjørnsen und Moes Märchensammlung blättern. Seine beruhigende, ein wenig monotone Stimme. Die Großmutter in der Küche. Das Klirren von Tellern und Besteck im Spülbecken. Opa? Hier war vorhin ein Mann. Ein weißer Mann aus Afrika.

Warum kam er? Warum kam der alte Mann? Betrachtete er sich als beschützendes Element? Als eine Art Leibwächter, der während ihres nächtlichen Rückzugs Sicherheit und Ehre seiner Enkelin garantieren sollte? Eine schöne Illusion. Fast niedlich. Ich stellte mir vor, wie die multikulturelle Jungmännerbande ihm das Gebiss bis tief ins Kleinhirn presst.

Sie kamen. Beril und ihr Großvater. Zwei Schatten in der Nacht. Am Ende der Straße gingen sie auf die andere Seite und weiter in die Oscarsgate. Ich wartete, bis ich sie nicht mehr sehen konnte, dann lief ich hinterher.

Die Oscarsgate lag einsam und verlassen da. Sie hatten nur einen Vorsprung von einer oder vielleicht anderthalb Minuten gehabt – aber die Straße war einsam und verlassen. Nun gut. Ich wartete. Ein wenig später wurde im Haus schräg gegenüber Licht eingeschaltet. Und ich rannte los.

4

Ich begriff nichts. Rein gar nichts. Sonnenlicht flutete durch das Zimmer, und vor mir stand Reidun Nordsletten und weinte herzzerreißend.

«Ach, Elling», schluchzte sie. «Elling, Elling, Elling!»

Ich saß auf dem Sofa. Ich trug noch meinen Mantel und war auf dem Sofa im Sitzen eingeschlafen. In der Küche konnte ich Kjell Bjarnes wuchtigen Rücken sehen, er machte sich am Spülbecken zu schaffen und sagte: Verdammte Scheiße. Immer wieder.

Ich sprang auf, das heißt, ich versuchte aufzuspringen, doch meine Beine waren so steif, dass ich gleich wieder aufs Sofa sank.

Ob ich um eine Erklärung bitten dürfte? *Ob sie wohl so überaus freundlich sein könnten und mir erklären, warum sie es für angebracht gehalten hatten, in meine Wohnung einzubrechen, während ich selbst anwesend und tief in kräftigendem Schlaf versunken war?*

Ich schrie! Kjell Bjarne kam aus der Küche gerannt und packte mich am Schlafittchen. Zog mich auf die Beine.

«Komm her!»

Meine elenden Beine konnten noch immer nicht gerade stehen, ich folgte ihm halb kniend, während er mich weiterhin auf diese unerträgliche Weise am Kragen packte. Es tat weh. Ich sagte, er solle loslassen.

Das tat er dann zum Glück. Vor geistig Behinderten mit Riesenkräften muss man ein bisschen auf der Hut sein.

«Was ist das da?»

Mein Blick folgte seinem Zeigefinger.

Das da? Der Müllsack. Das musste er doch sehen können?

Er stöhnte. «Das sind achtzehn Mülltüten voller Abfall und verdorbenem Essen.»

Und als er das gesagt hatte, kannte Reidun kein Halten mehr. Sie weinte und weinte.

«Hör auf mit der Heulerei», rief ich. «Hör sofort mit der Heulerei auf!»

Kjell Bjarne riss das Fenster auf. «Hier stinkt's nach einer Mischung aus Katzenklo und Müllhalde.»

Ach was? Die Platte legte er jetzt auf? Ordnungsotto oder was? Noch vor wenigen Jahren hatte ich ihn zwingen müssen, jeden Monat die Unterhose zu wechseln. Jetzt protzte er mit Lebensgefährtin und Teilzeitjob. Spielte die Rolle des kerngesunden Stiefvaters und Hygienefanatikers.

Und das sagte ich auch. Schleuderte es ihm einfach ins Gesicht.

Er stellte sich taub. Schleifte mich wieder ins Wohnzimmer. Zeigte. Da und da und da. Katzenkacke. Vollgepisster Teppich. Die beiden Sünder saßen auf der Fensterbank und ließen uns nicht aus den Augen.

«Wann hast du ihr Klo eigentlich zuletzt sauber gemacht?»

Darauf verweigerte ich die Antwort. Das ging ihn nichts an. Er hatte aus freien Stücken seinen Kater verlassen, um die Freuden des Familienlebens zu genießen. Sowie die Aussicht auf Sex sich eröffnet hatte, hatte er seinem Kater den Rücken gekehrt.

«Das Katzenklo kannst du auch gleich wegwerfen.»

Er drückte mich wieder aufs Sofa. Kratzte sich am Kopf. «Ich glaube, wir müssen den ganzen Kram wegschmeißen. Alles zusammen. Hier müssen wir wirklich von Grund auf klar Schiff machen.»

«Du musst doch einsehen, dass das so nicht weitergeht», schluchzte Reidun. «Das Badezimmer...»

Sie sprach das Wort «Badezimmer» auf eine Weise aus, die – ach, ich weiß nicht.

Kjell Bjarne sah sich im Schlafzimmer um.

Danach war etwas mit ihm geschehen. Sein Blick hatte sich ganz und gar verändert.

«Du kommst mit rauf zu uns», sagte er. Und war plötzlich gar nicht mehr böse.

Ich ließ alles mit mir geschehen. Wenn Kjell Bjarne ein seltenes Mal so energisch auftrat wie jetzt, dann konnte man nur ergeben den Kopf senken. Ich schimpfte ihn natürlich aus. Erklärte ihm ganz genau, wo der Hammer hing. Aber ich merkte, dass ich zu müde war, um die Hand nach diesem Hammer auszustrecken. Dass ich erschöpft war, so erschöpft, obwohl ich doch so tief und fest geschlafen hatte. Auf irgendeine Weise tat es gut, sich einfach ergeben zu können und dabei halbherzige Proteste auszustoßen. Obwohl ich nichts verbrochen hatte, konnte ich mich für kurze Momente mit dem Kriminellen identifizieren, der nach einer Vierzehntagestour mit dem miesen polnischen Amphetamin endlich aufgehalten wird und seine Brechstange hergeben muss. Ich hatte die Kontrolle über den Tagesablauf verloren. Das sah ich ja ein.

Kjell Bjarne schleppte mich die Treppe hoch und hinein in sein neues Leben, in die Wohnung, die er mit Reidun und ihrer kleinen Tochter Monica, allgemein Mojo gerufen, teilte. Im ersten Jahr, in dem Kjell Bjarne hier gewohnt hatte, hatte ich viel Zeit mit diesem eng verbundenen Trio verbracht. Ich war am laufenden Band zum Essen eingeladen worden und hatte mich an der Gemeinschaft vor dem Fernseher beteiligt. Aber zu irgendeinem Zeitpunkt hatte ich mich von ihnen losgerissen und war meiner eigenen Wege gegangen. Mich störte dieses chronische Glück, in dem sie die ganze Zeit badeten. Die erstickende Harmonie, die sich über alles breitete. Die bestickten Kissen, die unendlichen Regimenter von Rosinenkuchen. Ich bin eine Künstlerseele, daran lässt sich nichts ändern. Ich war allein mit meinen Gedanken, während Reidun und Kjell Bjarne mit ihren leeren Köpfen fast schon protzten. Sie konnten über den Schnurrbart irgendeines blöden Moderators diskutieren, während ich mich mit Quantenphysik und der Psychologie von Serienmördern herumquälte. Ich hatte ihnen nichts zu sagen, und am Ende mochte ich auch nicht mehr so tun, als ob ich ihnen etwas zu sagen hätte. Zwischen uns vollzog sich ein stiller Bruch. Keine bösen Szenen oder hasserfüllten Worte, aber wir glitten unerbittlich auseinander. Ich kam zu der Erkenntnis, dass meine Freundschaft zu Kjell Bjarne vor allem auf grobem Männergerede beruht hatte. Genauer gesagt, auf schweinischen Geschichten über willige Frauen. In Anwesenheit einer wirklichen Frau fehlte uns dieses Fundament, und wir steckten in einer Art Vakuum.

In der Diele standen Schuhe und Stiefel an der Wand aufgestellt wie Soldaten beim Exerzieren. Dann ins Badezimmer, ins blendende Licht, zu weißen Fliesen, zum Geruch von Rasierwasser und Chlor.

«Ausziehen», sagte Kjell Bjarne und drehte mit festem Griff beide Wasserhähne über der Badewanne auf.

Ich achtete nicht auf ihn. Zum zweiten Mal an diesem seltsamen Tag betrachtete ich mein Spiegelbild. Im grellen Licht starrte jede einzelne Pore wie verstopfter Hohn zurück. Auf dem Kinn hatte ich einen großen, wütenden Pickel. Mein Mantel war mit Ketchup versaut, und das ganz oben am Kragen. Und noch etwas: Ich stank. Mir war das noch gar nicht aufgefallen, doch hier in diesem antiseptischen Bad, seltsamerweise dem Badezimmer, in dem Kjell Bjarne sich jeden Tag zu schaffen machte, merkte ich, dass ich stank. Dass nicht die Stadt stank, sondern ich selbst. Ich schämte mich. Schämte mich, weil ich mein Leben lang ein peinlich sauberer Mensch gewesen war. In langen Phasen meines Lebens hatte ich so oft geduscht und mich so energisch abgeschrubbt, dass ich fast keine Haut mehr gehabt hatte. Etwas war mit mir passiert, und ich hatte es nicht registriert. Es war beängstigend.

«Ausziehen!», wiederholte Kjell Bjarne. Er zeigte auf die Waschmaschine in der Ecke. «Jeden verdammten Fetzen legst du da rein. Abgesehen von dem Mantel. Der geht zum Teufel.»

Wir hatten zusammengewohnt. Eine Wohnung geteilt und sogar das Schlafzimmer geteilt. Aber wir hatten uns niemals gegenseitig unsere Körper gezeigt.

«Geh raus», hörte ich mich selber sagen.

«Nix da.» Er setzte sich auf einen Hocker und kehrte mir den Rücken zu. «Ich will deinen Schwanz doch gar nicht sehen, wenn du das glaubst. Aber wir zwei müssen jetzt mal richtig miteinander reden. Wenn nicht Reidun und ich dich gefunden hätten, sondern jemand von der Behörde, dann...»

Ich zog meinen Mantel aus. Kjell Bjarne riss ihn sofort an sich und warf ihn in den Flur. Ich zog mich weiter aus und fischte Geld und Schlüsselbund aus meiner Hosentasche. Kjell Bjarne stopfte alle Kleidung in die Waschmaschine und schaltete sie augenblicklich ein.

Das heiße Badewasser wirkte verlockend. In einem niedrigen Regal stand ein Glas mit blauem Badesalz, und ich fragte, ob ich mir wohl eine Hand voll nehmen dürfe.

«Kipp den ganzen Pott rein! Eigentlich müsstest du mit Abflussreiniger gescheuert werden.»

Also wirklich. Jetzt ging er ein wenig zu weit, fand ich. Es fiel mir wahrlich nicht leicht, Selbstkritik zu üben und zuzugeben, dass ich in letzter Zeit in vieler Hinsicht doch ein wenig nachlässig gewesen war, also erinnerte ich ihn daran, dass er trotz allem keinen Penner vor sich hatte.

Er schwieg.

Ich kippte blaues Pulver ins Wasser und versank dann in einem warmen, duftenden Bad. Herrlich! Sofort belebten sich meine Sinne. Ich war schon immer einer, der sehr schnell einen Lichtfunken in der Finsternis entdeckt. Eine Eigenschaft, die ich ohne zu Zögern auf mein persönliches Pluskonto schreiben würde. Jetzt lag ich hier in der Wanne und fühlte mich wie ein König. Kjell Bjarne, dieses schlichte Gemüt, kehrte mir weiterhin den Rücken zu und wurde zu meinem getreuen Diener. In einem Buch über Heinrich VIII. hatte ich gelesen, dass die königlichen Darmbewegungen damals die Aufmerksamkeit des gesamten Hofes genossen hätten. Ja, und dass nur die vertrauenswürdigsten Höflinge dem Monarchen den Hintern abwischen durften. Das wollte ich natürlich nicht, solche Sauereien gehörten in eine andere Zeit. Ein Badeassistent dagegen ... Ich summte lustig vor mich hin, während ich meinen Leib reinigte. Ich hatte mich zwar geschämt, aber dieses Gefühl verließ mich zusammen mit altem Schweiß und Dreck, und im runden Bullauge der Waschmaschine sah ich meine pestverseuchten Kleider umhertanzen. Kjell Bjarne hatte sich vorgebeugt und in diesen Tanz vertieft, er schien ein Fernsehprogramm zu verfolgen. Alles würde wieder in Ordnung kommen, das schwor ich mir. Ich schlug mit der Hand auf die Wasseroberfläche und fluchte laut.

«Still!», sagte Kjell Bjarne. «Es ist halb sechs. Die Kleine schläft.»

«Dann ist es bald Zeit zum Aufstehen», scherzte ich. «Ich bin in letzter Zeit immer früh aufgestanden.»

«Ja», sagte er, «das weiß ich. Wir haben dich gehört. Reidun hatte Recht. Ich hätte mir dein Drecksloch schon längst mal ansehen sollen.»

Ich glaubte mich ganz deutlich daran zu erinnern, dass er bei seinem Auszug seinen Schlüssel hinterlassen hatte. Das sagte ich auch.

«Ich hatte zwei», erklärte er. «Frank hat gesagt, ich solle den einen behalten. Für alle Fälle.»

«Für was für Fälle?»

«Für den Fall, dass du wieder austickst.» Er drehte sich um. «Wie jetzt.»

«Umdrehen!», kläffte ich.

Und ruhiger, als er meinem Befehl nachkam: «Du weißt genau, dass ich nicht ausgetickt bin.»

Er schwieg. Er zitterte. Er zitterte am ganzen Leib.

«Jetzt bleibst du ein paar Tage bei uns», sagte er endlich. «Bis ich und Reidun deine Bude in Ordnung gebracht haben. In so einem Schweinestall kannst du doch nicht wohnen.»

Ich war fast ein wenig gerührt, auch wenn er das Unmögliche vorschlug oder mir sogar aufzuzwingen versuchte. Freundlich, aber doch bestimmt erklärte ich ihm, dass das eine schöne Idee sei, die sich aber leider nicht in die Praxis umsetzen lasse. Ich konnte mich einfach nicht als Dritten in ihrem Glücksbett sehen. Außerdem hielt ich es für relativ unwahrscheinlich, dass Reidun dazu bereit sein würde. Sexuelle Phantasien sind und bleiben Phantasien. Das hatte ich in der Zeitung gelesen. Dass eine Frau davon träumt, es mit zwei Männern auf einmal zu machen, muss nicht bedeuten, dass sie es auch tut, wenn die Gelegenheit sich bietet.

«Du schläfst in der Werkstatt», sagte er, «auf dem Klappbett.»

Ach.

Diese Vorstellung war merkwürdigerweise nicht direkt abstoßend. Aber ich fand doch zu den seltsamsten Zeiten den Weg in den Schlaf, und manchmal fand ich ihn überhaupt nicht. Wie sollte eine Kleinfamilie mit einem dreijährigen Kind und einem Stiefvater, der viermal die Woche früh aufstehen musste, damit umgehen?

«Das schaffen wir schon.» Kjell kratzte sich am Kopf. «Reidun hat Pillen. So blaue. Du musst jetzt schlafen,

Elling. Schlafen wie bescheuert. Wenn du aufwachst, ist alles ganz anders. Dann hast du dich verändert, da bin ich mir sicher. Neue Wohnung. Sauberes Hemd und klare Birne.»

Veränderung? Tja, warum nicht? Die Vorstellung, wirklich schlafen zu können, war verlockend. Ich war nie ein Pillenmann gewesen, ich nahm höchstens im Notfall ein Vival, aber jetzt war ich müde. War bis ins Mark hinein erschöpft. Und ich dachte an Beril oder wie sie nun hieß. Ich wollte ihr so gern in neuer, ausgeschlafener Ausgabe gegenübertreten. Ohne Ketchup am Mantelkragen.

«Ich brauche einen neuen Mantel», rutschte es mir heraus. Und als ich das gesagt hatte, ging mir auf, dass ich mit diesen Worten Kjell Bjarnes Angebot von Schlafkur und Vollpension angenommen hatte.

«Hol ich von der Heilsarmee», sagte Kjell Bjarne. «Das ist kein Problem. Wird schon schwieriger, die Kotze von deinem Schlafzimmerboden zu kratzen. Vielleicht solltest du mal zum Arzt gehen? Womöglich stimmt ja was mit deinem Magen nicht, könnte ich mir vorstellen.»

Ich schwieg. Mit meinem Magen war alles in Ordnung. Mir war von meinen Gedanken schlecht gewesen. Das war alles.

Er erhob sich. «Ich mach dir jetzt das Bett. Und hol einen Schlafanzug für dich.»

«Kjell Bjarne», sagte ich.

«Ja?»

«Du kannst mir wirklich glauben, es tut mir so Leid, dass ich dir mit Mord gedroht habe.»

«Scheiß drauf. Dann hätt ich dich einfach zusammengefaltet. Das weißt du doch. Wär ja nicht das erste Mal.»

Er ging.

Zusammenfalten, du meine Güte, dachte ich. Jetzt bereute ich, meine Reue zugegeben zu haben.

Andererseits: Es war nicht wichtig. Alles in allem genommen war eigentlich gar nichts wichtig. Wir werden geboren und dann sterben wir. Und in der Zwischenzeit hecken wir ein paar Streiche aus. Gehen angeln, zum Beispiel. Spielen Golf. Schimpfen und lachen. Es spielt überhaupt keine Rolle.

Das warme Wasser machte mich träge und schläfrig. Ich musste mich zusammenreißen, um nicht einzuschlafen. Ich dachte, dass alles nur im Chaos enden würde, wenn ich ohne ein Schlafmittel einschliefe. Dann würde ich doch wieder aufwachen, verschwitzt und in miesem Zustand, nach nur zwei Stunden. Und das hatte ich satt. Ich hatte es restlos satt, verschwitzt und in miesem Zustand zu sein. Ich wollte zu einem ganz neuen Menschen werden. Ich wollte sofort damit anfangen. Ich wusch mich gründlich. Immer wieder.

Harmonische Geräusche drangen an mein Ohr. Das zärtliche Geflüster des glücklichen Paars. Eine Tür wurde geöffnet. Ein Stuhl verrückt. Sie hatten die Operation Elling jetzt ernsthaft in Angriff genommen. Ich ertappte mich dabei, dass ich tief durchatmete, um diese unbestreitbare Tatsache zu genießen. Ich atmete tief ein und dann wieder aus und genoss es. Ich hyperventilierte geradezu. Ich musste an den intensiven Genuss denken, frisch gebadet zwischen saubere Bettwäsche zu schlüpfen. Wann hatte ich das wohl zuletzt erlebt? Ich wusste es nicht mehr. Ich konnte mich nur noch an das Gefühl erinnern. Wusste, dass es einer der definitiven Höhepunkte des Daseins war. Und wenn ich erwachte, ich meine, *wirklich* erwachte, dann würde ich neu sein. Neu in einem schönen gebrauchten Mantel. Davon war ich überzeugt.

Ich kann mich nur bruchstückhaft an diese vier oder fünf Tage im März erinnern. Meine erste Begegnung mit Reiduns blauer Wunderkur warf mich einfach um. Ich schlief über zwanzig Stunden. Meine kurzen Besuche im vollen Bewusstsein waren geprägt von notwendigen Unternehmungen wie schnellen Toilettengängen, einem Teller Suppe und einem Glas Wasser. Dann bekam ich noch eine Pille und versank wieder in tiefem Vergessen.

So vergingen Tage und Nächte. Ich schlief und schlief.

Bis zu diesem Morgen. Bis zu diesem wunderschönen Morgen, der sich dann als Montag entpuppte. Der erste Morgen in einem neuen Leben, ja, das dachte ich: in einem neuen Leben. Die Armbanduhr auf dem Boden vor dem Klappbett zeigte kurz nach sieben. Ich fühlte mich hellwach und ausgeruht. Froh. Zum ersten Mal, so lange ich mich erinnern konnte, erwachte ich gleichzeitig mit den anderen. Mit der Mehrheit. Normalerweise wollte ich nichts mit der Mehrheit zu tun haben, aber jetzt sah alles anders aus. Ich wollte aufstehen und am Tag teilnehmen. Und dann wollte ich mich wieder hinlegen, müde von physischen Aktivitäten und mentalen Eindrücken, vielleicht gegen halb elf. Wie alle anderen Ameisen im Hügel.

Ich hörte Geräusche aus der Küche. Wunderschöne alltägliche Geräusche. Tassen wurden auf Untertassen gesetzt. Der Wasserhahn lief. Mojos seltsame hohe Stimme stellte irgendeine Frage. Was hatte ich dieses kleine Geschöpf doch vernachlässigt! Wie hatte ich meine Rolle als Nennonkel Elling ignoriert! Das sollte anders werden. Es war schon anders.

Ich stand auf. Zu meinem Erstaunen oder genauer gesagt meiner Begeisterung zitterte ich nicht, und mir war auch nicht im Geringsten schwindlig. Das passiert sonst ja oft nach einem längeren Aufenthalt im Bett. Aber nein! Hier war alles in Ordnung und noch viel besser. Ich hatte das starke Gefühl, Kontakt zu einem anderen Elling aufgenommen zu haben. Zu meinem eigentlichen Ich, das bisher unter der Schlackenhalde des Daseins begraben gewesen war.

Ich konnte mich vor Reidun natürlich unmöglich in Kjell Bjarnes Schlafanzug sehen lassen. Das hatten die beiden

Turteltauben offenbar auch selbst begriffen, denn an einem Haken neben der Tür hing ein blauer Bademantel. Oder Schlafrock, wie ich dieses Kleidungsstück lieber nenne. Warum hatte ich mir nicht schon längst einen Schlafrock zugelegt? Ein hervorragendes Kleidungsstück, wie geschaffen für einen etwas lässigen Charakter wie mich. In meinem neuen Leben würde ein geräumiger Schlafrock morgens und abends eine wesentliche Rolle spielen. Ja, und mitten am Tag auch. Ich schlüpfte in dieses wunderbare Gewand und betrat dann das Wohnzimmer.

Die kleine Mojo entdeckte mich als Erste. Sie stand neben dem Fernseher und kratzte sich ihr kleines Hinterteil. Sie fürchtete sich zuerst ein bisschen, das tun kleine Kinder ja häufig, wenn in ihrem Wohnzimmer ein fremder Mann auftaucht. Und ich war ihr ja in gewisser Hinsicht fremd geworden. Aber das war sofort vergessen, als ich die Augen verdrehte, eine Grimasse schnitt und ihr meine Zunge zeigte.

«Einen wunderschönen guten Morgen», rief ich und brachte mein Gesicht wieder in Normalstellung.

Kjell Bjarne und Reidun kamen aus der Küche gestürzt.

«Kommst du langsam wieder zu Verstand?», fragte Kjell Bjarne.

«Aber Kjell Bjarne!», Reidun kicherte.

Ich hob die linke Handfläche. «Lass ihn nur! Zwischen uns ist es immer schon rau, aber herzlich zugegangen.»

Ich erklärte den beiden, dass mein Verstand sich in einem tadellosen Zustand befand. In dem Zustand, den Gott dafür ursprünglich ausersehen hatte.

«Sehr gut», meinte Kjell Bjarne, «denn jetzt gibt's Frühstück und so. Nicht wahr, Mojo?»

«Frühstück!», rief Mojo energisch.

«Du musst doch einen Mordshunger haben», sagte Reidun, «wo du über fünf Tage geschlafen hast.»

Mordshunger, du meine Güte … «Doch, ein gebratenes

Lamm und zwei Spiegeleier würde ich wohl schaffen», scherzte ich. Wenn sie mich nötigten, wohlgemerkt.

Sie nötigten. So sehr, dass mir die Tränen in die Augen traten. Vor diesen Freunden war ich also geflohen? Ja. Aber ich war ein Anderer gewesen. In einer anderen Zeit. Es war nicht lange her, eigentlich erst fünf Tage – aber es war trotzdem eine ganz andere Zeit gewesen.

Und jetzt wollte ich alte Gewohnheiten wieder aufnehmen. Solche, die sich problemlos als konstruktiv bezeichnen ließen, wohlgemerkt. Deshalb teilte ich mit, dass ich vor dem Frühstück noch kurz, aber gründlich duschen wollte.

Kjell Bjarne räusperte sich und bedachte Reidun mit einem raschen Seitenblick. «Wir haben ein kleines Problem, Elling... Und werd jetzt bloß nicht böse oder so. Aber wir...»

Wir? Er und Reidun oder wir drei oder sogar vier? Mein Misstrauen war sofort geweckt, aber ich gab mir alle Mühe, das zu verstecken.

«Du hast kaum noch Klamotten», erklärte Kjell Bjarne.

«Es war einfach nichts mehr da», fügte Reidun in solidem Hausfrauentonfall hinzu.

«Doch», sagte Kjell Bjarne eifrig, «der Anzug ist völlig in Ordnung. Den hast du doch bloß zweimal angehabt, und er hing in einer riesigen Plastiktüte im Schrank. Wir mussten ihn bloß reinigen lassen, weil er nicht mehr gut gerochen hat. Jetzt ist er ganz toll.»

Ein kleines Problem? Sollte ich jetzt vielleicht in einer tiefen und lange anhaltenden Depression versinken? Ich war erleichtert. Hätte jubeln können. Ich dankte den beiden überschwänglich. Endlich hatten meine alten Fetzen ihren rechtmäßigen Platz gefunden, nämlich die Müllhalde Grønmo. Dort gehörten sie hin. Sie gehörten in das Leben, das jetzt hinter mir lag. Dass der Anzug ihre kritischen und gesunden Blicke überlebt hatte und jetzt frisch gereinigt vorlag, erschien mir als gutes Omen. Als Symbol für mein neues Leben. Ich wollte der Zukunft im Anzug gegenübertreten. Mit lautem befreienden Lachen ging ich ins Badezimmer.

«Kjell Bjarne hat bei der Heilsarmee einen neuen Mantel für dich gefunden», rief Reidun hinter mir her, erleichtert und froh, als habe sie eine negative Reaktion meinerseits befürchtet.

«Und einen Sechserpack neue Boxershorts», sagte Kjell Bjarne. «Hemd und Socken kannst du von mir leihen, bis du dir selbst welche besorgt hast. Und warte nur, bis du deine Bude siehst!»

Nun gut. Ich ging unter die Dusche. Die ganze Zeit mit einem breiten Lächeln, fast einem Feixen. Hätte ich es überhaupt über mich gebracht, in den alten Terylenhosen, den alten versauten Hemden und Pullovern in mein neues Leben zu treten? Kaum. Es wäre jedenfalls nicht dasselbe gewesen. Jetzt konnte ich unbehindert mein neues Image aufbauen. Die Vorstellung eines farbenfrohen Schlipses erschien mir plötzlich verlockend. Und während ich mich noch einseifte, ging es mir weiterhin besser und besser. Ich war immer schon ein genügsamer Mann. Mein Leben lang bin ich mit meiner Rente ausgekommen. Aber nun fiel mir ein, dass ich seinerzeit von meiner Mutter doch einiges an Geld geerbt hatte. Das meiste davon hatte natürlich die Stadt Oslo an sich gerissen, als sie Kjell Bjarne und mir diese Wohnung zugeteilt hatte. Die Stadt Oslo hatte dermaßen gierig zugelangt, dass ich das Konto im Grunde abgeschrieben hatte. Aber jetzt fiel mir ein, dass noch ein Rest von vielleicht zwanzigtausend Kronen übrig war. Und was läge näher, als einen Teil davon in ein neues Äußeres zu investieren?

Ich rückte mir energisch mit Reiduns Nagelbürste zu Leibe.

Später. Im dunklen Anzug. Am schlichten Frühstückstisch der kleinen Familie. Habe ich schlicht gesagt? Pfui Schande. Der Tisch war überreich gedeckt. *Just perfect.* Toast und frisch aufgebrühter Tee. Gekochte Eier, Käse und Marmelade. Kjell Bjarne wollte sogar Speck braten, aber ich wehrte freundlich ab, aus Rücksicht auf meinen frisch gereinigten Anzug. Gebratener Speck ist von auserlesenem Geschmack, aber der Geruch bleibt leicht in der Kleidung hängen. Wenn schon, denn schon, meinte ich. Was mir Reiduns absolute Unterstützung sicherte.

«Ich hab deine ganze Bude angestrichen», sagte Kjell Bjarne mit vollem Mund. «Und den Teppichboden rausgerissen. Schöner Boden drunter. Breite Eichendielen.»

«Vielen Dank», sagte ich. «Aber musste das wirklich sein? Das war doch alles schon angestrichen. Hatten wir doch bei unserem Einzug gemacht.»

«Die Wände waren nicht mehr so besonders weiß», sagte Kjell Bjarne und schaute in eine andere Richtung.

Nicht? War ich wirklich so blind gewesen? So weit weggetreten?

«Die Wände hatten ganz viele gelbe Flecken. Bis hoch zur Decke.»

Reidun räusperte sich.

«Sicher irgendein Pilz», sagte ich. «Das passiert doch leicht in einem alten Haus.» Für einen Moment fiel mir ein, dass ich meinen Schatten ab und zu mit Apfelsinen beworfen hatte, aber ich hielt es für unnötig, Reidun und Kjell Bjarne damit zu belasten. Es gehörte schließlich in eine nicht so feine Vergangenheit, und ich war zutiefst davon überzeugt, dass sich solche Szenen nicht wiederholen würden. Den eigenen Schatten mit Apfelsinen bewerfen. Was für eine Idee!

Nach dem Frühstück bekam ich den Mantel. Ich sage das ganz bewusst so leicht und lässig. Der Satz passt gewissermaßen so gut zu diesem Mantel. Tatsache ist, dass ich an diesen Mantel noch lange Zeit als an den «Frühstücksmantel» dachte. Es war ein heller, leichter Mantel, wie geschaffen für den Mann, der ich jetzt werden wollte, und für die Jahreszeit, der wir entgegengingen. Es war das perfekte Kleidungsstück für einen, der durch die Straßen schlendern wollte, wenn der Schnee verschwand und die Sonne jeden Tag an Macht gewann. Ich untersuchte den Mantel sorgfältig und kam zu demselben Schluss wie Reidun und Kjell Bjarne, nämlich dass er ganz einfach makellos war. Nicht ein Fleck. Alle Knöpfe vorhanden. Nicht einmal Fussel in den Taschen. Jemand musste der Heilsarmee diesen Mantel aus purer Herzensgüte überlassen haben. Irgendeine christliche Seele, die mir dieses wunderbare Kleidungsstück einfach gegönnt hatte. Die den Mantel zum vollen Preis gekauft hatte, um ihn dann drei Sonntage lang zum Gottesdienstbesuch zu tragen. Ich konnte mir problemlos vorstellen, wie die Worte des Pastors in Bewusstsein und Seele dieser bemittelten Person eingesickert waren. Es gab so viele, denen es nicht so gut ging. Einzelne froren und klapperten mit den Zähnen, selbst jetzt, mitten im norwegischen Ölabenteuer. Um dieses Thema herum hatte der Pastor seine Predigt aufgebaut, an diesem für mich und für Carl Fredrik Friisen so schicksalhaften Sonntag vor nicht allzu langer Zeit. Er hatte wach gelegen und an Jesu Worte über Kamele und Nadelöhre gedacht. Er war mitten in der Nacht aufgestanden, hatte seine Frau geweckt und gesagt: «Ich verschenke den Mantel. Ich gebe ihn der Heilsarmee!» Hatte seine Frau ihm da zugestimmt? Nein, vermutlich nicht. Schlaftrunken und mit dem grellen Licht der Nachttischlampe in den rotgeränderten Augen hatte Carl Fredrik Friisens Frau ihm widersprochen. Der Mantel war ganz neu. Er hatte ein Vermögen gekostet. Carl Fredrik Friisen hatte noch andere Mäntel. Alte Mäntel. Die mussten doch mehr als gut genug sein. Geld? Hatte sie von Geld gesprochen? Liebe, liebe Margrete! Wenn Jesus jetzt in Hemdsärmeln vorbeikäme, welchen Mantel würde sie ihm dann geben? Würde sie den alten Marve-Fleksnes-Mantel aus den sechziger Jahren anschleppen? Nein. Würde sie nicht. Jetzt war die Frau hellwach und zusammen knieten sie vor der Bettkante und beteten um Vergebung und Führung. Sie verdienten zu viel Geld. Sie badeten im Luxus. Sie baten Gott, mit Hilfe des Mantels das Leben einer seiner armen Seelen ins richtige Gleis zu lenken. Niemals sollte der Mantel mit Bierspritzern und Erbrochenem besudelt werden. Und es ist mehr als nur vorstellbar, dass diese beiden sich da und dort gewisse Gedanken über das weitere Schicksal des Mantels gemacht hatten. Hatten sie mich vor sich gesehen? Hatte Gott ihnen in seiner Weisheit einen etwas verwirrten Mann von etwa vierzig gezeigt? Einen Mann, dessen Fähigkeiten und Visionen das neue Norwegen nicht zu schätzen wusste? Ja. Das glaube ich. Auf jeden Fall hätte ich es ihnen gegönnt.

«Hat hundert Ecken gekostet», sagte Kjell Bjarne. «Und gefüttert ist der auch.»

Ich sagte wahrheitsgemäß, der Mantel sei einfach prachtvoll. Hier war ich nun in Fetzen einhergewandelt, während solche Mäntel für die runde Summe von hundert Kronen zu haben waren! Ich schämte mich und versprach jede einzelne Krone zurückzuzahlen. Für den Mantel. Für die Farbe. Für jede Stunde, die Kjell Bjarne in meiner Wohnung verbracht hatte. Natürlich hatte ich gesehen, welche Verwüstungen der gelbe Pilzbefall dort unten angerichtet hatte, aber ich war so müde gewesen. So ganz und gar einsatzunfähig.

«Komm», sagte Kjell Bjarne, «über die Kohle reden wir später.»

Wir gingen nach unten. Kjell Bjarne vorweg, eifrig wie ein Junge, mit dem Schlüssel in der Hand. Dann ich in offenem Frühlingsmantel und frisch gereinigtem Anzug. Hinter uns die Frauen. Mutter und Kind, die Mutter mit dem Kind auf dem Arm. Kjell Bjarne schloss auf, öffnete die Tür sperrangelweit und ließ mich zuerst eintreten.

Ich glaubte weder meinen Augen noch meiner Nase zu trauen. Es roch nach Salmiak und Ajax. Und nach allerlei anderen Reinigungsmitteln, deren Namen ich nicht kannte, ihr Duft hing in der Luft wie eine Art unsichtbarer Hintergrundvorhang. Als Erstes entdeckte ich die Bodenbretter in Diele und Wohnzimmer. Der verdreckte Teppichboden war herausgerissen und weggebracht worden. Neben der Badezimmertür stand ein nagelneues Katzenklo aus weinrotem Kunststoff, gefüllt mit jungfräulicher weißer Katzenstreu. Ich öffnete die Badezimmertür und schnappte nach Luft. Auch hier herrschte der antiseptische Duft von Neuer Start, Neues Leben. Die Fliesen waren glänzend weiß geschrubbt worden, und als ich einen Schritt weiter ging und das Klo inspizierte, hatte ich das Gefühl in eine frisch gespülte Obstschüssel zu blicken. Die Vorstellung, dass ich und andere hier gesessen und das gemacht hatten, was Menschen eben machen müssen, kam mir vollständig absurd vor. Ein Duftstein Marke Zitrone war auch vorhanden. Eine Obstschüssel! Mein Gesicht strahlte mich aus dem Spiegel über dem polierten Waschbecken an, ausgeruht und hingerissen. Wie war es denn überhaupt möglich gewesen, die widerspenstigen Zahnpastaflecken zu entfernen? Ich hatte schon vor langer Zeit gepasst. Wahrscheinlich hatte ich ihre Anwesenheit ganz unterbewusst begrüßt. Als eine Art Zensur, einen kleinen Bericht über den eigentlichen Zustand der Dinge, ehe ich den letzten Schritt vollzogen und überhaupt nicht mehr in den Spiegel geschaut hatte.

Elmer und Pfeffer kamen uns entgegen, als wir dann ins Wohnzimmer gingen. Meine geliebten Tiere, jetzt erst begriff ich, wie schrecklich ich sie vernachlässigt hatte. Ich hob sie beide hoch und setzte mir einen Kater auf jede Schulter. Sie jammerten vor Freude, ich dagegen blieb stehen und glotzte. Das sollte mein Zuhause sein? Der alte Teaktisch, auf dem ich so oft brennende Zigaretten vergessen hatte, war verschwunden. Ebenso das Sofa mit den Spaghettiflecken. Der Holzboden war blank und gebohnert. Wände und Decke leuchteten strahlend weiß. Ich sah ein nagelneues dunkelgrünes Sofa. Einen niedrigen Tisch aus Kiefernholz. Neue weinrote Vorhänge. Aber das Schönste, was ich wohl mein Leben lang vermisst hatte, ohne das selbst so recht zu wissen: große Grünpflanzen in bunten Töpfen, auf dem Boden und auf den Fensterbänken.

«Das kann doch nicht wahr sein!», sagte ich. «Ich komme mir vor wie im Ikea-Katalog. Oder in irgendeiner Zeitschrift für Schöner Wohnen.»

«Das ist ja fast schon hellseherisch von dir», lachte Kjell Bjarne. «Der ganze Kram ist von Ikea.» Er zeigte zum Schlafzimmer. «Das Bett auch. Wir haben für alle Fälle ein Doppelbett genommen. Zuerst haben Jonny und ich den ganzen alten Scheiß eingesackt. Jonny hat sich von seinem Onkel einen Lieferwagen geliehen. Dann ging's zur Müllhalde. Und dann weiter zu Ikea.»

«Jonny?»

«Arbeitskollege. Scheiß drauf.»

Jonny? Das Bild dieses fremden Kerls, der sich mit einem Vorschlaghammer in meinem Zuhause zu schaffen machte, ärgerte mich, aber ich verdrängte meinen Ärger. Die lässige Art, in der Kjell Bjarne «Arbeitskollege» gesagt hatte, hätte ihm normalerweise einen scharfen Tadel meinerseits eingetragen, aber die Situation, in der ich mich hier befand, war so weit von jeglicher Normalität entfernt, dass ich mich zusammenriss. Doch was hatte das alles gekostet? Ich konnte das doch unmöglich zurückzahlen. Wie hatten die beiden Turteltauben diese ganzen Herrlichkeiten denn überhaupt finanzieren können?

Als Kjell Bjarne und ich noch zusammengewohnt hatten, hatte ich die Haushaltskasse verwaltet. Alles andere hätte in die ökonomische Katastrophe geführt. Nachdem ein wohlgezielter Schuss von Amor persönlich ihn und Reidun aneinander genagelt hatte, hatte sie diese Aufgabe übernommen. Folglich antwortete sie, als ich die Finanzfrage aufs Tapet brachte. Sie konnte mich beruhigen, ich schuldete ihr und Kjell Bjarne nicht viel mehr als zehntausend Kronen. Ein langes Leben am Rand der Gesellschaft hatte ihr sehr genau beigebracht, was ein Einzelindividuum von Stadt und Gemeinde fordern darf. Sie setzte zu einer langen Tirade an, die ich nicht verstand und auch nicht verstehen wollte, aber immerhin ahnte ich einiges vom guten alten Frank in ihrem Sozialamtschinesisch. Wenn die beiden sich mit Frank besprochen hatten, dann konnte ich das natürlich als Verrat betrachten. Andererseits stand ich mit beiden Füßen fest in einem neuen Dasein verankert. Ich hätte vermutlich nicht einmal protestiert, wenn das Geld von der Russenmafia gekommen wäre. Und auf jeden Fall war es eine Tatsache, dass Kjell Bjarne und Reidun ihr sauer verdientes Geld für mich ausgegeben hatten.

Ich bedankte mich. Weinte und bedankte mich.

«Für mich hättest du das doch auch getan», sagte Kjell Bjarne und schlug mit einer seiner Bärentatzen auf meinen Rücken ein.

Ich lehnte mich an die Wand und schluchzte, denn ich wusste, dass er sich da irrte. Dass ich, zumindest so wie ich bis zu diesem Tag gewesen war, keinen müden Finger gerührt hätte, und wenn er in seinem eigenen Abfall erstickt wäre.

Aber das sollte anders werden! Jetzt sollte alles, inklusive ich selbst, anders werden.

Damit tröstete ich mich.

5

Es war lange her. So schrecklich lange her. Ich merkte, dass ich mich schämen wollte, aber dann konnte ich dieses schändliche Gefühl gleich bei seiner Geburt ersticken. Ich hatte mich in meinem Leben wirklich genug geschämt. Elling, sagte ich zu mir. Du hast dir alle Mühe gegeben. Du hast in dir selbst aufgeräumt. Wer in sich keine Ordnung hält, kann den Sterbenden nicht helfen.

Die Tür war abgeschlossen, ich musste klingeln. Sie mussten die Türen verschließen, seit Rauschgiftsüchtige Schubladen und Schränke der Bewohner durchwühlt hatten. Was war eigentlich mit diesen Giften los? War es der Teufel selbst, der tief im illegalen Rausch röchelte und sang? Diese Vorstellung war betörend. Nicht einmal nach zwei Vival hatte ich auch nur einen ganz schwachen Drang verspürt, Menschen, die darauf warteten, ihr Erdenleben zu verlassen, ihr Taschengeld zu stehlen.

Es brummte. Ich nannte meinen Namen und betonte, dass ich niemandem etwas tun wollte. Es brummte nicht mehr und die Tür war so verschlossen wie zuvor. Ich schellte noch einmal. Es brummte abermals, aber auch diesmal konnte ich nicht viel über mich erzählen, ehe das Brummen im Schloss wieder verstummte. Tja. Es war das alte Spiel. Nicht mehr und nicht weniger. Ich lief einfach über den Hof und betrachtete die drei Rosen, die ich am Kiosk beim Eingangstor gekauft hatte. Früher oder später musste doch jemand kommen, an den ich mich anhängen konnte.

«Hallo! Haben Sie hier eben geklingelt?»

Großer Busen. Frau mitten in den blühenden Dreißigern. Sie lehnte sich aus einem Fenster im ersten Stock.

Ob sie mich wohl meinte?

«Drücken Sie einfach gegen die Tür, wenn das Schloss brummt. Sie brauchen dafür nicht Ihre Lebensgeschichte zu erzählen.»

Jetzt übertrieb sie aber wirklich. Ich hatte doch nur klarstellen wollen, dass ich kein schnöder Fixer war.

Sie verschwand vom Fenster, und ich lief über den Hof, mein offener Mantel flatterte wie Batmans Cape um mich herum. Gleich darauf brummte es wie besessen, und diesmal rief ich nur kurz «schon unterwegs», dann stürzte ich ins Haus.

Sie wartete schon auf mich, als ich die Tür zum ersten Stock öffnete. Aus der Nähe sah ich, dass sie einen kleinen Schnurrbart hatte. Sie musterte mich ausgiebig, und ich dachte, jetzt schimpft sie mich sicher aus, weil ich eben so viel geredet habe. Aber zu meiner Erleichterung löste ihre strenge Miene sich zu einem breiten Lächeln. Ein Goldzahn funkelte.

«Sagen Sie nichts», bat sie. «Lassen Sie mich raten. Sie besuchen Alfons ab und zu, oder?»

Was sollte das denn? Ich fühlte mich nicht sehr wohl in meiner Haut. Und das merkte sie auf irgendeine Weise, denn sie packte meine freie Hand und schüttelte sie.

«Ich bin Anette Iversen», sagte sie. «Ich war nicht im Dienst, als Sie zuletzt hier waren, aber Sie wissen ja, die Station ist sehr klein. Ich habe wirklich herzlich gelacht, als ich gehört habe, was Sie da angerichtet hatten. Das dürfen Sie nie wieder tun. Aber Sie sind wohl ein ziemlicher Schelm?»

Ich beschloss ihrem Gewäsch mit einer guten Portion Nachsicht zu begegnen. Ich beschloss ganz einfach der Schelm zu sein, zu dem sie mich machen wollte.

«Wie geht's ihm denn?», scherzte ich. «Er ist doch wohl nicht tot?»

Sie ließ meine Hand los. «Ach, überhaupt nicht. Was für schöne Blumen. Und dieser Schlips! Der ist ja witzig!»

Wir gingen über den Flur.

Witzig? Witziger Schlips? Ich fand, dass manche Menschen einen ziemlich komischen Humor haben. Ich selbst konnte beim besten Willen nicht begreifen, was an einem türkisen Schlips, bedruckt mit einer einsamen Insel und zwei Palmen, so witzig sein sollte. Ich stellte mir vor, wie Anette Iversen auf Hawaii ankam und sich dabei ausschüttete vor Lachen. Sie machte sich vor Lachen die Hose nass. Das fand *ich* witzig. Ich schmunzelte vor mich hin.

Sie blieb stehen und legte den Kopf schräg. «Wie sind Sie bloß auf die Idee gekommen, Alfons im Krankenbett in den Garten fahren zu wollen? Noch dazu mitten im Winter!»

Aha! Das hatte sie also mit «angerichtet» gemeint. Ich sagte wahrheitsgemäß, dass ich immer die sozialdemokratischen Gleichheitsprinzipien vertreten hätte. In der Praxis bedeute das, dass Rollstuhlfahrer und Patienten mit Gehgerät nicht vorgezogen werden durften. Aber *sie* wurden an die frische Luft gebracht und konnten neue Eindrücke sammeln. Außerdem hätte ich durchaus nicht vorgehabt, meinen guten Freund nackt herumzufahren. Ich hatte ihn sogar in eine zusätzliche Decke gepackt.

Sicher, sicher, meinte sie. Sie wusste ja, dass ich es gut gemeint hatte. Aber trotzdem.

Trotzdem, was denn trotzdem? Der Fehler von Einrichtungen wie dieser waren ihre starren Vorschriften. Vor nicht allzu langer Zeit hatten die Insassen nicht einmal an Feiertagen ein Glas Wein trinken dürfen. Damit war jetzt Schluss, das war einem exzentrischen norwegisch-amerikanischen Multimillionär zu verdanken, der auf seinem Sterbebett ein pfiffiges Testament ausgeheckt hatte. Er hatte dem Seniorenheim Gaustad vierzig Millionen Dollar hinterlassen unter der Bedingung, dass jeder einzelne Cent vertrunken werden musste. Was in aller Welt hatten die Heimleiter vorher eigentlich befürchtet? Glaubten sie, dass ruhige, durchschnittliche Bürger sich in aggressive Saufnasen verwandelten, bloß weil ihre Gesundheit sie im Stich ließ?

Und hier? Hier war mein Versuch, einem guten Freund zu zeigen, dass die Welt dort draußen noch immer existierte, zu einer Wandersage geworden, über die in den Winkeln gekichert wurde.

«Er ist wieder schwächer geworden», sagte Anette Iversen.

«Und Larsen», fragte ich.

Sie schüttelte den Kopf. «Nein, der hat sich schon vor langer Zeit davongemacht. Alfons wohnt jetzt zusammen mit Konrad Olavsen.»

«Wie traurig!», sagte ich. Und diese Worte kamen wirklich von Herzen. Ich fand es traurig, dass Larsen uns verlassen hatte. Er hatte immer geglaubt, ich wollte ihn besuchen, nicht Alfons. Larsen hatte mich ganz einfach für seinen eigenen Sohn gehalten. Und ich hatte nie das Bedürfnis empfunden, diesen Irrtum aufzuklären. Ich konnte problemlos seinen Sohn spielen. Ich konnte mich an meinen letzten Besuch noch gut erinnern. Larsen durchwühlte Alfons' leere Nachttischschublade.

«Das war doch gerade hier…», sagte er und zwinkerte mir schelmisch zu.

«Jetzt machst du aber Witze, Vater», sagte ich, «das war oben beim Gletscher Jostedalsbreen.»

Er wühlte und wuselte in gar nichts herum.

«Weißt du nicht mehr, dass Gina sich in dem Sommer die Haare lila gefärbt hatte?», fragte ich. «Mutter war außer sich!»

Er kicherte vor sich hin. Doch, er glaubte sich erinnern zu können. Und jetzt sah er Ginas lila Haare wieder vor sich.

Erinnerte sich an den wilden Zorn seiner Gattin. An ihren wilden Zorn am Jostedalsbreen.

«Und Onkel Tom war blau wie immer», sagte ich. «Aber nach der Sache mit Regine war das vielleicht auch nicht anders zu erwarten.»

«Wo ist Mutter?»

«Sie wollte nur hinten bei der Kurve ein paar Liegestützen machen», antwortete ich, «sie kommt bald.»

So konnten wir zwei Stunden am Stück weitermachen, während Alfons' Gesicht uns von seinem weißen Kissen her anleuchtete. Ich erzählte Larsen von meinen vielen Urlaubsreisen. Von den Frauen, die in meinem Leben kamen und gingen. Ich verbreitete mich über meine Arbeit in der Mobiltelefonfabrik.

Bisweilen winkte ich Alfons zu, doch er winkte nie zurück. Seine dunklen Augen hielten mich fest, aber er winkte nie zurück.

Jetzt war Larsen tot. Jetzt befand er sich an einem anderen oder an gar keinem Ort.

Jetzt biwakierte mein alter Freund Alfons Jørgensen zusammen mit einem gewissen Konrad Olavsen.

Alfons saß auf Kissen gestützt in seinem Bett. Er saß genau so da wie bei meinem letzten Besuch, doch er war im Laufe dieser Wochen oder Monate, oder was immer das nun waren, magerer geworden. In seinen Augen jedoch gab es noch Leben. Ich war davon überzeugt, dass er mich erkannte und sich über meinen Besuch freute. Das spürt man doch. Ich deutete seinen flackernden Blick als leicht verwirrtes Willkommen.

Ich packte seine schlappe Hand und schüttelte sie, so wie Anette Iversen vorhin meine geschüttelt hatte.

«Ach du meine Güte, lässt der Kerl sich auch mal wieder blicken», blökte ich mit Greisenstimme.

«Nett, dich zu sehen», fügte ich dann mit meiner eigenen

vertrauten Stimme hinzu. «Tut mir Leid, dass es so lange gedauert hat. Aber ich war in letzter Zeit sehr viel krank. Die Milz, leider. Aber damit will ich dich nicht belästigen. Wenn ich mich nicht irre, dann wird hier bei euch auch so schon genug über Krankheiten gefaselt.»

Er starrte mich an. Ein dünner Speichelfaden rann aus seinem schiefen Mund. Ich nahm ein Handtuch vom Haken an seinem Nachttisch und trocknete ihm das Gesicht ab. Immer wieder, bis ich zufrieden war. Es ging hier trotz allem um Würde. Es ist würdelos, so vor sich hin zu sabbern, vor allem dann, wenn man noch voll bei Verstand ist. Und das war Alfons. Ich hatte keinen Grund, das zu bezweifeln.

Ich zwinkerte ihm zu und warf das schmutzige Handtuch unter das Bett. «Du hast also einen neuen Mitbewohner? Einen gewissen Konrad Olavsen, heißt der nicht so?» Ich ließ die Rosen auf den Boden fallen und ging zum anderen Bett hinüber.

Konrad Olavsen war gerade eben noch physisch anwesend. Er bestand vor allem aus einer großen Nase und einem grauen Haarbüschel. Geistig war er bereits über alle Berge. Er schlief tief oder lag im Koma. Sein Anblick stimmte mich traurig. Niedergeschlagen. Auf seinem Nachttisch stand eine Vase mit einem ein wenig zerrupften Blumenstrauß. Mit raschem Griff zog ich die Blumen heraus. Einen Mülleimer konnte ich nicht entdecken, deshalb ließ ich den halb verstorbenen Strauß diskret in den Schrank neben der Tür gleiten. Dann gab ich frisches Wasser in die Vase und stellte eine der mitgebrachten drei roten Rosen hinein. Ich wollte so gerne, dass er zu einem schönen Anblick erwachte, nicht vor diesem verwelkten Kram, den irgendein Familienmitglied bei einem Pflichtbesuch abgeliefert hatte. Konrad Olavsen hatte es verdient, neben einer frisch entsprungenen Rose zu erwachen. Es war nicht schwer, ihn sich zum Beispiel als Leiter einer Tagungsstätte auf dem Lande vorzustellen, vielleicht war er bisweilen ein wenig hart mit seinen Schülern umgesprungen. Aber jetzt lag er hier wie ein Säugling, in einer Wiege am Grabesrand. Höchste Zeit, einen Strich unter alten Groll zu ziehen.

Die beiden übrigen Rosen stellte ich in die Vase auf Alfons' Nachttisch. Aber das war eigentlich ganz sinnlos. Alfons war fast ganz gelähmt und konnte den Kopf nicht bewegen. Es war unmöglich für ihn, sich über die Blumen zu freuen. Schuss in den Ofen. Aber ich habe mir schließlich fast immer Rat gewusst, und deshalb schob ich den Nachttisch ans Fußende seines Bettes. Wenn ich nun die Blumenvase darauf stellte, befand sie sich mitten in seinem Blickfeld. Davon überzeugte ich mich, indem ich meinen Kopf auf sein Niveau senkte. Doch. Ganz perfekt. Perfekt war jedoch keine Bezeichnung, die sich auf den Zustand seiner Bettdecke anwenden ließ. Die sah einfach schlampig aus. Total zerknittert. Seit meiner Schlafkur achtete ich sorgfältig auf diese scheinbaren Bagatellen. Ich machte jeden Morgen mein Bett. Mit militärischer Präzision. Ich war nämlich zu der schlichten Erkenntnis gekommen, dass die Bagatellen im Grunde alles andere als bagatellmäßig sind. Wenn das äußere Bild der Dinge, die materielle Umgebung, aus dem Gleichgewicht gerät und in Sauerei und Unordnung umschlägt, dann wirkt sich das auch auf unseren mentalen Zustand aus. Und ehe wir's uns versehen, sind wir schon in einem Teufelskreis gefangen. Unsere Umgebung deprimiert uns und macht uns handlungsunfähig. Und davon wird die Umgebung ja nur noch schlimmer. Und so weiter. Ich hatte meine Lektion gelernt. Ich hatte endlich eingesehen, dass im so genannten Alltäglichen ein tiefes Mysterium verborgen liegt. Warum haben die alltäglichen und werktäglichen Ereignisse und Geschehnisse in unserer Zeit einen so durch und durch schlechten Ruf erworben? Was ist denn so ungeheuer heilig am sonntäglichen Müßiggang?

Ich legte los. Steckte die Decke überall zwischen Matratze und Bettkante fest. Am Ende umschloss sie Alfons' versehrten Körper so eng wie eine Wurstpelle. Unten am Fußende war es so eng, dass ich die Decke nur mit Hilfe eines Kleiderbügels feststecken konnte. Das Ergebnis war gelinde gesagt hervorragend. So hervorragend, dass ich mich sofort an die Decke in Konrad Olavsens Bett machte. Er schlief so tief, dass ich ihm die Hand auf die Stirn legen musste, um mich davon zu überzeugen, dass er noch lebte.

Danach ging ich zurück zu Alfons und setzte mich auf einen Stuhl neben dem Nachttisch. Ich beugte mich vor und ließ meinen Schlips über die Bettkante hängen, um ihm einen schönen Anblick zu verschaffen.

«Du möchtest sicher wissen, wie es der kleinen Mojo geht», sagte ich. «Und ich kann dich beruhigen, es geht ihr ganz hervorragend. Sie ist ein zutrauliches Kind. Und du brauchst nicht zu denken, es fehlte ihr an Spielkameraden. Manchmal wimmelt es im Hinterhof nur so von Kindern.»

Ich verpasste mir selbst eine Maulschelle, als ich merkte, dass ich zu einer langen Tirade über den kleinen Knaben ansetzte, den ich hinten bei den Mülltonnen gesehen hatte. Ich hatte ihn doch gar nicht gesehen. Ich war krank gewesen, jetzt war ich gesund. So sah die Sache aus. Ich hielt mich lieber an die Wahrheit. Ich erzählte ausführlich von Kjell Bjarnes Job und von Reiduns praktischen und theoretischen Fähigkeiten, was das norwegische Sozialsystem anbelangte.

Ein Wort gab das andere, wie man so sagt. Ich redete und redete und die ganze Zeit blickte Alfons mich ernst und mit diesem vom Gehirnschlag getroffenen Blick an, der nichts davon verriet, was sich in seinem Kopf abspielte. Woran dachte er, wenn er hier Monat für Monat lag und in das sterile Zimmer hinausstarrte? Dachte er an den Tod? Daran, was passieren oder auch nicht passieren würde, wenn sein starrer Blick endlich brach und verlosch? Oder dachte er an das Leben? An das Leben, das jetzt so gut wie hinter ihm lag? An sorglose Kindheitstage. An Jugend und Verliebtheit. An sein Leben als Mann und Vater, ich wusste, dass er zwei Töchter hatte, die beide in den USA lebten. Oder dachte er jetzt einfach über mich und mein Wesen nach? Über die seltsame Freundschaft, die zwischen uns entstanden war, ja, die uns wie der Blitz getroffen hatte, damals, als der Zufall unsere Wege kreuzte? Aber konnte denn überhaupt die Rede von einem Zufall sein? Darüber zerbrach ich mir oft den Kopf, denn Alfons war der erste Freund gewesen, den ich mir freiwillig ausgesucht hatte. Kjell Bjarne war mir mehr oder weniger aufgezwungen worden, doch Alfons und ich waren einander begegnet, und beide hatten gedacht: Mit diesem Mann möchte ich befreundet sein. Freiwillig und ohne Verpflichtungen. Er war fast wie ein Vater für mich gewesen. Hatte die Rolle des Vaters gespielt, den ich nie gehabt hatte. Bis das Entsetzliche passiert war. Alfons war auf der Straße zusammengebrochen. Dann die Wartezeit. Dieses Wartezimmer.

Ich unterbrach meinen Redefluss. Schloss die Augen.

Und spürte irgendwo im Haus Oliver Grøttes Anwesenheit. Das kam mir ganz natürlich vor. Ich sah ihn deutlich vor mir. Der Wintermantel. Die schweren Stiefel. Der leicht schlurfende Gang. Er stapfte durch das Labyrinth aus dunklen Gängen, das sich unter dem Haus befand. Nur Unfug, natürlich, aber ich sah ihn ganz deutlich vor mir. Und ich muss zugeben: Ich sah ihn gern vor mir. Dieser Mann brachte mir hässliche Gedanken, aber immer, wenn er aus der Tiefe meines Inneren auftauchte, fand ich es verlockend, mich diesen Gedanken einfach zu ergeben.

Er blieb stehen. Er stand ganz still da unten in der Dunkelheit, und ich hörte seinen Herzschlag als dumpfes Dröhnen. Woher kam er? Wann war er eigentlich das erste Mal aufgetaucht? Ich wusste es nicht. Ich konnte mich nicht erinnern. Ich konnte mir gut vorstellen, dass er ein Schatten war, mir schon mein Leben lang folgte, sich jedoch erst in letzter Zeit die Eigenart angeeignet hatte, mir in menschlicher Gestalt zu erscheinen.

Konrad Olavsen wimmerte in seinem Bett vor dem Fenster. Ungefähr wie ein kleines Kind.

Ich öffnete die Augen, und das Zimmer lag in einem anderen Licht vor mir als bisher. Draußen war es jetzt ganz dunkel, das war vermutlich die Erklärung.

Konrad Olavsen wimmerte. Versuchte sich von der festgestopften Decke zu befreien und wimmerte. Dann brüllte er plötzlich los. Ich fuhr zusammen, rannte durch das Zimmer und lockerte die Decke. Ich wollte schließlich keinen Skandal verursachen.

Er starrte mich an.

«Was bis'n du für einer? Neuer Doktor?»

Senil? Schwer zu sagen. Ich hätte ja gern die Rolle des neuen Hals-, Nasen-, Ohrenarztes gespielt, aber ich riss mich zusammen.

«Ich besuche Alfons Jørgensen», sagte ich. «Ich bin ein alter Freund von ihm.»

«Ach. Na, den kenn ich nich'.»

«Er war in den sechziger Jahren einer der bekanntesten Dichter hierzulande. Hat vorgelesen, dass es eine reine Freude war.»

Ich beschwor die magische Stimmung dieser Dichterlesungen herauf. Feuer im Kamin und die vielen Zuhörerinnen, die mit offenem Mund dasaßen und lauschten. Die Chancen, die sich eröffneten, wenn er nach dem Vortrag im Kellerraum der lokalen Bibliothekarin übernachtete. Ich spürte Alfons' Blick im Rücken, aber ich merkte auch, dass ich nicht mehr zu bremsen war. Ich verbreitete mich über Alfons und Stina-Lena. Detailliert.

«Du bis ja knatschverrückt», sagte Konrad Olavsen. «Verschwinde.»

Dieses übellaunige alte Wrack! Ich nahm meine Blume mit und setzte mich wieder auf den Stuhl. Aber jetzt konnte ich keine starrenden Blicke mehr ertragen. Schon gar nicht den starrenden Blick von Alfons. Ich starrte zu Boden und schlug mit der langstieligen Rose gegen den einen Bettpfosten. Schneller und schneller. Härter und härter. Ich dachte: Die Wiege steht beim Grab. Ich peitsche sie mit Rosen. Poetisch. Das hatte etwas.

Ich warf die Reste der Rose unters Bett und stand auf. Ging ans Fenster. Unten auf dem Hofplatz, im blaugrünen Licht einer Straßenlaterne, standen zwei ins Gespräch vertiefte Pflegerinnen. Sie standen einfach da und redeten und redeten, während die Dunkelheit außerhalb des Lichtkegels immer dichter wurde. Ich fühlte mich plötzlich ein wenig mutlos. Hier lagen zwei Männer, die sterben mussten. Sie kannten einander nicht. Sie würden einander niemals kennen lernen. Dennoch würde zuerst der eine, dann der andere sterben. Hinter beiden lag ein langes Leben, sie hatten beide alle krummen Wege eingeschlagen, die das Leben zu bieten hat. Zwei ganz und gar ungleiche Lebensläufe. Der alte Konservative Konrad Olavsen und der Sozialdemokrat Alfons Jørgensen. Alfons mit seinen reimlosen Gedichten. Konrad mit einer vergilbenden Erinnerung an die konservative Zeitung, die jeden Morgen vor der Tür lag. Sie mochten auf der Straße aneinander vorübergegangen sein, sagen wir, vor dreißig Jahren, ganz ohne die Ahnung, dass sie sich gerade hier und unter diesen Umständen wieder begegnen würden. Sie mochten jeder mit seiner Begleiterin in einem Kino gesessen und sich *Casablanca* angesehen haben, als der Film noch neu war, vielleicht sogar in derselben Reihe. Ohne das zu wissen. Das hier.

Genug.

Genug Tristesse für dieses Mal.

«Du meine Güte», rutschte es aus mir heraus, «ich glaube, ihr kriegt prominenten Besuch, Jungs!»

Ich stellte mir vor, wie die Limousine vor der Treppe zum

Stehen kam, wo Oberarzt und Oberschwester schon mit einem großen Blumenstrauß aufmarschiert waren.

«Was'n los?», fragte Konrad Olavsen gereizt, aber neugierig.

«Ich traue meinen Augen fast nicht mehr», antwortete ich, ohne mich umzudrehen. «Aber Tatsache ist, dass unten vor dem Haus Gro Harlem Brundtland steht und sich mit der Krankenhausleitung unterhält. Dr. Gro in höchsteigener Person. Wo habt ihr eure norwegischen Flaggen versteckt?»

«Was für'n Blödsinn!»

«Ich hoffe wirklich, dass ihr unten ordentlich gewaschen seid», sagte ich, halb zu mir selbst. «Denn wenn nicht...»

Ich ging in der Zeit zurück. Zurück in die gute Zeit. In die geborgenen Jahre, als ich noch mit meiner Mutter im Block am Waldrand gelebt hatte, während Gro im Auftrag der Sozialdemokraten das Land regierte. Ich dachte an die langen Herbst- und Winterabende mit Schere und Kleber im Jungenzimmer. Ich hatte Gro Harlem Brundtland gesammelt. Ich hatte sechzehn Ordner mit Bildern von ihr. Doch dieses Hobby war mir auf brutale Weise genommen worden. Das war erst ein knappes Jahrzehnt her, aber jetzt schien zwischen damals und heute ein ganzes Leben zu liegen. Die Sammelwut hatten sie erstickt, als sie mir die Ordner und die Stapel von Zeitungsartikeln weggenommen hatten. Aber ich hatte Gro insgeheim nicht aus den Augen gelassen. Das nicht. Und ich hatte wie so viele andere Bürger dieses Landes bei ihrem Rücktritt geweint. Ich konnte mich an diesen Schicksalstag der norwegischen Politik erinnern, als sei es gestern gewesen. Ich war gerade im Badezimmer, um am Wasserhahn zu trinken. Das Radio war eingeschaltet, und als ich ins Wohnzimmer zurückkehrte, ging die Bombe hoch. Gro hatte nur eine Stunde zuvor die Macht dem notorischen Tollpatsch Thorbjørn Jagland übertragen. Dem Mann, der im ganzen Land durch seine chronischen

Kommunikationsschwierigkeiten und seine ewige Schmollmiene bekannt war. Das alles war zu viel für mich. Ich musste mich aufs Sofa fallen lassen. Ich weinte mich ganz leer, denn in meinem Haus war eine Mauer eingestürzt. Nur wenige Tage später fing Jagland an, sich in vagen Bildern über das norwegische Haus zu verbreiten. Doch sie hatten noch nicht einmal das Baumaterial herangekarrt, als auch schon ein Skandal den anderen ablöste. Gro war nicht mehr da. Wir waren uns selbst überlassen.

Der einzige Trost war, dass sie jetzt die Zeit hatte, über ihr Leben zu schreiben. Ich gehörte zu denen, die am Tag der Veröffentlichung vor dem Buchladen warteten. Zu denen, die die ganze Nacht nicht geschlafen hatten und die sich schon um sechs Uhr vor den Glastüren aufstellten. Und ich stand ganz vorn, ich war der Erste in der Schlange.

«Du hast sicher Recht», sagte ich. «Es war doch nicht Gro. Aber ich muss schon sagen, er sah ihr wirklich ähnlich!»

Ich konnte nicht mehr. Ich musste eine Weile allein sein. Das hier war zu viel für mich ... Alfons' totales Schweigen ... Ich hatte das Gefühl, das Echo seiner traurigen, vielleicht verwirrten Gedanken hören zu können, und das störte die Harmonie, die ich mir während meiner Schlafkur erkämpft hatte. Ich dachte, dass ich beim nächsten Besuch Kjell Bjarne und seine kleine Familie als Stoßdämpfer mitnehmen müsste. Ich wollte sie zwischen Alfons' Hilflosigkeit und meine eigene Einsamkeit schieben.

Ich ging ohne ein Wort. Ich hatte genug gesagt, vielleicht zu viel.

Draußen war es klar und still. Ich wollte zu Fuß zurück in die Stadt gehen, Zeit hatte ich genug. Die Vorstellung eines überfüllten U-Bahnwagens wirkte nicht verlockend auf mich. Ich ging durch stille Wohnstraßen und sah kaum einen Menschen. Ab und zu begegnete mir ein Jugendlicher auf dem Weg vom oder zum Training, ein Erwachsener, der einen Hund Gassi führte, das war alles. Die Villen in dieser Straße lagen hinter Hecken und Obstbäumen, Monumente von Wohlstand und Sicherheit. Aber ich beneidete niemanden. Ich ging in meiner eigenen Ruhe dahin und fühlte mich wohl. Dachte ein wenig an die Wohnung, die im Kirkevei auf mich wartete. Die war jetzt tadellos in Schuss, ich putzte jeden Tag, manchmal wurde sie sogar mehrmals an einem Tag gewienert. Es bedeutete eine große Erleichterung für mich zu einer Kloschüssel heimzukehren, in der ich mich spiegeln konnte, wenn ich nur dicht genug davorkniete. Und das tat ich. Es war mir zur Gewohnheit geworden, vor dem weißen Porzellan zu knien und zu schwören, dass ich nie, nie wieder in diese Barbarei verfallen würde, aus der Kjell Bjarne und Reidun mich so erfolgreich gerettet hatten. Müll und Abfälle brachte ich jeden Abend vor dem Schlafengehen in den Hof hinunter. Ich rauchte keine Zigarren mehr, Topfblumen und Reinigungsmittel sorgten für frischen Duft in den Zimmern. Die Kater machten ihr Geschäft an der dafür vorgesehenen Stelle, ihr neues Klo war ein uneingeschränkter Erfolg.

Kurz gesagt: Glück, Ordnung und Sauberkeit. Auch in dem zusätzlichen Schlafzimmer, das mir als Bibliothek diente, herrschte peinliche Ordnung. Ich hatte die Bücher alphabetisch sortiert und die Pornofilme ganz unten in einer abschließbaren Schublade verstaut. Ich sah immer weniger Fernsehen oder Video, ich kehrte zu meiner alten Lieblingsbeschäftigung zurück, dem Lesen.

Die Pornosache war eine Sackgasse gewesen. Ein Fehler. Etwas, in das Kjell Bjarne mich mehr oder weniger hineinbugsiert hatte. Jetzt konnte ich kaum noch verstehen, welche verquaste Freude ich in diesem abscheulichen Voyeurismus gefunden hatte. Halb schlappe männliche Glieder und gynäkologische Großaufnahmen. Menschen, die dafür bezahlt wurden, es vor der Kamera zu treiben. Man konnte sich doch fragen, was das noch mit Liebe zu tun hatte. Ich hatte registriert, dass der hervorragende Autor und Gesellschaftskritiker Vetle Lid Larssen auf seine übliche scharfsinnige Weise dieses Thema zur Sprache gebracht hatte. Weg mit diesem Sexgenerve in Zeitungen und Zeitschriften, hatte er gesagt. Genauer gesagt, hatte er vom Rednerpult der Universitätsaula gedonnert. Zum heftigen Applaus von achthundert jungen Frauen, die neunzig Kronen bezahlt hatten, um ihm zuhören zu dürfen. Ich war ganz seiner Meinung, nur leider pleite gewesen. Ich hatte mich damit begnügen müssen, die Reportagen in den Zeitungen zu lesen, die er aus gutem Grund angeprangert hatte.

Was hatte ihn wohl aufgeweckt? Hatte ihn aus seinem sexfixierten Winterschlaf gerissen? Folgende Schlagzeile in einem angeblich «erotischen» Magazin, das im Kiosk auslag. «Helga aus Lillehammer will dich in ihrer Möse ficken!»

Um Vergebung?

Ich möchte den Menschen sehen, der bei einer solchen Mitteilung nicht aufwacht. Und was war eigentlich in Wirklichkeit geschehen? Hatte Helga aus Lillehammer sich tatsächlich dermaßen gossenhaft ausgedrückt? Wohl kaum. Wahrscheinlich nicht. Ich glaubte auch nicht eine Sekunde, dass sie Helga hieß. Nein, es lag doch viel näher, dass sie Helge hieß und ein Mann war. Ein Regenbogenjournalist, der zwei Millionen Kronen pro Jahr dafür einsackte, dass er jungen Mädchen aus der Provinz jedes Wort im Mund umdrehte. Ich konnte mir schon vorstellen, dass die betreffende Frau auf diesbezügliche Fragen so ungefähr geantwortet hatte, sie wolle gern heiraten und ein oder zwei Kinder bekommen. Und das brachte ihr dann eine solche Schlagzeile ein! Es war eine Schande.

Und an diesen Sauereien hatte ich mich beteiligt. Das ließ sich nicht leugnen. Ich hatte die Pornobranche aktiv durch regelmäßige Beiträge von meinem Rentenkonto unterstützt.

Ich dachte an Beril oder wie sie nun heißen mochte. Wie hätte ich reagiert, wenn Beril in einem solchen Zusammenhang ausgenutzt worden wäre? Diese Vorstellung war nicht gerade lustig. Beril bloßgestellt und wie ein Stück Schlachtvieh hinter einem Kioskfenster ausgestellt!

Ich boxte in der Dunkelheit herum. Versetzte einem Stein einen Tritt und beförderte ihn damit in einen Garten.

Hatte Lust auf eine Wurst oder auch zwei.

Ich war seit jener Nacht nicht mehr an ihrem Imbisswagen gewesen. Jetzt kam es mir völlig indiskutabel vor, mich im Eingang der Herrenkonfektion aufzustellen. Das könnte mir nie mehr im Leben einfallen. Außerdem war Oliver Grøttes Wagen entfernt worden, vermutlich hatte die Wirklichkeit ihn abgeschleppt. Sicher wie ein Dachs auf dem Weg zum Bau ging ich auf der richtigen Seite die Straße hinunter und trat vor den Kiosk.

Sie war so reizend. Sie schaute von ihrem Buch hoch und war schon auf den Beinen, noch ehe ich einmal durchgeatmet hatte.

«Hallo», sagte sie.

«Hallo», sagte ich.

Hallo, hallo, mit anderen Worten.

Ich setzte alles auf eine Karte. «Das Übliche.»

«Das ... ach, du bist das! Du bist heute aber elegant. Hätte dich fast nicht erkannt. Du nimmst immer Spezial, oder?»

«Das schon», gurrte ich. «Aber ich sage lieber ‹eine Wurst mit allem›. So hieß das in meiner Kindheit.»

«In Afrika?» Sie lachte.

«In Norwegen», erwiderte ich. «Wir waren doch ab und zu in den Sommerferien hier. Und ich kann dir sagen, dann war Wurst mit allem angesagt.»

«Was du neulich erzählt hast, war wirklich spannend», sagte sie und ließ die Senfflasche furzen.

Na ja, meinte ich. So viel hatte ich nun wirklich nicht erzählt. Nicht im Vergleich zu allem, was ich hätte berichten können. Die Kommunikation fällt ja nicht gerade optimal aus, wenn man dauernd von hungrigen Menschen unterbrochen wird.

Das sagte ich aber nicht. Ich traute mich nicht.

«Gehst du auf ein Fest, oder was?»

Ich biss in die Wurst und redete mit vollem Mund, wie Kjell Bjarne. «Nein.»

Ich erklärte ihr, dass ich mich in Anzügen am wohlsten fühlte. Und dass ich neulich wie ein Bettler ausgesehen hatte, weil ich damals meine Wohnung renovierte.

Dann zog ich aus dem Behälter neben ihrer Hand eine Serviette. Wischte mir den Mund ab und verabschiedete mich. Kein Grund hier etwas zu übertreiben.

Ich winkte ihr wie üblich noch einmal zu. Diesmal kam keine Straßenbahn.

Perfekt.

Sie hieß Elise. Elise Kornvoll.

Sie hatte nämlich ihren Namen vorne auf ihr Buch geschrieben.

Elise Kornvoll. *Wie lerne ich mein Karma kennen.*

6

Elise! *Elise!* War auf dieser elenden Welt ein schönerer Frauenname auch nur denkbar? Das Wort glitt mir weich und warm über die Lippen. Ja, auch wenn es nicht ausgesprochen wurde, sondern einfach seinen stillen Gang als gedachter Gedanke durch die Kathedrale des Gehirns ging, strahlte dieser Name sanfte und tiefe Weiblichkeit aus. Über diesem Buchstabencode ruhte etwas Reines und Unbesudeltes, diese fünf Buchstaben fanden einander in harmonischem Gleichklang. Ich ging durch die Straße und flüsterte den Namen wie ein heiliges Mantra; es tat mir gut, glättete verspannte Nervenfäden und dämpfte die Übelkeit, wenn sich der Spuk aus der Vergangenheit einstellte. Elise, sagte ich in der Dunkelheit, wenn ich abends schlafen gegangen war. Kleine Elise! Elise im immer höheren Frühlingshimmel, im Licht, das auf Asphalt und Pflastersteine fiel, im Schmelzwasser, das in den Rinnsteinen der Stadt floss und strömte. Elise überall! Elise im erwartungsvollen Blick eines Kindes, das im Tabakladen an der Ecke vor den Süßigkeiten steht. Elise im Lachen der jungen Mädchen auf der Straße. Unschuldig. Rein. Ja, fast heilig, dachte ich. Wie Maria, die Mutter Gottes. War die Vorstellung möglich, eine Frau namens Elise könne je als Stern am trüben Himmel der Pornoindustrie aufgehen? Nein. Es war undenkbar. Bitten? Ja. Laila? Ja. Lucie, Rose, Lill und Synnøve ebenfalls. Aber Elise? Nie im Leben. In diesem Namen ruhte eine Garantie, ein Schutz vor den finsteren Mächten, die immer und überall auf der Welt am Werk sind.

So empfand ich das. Ich ging durch Oslo, diese seltsame Stadt, und ich gab mich ganz und gar der Verliebtheit hin. Ich sollte und musste das Vertrauen dieser jungen Frau gewinnen. Auf ihre Liebe und ihre Hingabe wagte ich nicht einmal zu hoffen, ich war doch mit einem allzu realistischen Gemüt geschlagen. Ich wusste, die Möglichkeit, dass sie sich ausgerechnet in mich verlieben könnte, war so minimal, dass sie statistisch gesehen gar nicht existierte. In der Stadt wimmelte es nur so von Männern. Auf der Welt wimmelte es nur so von Männern. Die meisten waren zwar Mistkerle, die eine wie Elise noch im Halbschlaf durchschaute und abwies, aber die Auswahl war trotzdem noch groß genug, wenn die Spreu vom Weizen getrennt worden war. Es gab genug zärtliche und solide Männer mit gut gefüllter Brieftasche, sicherem Arbeitsplatz und Ferienhaus am Meer. Sexuell erfahrene Männer, die noch in Handschellen und mit verbundenen Augen den G-Punkt fanden. Kluge Männer. Schöne Männer. Ich hatte es ja selbst gesehen. Diesen Strom von Männern, der an ihrem Imbisswagen vorüberzog. Der vorüberzog oder innehielt, um während einer kurzen Frist eine Wurst zu verzehren. In der Zeit, in der ich noch von meinem Aussichtspunkt im Eingang der Herrenkonfektion aus ihren Imbisswagen aktiv überwachte, hatte mich das oft stutzig gemacht: dass sich eine so große Menge von Männern zu einer Zwischenmahlzeit verlocken ließen. Natürlich kamen auch Frauen – aber vor allem eben Männer. Zuerst hatte ich, misstrauisch, wie ich nun einmal bin, befürchtet, diese vielen Männer jeglichen Alters könnten etwas mit der Frau im Wagen zu tun haben. Dass sie mit ganz anderem Ziel als einer raschen Wienerwurst mit allem zu ihrem Wagen pilgerten. Dass sie sie begehrten und in ihrer Phantasie nackt und keuchend unter sich auf die Matratze pressten. Aber nein. Ich hatte dieses Phänomen empirisch untersucht. Einen ganzen Monat lang war ich jeden Abend von Majorstua mit der Straßenbahn bis hinauf nach Sinsen gefahren. Und wieder zurück. Auf dieser Strecke passierten wir zwölf Würstchenbuden. Ich hatte sie in meinem Notizbuch von 1 bis 12 nummeriert, und ich führte genau Buch über die geschlechtlichen Verhältnisse an jedem Imbiss. Das Ergebnis war eindeutig. Auf jede Frau kamen drei oder sogar vier Männer. Auf manchen Fahrten hatte ich keine einzige Frau gesehen. Keine einzige Kundin! Woran mochte das liegen? Lag der Grund tief in der maskulinen Psyche versteckt? Hatte es etwas mit Freud zu tun? Ich wusste es nicht. Ich kam diesem Problem einfach nicht auf dem Grund und gab mein ganzes Projekt leichten Herzens auf, nachdem ich wusste, dass die Männermenge vor dem Wagen *meiner* Frau ganz normal war und voll und ganz dem Osloer Durchschnitt entsprach.

Ach nein. Ich glühte nicht vor Leidenschaft und hielt mich durchaus nicht für den Auserwählten. Dafür hatte mir das Dasein bisher zu viele Fausthiebe verpasst. Das Leben selbst hatte mich verletzt, wie ich nun erkannte. Ich hatte zu viele Prügel einstecken müssen. Ich war zu Schanden geschlagen worden. Was hatte ich einer Frau zu bieten? Einen Ozean an Liebe, natürlich. Sowie blinde Treue. (In einem Anfall schwarzen Humors hatte ich mir überlegt, dass sich wohl nicht viele Möglichkeiten zum Ehebruch bieten würden, wenn ich einmal im Leben das Glück haben sollte unter irgendeine Haube zu kommen.) Und sonst? Eine monatliche Rente. Eine gemeindeeigene Wohnung. Selbst für eine edel denkende Seele, wie Elise sie zweifellos besaß, würde das nicht ausreichen. Nicht heutzutage. Um 1930 wäre das vielleicht anders gewesen, heute reichte es nicht. Ich hatte eine strahlende Karriere als Träumer von Rang, als überzeugter Phantast. Aber die Vernunft in mir sprach und sagte: Eine Frau sucht sich keinen wie dich, wenn sie nach einem Vater für ihr Kind Ausschau hält. Du bist nicht solide genug.

Vermittelst nicht genug Geborgenheit. Du bist von irrlichterndem Wesen. Die Wahrheit ist absurderweise, dass du vom Gemüt her ein Künstler bist, während die dazugehörenden Fähigkeiten fast ganz und gar durch Abwesenheit glänzen.

Aber Vertrauen – dieser kleine, ziemlich unterschätzte Begriff. Könnte ich Elise Kornvolls Vertrauen gewinnen? Könnte ich sie dazu bringen, sich auf mich zu verlassen? In einem seelischen Dilemma auf mich zu zählen? Ich beschloss die Messlatte vorerst nicht höher zu legen. Alles in allem gesehen war das auch hoch genug. Fast mehr als hoch genug. Wir leben in einer Zeit, in der die Jagd auf das Extreme überhand genommen hat. Wir erwarten und verlangen Glück. Das chronische und alles umfassende Glück. Während unsere Eltern sich damit begnügt haben, an einem Feiertag kurz an einem Glas Wein zu nippen, nehmen wir die ganze Flasche mit hinein in unseren Alltag. Der moderne Mensch fordert multiple Orgasmen, während unsere Ahnen sich mit leisem Jammern und einer unerwünschten Schwangerschaft zufrieden gaben. Ich wollte auf dieses Karussell nicht aufspringen, deshalb überlegte ich mir, dass die Liebe, Mann, die *erwiderte* Liebe, doch ein fremder Vogel ist. Mir würde es reichen, in ruhigem Unglück zu lieben, wenn ich das Vertrauen dieser Frau erringen konnte. Es wäre so ähnlich wie das Beziehen einer Rente, überlegte ich mir. Man kommt schon zurecht, aber von einer Kreuzfahrt durch die Karibik kann keine Rede sein. Der kreative Mensch indes kann lernen, von allem zu träumen, woran er nicht selbst teilhaben kann. Zum Beispiel kann er es in einem dunklen, kühlen Zimmer unter einer schützenden Decke in seiner Phantasie hervorzaubern. Ich kannte meinen Platz in der Gesellschaft und hatte gelernt, meinen Phantasiereichtum zu schützen, die Fabulierfähigkeit, die ich schon seit meiner Kinderzeit in mir herumtrug. Diese Fähigkeit hatten mich bei einzelnen Anlässen zwar auch in die Irre gehen lassen, aber im Großen und Ganzen hatten sie ein rettendes Element im Alltag dargestellt. In Gedanken hatte ich mich von einem verdreckten Sessel oder einem schweißnassen Laken auf Palmeninseln mit kristallklarem Wasser und kreideweißen Stränden versetzt. Ich hatte Rentierfrikadellen direkt aus der Dose gegessen und zugleich am Tisch des Häuptlings gesessen und nach knusprig gebratenem Fisch gegriffen, während alles um uns herum Hula-Hula und nackte Frauenbrüste war. Gratis und ohne anstrengende Reisen, verspätete Flugzeuge, Magenbeschwerden und unhöfliche Passkontrolleure. Ich ging, wohin ich wollte. Ich folgte den Anweisungen des genialen Reiseorganisators in meinem Unterbewusstsein. Ohne Angst vor Taschendieben wanderte ich durch die Straßen von Mailand. Nahm mir Frauen aller Art und Rasse vor und erwachte am nächsten Morgen ohne Reue oder Angst vor Geschlechtskrankheiten. Damit sollte nun aber Schluss sein, auf jeden Fall wollte ich diesen Teil meines Phantasielebens regulieren. Die sexuellen Phantasien sollten gemäßigt und auf einen weitaus realistischeren Weg umgeleitet werden. Ich hatte mir Elise noch nicht nackt vorgestellt, es war mir wichtig, sie zu respektieren, selbst in meiner privatesten und trübsten Gedankenkammer. In meinen Phantasien war der alte Mann tot. Oder er schlief, oder er hatte Hals über Kopf nach Brønnøysund fahren müssen, um eine Familienfehde zu schlichten, die aus dem Ruder zu laufen drohte. Er war ganz einfach nicht da. Und deshalb musste ich Elise mit den schweren Blenden helfen, wenn sie den Imbisswagen abschloss. Ich brachte sie nach Hause. Und ich war wirklich nicht von der Sorte, die sie in dunklen Torwegen belästigte. Kein Neandertaler mit ausgebeulter Hose und hängender Zunge. «Elise», sagte ich, «gute Nacht. Das war ein netter Abend.» Und dann gab ich ihr die Hand. Ein seltenes Mal ließ ich sie behutsam ihren Kopf an meine Schulter lehnen und streichelte vorsichtig ihren Mantelrücken. Genau so weit ging ich. Niemals weiter. Ich wollte mich als erwachsen und verantwortungsbewusst erweisen, als Mann, der das blinde Begehren und die grabschenden Finger seiner Jugendzeit längst hinter sich gelassen hat. Ich wollte ihr meine Zuverlässigkeit zeigen. Um ihr Vertrauen zu gewinnen.

Aber wie? Für einige Tage und Nächte unterhielt ich mich mit diesem Problem. Verhältnismäßig früh im Denkprozess erkannte ich dann, dass ich einen gemeinsamen Berührungspunkt finden musste. Ein gemeinsames Interesse, vielleicht sogar eine Leidenschaft. Das mit der Leidenschaft aber gab ich sofort wieder auf, denn meine einzige wirkliche Leidenschaft war DIE FRAU und ich hoffte nun wirklich, dass sie die nicht mit mir teilte. Aber ein Interesse vielleicht? Ein Hobby? Hobbys und Interessen kann man sich immerhin aneignen, man kann sich hineinarbeiten. Hat die Auswahl. Ich sah sie im Nachthemd in ihrem Jungmädchenzimmer sitzen. Gebeugt über ihr Briefmarkenalbum. Oder ihr Herbarium. Viererblöcke Fünf-Öre-Marken aus dem Jahre 1932 und *Tarantella fubiosa*. Ich war selbst eine Sammlernatur, es würde mir also leicht fallen, eine solche Aktivität aufzunehmen. Ich hatte schließlich nicht nur Gro Harlem Brundtland gesammelt. Ich hatte Erfahrung mit allem, von Kronkorken bis zu Steinen, Muscheln und Vogelfedern. Welche Musik sie wohl mochte? Ja, und welche mochte ich selbst? Bei genauerem Nachdenken musste ich feststellen, dass ich wohl in den Sechzigern und frühen Siebzigern hängen geblieben war. In einem Zeitungsartikel aber hatte ich gelesen, dass sich dort derzeit auch große Teile der Jugendlichen befanden. Die Teile, die sich nicht für Designerdrogen und Techno interessierten. Die sich nicht dazu herablassen mochten in alten Fabriklokalen zu hippen und zu hoppen. Cliff Richard und die Hollies könnten ein Treffer sein. Aber wie alt war sie eigentlich? Irgendetwas in den Zwanzigern. Als ich das gedacht hatte, wurde mir schwindlig. Wenn meine Annahme stimmte, dann war ich ja fast doppelt so alt wie sie. Na ja. Es wäre unappetitlicher, wenn sie vierzig wäre und ich achtzig.

Ich musste einen Berührungspunkt finden. Ich trieb mich geradezu mit der Peitsche zu dieser Suche an.

Und dann kam ein Vormittag. Ich befand mich ungefähr in der Mitte des Hegdehaugveis. Auf einer ausgesprochen wenig geplanten Exkursion, muss ich hinzufügen. Ich hatte an Literatur gedacht. An die Bücher, die ich gelesen hatte. An die hohen Stapel voller aufgezeichneter Gedanken, die ich im Laufe der Jahre aus der Bibliothek nach Hause getragen hatte. Die ich mit großem inneren Hunger verschlungen, auf denen ich weiter aufgebaut hatte. Denn so war es gewesen, und so war es noch: Beim Lesen dichtete ich in so hohem Grad mit, dass ich danach ein ganz anderes Buch im Kopf hatte als das vom Autor geschriebene. In der Tiefe meines Kopfes konnten die Brüder Karamasow durchaus als Börsenspekulanten im New York der Jobberzeit enden. Oder ich machte Sigrid Undsets Kristin Lavranstochter zur bekennenden Satanistin und hemmungslosen Nymphomanin. Dag Solstads kulturelle Untergangsangst in *Verlegenheit und Würde* entsprach zwar weitgehend meinen eigenen düsteren Visionen, aber ich musste doch seiner Romanperson, die sich mit einem Regenschirm abmühte, etwas anderes in die Hände drücken. Ein Stück Holz. Einen Hobel. Ein anständiges Stück Arbeit, das ihn auf andere Gedanken bringen könnte als diese tödlichen Grübeleien über das fehlende Interesse und Verständnis der Jugend für Ibsens Werke. Ich fand, er habe etwas Besseres verdient.

Egal. Genug davon. Das waren also meine Gedanken. Und ich dachte, selbst wenn Elise sich für Bücher interessierte, so stand durchaus nicht fest, dass sie mir bei diesen mentalen Sprüngen folgen könnte. So wie ich ihr kleines Wesen aufgefasst hatte, neigte sie wohl eher dazu, sich mit der Version zufrieden zu geben, die der Verfasser von seiner Geschichte brachte. Eine Fromme Helene mit düsterem, zerspaltenem Seelenleben war ihr wohl leider fremd. Ein Bel Ami mit Potenzproblemen würde sie vielleicht zum Lachen bringen, mehr aber auch nicht. Ich konnte nicht erwarten, dass sie *begriff*, womit ich mich in Wirklichkeit beschäftigte. Dass ich ein Buch eben auf diese Weise analysierte. Dass ich kleine und oft alltägliche Details in einem Text änderte, um danach dann eine ganz neue Blume in Händen zu halten. Es war wie das Lebensgewebe selbst. Wer konnte wissen, was passiert wäre, welche Gedanken und Assoziationen in mir entstanden wären, wenn ich statt mich für den Hegdehaugsvei zu entscheiden meine Füße über den Kirkevei und hinauf nach Marienlyst gelenkt hätte? Einfach durch ein nasses Stück Schokoladenpapier auf dem Boden oder einen Blick eines Passanten konnte mein Leben in neue und unbekannte Bahnen geschleudert werden.

Ich blieb stehen und merkte, dass mein Unterkiefer in Richtung Boden gezogen wurde. Es war ein sonniger Tag Ende März, und ich glaube sagen zu können, dass auf der Straße eine gute Stimmung herrschte. Die Gesprächsfragmente, die mich erreichten, hatten etwas Plätscherndes. «Hab nur gesagt, jetzt muss aber... und da lachte sie, während er... nicht doch. *Niiiiicht doch*!»

Plätscher, plätscher. Der reine Frühlingsbach.

Ich stand ganz still im gelben Licht und hatte meinen Blick auf das linke Vorderrad eines Autos gerichtet. Rotes Schutzblech. Verstaubter Reifen.

Ich dachte: Liest sie vielleicht nicht die ganze Zeit?

Und dann passiert das, was ich nicht erklären kann. Ich sitze im Café Kempel. Es kommt mir irgendwie vertraut vor, obwohl ich ganz genau weiß, dass ich noch nie einen Fuß in dieses Lokal gesetzt habe. Ich gehe sonst nie ins Café. Ein solches Unternehmen ist eine Seltenheit in meinem Leben. Trotzdem haben die dunkelbraune Wandtäfelung und das abgenutzte Linoleum unter meinen Schuhen etwas Vertrautes. Das gilt auch für den Messingleuchter auf dem

Tisch. Ich sitze vor einer halb leeren Teetasse, und wenn ich den Blick hebe und auf das große Fenster neben der Eingangstür richte, dann kann ich dort spiegelverkehrt und in großen altmodischen Buchstaben «Café Kempel» lesen. Mit anderen Worten, ich sitze im Café Kempel, wo immer das liegen mag. Ich habe keine Ahnung, wie ich hergekommen bin. Ich bin hier der einzige Gast. Das Einzige, woran ich mich erinnern kann, sind der Anblick dieses roten Schutzblechs und eine plätschernde Stimme schräg hinter mir. *«Da sitzt sie nun und liest die ganze Zeit.»*

Ich bin ganz klar im Kopf. Hellwach. Ich bin aus einem schwarzen Loch aufgetaucht, und jetzt frage ich: Worum geht es hier eigentlich?

Ich denke nach. Nein, ich denke nicht. Ich versinke in meinen Erinnerungen, ich habe das Gefühl mich in einen alten Schwarzweißfilm hineinzubegeben, der sprungweise an mir vorüberzieht und in meinen Ohren rauscht. Ich muss noch klein sein, ich sehe die Gestalten der Erwachsenen um mich herum aufragen. Fleischberge. Meine Mutter. Ihr Kopf hängt wie ein Ballon unter der Decke. Meine Großeltern, ich bin sicher in Sandefjord, der Heimatstadt meiner Mutter. Während meiner ganzen Kindheit sind wir jeden Sommer, Herbst, Winter und Frühling dorthin gepilgert. Vielleicht ist es Weihnachten, früh in meinem Leben, ja, bestimmt Weihnachten, denn es riecht süß und gut, und im schwarzen Koksofen in der Ecke knackt es. Jemand hält mich an der Hand. Es ist eine große weiche Hand, es ist eine Frauenhand, denke ich; es kann eine Schwester meines Großvaters sein, eine von denen, die so früh gestorben sind, dass ich keine Beziehung mehr zu ihnen entwickeln konnte. Sie ist eine große weiche Hand und ansonsten für mich nur ein Schatten. Wir wollen einen Spaziergang machen, dass ist klar, dann ich bin dafür angezogen, mit Stiefeln, Daunenjacke und Mütze. Mutter streichelt meine Wange und sagte so ungefähr, ich müsse jetzt ein braver Junge sein und mit

Tante Sowieso mitgehen. Mit einer Sowieso, die mir unbekannt vorkommt, denn ich hatte keine Tanten und Onkel, weshalb alles, was in unserer Familie kreuchte und fleuchte, als Tante und Onkel bezeichnet wurde. Ich wehre mich. Ich weigere mich, aber ich verliere. Alle Kinder verlieren, das macht die Kindheit ja gerade aus, dass man alle Duelle mit den Erwachsenen verliert. Was haben Mutter und meine Großeltern vor? Ich weiß es nicht, ich habe nicht die geringste Vorstellung, aber es muss etwas Konkretes sein, etwas Wichtiges, Mutter lässt mich nämlich nur äußerst ungern aus den Augen. So erinnere ich mich an sie. Sie war eine, die mich festgehalten hat.

Dann stehen wir auf der Straße. Es ist dunkel. Es liegt viel Schnee, ich bilde mir ein, dass das in den ersten Wintern meines Lebens immer so war. Der Schnee knirscht unter meinen Stiefeln, meine grauen Wollsocken sind über die Kanten des Lederschafts geknickt. Ich starre die weiße Straße an, mein Fäustling in einer Hand mit Fingerhandschuh, die ganze Zeit ist auf meiner rechten Seite dieser aufragende Schatten. Wir gehen und gehen zwischen verschneiten Gärten und weißen Wohnhäusern, freundlich leuchten die Fenster, das Licht fließt heraus und bringt das Eis auf den schwarzen Obstbäumen zum Glitzern. Wir gehen und gehen. So früh im Leben sind die Entfernungen unendlich. Sagt sie etwas? Nein. Sage ich etwas? Nein. Nur das Knirschen unserer Stiefel im festgetrampelten Schnee ist zu hören. Dann sehe ich eine Treppe. Eine breite Treppe aus dunklem Stein; sie ist vom Schnee befreit worden, und zu beiden Seiten einer offenen Tür flackern dicke Kerzen in Blechdosen. Wir gehen die Treppe hoch und betreten das Haus – und dann zerbirst die Welt in einer Kakophonie von Stimmen.

Was passiert? Ich bin nicht mehr allein. Alle Fenstertische sind besetzt. Hinten bei der Tür sitzt ein älterer Mann und liest Zeitung, wobei er sich diskret mit dem kleinen Finger in der Nase bohrt. Vor mir auf dem Tisch steht ein dampfender Becher Tee. Nun gut. Solche äußerlichen Phänomene kann man einfach nur zur Kenntnis nehmen. Sie sich merken. Wichtiger ist, dass ich mich jetzt wirklich an diesen Abend in Sandefjord vor fast einem Menschenalter erinnern kann. Ich weiß nicht, wer mich in dieses Gebetshaus oder diese Freie Gemeinde, oder was das nun war, mitgenommen hat. Ich habe auch keine Ahnung, warum; meine Mutter hatte jedenfalls ein ausgesprochen entspanntes Verhältnis zu Religion und Gottesfurcht. Sie war wie die meisten Erwachsenen ihrer Zeit. Sie war Mitglied der lutherischen Staatskirche, alles andere wäre eine Schande gewesen, aber sie glaubte keine der Behauptungen, die dort aufgetischt wurden. Sie ging auch nicht hin, um sie sich anzuhören.

Was hatte ich kleiner Wicht also hier zu suchen? Das spielt eigentlich keine Rolle. Während meines ganzen Erwachsenenlebens hat dieser Abend unter einer Schicht Asche geschwelt. Aber jetzt kann ich mich klar und deutlich an ihn erinnern. Ich sehe diese große dunkle Frau vor mir, die neben mir auf der harten Holzbank sitzt. Sie hat blaue, feuchte Augen in einem roten Gesicht, sie legt den Kopf schräg und lächelt mich an, so wie ich vorhin den Kopf schräg gelegt und das rote Schutzblech eines Autos irgendwo im Hegdehaugsvei betrachtet habe. Freundlich. Sie ist absolut freundlich. Und das macht das, was jetzt kommt, so entsetzlich. Die Tatsache, dass sie so viel Normalität und Geborgenheit ausstrahlt.

Saitenmusik. Männer und Frauen mit Gitarren, da oben auf dem Podium neben dem Rednerpult. So etwas mögen Kinder, ich merke, wie ich mich beruhige. Ich verstehe die Liedertexte nicht, aber das macht nichts, die Vokale fallen so weich in meinen Gehörgang. Ich blicke zur Frau neben mir hoch. Sie singt mit lauter, klarer Stimme, unter ihrem Kinn hängt eine schlaffe Hautfalte; sie zittert. Die Frau erinnert ein bisschen an eine Truthenne, aber das weiß ich noch nicht. Ich schaue zu ihr hoch und ahne nicht, dass sie Ähnlichkeit mit einer Truthenne hat.

Dann tritt ein Mann ans Rednerpult. Ein kleiner Mann mit schütterem Haar und gewaltiger Stimme. Er fängt ganz vorsichtig an, er flüstert fast schon, doch dann legt er mit Gott und dem Teufel los, nimmt Anlauf und schreit: «JEEEEESUS!» Und als sich dieses Wort erst von seinen Lippen gelöst hat und auf die Trommelfelle seiner Zuhörer einschlägt, löst das im Saal eine heftige Reaktion aus. Die Truthenne explodiert. Diese freundliche ältere Frau, die ein Kind, für das sie die Verantwortung übernommen hat, mit mildem Blick bedenkt, bricht in hemmungslose und sich immer weiter steigernde Hysterie aus. Sie schleudert den Kopf hin und her und stößt die ganze Zeit beängstigende Geräusche und fremde Wörter wie Hosianna und Halleluja aus. Ihre Augen, die eben noch so freundlichen Augen, sind aufgerissen und weit weg, sie ist in Fleisch und Blut anwesend und zugleich abwesend und von diesem Dasein weit entfernt. Alles geht so schnell. Der Saal kocht. Der kleine Mann dort vorn peitscht sich und alle anderen in einen ekstatischen Wahnsinn hinein, und die ganze Zeit höre ich dieses JEEEESUS, JEEEESUS wie eine brummende, halb erschlagene Wespe durch den Saal schwirren. Und dann reden sie in Zungen. Als Erste springt eine junge Frau auf. Sie steht mit geschlossenen Augen da und schluckt und schluckt – dann lässt sie diese entsetzliche Sprache gen Himmel steigen. Ich bin außer mir vor Angst. Alles hier jagt mir Angst ein. Aber das Seltsame, das Allerschlimmste: mit ansehen zu müssen, dass alle, alle Anwesenden samt und sonders, danach Mäntel und Hüte und Mützen und Schals anziehen – *und in die Welt hinausgehen, als sei nichts geschehen!* Eben noch sind sie willig in vollständige Auflösung übergegangen, haben geschrien und geweint und gegeifert über sich und andere. Danach gehen sie nach Hause, allein oder in kleinen Gruppen, und wer ihnen begegnet, hat keine Ahnung von den irrwitzigen Gedanken hinter ihren ruhigen Gesichtszügen.

Ich habe meiner Mutter nie davon erzählt. Ich hatte das Gefühl etwas gesehen zu haben, was ich nicht hätte sehen sollen. Ich war noch nicht sehr alt, aber ein Kind hat ein intuitives Verständnis für die Komplexität der Ereignisse. Ich sagte meiner Mutter nichts, weil ich sie nicht in Verlegenheit bringen wollte, und das wäre passiert, wenn ich ihr klargemacht hätte, dass sie an jenem Abend die Lage falsch eingeschätzt hatte. Sie hätte mich der Truthenne nicht anvertrauen dürfen.

Warum dachte ich jetzt an dieses Erlebnis? Auf Anhieb konnte ich keine Antwort auf diese Frage finden. Aber ich ahnte schon, dass es etwas mit der beschützenden Gemeinschaft zu tun haben musste, die diese Menschen teilten. Ich meine, hier geht man auf der Straße an einer Frau vorbei. Oder an einem Mann. Sie sind gekleidet wie die meisten Leute. Ein Sakko, ein Mantel. Eine Brille, Schuhe oder Stiefel. Alles eingekauft in Läden, die jeden Tag von zehntausenden von Menschen besucht werden. Man sieht sie, registriert sie gewissermaßen, denkt aber nicht darüber nach, dass sie ein unbekanntes Universum vertreten, fremde Welten von Gedanken und Glauben. Welten, in denen absurde Regeln und Gesetze herrschen. Die Frau geht in aller Ruhe weiter, getragen vom Glauben an die übersichtlichen Grenzen der Materie. Sie glaubt, was sie sieht, wie sie sagt. Sie macht gewisse Zugeständnisse, damit die Karte mit dem Gelände übereinstimmt. Zur Not akzeptiert sie Klang- und Lichtwellen. Und Radiowellen. Ansonsten findet sie den Sinn des Lebens, indem sie am Materiellen festhält. Am Ball. Am Auto. An Möhren und Sicherungen. Auf dieser Welt gibt es Milliarden von Dingen, an denen man sich festhalten kann, und wenn sie eines Tages stirbt, tut sie es richtig. Dann gibt es nicht einmal Groß und Schwarz, sondern einfach nur Fehlen von Bewusstsein, nicht in alle Ewigkeit, sondern in zeitlosem Nichtsein. Der Kern des Daseins, der eigentliche Inhalt des Tages ist es, das Leben für die, die nach ihr kommen, ein wenig leichter zu machen. Für ihren kleinen Enkel Gustav. Und das hat sie auch geschafft, irgendwann in den siebziger Jahren hat sie geholfen, eine Unterrichtsreform durchzuführen, damals, als die Pflichtschulzeit von sieben auf neun Jahre angehoben wurde. Außerdem hat sie beim Ausbau der Veranda des Ferienhauses in Telemark mitgemacht. Sie denkt: Jetzt gehe ich, vielen Dank für alles. Ich war auf der Welt, in dieser wunderlichen Wirklichkeit der Dinge, in der Welt, die ich glücklicherweise mit meinen Sinnen erfassen konnte, weil vor einigen tausend Millionen Jahren ein Blitz in eine Schlammpfütze eingeschlagen ist. Jetzt sterbe ich mit gutem Gewissen und in der festen Überzeugung, dass Mozarts Sonaten und Michelangelos Kunst die Folgen von elektrischen Impulsen in zwei Fleischstücken waren.

Und er? Der graue Mann auf dem Weg ins Büro? Er trägt ein Wirklichkeitsbild mit sich herum, in dem ein psychopathischer Gott Zeit und Ewigkeit damit verbringt, sich darüber zu ärgern, dass kleine Bengel irgendwo auf der Erde «Möse» an eine Klowand kritzeln. Ein Herr der Schöpfung, der Erwachsenentaufe und Männer, die sich gegenseitig am Piepmatz lutschen, grundsätzlich ablehnt. Das ist der innere Alltag dieses Mannes: eine Mischung aus zitternder Angst, nicht gut genug zu sein, aus der Flut böser Gedanken, die Satan ihm unablässig eingibt, und einer stillen Freude darüber, dass er trotz allem zu den Auserwählten gehört und ein Lamm auf Gottes Weide ist. Einer von denen, die im *ewigen Glück* leben werden, im himmlischen Schlaraffenland, wo die Straßen aus Gold sind und die Sonne niemals untergeht. Daran glaubt er. Daran klammert er sich mit ebenso großer Glut, wie die Frau vor ihm ihr Vertrauen auf die Straße setzt, über die sie geht, und auf die Topfblume im Schaufenster. Sie gehen durch dieselbe Straße, befinden sich auf derselben Welt, doch ihre Köpfe leben in unterschiedlichen Wirklichkeiten.

Und Elise? Elise verkaufte in einem Imbisswagen Würstchen und ab und zu lernte sie ihr Karma kennen. Mit Hilfe eines dazu geeigneten Buches.

Nun gut. Ich würde nicht mit Briefmarken sammeln anfangen müssen, und darüber war ich eigentlich froh.

Ich ging los. Wo war ich? Ich kam zu dem Schluss, dass die Antwort auf diese Frage nicht besonders wichtig war. Ich ging mit ziemlicher Sicherheit davon aus, dass ich unmöglich dermaßen verrückt geworden sein konnte, dass ich in eine andere Stadt oder ein anderes Land gereist war. Ich hatte von Alkoholikern gelesen, die in solche Fallen tappten. Die nach durchzechten Wochen oder Monaten plötzlich in einem Hotelzimmer auf der anderen Seite der Welt aufwachten. Pleite und mit Pelz auf der Zunge. Ich selbst hatte mich ein einziges Mal in meinem Leben betrunken und hatte nicht vor, in absehbarer Zeit diesen Sport wieder aufzunehmen. Ich ging über die Straße und fühlte mich frei und froh. Und sogar ein bisschen hochgestimmt. Ich hatte die ungeheure Lust mir zwei existentielle Fragen zu stellen, und deshalb stellte ich sie. Woher komme ich? Wohin gehe ich? Mir ging auf, dass diese Fragen auch hier und jetzt, zu diesem Tag und dieser Stunde, von einer gewissen Relevanz waren, und darüber musste ich ein wenig lachen.

Aber vor allem: Wer bin ich? Wer bist du, der du unter der griffigen Bezeichnung Elling hier auf Erden wandelst?

Ich stellte diese Frage meinem Spiegelbild in einem Schaufenster. Ich machte kein großes Aufheben, ich schrie nicht, ich fragte einfach nur: Was ist das hier für ein Heini. Es war ein Radio- und Fernsehladen, und mein Bild hing durchsichtig in der frisch geputzten Fensterscheibe.

Mann um die vierzig. Heller Frühlingsmantel.

Ich ließ meinen Blick von meinem Spiegelbild zu meinen Händen weiterwandern. Hielt mir die Hände vors Gesicht.

Was war das hier?

Mit diesen Händen ging ich nun seit vier Jahrzehnten durchs Leben, sie waren mir eine gute Hilfe gewesen, aber jetzt kamen sie mir plötzlich fremd vor. Wie etwas, das mir aufgeschwatzt worden war. Von irgendeinem gerissenen Verkäufer *aufs Auge gedrückt*. Eine plötzliche Unruhe stieg in mir auf, und ich spürte, wie mein Herz hart und abgerissen loshämmerte. Was trieb es da eigentlich, oder besser gesagt: Was trieb es an? War es das Echo des Donners, nachdem der Blitz in die Schlammpfütze eingeschlagen hatte oder war es Gottes Faust, die sich ballte und lockerte, ballte und lockerte? Oder war es etwas ganz anderes? Etwas Grauenhaftes und Fremdes, für das die Menschen keine Worte hatten? Konnte ich überhaupt sicher davon ausgehen, dass *ich* hier stand? Betrachtete ich mein Spiegelbild, oder war es umgekehrt? Erfand ich den Namen Elling, weil mein Unterbewusstsein mich vor der Erkenntnis beschützen wollte, dass ich meinen ursprünglichen Namen vergessen hatte? Nämlich Pål. Pål? *Paul?* Plötzlich hatte ich Lust, in diesen Laden zu gehen und mich als Paul vorzustellen, nur um auf mögliche Veränderungen in meiner Stimme zu horchen, aber ich traute mich nicht. Ich würde die Wirklichkeit einfach nicht ertragen können, wenn ich hineinginge und mich als radio- und fernsehinteressierten Paul vorstellte – und wenn ich dann vielleicht sogar mit heiserem Kristiansands-Dialekt spräche.

Ein Mann offenbarte sich in der Ladentür.

«Du, mach, dass du fortkommst. Du kannst hier nicht stundenlang rumglotzen!»

Rumglotzen? Stundenlang? Ich schaute mich um. Mit wem redete dieser Mann eigentlich?

Er kam auf mich zu und packte mich am Arm. «Mach hier

keinen Ärger. Bitte! Dreh eine Runde und komm lieber an einem anderen Tag zurück.»

Ich hätte ihm nur zu gern eine Ohrfeige verpasst. Eine gute altmodische Maulschelle. Aber das brachte ich dann doch nicht über mich. So bin ich nicht. Ich riss mich los und klatschte hart in die Hände. Dreimal. Haut traf Haut, und ich merkte, dass meine Nervenzellen klare Meldungen an mein Gehirn abschickten.

«Los! Geh endlich!» Er versetzte mir einen Stoß.

Und dann konnte ich ihm nicht länger böse sein, denn war das Ganze im Grunde nicht ein einziges Wunder? Ich meine, dass er den Mund öffnete und diese Geräusche ausstieß, unsichtbare Wellen, die die Luft zerschnitten und meine Trommelfelle trafen. *Trommel-Felle.* Er stand vor mir und trommelte seine Mitteilungen gegen meine höchst privaten Felle, die den Klang dann weiterreichten, bis zu dem Gehirn, das soeben den Befehl «in die Hände klatschen» erteilt hatte. Jetzt deutete es den neuen Bescheid. Die unsichtbaren Wörter wurden zu verständlichen Nachrichten umgeformt, zu Nachrichten, die augenblicklich mein Gefühlsleben aktivierten.

Ich tat, wie mir geheißen. Ich ging. Er hatte einen potentiellen Kunden verloren, das war alles. Kein Grund für großes Geschrei.

Auf seltsame Weise hatte ich mich offenbar bis hinauf nach Torshov verirrt. Als ich den Akerselv überquert hatte, waren mir die Straßen gleich vertrauter. Das Dasein fügte sich wieder zu einem Bild zusammen. Zu keinem Zeitpunkt hatte ich direkt Angst gehabt, aber ich merkte doch, dass ich mich entspannte. Es wurde jetzt dunkel, und die Straßenbeleuchtung wurde eingeschaltet, als ich auf den Sankthanshaugen zuschlenderte. Am Fuße dieses Hügels setzte ich mich auf eine Bank und blickte dann auf die Stadt. Der Himmel über dem dunklen Fjord war tiefrot und von blauen und grünen

Streifen durchzogen. Es war schön. Das Rauschen der Stadt erreichte mich, über grauen und schwarzen Dächern und Fassaden funkelten tausende von elektrischen Lichtern wie ein Regen aus Diamanten. Und wieder dachte ich an alles, was sich gleichzeitig abspielte. Dass wir, die wir uns in diesem Moment in Oslo aufhielten, uns mit unseren unterschiedlichen Lebensgeweben abmühten. Wir besaßen dieselben Straßen und Parks, Brücken und Bootsanleger, doch die Teppiche, die wir durch unsere täglichen Unternehmungen webten, wiesen die unterschiedlichsten Farben und Muster auf. War alles einfach ein blindes Spiel? Oder existierte ein Gesetz, ein Schicksal, das wir nicht mit Fleisch und Blut erfahren konnten? Früher hatte ich mich nicht für solche Fragen interessiert. Ich war mit dem Alltag mehr als genug beschäftigt, war auf so vielfältige Weise gebunden und festgehalten gewesen. Aber jetzt verspürte ich einen Hang zum Unbekannten. Ich hatte das Gefühl, mich auf ein anderes Niveau gehoben zu haben. Und alles, was in diesem Moment in meinen Gedanken geschah, hatte seinen Ausgangspunkt darin, dass ich früher an diesem Tag eine Gemeinsamkeit zwischen Elise und mir gesucht hatte. Elise, die im Geruch von Würsten und gehackten Zwiebeln ihr Karma kennen lernte. Ich selbst war ja nicht ganz unwissend, das nicht. Nicht, was Reinkarnation und Karma betraf. Die seltsame Welt der UFOs jedoch war mir fest verschlossen, wenn ich von den ersten Büchern Erich von Dänikens aus den sechziger Jahren absah. Ob der alte Erich wohl noch lebte? Ob er weitere Landebahnen und geheimnisvolle Kreise gefunden hatte? Als Junge war ich von seinen Theorien zutiefst fasziniert gewesen, doch ich hatte mein Interesse daran verloren, als der Geschlechtstrieb sich energisch zu Wort meldete. Aber durch die Illustrierten meiner Mutter hatte ich natürlich registrieren können, dass der Glaube an Reinkarnation und Karma sich wie eine Seuche in der gesamten westlichen Welt verbreitete. Und warum nicht?

Er war nun wirklich nicht schlimmer als der Glaube an einen alten Neidhammel, der Säuglinge zur ewigen Pein in die Hölle verbannt, weil ihre Eltern mit der Taufe geschlampt haben! Hatte ich schon einmal gelebt? Würde ich wieder und wieder als Mensch zum Leben erweckt werden, wenn dieses ziemlich elende Leben eines Tages ein Ende genommen hätte? Die Vorstellung war betörend. Das kann ich nicht leugnen. Aber Karma? Selbst verschuldetes Schicksal? Es kam mir gelinde gesagt unwahrscheinlich vor, dass ich mich in einem früheren Leben so benommen hatte, dass ich die Folgen nun auf die Art und Weise ausbaden musste: Elling, geboren ohne Vater. Aufgewachsen in Ungnade. Das perfekte Mobbingopfer, das ins Bett pisst, dass die Tropfen nur so hochstieben. Ich fand diese Überlegungen total verwirrend. Und war fast erschöpft davon. Ich legte mich auf die Bank und schloss die Augen. Versuchte mir vorzustellen, wer ich in einem früheren Leben gewesen sein könnte. Was war das??? Ein Grashalm? Eine Blume! Ein Hahnenfuß umkränzt von Grün. Die Luft war klar und kühl, und aus der Ferne konnte ich Kuhglocken hören. Ich stand vor einer Almhütte und jodelte *O kooooom dooooch, Rosa*! Ich erlebte mich selbst als üppige Sennerin mit breiten, wiegenden Hüften. Eine gelassene Frau, die auf großen, weißen Füßen durch Gottes grünes Hochgebirge lief und ihre roten Kühe anlockte. Die zutraulichen Kühe, die wieder- und wieder- und wiederkäuten und dabei kackten und dem Erdreich neue Nahrung gaben.

Ich riss mich zusammen und öffnete die Augen. Den jungen Seminaristen, der mit munterem Blick und Branntwein im Rucksack den Hang hochgewandelt kam, hatte ich mehr als nur geahnt. O nein. Es war schon besser, dass Vergangenheit und Zukunft außer Sichtweite waren. Außerdem glaubte ich das alles doch gar nicht. Es waren Traumbilder und Phantasien. Die Schubladen meiner Seele waren voll davon, das wusste ich schon seit langem.

Ich gähnte und schaute auf die Uhr. Fast halb neun. Wenn ich mich beeilte, könnte ich das späte Abendessen bei Kjell Bjarne und Reidun noch schaffen. Das späte, wohlgemerkt. Sie hatten ein frühes und ein spätes Abendessen. Zuerst das frühe um halb fünf mit der Kleinen. Dann das späte mit Resten des Mittagessens um neun. Während der letzten zwei Wochen hatte ich wohl wieder angefangen ihnen zu entgleiten. Wenn das stimmte, dann war das ein schlechtes Zeichen, das hatte ich immerhin begriffen. Außerdem hatte ich Hunger. Einen fast hysterischen Hunger.

Sie schienen sich über meinen Besuch zu freuen. Kjell Bjarne und ich rauften uns ein wenig auf dem Flur, das machten wir, seit ich mir den ganzen Unfug aus dem Leib geschlafen hatte.

«Du bist ja vielleicht elegant», sagte Reidun, nachdem Kjell Bjarne mich zweimal auf die Matte gelegt hatte. «Neuer Anzug und überhaupt.»

Ich stand auf und wischte mir den Staub ab. «Neuer alter Anzug.»

Ich hatte die Altkleiderhändler der Stadt nun wirklich entdeckt. Es machte mir aufrichtige Freude, mir für billiges Geld solide und gediegene Kleidungsstücke zuzulegen. In meinem Schrank hingen jetzt nicht weniger als acht Anzüge. Und dabei sollte es nicht bleiben! Ich ließ mich überhaupt nur noch im Anzug blicken. Meine Krawattensammlung war bereits enorm. Eine gute Krawatte fand man schon für einen Zehner, wenn man nur die richtigen Läden kannte. So verdreht war inzwischen die Welt, dass man mit etwas Glück zwei gediegene Anzüge für den Preis einer verwaschenen Jeans bekam.

Wir aßen. Bratkartoffeln mit Speck und Zwiebeln.

«Alfons hatte noch einen Schlaganfall», sagte Kjell Bjarne. «Wir waren heute bei ihm. Jetzt schläft er nur noch, oder was immer das ist.»

«Es wäre besser, wenn ihm das erspart bliebe», fügte Reidun hinzu.

Aber da war ich ganz anderer Meinung, was ich auch zum Ausdruck brachte. Ich argumentierte, dass niemand wissen könne, was Alfons jetzt erlebe. Vielleicht schwamm er durch helle Farben und hörte dabei kosmische Musik.

«Glaub ich nich'», sagte Kjell Bjarne und wischte sich mit dem Handrücken den Mund ab.

«Kosmische Musik?» Reidun starrte mich an. «Was ist das denn?»

Ja, was war das denn? Wo hatte ich diesen Ausdruck überhaupt aufgeschnappt? Vermutlich ebenfalls in den Illustrierten meiner Mutter. In den Reportagen über die Erlebnisse von Menschen, die schon tot gewesen waren. Menschen, deren Herz einige Minuten stillgestanden hatte, die aus geheimnisvollen Gründen dann aber ins Leben zurückgekehrt waren. Sie konnten fast identische Erlebnisse schildern, hatte ich gelesen. Zuerst hatten sie sich selbst von oben gesehen, sie waren über ihrem irdischen Leib dahingeschwebt, dann waren sie durch einen dunklen Tunnel einem überirdischen Licht zugestrebt. Dort hatten sie in purer, lauterer Liebe gebadet, konnten sie mitteilen. Sie hatten kosmischer Musik von solcher Komplexität und Schönheit gelauscht, dass alle Mozarts und Beethovens dieser Welt im Vergleich damit wie gehirngeschädigte Punkrocker klangen.

«Ich weiß es nicht», sagte ich, «ist mir nur so herausgerutscht. Es geht darum, dass ich glaube, dass es ihm vielleicht jetzt besser geht als vorher, als er nur die Wand angestarrt hat.»

«Es ist alles einfach schrecklich», sagte Reidun. «Und gerade er, wo er doch noch so gut drauf war.»

«Wir haben gehört, du warst auch da und hast Chaos angerichtet», sagte Kjell Bjarne.

Chaos? Angerichtet? Tatsache war doch, dass ich, gewandet in meinen besten Anzug, unter Mitbringung von langstieligen roten Rosen diesen beiden armen Burschen einen Besuch abgestattet hatte. Ich wollte ja wirklich keinen Dank, weder von den Kranken noch vom Personal, aber es musste ja trotz allem Grenzen geben!

«Reg dich ab», sagte Kjell Bjarne. «Die waren doch nich' sauer oder so.»

«Ach, waren sie das nicht?», fragte ich und machte nicht einmal einen Versuch, die natürliche Verbitterung zu verdecken, die in diesem Satz zum Ausdruck kam.

Die Stimmung am Tisch verschlechterte sich. Sie verschlechterte sich wirklich. Ich unternahm nichts dagegen und ignorierte Reidun, die sich alle Mühe gab, Kjell Bjarne mit kurzen Seitenblicken zu treffen. Was er natürlich nicht mitbekam, denn er aß und stand folglich unter Hypnose. Dass er überhaupt ab und zu eine verletzende Bemerkung absonderte, musste fast als Reflex betrachtet werden.

«Was hast du denn heute so gemacht?», fragte Reidun. Jetzt war sie nervös. Und kroch fast. Sie wusste, ich konnte zu scharfen Worten greifen, wenn es sein musste.

Ich habe auf einer Bank am Sankthanshaugen gelegen und mich mit einer alten Inkarnation amüsiert, dachte ich und wurde von einer Welle der Munterkeit schier überflutet. Ich legte Messer und Gabel hin und schüttelte mich vor Lachen.

Dann riss ich mich zusammen, wischte mir eine Träne ab und sagte: «Ach, ich war nur kurz bei Paul. Er ist ein bisschen eigen, deshalb musste ich lachen.»

Kjell Bjarne wurde davon aus seiner Trance gerissen, er starrte mich an. «Hast du 'nen neuen Kumpel?»

Ja, stell dir vor, das habe ich. Einen sehr guten Kumpel sogar. Etwas so Seltenes wie einen guten Freund. Sein eifersüchtiger Tonfall amüsierte mich durchaus. Hier spielte er sich auf und brachte dauernd seine Arbeitskollegen an. Schleppte sogar diesen Jonny in meine Wohnung, um meine Möbel zu zerhacken. Aber jetzt schmollte er.

«Typ aus Kristiansand», erklärte ich und lud mir noch einmal den Teller voll, «arbeitet mit Radio und Fernsehen.»

«Der verkauft Fernseher?», fragte Kjell Bjarne interessiert. Ein wenig zu interessiert sogar. Mir fiel plötzlich ein, dass Reiduns alter Apparat in letzter Zeit kränkelte.

«Produktionsfirma», erklärte ich. «Mogul Media A/S. Die machen alle möglichen Sendungen für allerlei Sender.»

«Himmel», sagte Reidun, «wie spannend.»

«Bestimmt alles gelogen», sagte Kjell Bjarne. «Der lügt doch so sehr, dass er's selber glaubt, die ganze Zeit.»

«Nein, jetzt hör aber auf», sagte Reidun auf eine Weise, die ihm und mir zu verstehen gab, dass er auf dem Wohnzimmersofa übernachten müsse, wenn er so weitermachte. Sie ärgerte sich ganz einfach über die frechen Sprüche ihres Mannes.

Hier war Großmut angesagt. «Reg dich ab», sagte ich. «Spielt doch keine Rolle, ob Kjell Bjarne mir glaubt oder nicht. Wichtiger ist schließlich, dass ich in einer Dokumentation über die Pfingstbewegung eine Statistenrolle habe.»

«Statist?» Reidun schaute mich mit ganz viel Hollywood in ihren lieben Augen an.

«Das sind die, die auf der Straße an der Hauptperson vorbeigehen», sagte Kjell Bjarne, und ich merkte, dass er jetzt angebissen hatte. Ich kannte ihn schließlich in- und auswendig.

«Korrekt», sagte ich. «Aber da es um die Pfingstbewegung geht, haben wir beschlossen, dass ich in einem Gebetssaal in Flekkefjord einen hysterischen Anfall erleide und mich auf dem Boden herumwälze.»

Schweigen.

Ich merkte, als der Gedanke erst gedacht und die Worte gesprochen waren, stimmte es fast schon. *Es würde bald stimmen!* Ich kam mir durchaus nicht wie ein Lügner vor. Ich hatte der Wirklichkeit vielleicht ein wenig vorgegriffen, aber das war alles. Ich konnte mir problemlos die strahlende Statistenkarriere vorstellen, die jetzt vor mir lag. Sicher gab es nicht viele Rollen in Dokumentarfilmen, aber hierzulande wurden ja schließlich auch Spielfilme gedreht. Ich glühte vor Begeisterung. Ich würde mich kundig machen. Ein Job, bei dem ich einfach nur ich selbst zu sein brauchte, war genau das Richtige für mich. In der Hinsicht konnte ich erbarmungslos sein. Fast schon virtuos. Ich konnte auf fünfzehn verschiedene Weisen ich selbst sein, das wusste ich. Und warum verkleinerte ich die Leistung der Statisten denn überhaupt, indem ich dachte, dass ich *nur* ich selbst zu sein brauchte? Tatsache war doch, dass wirklich in allen Filmen der Statist für die Glaubwürdigkeit sorgt, von der jegliches Kunstwerk auf der Leinwand abhängt. Ohne Statisten würde jedes Filmprojekt in Scherben gehen. Was wäre *Ben Hur* ohne Statisten gewesen? Oder *Sound of Norway*? Konnte man sich den großartigen Film *Titanic* überhaupt ohne die Statisten in der dritten Klasse vorstellen, die in Scharen ertranken? Nein. Es war nicht schwer zu der schlichten Konklusion zu gelangen, dass die Statisten die tragende Kraft jeden Films waren. Ohne Statisten hätten wir es mit Intimtheater zu tun. Und war es denn eine größere Kunst, schlaffe Dialogfetzen wie «I love you» herunterzuleiern, als einen Blick auf die Armbanduhr zu werden und auf natürliche Weise die Straße zu überqueren, ohne in die Kamera zu schauen? Nein, war es nicht. Die Hauptdarsteller hatten es überhaupt leicht, das erkannte ich jetzt. Sie konnten sich jederzeit an ihre Dialoge klammern, das war ungefähr so wie Schwimmen mit Schwimmweste. Doch wer ließ sich ohne Sicherheitsvorkehrung ins tiefe Wasser fallen? Die Statisten! Die Schauspieler, deren Namen einen Platz im Nachspann angeblich nicht verdient hatten. Und das war ja auch egal, das wollte ich gleich im erstbesten Interview sagen. Es spielte keine Rolle für mich, ob mein Name im Nachspann erschien oder nicht. Für mich ging es hier um Kunst und nicht um rote Teppiche und schwachsinnige Kokainpartys. Ich war wirklich nicht in dieser Branche, weil ich Zugang zu oberflächlichem Sex und medienwirksame Scheidungen haben wollte. Ich war der, der die Straße überquert. Der tot am Strand in der Normandie liegt. Ich war einer in der wütenden Menge, die zur Rebellion aufruft.

Die anderen wollten wissen, wie ich das Glück gehabt hätte, Paul kennen zu lernen. Sie waren ganz aufgeregt. Zwei große Kinder, die den grauen Rahmen des Alltags bersten sahen.

Das Glück? Hier war ja noch die Frage, wer das größere Glück gehabt hatte, Paul oder ich. Ich gab ihnen zu verstehen, dass er mich an diesem Wintertag nicht ganz ohne Grund auf Karl Johan angesprochen hatte. Alle waren drehbereit, aber wer sollte die Rolle des zufälligen Hysterikers im Gebetssaal übernehmen?

Kjell Bjarne prustete los. Zuerst leise, dann lauter und lauter. Es war ein durch und durch dämliches Lachen. Das Lachen des unumstrittenen Herrschers über den Pfandautomaten, ein Lachen voller Stupidität und Unwissenheit.

«Er hat es dir angesehen!», johlte er. «Er hat es sicher auf fünfhundert Meter Entfernung gesehen!»

Kapitaler Witz! Kapitaler, kapitaler, kapitaler Witz!

Du meine Güte, ihm war ja so leicht eine Freude zu machen, diesem großen Pavian von Bierkästenstapler.

Ich lachte mit ihm, Reidun zuliebe. Es kostet ja so wenig.

Ich wusste schließlich, was ich wusste. Das hier war Karma. Blindes, selbst verschuldetes Schicksal. Ich bedankte mich herzlich für das Essen.

Mit dem Mantel über dem Arm stand ich dann vor meiner Tür. Ich hatte die Hand in der Tasche und den Schlüssel in der Hand. Lachte da nicht jemand in meiner Wohnung? Hatte ich da nicht Lachen gehört? Ich presste mein Ohr gegen die Holztür. Wartete. Nein. Nichts. Doch, Moment!

Ich war unsicher. Stellte mir die Abgesandten der Gemeinde Oslo vor, die mit ihrem Universalschlüssel die Tür öffneten. Und jetzt suhlten sie sich in meinen persönlichen Aufzeichnungen. Tranken meine Milch und flirteten mit meinen Katern. Ich ging in die Hocke und schaute durch das Schlüsselloch.

Nichts. Ein nacktes Stück Eichendiele. Normalerweise müssten Elmer und Pfeffer jetzt jaulend hinter der Tür stehen, aber sie waren weder zu sehen noch zu hören.

Irgendwo im Haus wurde eine Platte von den De Lillos gespielt.

Es war unheimlich.

Vorsichtig ging ich rückwärts die Treppe hinunter. Schloss die Kellertür auf, knipste aber kein Licht an.

Diese gesegnete, feuchte Dunkelheit! Irgendwo tropfte ein Wasserhahn oder ein Rohr. Es war eine totale, tiefe Finsternis, aber ich kam problemlos weiter. Zuerst die Betontreppe, vierzehn Stufen. Dann sechs Schritte nach rechts. Dann nach links und achtzehn Schritte, die ganze Zeit wanderte ein Zeigefinger über die Holzlatten der Kellerverschläge. Bis zum letzten Verschlag und dem großen Messingschloss, das ich nun ganz blind aufschließen musste.

Bald darauf saß ich da, auf der alten Matratze auf dem Boden. Ich riss ein Streichholz an und zündete die Kerze in der Limoflasche an.

Ein fast leerer Verschlag. Wir hatten ja nicht viel mitgebracht, Kjell Bjarne und ich. In einer Ecke standen zwei Jutesäcke voller Birkenholz. Die alte Matratze hatte bei unserem Einzug schon hier gelegen. An der Wand ein Schlafsack, fest zusammengerollt und in eine Plastiktüte von Prix gestopft. Ein leerer Pappkarton, der als Tisch diente, stand vor der Matratze. Eine Blechdose, halb voll mit kalten Kippen. Eine fast leere Packung Blue Master. Hier unten kam es vor, dass ich eine rauchte, und in einem munteren Moment hatte ich gedacht, dass ich nur rauchte, wenn ich untergetaucht war. Hier sah ich die Zukunft des Nikotinsklaven, in Anbetracht der immer schärfer werdenden Rauchbestimmungen. Es fiel mir nicht schwer, mir ein Bild von bleichen Nikotinisten vor Augen zu rufen, die um mich herum standen und saßen und dabei über die alten Zeiten tuschelten, als die Polizei noch nicht mit Haftbefehlen in die Wohnungen von Rauchern eindringen durfte. Die Zeiten, als das Jugendamt noch keine Kinder aus verräucherten Häusern und Wohnungen in Pflegefamilien gab.

Doch das war nicht meine Sorge. Ich war ein Gesellschaftsraucher. Ich rauchte nur in Gesellschaft von Oliver Grøtte, dem Mann mit dem schwarzen Lieferwagen. Dem, der bei jedem Wetter auf der Straße unterwegs war und hinten im Auto auf einer Matratze schlief. Als ich nun hier unten saß, sah ich ihn ganz deutlich vor mir. Er war Mitte dreißig, aber fast ganz kahl. Scharfe blaue Augen und klare, regelmäßige Züge. Das einzige, was die Harmonie in seinem Gesicht störte, waren der etwas zu große Mund und die fleischigen Lippen. Seine Zähne waren spitz und seltsam und gelb von vierzig Blue Master am Tag seit vielen, vielen Jahren. Immer ruhte zwischen seinen weichen Lippen eine Zigarette, und Oliver Grøtte trank gierig den grauen Rauch, während er die Augen zusammenkniff und den Verkehr vor sich beobachtete. Woran er wohl dachte? Das wusste ich nicht. Ich konnte ihn so klar vor mir sehen, dass ich die dunklen Haare am unteren Gelenk seines rechten Zeigefingers zählen konnte, aber ich war von seinen Gedanken abgeschnitten. Und er sagte nichts. Sagte nie etwas.

Ich steckte mir eine Zigarette aus der Packung an, die Oliver auf dem Pappkarton vor mir vergessen hatte. Und paffte. Ließ den Rauch aus meinen Nasenlöchern quellen. Ich machte keine Lungenzüge, aber ich flirtete leicht mit dem oberen Teil des Pusterohrs. Oliver Grøtte fuhr irgendwo oben an der Küste von Helgeland durch nächtlichen Regen. Weder vor ihm noch hinter ihm war ein Auto zu sehen. Kein Wagen kam ihm entgegen. Es gab nur dieses Rätsel im schwarzen Lieferwagen, die nasse Straße und der Wind, der in jähen Stößen vom Meer kam.

Doch dann hörte ich etwas. Eine Ratte? Hier unten gibt es Ratten, aber die stören mich nicht. Die kümmern sich um ihre Angelegenheiten, ich mich um meine. Auch Oliver hält an und lauscht. Legt den Kopf schräg. Dann fährt er im Rückwärtsgang unter die Bäume eines Rastplatzes. Zündet sich eine neue Zigarette an und schlüpft in seinen schwarzen, altmodischen Regenmantel. Der Wind draußen lässt die Glut seiner Zigarette wachsen und leuchten, Oliver Grøtte überquert die Straße und folgt einem fast unsichtbaren Pfad zum Meer.

Ich habe zum ersten Mal hier unten geschlafen, als in mir und um mich herum einfach die Hölle los war. Im Krieg gingen die Menschen bei Luftalarm in den Keller. Ich selbst hatte eine solche Warnsirene im Kopf. Und wenn die losheulte und einen möglichen Angriff ankündigte, dann brauchte ich ein Versteck. Einen nackten dunklen Raum, in dem nur das Notwendigste vorhanden war. Einen Ort, wo ich mit geschlossenen Augen dasitzen und nur gerade noch anwesend sein konnte. Am Leben, aber so weit von der Welt entfernt, wie das überhaupt nur möglich war. Eines Nachts stand ich einfach auf, nahm den Schlafsack aus dem Schrank, ging in den Keller und legte mich hin. Ich weiß das noch sehr gut, denn ich schlief wie ein Stein und erwachte am nächsten Vormittag als gestärkter Mann. Ich sah, wie im grauen Licht Raum und Gegenstände langsam Form annahmen. Später hatte ich mich oft in meinen Keller gesetzt, auch in guten Nächten. Nicht immer schlief ich auch hier. Oft saß ich einfach auf der Matratze und versenkte mich in Kellermeditation. Ab und zu tauchten dann diese seltsam klaren Bilder von Oliver Grøtte auf.

Wie jetzt. Er steht genau an der Stelle, von der ich schon weiß, dass er dort stehen wird. In der überwältigenden

Finsternis unter den Tannen. Da steht er und schaut auf ein weißes Haus hinab. Eine Frau und ein Mann gehen von Zimmer zu Zimmer und löschen alle Lampen im Erdgeschoss. Dann wird oben in Badezimmer und Schlafzimmer Licht gemacht. Oliver Grøtte steht bewegungslos da, er raucht jetzt nicht, und die Kippe steckt in einem verschlossenen Aschenbecher aus Silber in einer Tasche seines Regenmantels. Dann geht er durch den Wald zurück. Zieht den Regenmantel aus und steigt ins Auto. Er fährt weiter, bis über den Baumwipfeln im Osten Morgenlicht zu sehen ist. Dann hält er am Ende eines Waldweges, bei einem umgestürzten Baum. Er steigt aus dem Auto und pisst. Später zieht er sich aus und legt sich hinten im Wagen auf die Matratze. Dort schaut er einige Zeit ins Leere. Fährt mit der Hand über das kühle Metall auf seiner rechten Seite. Dann lässt er die Hand sinken und schläft ein. Die Sonne steigt über einen niedrigen Hügelkamm und färbt das Fahrrad, das neben ihm liegt, weinrot.

Auch ich machte jetzt Feierabend. Es war schon nach eins, das war sehr spät jetzt in meinem neuen Leben. Ich hängte meinen Mantel an einen Nagel in der Wand und faltete vorsichtig Hemd und Anzug zusammen, dann legte ich sie vorsichtig auf einen der Holzsäcke. Danach rollte ich den Schlafsack auseinander und ging zur Ruhe. Für einen plötzlichen Moment hatte ich Lust zu beten, sah aber ein, dass ich nicht viel hatte, worum ich Gott bitten könnte. Im Grunde ging es mir doch so wie der berühmten Made im Speck.

7

Ich traute meinen Augen nicht! Ich las und las, und dabei sank mein Kinn immer weiter nach unten. Ich muss dabei wie ein Idiot ausgesehen haben, wie ich im Sessel saß, zwischen den vielen Büchern aus der Bibliothek, die auf dem Boden lagen. Beschrieben die denn tatsächlich dieselbe Wirklichkeit, zu der auch ich gehörte? Immer wieder hatten wohlmeinende Menschen mit Examen der Sozialhochschule mir das eingehämmert. Dass ich doch ein wenig ein Sonderfall war. Dass ich ab und zu in ziemlich merkwürdigen Frequenzen sendete. Das hatten sie mir so oft erzählt, dass ich es fast schon selbst glaubte. Und dann schrieb ein belgischer Arzt, ein Spezialist für Kinderkrankheiten, dass wir derzeit von nicht weniger als achtundzwanzig verschiedenen Rassen von außerirdischen Wesen besucht werden. In den USA leiden über vier Millionen Menschen an ernsthaften psychischen Problemen, weil sie gegen ihren Willen mit fliegenden Untertassen entführt worden sind. Ich meine – was ist ein leicht angekratztes künstlerisches Gemüt im Vergleich dazu? Hier hatte ich jahrelang an meinen verschiedenen Projekten herumgewerkelt. Hatte ein wenig Gro Harlem Brundtland gesammelt. Meine täglichen Spaziergänge gemacht, um körperlich in Form zu bleiben. Hatte meiner Psyche zuliebe ein wenig schlichte Philosophie betrieben. Wenn ich auf den Begriff «UFO» stieß, dann dachte ich automatisch an Erich von Däniken und seine seltsamen Entdeckungen längst vergessener Kulturen. Und nun stellte sich heraus, dass um mich herum in aller Stille und unbemerkt ein ganz neues Weltbild entstanden war. Davon hatte kein Wort in den Zeitungen gestanden, zumindest nicht in denen, die ich normalerweise las. Dort beschäftigten die Leitartikel sich mit Subventionen für die Landwirtschaft und der Schwächung der früheren Bauernpartei statt mit dem prominenten Besuch, der sich auf unserem Erdball aufhielt. Waren diese vielen Menschen, die jetzt in der Gewissheit lebten, als Geschwister einer kosmischen Gemeinschaft anzugehören, allesamt total verrückt? In dem Fall bestand aller Grund zur Besorgnis, denn es ging hier nicht um unterdrückte Bevölkerungsgruppen mit dem Bedürfnis, sich aus dem Alltag wegzuträumen, sondern um Menschen aus allen Gesellschaftsschichten und Berufsgruppen. Um Müllmänner und Generäle, um Krankenschwestern und Polizisten. Um Priester und Politiker.

Es war unglaublich. Erschreckend und großartig zugleich. Allein die Vorstellung, dass meine Zahnärztin, die meinen verfaulten Weisheitszahn mit der Zange packt, zu wissen glaubt, dass außerirdische Wesen an Bord eines Raumschiffes ihr Arschloch untersucht haben, ist doch Schwindel erregend. Und welche Auswirkungen hätte es auf die Behandlung meiner Anträge, wenn der für mich zuständige Mensch im Sozialamt sich für eine Kreuzung zwischen einem weit gereisten Venusmann und einer Erdfrau hielte? Das ließe sich doch unmöglich als Bagatelle unter den Teppich kehren. Bisher hatte ich mich damit begnügt ein wenig über die Unterschiede zwischen fundamentalistischen Materialisten und alttestamentlichen Christen nachzudenken. Hatte mir über die Möglichkeit eines selbst auferlegten Schicksals den Kopf zerbrochen. Auf purer Hobbybasis zwar, aber immerhin. Was sich im UFO-Raum abspielte, hätte ich mir nicht einmal in meinen wildesten Phantasien vorstellen können – was in aller Bescheidenheit bemerkt ja doch einiges sagt. Während ich unter staatlicher

Regie zur Zwangskur geschickt worden war, reiste ein Professor der Psychiatrie um die Erde und hielt Vorträge über geheime Siedlungen auf der Rückseite des Mondes. Und ob das nun stimmte oder nicht – es war nicht gerecht!

Meine Lektüre erweckte in mir ausgesprochen gegensätzliche Gefühle. Im einen Moment konnte ich in lautes Hohngelächter ausbrechen, um dann im nächsten gefesselt vor einer Dokumentation zu sitzen, die ich einfach nicht widerlegen konnte.

Wenn der Verkehr auf einem Highway in der Nähe von New York zum Erliegen kommt, weil über der Straße in geringer Höhe eine Flugmaschine von der Größe eines Fußballplatzes schwebt und mehrere tausend Menschen ihre Autos verlassen und unabhängig von Rasse, Konfession und sozialem Status genau dasselbe sehen – womit haben wir es dann zu tun? Mit einer kollektiven Halluzination? Vielleicht. Wenn an dem Morgen, an dem ich im Hinterhof die spielenden Kinder gesehen hatte, noch andere an mein Fenster getreten wären, hätten sie dann dasselbe gesehen wie ich? Das konnte ich nicht so recht glauben. Denn gerade diesen Anblick hatte ich ja als Gruß meiner eigenen Psyche aufgefasst.

Ich vertiefte mich immer mehr in diese Materie. Nahm mir fast nicht mehr die Zeit auf die Toilette zu gehen. Denn wie alles auch zusammenhängen mochte, egal, was sich in dieser wilden Suppe aus Behauptungen und Überzeugungen am Ende als Wahrheit oder Lüge erwies: Ich sah in allem einen möglichen Weg zu Elises Herzen. Einen Weg, der, wie poetisch, über die Sterne führte.

Wir schreiben den 22. Oktober 1974. Irgendwo weit draußen auf dem platten Land in Texas. Es ist kurz nach 22 Uhr. Harold und Susan Howard fahren nach einem Essen bei guten Freunden zu ihrer Ranch zurück. Vor ihnen liegen noch etwa zwei Stunden Fahrtzeit. Sie trinken beide nicht und sind folglich stocknüchtern.

Es ist dunkel, aber sternenklar. Harold und Susan sprechen über alltägliche Dinge, in zwei Wochen, wenn Harold sechsundvierzig wird, erwarten sie Besuch von Verwandten und Bekannten. Bis dahin muss das Gästezimmer eingerichtet werden. Über solche Dinge reden sie. Dazwischen schweigen sie oft für lange Zeit. Sie haben geheiratet, als er zwanzig war und sie achtzehn. Sie haben immer schon hier draußen gelebt, sie kennen jede Kurve dieser Straße. Etwa auf halber Strecke wird Susan, die Fahrerin, aufmerksam auf ein scharfes Licht über den Baumwipfeln auf der rechten Seite der Straße. Sekunden später sind sie beide in ein blauweißes Licht gebadet, das sie später mit der Tausendwattlampe vergleichen werden, die sie im Haus benutzen, um Familienereignisse mit der Super-8-Kamera zu verewigen. Sie können die Blätter der Bäume auf beiden Straßenseiten deutlich sehen. Dann streikt der Motor. Und danach setzt ihre Erinnerung aus. Als sie wieder zu sich kommen, steht der Wagen nur wenige Meilen von ihrem Hof entfernt am Straßenrand. Sie schauen auf die Uhr und stellen fest, dass drei Stunden vergangen sind. Es ist zwei Uhr nachts. Die beiden sind außer sich vor Entsetzen, sie sind solide Bürger, die nie etwas anderes erlebt haben als das, was sie für normal halten. Was ist passiert? Was in aller Welt war diese starke Lichtquelle dort draußen im Nichts? Nach einigen Versuchen können sie endlich den Motor anlassen und die letzte kurze Wegstrecke nach Hause hinter sich bringen. Sie gehen in dieser Nacht nicht ins Bett. Sie beschließen, niemandem etwas von diesem Erlebnis zu erzählen.

Aber mit Susan ist etwas geschehen. In den folgenden Monaten entwickelt sie eine schwere Depression. Im Laufe der nächsten beiden Jahre geht sie in allerlei Kliniken ein und aus, und Ende 1976 zerbricht die Ehe. Susan packt ihre Habseligkeiten zusammen und geht nach Los Angeles, wo die beiden Kinder der Howards leben.

Über solche Fälle las ich nun also. Und während ich mich Tag für Tag und Abend für Abend durch diesen rätselhaften

Bücherstapel hindurchfraß, erkannte ich, dass die Geschichte von Harold und Susan Howard fast klassisch war. Und wie üblich: Ich konnte mir das alles ganz deutlich vorstellen. Harold, der mit einem ständig wachsenden Gefühl der Sinnlosigkeit seinen Acker umgräbt. Susan, die mit angespannten Nerven in Los Angeles umherläuft und sich nur selten bei ihren beiden Söhnen meldet. Alles schrecklich traurig. Bis zu dem wunderbaren Tag, an dem sie ihre Therapie beim Psychiater Larry B. Thomson aufnimmt. Dem Mann, der es als seine Lebensaufgabe betrachtet, die gordischen Knoten des Daseins zu zerschlagen. Larry B. Thomson ist Hypnose-Experte. Er führt seine Patienten zurück zum Ursprung der Probleme. Zur eigentlichen Ursache. Er bringt sie dazu, in tiefer Trance zu erzählen.

Diese Gespräche zwischen Psychiater und Patientin, von denen ich im Laufe der Zeit mehrere Dutzend lesen sollte, machten mir ziemlich große Angst. Nicht auf Grund ihres grotesken Berichts über graue Wesen von etwa eins vierzig, grelles Licht und erniedrigende Unterleibsuntersuchungen. Nein, sie machten mir vor allem Angst, weil ich mir überlegen musste, was ich selbst unter ähnlichen Verhältnissen sagen würde. Da liegt man nun. Wehrlos, fast ganz und gar ohne Hemmungen. Während das Tonband seinen ruhigen Gang geht und ein Vertreter der Seelenfachleute die Wahrheit aus einem herausquetscht. Was würde ich dann wohl alles über meine Mutter sagen? Und über die totale Abwesenheit meines Vaters?

«Wo bist du jetzt, Susan?»

«Ich … es ist so hell! Das tut meinen Augen weh.»

«Wo bist du jetzt, Susan?»

«Ich sitze im Auto. Es steht ganz still. Harold …»

Lange Pause.

«Ist Harold da?»

«Ich glaube schon. Das Licht blendet mich …»

«Erzähl von dem Licht, Susan!»

«Kann ich nicht. Harold kurbelt das Fenster nach unten. Ich sage, dass er das lassen soll. Dass er das Fenster nicht nach unten kurbeln soll.»

(Susan gerät außer sich und muss aus der Hypnose geweckt werden.)

Eine Woche später.

«Du sitzt zusammen mit Harold im Auto, Susan. Harold kurbelt das Fenster herunter. Was passiert dann?»

(Lange Pause.)

«Etwas kommt aus dem Licht heraus. Ein Kind. Es kommt zum Auto und bleibt auf Harolds Seite stehen.»

«Okay. Lass dir ruhig Zeit, Susan. Das Kind kommt zum Auto, und Harold sitzt mit offenem Fenster da. Was passiert dann? Lass dir Zeit.»

«Dann… Ich beuge mich zur Seite vor…»

«Du beugst dich zu Harold vor?»

«O Himmel, diese Augen!»

Vierzehn Tage später nimmt Susan Larry B. Thomson mit an Bord des Fahrzeugs. Nicht einmal unter tiefer Hypnose kann sie erklären, wie sie dorthin gekommen ist. Sie liegt nackt auf einer Art Empore mitten in einem kreisrunden Raum. Sie hat entsetzliche Angst, Larry B. Thomson braucht mehrere Monate, um diese Angst zu durchdringen. Susan erzählt von allerlei Wesen, die den Tisch umstehen, auf dem sie liegt. Die meisten sind klein und grau, haben dünne Glieder und große ellipsenförmige Augen.

Aber zwei dieser Wesen sind menschenähnlich. Sie führen die Untersuchung durch und kommunizieren wortlos mit ihr. Sie erfährt, dass sie eine Auserwählte ist. Dass sie keine Angst zu haben braucht. Dass das, was hier passiert, zu einen groß angelegten Plan gehört. Die Wesen untersuchen ihren Unterleib sehr gründlich und führen eine Art Sonde in sie ein.

«Wo bist du jetzt, Elling?»

«Es ist so dunkel ... ich glaube ... ich bin in meinem Kinderzimmer.»

«Kannst du Licht machen, was meinst du?»

«Ich ... nein. Ich kann den Fernseher im Wohnzimmer hören.»

«Das ist gut. Du bist dreizehn Jahre alt und stehst in deinem Kinderzimmer. Ist es ganz dunkel?»

«Nein, ein schwacher Lichtschein kommt von den Laternen auf dem Weg vor dem Haus.»

«Gehen wir ein bisschen weiter. Was machst du jetzt?»

«Ich lege mich aufs Bett.»

«Du legst dich angezogen aufs Bett?»

«Ja.»

«Und dann?»

(Lange Pause.)

«Ich will nicht. Ich will allein sein!»

«Was willst du nicht? Und wer ist zusammen mit dir im Zimmer?»

Mit einem Ruck fuhr ich aus dem Schlaf hoch. Das Buch war auf den Boden gefallen. Ich hob es auf und las weiter über das Ehepaar Howard. Über das Ex-Ehepaar Howard. Mit Susans Zustimmung nahm Larry B. Thomson nun Kontakt zu Harold auf, der sich zwar an diese seltsame Nacht erinnern konnte, der sie aber abgehakt hatte und sich wieder seinem Hof widmete. Er hatte nie unter irgendwelchen psychischen Problemen gelitten, abgesehen von den durch die Scheidung verursachten. Er liebte Susan noch immer. Er hatte ein schlechtes Gewissen, weil er ihr in ihrer Not nicht hatte helfen können. Er zierte sich nicht lange, als der Psychiater aus Los Angeles ihn bat, sich auf die Couch zu legen.

Und dann folgte noch einmal Susans Bericht, diesmal mit Harolds Augen gesehen.

Die beiden hatten kein Wort miteinander gewechselt, seit

Susan mit der Therapie bei Larry B. Thomson angefangen hatte.

Aber: Wie konnte ich sicher sein, dass Harold und Susan Howard wirklich existierten? Oder Larry B. Thomson? Für mich war ihre Anwesenheit auf der Welt ebenso eine Behauptung wie die, dass das UFO, wo sie an Bord gewesen waren, wirklich existierte. Es bestand schließlich auch die Möglichkeit, dass die drei zusammen mit dem Autor jetzt gerade mit Sekt anstießen und die Einkünfte aus dem Buchverkauf durch vier teilten.

Diesen letzten Gedanken hatte mir bestimmt der Teufel eingegeben.

Ich wusste das damals noch nicht, aber da und dort wurde ein Samenkorn in mich eingepflanzt.

Ein richtig hässliches Samenkorn.

Es war wieder spät geworden, Mitternacht war schon vorbei. Aber ich war für eine gute Stunde in meinem Sessel eingenickt und deshalb nicht besonders müde. Außerdem hatte ich Elise seit fast einer Woche nicht mehr gesehen. Es war mir schrecklich peinlich, aber ich wusste wirklich nicht mehr genau, wie sie aussah. Wie war das möglich? Ich gab mir alle Mühe, aber jetzt sah ich nur die fast zusammengewachsenen Augenbrauen und die große, etwas komische Nase. Mir fehlte ganz einfach der geheimnisvolle Code, nach dem dieses geliebte Gesicht aufgebaut war. Dieses undefinierbare Etwas, das mich vor ihr auf die Knie drückte. Denn da lag ich. Das sah ich jetzt ein. Auf den Knien.

Als ich durch den Frognerpark ging, musste ich mich wieder über diese angeblichen Entführungen wundern. Darüber waren Statistiken angelegt worden. Die meisten wurden im Schlaf geholt. *Im Schlaf geholt!*, dachte ich. Das hatte etwas Grobes und Brutales, anders konnte ich das nicht sehen. Ich meine, da liegt man. Unschuldig und verletzlich. Nackt oder im Schlafanzug. Und dann wird man von kosmischem blauen Licht und einem seltsamen Summen geweckt. Graue Männer mit überdimensionalen schwarzen Augen schleppen einen mit sich. Im nächsten Moment liegt man auf diesem berühmten Tisch, mit einer Sonde in den vier Buchstaben. Und erfährt auf telepathischem Weg, dass man sich nicht aufzuregen braucht. Man ist ein Auserwählter, und das ganze Universum vibriert vor unendlicher Liebe. Sie sind hier, um uns zu helfen. Um den mörderischen Kurs zu korrigieren, den die Menschheit eingeschlagen hat. Sie machen sich Sorgen wegen der vielen Atomsprengköpfe. Wegen des Lochs in der Ozonschicht. Auf den Straßen fahren zu viele Autos. Wir ernähren uns auf ungesunde Weise. Wenn man es nicht besser wüsste, könnte man sie für Abgesandte einer Sonntagszeitung halten. Oder des Zentralkomitees einer Ökopartei. Aber wenn sie uns vor dem Untergang retten wollen, warum konzentrieren sie sich dermaßen auf Geschlechtsorgane und Enddarmöffnungen? Sie stechen ihre Nadeln zwar auch in Gehirn, Herz und Nieren – aber die eigentliche Ursache unseres Versagens scheint sich in Darmfunktion und Fortpflanzungsorganen zu verbergen. In anderen Berichten ist jedoch auch zu lesen, dass sie durchaus nicht nur kommen, um uns zu erziehen. Sie wollen auch lernen. Sie interessieren sich für den freien Willen der Menschen und das Chaos der Gefühle. Für Hass. Liebe. Ich hatte den Eindruck, dass sie in diesen Bereichen einfach leer waren. Sie dachten kollektiv und züchteten Kinder in dazu geeigneten Labors. Manchmal stahlen sie Ei- und Samenzellen. *Die bloße Vorstellung, dass ein graues Männlein ohne freien Willen einem einen runterholt und ein Reagenzglas bereithält!* Mir wurde richtig schlecht bei diesem Gedanken. Übel. Zehn Millionen potentielle Ellinge werden in Eier aus fremden Galaxien eingepflanzt und dabei kommt dann – ja, was kommt dabei eigentlich heraus? Und noch ein Paradoxon unter vielen: Wie können sie ihren verängstigten «Auserwählten» erzählen, dass das Universum vor Liebe überläuft, während sie selbst nicht in der Lage sind, ein solches Gefühl zu empfinden?

Lüge, natürlich. Ein Dschungel von Lügen, angepflanzt von Phantasten und Menschen mit eiskaltem Profitdenken. Aber war es nicht trotzdem möglich diesen Dschungel zu betreten und nachzusehen, ob nicht doch irgendwo ein kleiner blanker Stein der Wahrheit herumlag?

Ich kam zu der leicht überraschenden Erkenntnis, dass der Stein der Wahrheit mich nur mäßig interessierte. Eigentlich fand ich das Innenleben meiner Kater interessanter als die Menge außerirdischer Arten in unserer heimatlichen Fauna. Aber ich wollte mich trotzdem ohne Zögern in den Dschungel begeben, wenn ich Elise auf eine solche Expedition mitlocken könnte. Ich wollte allen nach dem Mund reden und ganz insgeheim nicht Jagd auf die Wahrheit über die fliegenden Untertassen machen, sondern auf die Liebe, die die kleinen Grauen weit draußen vor den Toren des Universums vergessen hatten.

Ich meine: Warum sollte es mich interessieren, ob es auf dem Mars Leben gibt, solange ich kein richtiges Leben auf der Erde hatte? Ich brauchte eine Frau! Ich brauchte Elise Kornvoll!

Sie war nicht da! Das sah ich schon aus großer Entfernung! Der Imbisswagen, den ich jetzt sofort mit einem Raumschiff aus einer fremden Galaxis assoziierte, wurde von einem anderen bedient. Von einem Mann! Wo Elises schlanke Gestalt gestanden hatte, thronte jetzt etwas Untersetztes und Schweres. Etwas mit Haaren in den Ohren und Schmerbauch.

Ich war total entmutigt. Der fast unwiderstehliche Drang, mich auf den Bürgersteig zu legen, überwältigte mich. Der Drang aufzugeben. Einfach liegen zu bleiben, bis jemand kam und mich forttrug.

Zum Glück halfen zwei Ohrfeigen. Der alte Trick, der fast

nie fehlschlägt. Ich kam schneller als schnell zur Vernunft. Denn erstens konnte sie natürlich nicht jeden Tag arbeiten. Ab und zu musste sie frei haben, wie alle anderen. Außerdem wusste ich ja, wo sie wohnte. Oder? Nein. Ich wusste, wohin sie mit dem alten Mann ging. Mit dem alten Mann, der ihr jede Nacht mit den schweren Fensterblenden half. Schon wurde ich wieder unruhig. Schleichende Panik! Denn konnte es möglich sein, dass sie ihn nach Hause begleitete? Als eine Art Dank für seine Hilfe? Als eine Art Gegendienst? Nein. Nicht Elise. Nie in aller Welt, so verkommen diese Welt auch war. Ich konnte mir einfach nicht vorstellen, wie Elise einen Mann von fast hundert bediente, bloß weil der ihr bei den Fensterblenden half. Sie war einfach nicht der Typ dazu. Und er auch nicht, wie ich bei genauerem Nachdenken erkannte. Er hatte eine gewisse Ruhe ausgestrahlt. Etwas Solides. Meine angespannten Nerven konnten mir zwar ab und zu einen Streich spielen, aber ich verfügte doch über einen inneren Radar, der den Sexualverbrecher sofort entlarvt hätte. Ich hätte es seinen Händen angesehen. Und seinem Gang.

Ob ich kehrtmachen und nach Hause gehen sollte? Nein. Das gehörte in die Vergangenheit. In die defensive Phase, die wie eine feuchtkalte Hand über so vielen Jahren meines Lebens gelegen hatte. Vor nur einem Jahr wäre ich nach Hause gelaufen, um eine Tasse zu zerschlagen. Jetzt registrierte ich voller Zufriedenheit, dass ich die Straße überquerte und einen alten Schlager von Herman's Hermits summte. «No milk today».

Aber ich wollte keine gute altmodische Wienerwurst haben. Das wäre ganz falsch, wie ich jetzt erkannte. Das mit der Wiener war gewissermaßen Elises und mein Walzer. Etwas, das wir teilten. Die nächtliche Wienerwurst hatte uns schließlich zusammengeführt, hatte die Möglichkeit eines sinnvollen Dialogs eröffnet, zwischen Frau und Mann. Voller Vertrauen hatte sie meinen vielen Bestellungen gelauscht und schon zu Beginn unserer Beziehung einen kleinen Zipfel meiner Gewohnheiten kennen gelernt. Da kommt er. Ist das nicht der, der … Doch! Das ist der mit der Wiener. Der Wiener mit allem. Senf. Ketchup. Rohe Zwiebeln. Krabbensalat. *Das ist der, der alles will!*

Ich bat um eine Zwiebelwurst. Nein, nicht mit Brot. Mit Kartoffelfladen. Und Senf. Viel Senf.

Die Anwesenheit dieses Mannes irritierte mich. Er war der falsche Mann am falschen Ort. Er war so groß, dass er sich unter der niedrigen Decke bücken musste. Er hätte durchaus Kjell Bjarnes Vetter sein können, so wie er aussah. Groß, schwer und schwerfällig. Um den Senf musste ich mehrmals bitten. Ich fand es ekelhaft, dass er mit großer Selbstverständlichkeit dieselbe Wurstzange benutzte, mit der sonst Elises schlanke Finger brillierten. Es irritierte mich, dass er seine behaarten Hinterbacken auf denselben Hocker wie sie platzierte, nachdem er mir die Wurst überreicht und meine Münzen zusammengefegt hatte. Das war nicht so, wie es sein sollte. Er war ein Fremder. Ein Alien aus dem äußeren Raum. Einer, der keine Ahnung von Liebe hatte.

Aber die Wurst schmeckte gut. Das kann ich nicht leugnen. Voll von rundem Zwiebelgeschmack.

Doch ganz ohne Vorwarnung geschah dann etwas Entsetzliches. So ist das Leben. Man steht an einer Würstchenbude und isst, und dann birst das Dasein!

Ich verschluckte mich. Und wie! Ich habe mich in meinem Leben niemals dermaßen verschluckt. Auf unbegreifliche Weise hatte sich ein großes Stück Wurst hinter meinem Zäpfchen verkeilt. Während der ersten Sekunden stand die Welt still. Ich begriff einfach nicht, was hier passierte. Aber dann ging mir auf, dass ich nicht atmen konnte. Panik packte mich. Ich wurde von den heftigen Brechversuchen meines Körpers geschüttelt, aber nichts kam heraus. Meine Augen quollen hervor, ich hatte die entsetzliche Vision, dass sie im nächsten Moment platzen und auf den Asphalt spritzen würden. *Ich bekam keine Luft!*

«Stimmt was nicht?» Der Mann im Imbisswagen musterte mich mit ängstlicher Miene.

!

«Hallo? Stimmt was nicht, hab ich gefragt.»

!

«O Gott!»

Ich hörte, wie er sich im Wagen zu schaffen machte, der Hocker kippte um und die Tür wurde aufgerissen.

Mir wurde schwarz vor Augen. Die Welt verschwand in kleinen Blitzen des Nichts. Der Brechreiz verursachte schmerzhafte Magenkrämpfe. Irgendwo tief in meinem Inneren registrierte ich, dass meine Arme wild in der Luft herumfuchtelten. Ich torkelte über den Bürgersteig, schlug gegen den Wagen, stürzte und riss den Müllkorb mit. Was für eine Szene! Sollte mein Ende wirklich so aussehen? Das ist ja so unendlich typisch für dich, dachte ich. Nicht einmal beim Sterben kannst du dich benehmen wie andere Menschen. Andere sterben an Herzinfarkt und Krebs, an Aids und Typhus. Sie fahren sich bei Glatteis zu Tode und stürzen mit dem Flugzeug ab. Aber du? Du gibst den Löffel ab, indem du dich an Zwiebelwurst verschluckst. O Herrgott! O gütiger Jesus! Schon halb ohnmächtig registrierte ich, dass der Würstchenmann mich packte und mir mit einer riesigen Faust in den Rücken schlug. Er rief und schrie und schlug immer wieder auf mich ein. Ich glitt in eine Art Schattenwelt und dachte, jetzt kommt er, jetzt kommt der Tod, so ist er also, jetzt werden wir ja sehen, wer Recht hat, Christen oder Muslime, Mormonen oder Scientologen. Aus der Außenwelt konnte ich eilige Schritte und aufgeregte Stimmen hören. Was ist los, was ist denn los, nun hilf mir doch, zum Teufel, steh hier nicht so rum, er hat sich verschluckt, ich hole einen Arzt, dazu reicht die Zeit nicht, zum Henker, fass hier an, wir müssen versuchen ihn auf den Kopf zu stellen, aber Scheiße – ein erwachsener Mann – hast du eine bessere Idee, hilft alles nichts, so sehr ich auch klopfe, hallo, ihr da, fasst mit an.

Ich merkte, dass eifrige Hände mich hochrissen, sie waren offenbar viele, ich spürte überall Hände, sie schrien und johlten und schüttelten mich wie eine Lappenpuppe, mein Kopf wurde kurz über dem Asphalt hin und her geschleudert. Für kurze Momente war ich bei Bewusstsein und sah nassen Asphalt und trampelnde Schuhe und Stiefel, dann verlor ich mich wieder im Schattenland, wo mich seltsame Bilder erreichten. Bilder und kurze Filmstreifen, aus dem Leben, das ich gelebt hatte. Kleine alltägliche Details, auf die ich früher nicht weiter geachtet hatte, erhielten für mich jetzt ein geheimnisvolles Gewicht und große Bedeutung. Ich sehe einen blauen Käfer über ein Holzstück im Gras kriechen. Am Rand des Holzstücks bleibt er stehen und zögert für einen Moment. Dann macht er kehrt und geht zurück. Und ich weiß mit absoluter Sicherheit, dass es Sommer in Sandefjord ist, ein Julinachmittag im Garten meiner Großeltern. Dann stehe ich zu Hause im Block in der Küche. Kleiner Knabe mit großem Brot. Makrele in Tomatensoße. Auf dem Tisch ein großes Glas Milch, bleiche Wintersonne durch das Fenster. Schule. Grete Sørliens weißer Nacken am Tisch vor meinem, so unerreichbar und doch so nah. Das Bild eines seltsamen Steins, den ich einmal in einem christlichen Sommerlager gefunden hatte. Die Natur selbst hatte das Gesicht eines alten Indianers in die geriffelte Oberfläche eingekerbt. Kjell Bjarne an einem frühen Morgen im Kurheim Brøynes. Er liegt auf dem Rücken im Bett, seine große dicke Zunge zittert in seiner Mundhöhle wie ein feuchtes pelziges Tier. Mutter im Badeanzug. Sie macht sich die Beine nass, ehe sie vorsichtig ins tiefere Wasser watet.

Dann löst sich etwas in mir. Schießt wie eine Kugel aus mir heraus. Ich denke, das war's, jetzt ist mein Lebensstrang gekappt worden, jetzt führt kein Weg mehr zurück. Aber dann dringt kühle Nachtluft in meine unersättliche Lunge ein. Ich kann das gerade noch registrieren, dann tut mein Magen das, was er jetzt tun muss, er leert sich ganz und gar. Ich kann wieder sehen, als ich unverdautes Essen auf Asphalt und Schuhe kotze.

«Ja, Scheiße!»

«Kam ja wie aus der Pistole geschossen, meine Güte.»

Stimmen. Die Nacht füllt sich mit Stimmen. Ich hänge in ihren Armen, ich schwebe über der Erde, und ich denke, so will ich liegen bleiben, lange, lange. Will nur hier liegen und schweben, getragen von freiwilligen Helfern, die herbeigestürzt sind, um mein, Ellings, kleines Leben zu retten. Was diese vielen Hände wohl sonst schon alles gemacht haben? Sie haben Fahrradlenker und Autosteuer gehalten, Spaten, Messer, Gabel, Scher' und Licht. Sie haben Säuglinge hochgehoben und zärtlich nackte Frauenhaut gestreichelt. Sie haben geschlagen. Sie haben Aufsätze zu Papier gebracht. Sie in ekstatischem Applaus nach einem Cellokonzert in der Universitätsaula gegeneinander geschlagen. Das alles und noch tausend andere Taten haben sie begangen.

Und jetzt sind sie hier. Sie haben soeben Elling ins Leben zurückgeschüttelt und lassen ihn jetzt schweben.

Sie waren zu sechst. Fünf Männer und eine Frau. Wenn wir den Würstchenmann abzogen, dann stellten sie mit anderen Worten die durchschnittliche Kundschaft vor einer norwegischen Imbissbude dar. Bei einem höheren Frauenanteil wäre ich jetzt tot. Sie hätten mich nicht auf den Kopf stellen können, es sei denn, es hätte sich um Bulgariens Nationalteam von Kugelstoßerinnen gehandelt.

Ich drehte auf dem Bürgersteig Kreise und trank und trank die segensreiche Luft. Ich konnte einfach nicht genug davon bekommen. Um mich herrschte eine muntere

Stimmung. Es waren Menschen, die einander durch eine gemeinsame Rettungstat kennen gelernt hatten, und das verursacht immer eine ganz besondere Atmosphäre. Ich registrierte, dass der Würstchenmann einen Eimer voll Wasser aus seinem Wagen holte. Er goss ihn über meinem Erbrochenen aus und ließ die Schweinerei im Rinnstein verschwinden. Ein Junge mit spitzen Stiefeln nahm Anlauf und beförderte das elende Wurststück mit einem Tritt quer über die Straße und unter ein dort stehendes Auto. Zum allgemeinen Applaus.

«Na?», fragte der Würstchenmann. Er stand mit dem leeren Plastikeimer vor mir. «Wie fühlst du dich? Das war wirklich im letzten Moment.»

Ich konnte nicht viel sagen, denn meine Stimme versagte vor lauter Dankbarkeit. Ich weinte und reichte allen in aufrichtigem Dank die Hand.

«Etwas zu trinken? Ein Mineralwasser vielleicht?»

«Ja, danke. Tausend, tausend Dank.»

Ich war einfach fertig. Erschöpft. Die kleine Menschenmenge löste sich auf, und alle kehrten zu ihren Geschäften zurück. Ich riss mich los, lief hinter ihnen her und bedankte mich noch einmal. Dankte, dankte, dankte. Dann zurück zum Wagen, wo der Würstchenmann schon eine Halbliterflasche Mineralwasser hingestellt hatte.

«Die geht aufs Haus. Himmel, Mann. Ich könnte jetzt vor einer Leiche stehen. So was habe ich noch nie gesehen. Das saß ja so fest wie ein Stöpsel!»

Ich goss das kalte Mineralwasser in mich hinein. Erst jetzt merkte ich, wie weh mein Hals tat. Und auch zwischen den Schulterblättern hatte ich schreckliche Schmerzen. Ich hatte mich so aufs Sterben konzentriert, dass ich gar nicht mitbekommen hatte, welch grausame Tracht Prügel der Würstchenmann mir da verpasst hatte. Er hatte mich blau geschlagen, um mich ins Leben zurückzubefördern.

«Ohne euch wäre ich jetzt tot», sagte ich und rülpste

ausgiebig. «Da bin ich mir sicher. Mein Leben ist an mir vorübergezogen. Jetzt habe ich das auch mal erlebt.»

«Stimmt das?» Er musterte mich interessiert.

«Da kannst du Gift drauf nehmen», sagte ich. «Ich war schon weit in einer anderen Welt.»

«Soll ich dir ein Taxi holen?»

Ich lehnte dankend ab. Versicherte, dass es mir schon viel besser ginge als noch vor wenigen Minuten. Dass ein kleiner Spaziergang mir nur gut tun würde. Ich würde wirklich jeden einzelnen Schritt genießen. Jeden Meter feiern, den ich aus eigener Kraft zurücklegte. Ich freute mich. Ich wäre gern die ganze Nacht hindurch immer weiter gegangen, berauscht von der Tatsache, dass das Leben immer noch mit mir zu tun haben wollte.

Schon komisch, wie das so geht, sagte ich dann. Da jammert man über alles Mögliche. Über die Steuern. Über das Wetter. Verspottet Politiker und lästert über das Königshaus. Doch man braucht nicht mehr als zwei Zentimeter Zwiebelwurst, und schon sieht man alles Mögliche ganz anders. Hier stand ich nun und jubelte vor Glück, weil ich mich an einer Halbliterflasche aus Plastik festhalten konnte. Etwas Sinnvolleres hatte ich noch nie erlebt. Es war ganz einfach grundlegend. Essentiell.

Er nickte, und ich sah, wie nachdenklich er wurde. Jetzt hatte ich ihm wahrlich Stoff zum Grübeln gegeben.

Ich selbst dachte: Das Leben ist so kurz. Es ist fast gar nichts. Ein Auffunkeln in der Weltnacht. Heute Abend hätte es ein Ende nehmen können. Hier, auf dem Bürgersteig. Wenn dir kein weiteres Unglück widerfährt und du gesund bleibst, liegt trotzdem erst die Hälfte der Strecke hinter dir.

Und da und dort erkannte ich, dass ich im Hinblick auf Elise nichts zu verlieren hatte. Dass ich alles auf eine Karte setzen musste, so unnatürlich und schwierig mir das auch vorkommen mochte. Das hatte die Sache mit der Zwiebelwurst mich gelehrt.

Auf dem Heimweg stellte ich mir vor, wie der nächste Tag ausgesehen hätte, wenn sich der kleine Wurstzipfel nicht hätte losschütteln lassen. Ich würde in einem kühlen Keller liegen, mit einem Namenszettel am linken großen Zeh. Das war das eine. Aber die Stadt würde erwachen, als sei nichts passiert. Die Lebenden würden aufstehen und sich an ihre Leben machen, so wie auch ich immer aufgestanden war, um mein Leben zu leben, unbeeinflusst von denen, die am Vortag und in der vergangenen Nacht ihren Abschied genommen hatten. Ja, ich würde dort liegen, tot und kalt, und fauliger Zwiebelgeruch würde zwischen meinen blauen Lippen hervorsickern, während alle anderen die Ärmel hochkrempelten, um ein weiteres Mal zuzupacken. Der Bäcker würde sein Brot backen, Anzüge würden gekauft und verkauft werden, Präpositionen würden richtig angewandt und sexuelle Dienste würden angeboten werden. In meiner Wohnung würden die zwei kleinen Leben zum Bewusstsein erwachen, zwei Kater, die sofort zu dem leeren Bett laufen würden, aber vergebens, vergebens. Sie würden an ihren leeren Fressnäpfen schnuppern, dann das Zimmer mit den hohen Bücherstapeln durchsuchen, aber nichts. Das hatten sie schon häufiger erlebt, ihr Mensch kommt und geht zu den seltsamsten Zeiten, ab und zu schläft er im Keller, das wissen sie natürlich nicht, Tatsache ist aber, dass er nachts ab und zu ausbleibt. Dass dieser seltsame Mann nun auf ewig von ihnen gegangen ist, ahnen sie noch nicht. Einen Stock höher erwacht Kjell Bjarne zusammen mit Klein-Mojo und Reidun, ein neuer Tag will durchlebt werden, und soweit Kjell Barne weiß, liegt sein Busenfreund unten im eigenen Bett und schläft den ruhigen Morgenschlaf des Frührentners. Das tue ich nicht, ich liege im Keller und bin mausetot, aber sie kochen ihren Kaffee und spiegeln ihre Eier, sie sind so schlichte Gemüter, dass sie nicht einmal eine intuitive Unruhe verspüren. Kjell Bjarnes gesamte Denkfähigkeit richtet sich auf die leeren Limo- und Bierkästen, die er im

Laufe dieses Tages füllen und dann zu hohen Türmen aufeinander stapeln soll.

Wie lange wird es wohl dauern, bis sie die traurige Nachricht erfahren? Denn ich muss mir doch vorstellen dürfen, dass die Mitteilung meines viel zu frühen Dahinscheidens sie in eine ein wenig gedämpftere Stimmung versetzen wird. Stunden? Tage? Macht ihnen das anhaltende Gemaunze der Kater schließlich bewusst, dass hier etwas nicht ganz stimmen kann? Oder machen ein Pastor oder die Polizei einen Rundgang bei den Nachbarn, um etwas über diesen Elling in Erfahrung zu bringen? Um zu fragen, ob jemand Kontakt zu ihm hatte. Ob jemand etwas über eventuelle Verwandte weiß.

Plötzlich war ich ein wenig niedergeschlagen. Ich hatte keine Verwandten. Niemanden! Bei der Beerdigung meiner Mutter war ich der einzige Trauergast gewesen, wenn ich von Pastor und Bestatter absah. Wenn ich selbst meinen Platz im Sarg einnahm, würde kein einziger Mensch von meinem Fleisch und Blut auf den harten Bänken sitzen. Ich konnte nur hoffen, dass ich vor Kjell Bjarne und Reidun sterben würde, damit der Pastor keine Selbstgespräche im leeren Raum führen müsste. Wie erbärmlich das wäre! Warum war der Tod genauso ungerecht wie das Leben? Wer Geld und Erfolg hatte, starb mit allen Schikanen, die Zeitungen brachten lange verlogene Elogen. Solche Menschen wurden in voll besetzten Kirchen betrauert und unter Orgelklängen und Bergen von Blumen beigesetzt. Wenn sie wichtig genug gewesen waren, wurden die Trauergäste fotografiert und in den Zeitungen mit Namen genannt. Ihre Gesichter wurden auf den Unterhaltungsseiten gebracht, mit Unterschriften wie «viel zu früh». Andere wurden auf einer Toilette gefunden, den Arm voller Einstiche, oder auf der Straße vor einer Würstchenbude, mit einem Wurstzipfel im Hals. Menschen ohne Namen und mit einer Familie, die nach zwanzig Jahren Terror im tiefsten Herzen durchaus erleichtert war. Oder Menschen ohne Familie. «Mann (39): An Wurst erstickt». Diese Schlagzeile war mir gerade noch erspart geblieben. Dieses lächerliche Lebensende, das bestimmt vor allem jugendliche Zeitungsleser zu einem herzlichen Lachen angeregt hätte. Ich wusste, dass über außergewöhnliche Todesfälle ganze Bücher geschrieben wurden. Pure Witzbücher. Solche Bücher, aus denen in feuchtfröhlicher Runde laut vorgelesen wurde. «Hört euch das an, Jungs! Linda McCoy überlebt auf wundersame Weise einen Sturz von ihrem Balkon im vierten Stock. Staunende Passanten helfen ihr auf die Beine. Sie hat nicht einmal eine Schramme davongetragen. Dreißig Sekunden später werden sie und zwei ihrer Helfer von einem Betrunkenen getötet, der mit seinem Auto in die Menge fährt.»

In einem solchen Buch wäre ich fast gelandet.

Mein eigener Tod, auszuleihen in der Humorabteilung der Büchereien.

Und dann wieder meine alte Freundin, die Schlaflosigkeit. Einfach nur im Dunkeln liegen und auf die Geräusche in der Welt hören. Auf das monotone Schnurren der Katzen am Bettende. Auf das ferne Brummen der Autos unten auf der Straße. Auf Rufe. Auf ein abgehacktes Lachen. Konnte ich denn mit Sicherheit wissen, dass ich nicht regelmäßig aus diesem verhältnismäßig sicheren und bekannten Leben herausgerissen wurde? Sehr viele von denen, die glaubten, von außerirdischen Wesen verschleppt worden zu sein, hatten keinerlei wache, bewusste Erinnerung daran. Sie litten an Depressionen und Angst, aber die Gründe dafür erfuhren sie erst, wenn sie lasen, was sie selbst unter tiefer Hypnose gesagt hatten. Erst dann waren die grauen Gestalten in ihrem ganzen Schrecken zu sehen. Es lag nicht in ihrer Absicht, dass jemand sich an diese Unbegreiflichkeiten erinnern sollte. Ein Funken von Rücksichtnahme in dieser kosmischen Brutalität? Vielleicht.

Ich versuchte mich selbst zu hypnotisieren. Hinter die verschlossenen Türen des Unterbewusstseins vorzudringen. Während der beiden vergangenen Jahre war ich immer wieder für mich selbst verschwunden. War einfach weg gewesen. Wie vor einigen Tagen, als ich plötzlich in diesem fremden Café zu mir gekommen war, ohne irgendeine Erinnerung, wie ich dorthin gelangt war. Eine Stunde, vielleicht zwei, waren aus meiner Erinnerung getilgt. Plötzlich fand ich es gar nicht so unwahrscheinlich, dass ich ein Opfer dieses Beängstigenden, Fremden sein könnte. Hatte ich mich von diesen Geschichten denn nicht gerade deshalb fesseln lassen, weil darin eine Art Wiedererkennen ruhte? Weil mein Unterbewusstsein mir einen Spiegel vors Gesicht hielt? Warum war es so, dass mir immer dann, wenn ich spöttisch über diese Aussagen lachte, dieses Lachen auf unangenehme Weise im Hals stecken blieb? Warum las ich weiter, immer weiter, wenn ich das ganze Phänomen im Grunde doch für Lügen und Unfug, für überspannte Phantasien hielt? Gab es in mir nicht etwas, das das alles *glaubte*? Oder zumindest: glauben wollte.

Ich bemerkte ein leichtes Jucken irgendwo am linken Unterarm. Was vielleicht kein Wunder war, ich meine, man verspürt doch immer wieder mal einen Juckreiz. An allen möglichen Stellen.

Nun gut. Ich kratzte mich. Dachte nicht weiter darüber nach. Jetzt noch nicht.

Ich träumte, dass ich auf der Straße stand. Es regnete. Das Wasser gurgelte in den Dachrinnen. Ich hatte das klare Empfinden, dass Tag war, ja, helllichter Tag. Aber ich war ganz allein. Nirgendwo ein Mensch zu sehen. Kein Auto. Ich ging zum Zeitungskiosk an der Ecke. Der war geschlossen und verlassen, im Halbdunkel hinter der Fensterscheibe sah ich Drops und Schokolade. Die Zeitungsständer standen draußen, aber sie waren nackt. Ich dachte, nein, spürte, dass etwas Entsetzliches geschehen war. Hinter dem

Kiosk lagen Stapel von in Plastikfolie eingewickelten neuen Zeitungen vor dem Regen geschützt. Dagbladet. VG. Aftenposten. *Ehepaar an der Helgelandsküste erschossen. Unbegreiflich. Keine Feinde. Nichts gestohlen. Die Polizei hat nur wenige Spuren. Der Mörder mehrere Tage Vorsprung. Die beiden haben sehr abgeschieden gelebt. Zuletzt wurden sie am vergangenen Donnerstag lebend gesehen. Ich blättere in der Zeitung. Weißes Haus unmittelbar am Meer. Von der Polizei abgesperrt. Zwei weiß gekleidete Sanitäter mit einer Bahre auf der Treppe. In der Türöffnung: ein Sonderermittler in Overall und Duschhaube. Wie sinnlos! Eine regelrechte Hinrichtung.*

Dann liege ich im Auto. Auf der durchgeschwitzten Matratze. Ich rauche und horche auf den Regen, der auf das Dach trommelt. Es ist eine graue Morgenstunde, und ich habe nicht geschlafen. Ich habe das starke Gefühl, aufgeräumt, das Dasein übersichtlicher gemacht zu haben. Diese Leute haben nur Chaos verursacht, aber jetzt ruhen sie geborgen in etwas anderem. In einem Zustand von Ruhe und Sinn.

8

Ich übte im Wohnzimmer. Schlenderte von einer Wand zur anderen und lehnte mich an die Fensterbank. Eine Wiener mit allem. Das Übliche. Ich muss mit dir reden. Könnte ich wohl kurz mit dir reden? Ich möchte so gern mit dir reden. Ich muss etwas mit dir besprechen. Ich wollte fragen, ob wir wohl demnächst mal ein bisschen miteinander reden könnten? Nein, nein. So einer bin ich nicht. Ich weiß genau, dass Männer mittleren Alters nur in seltensten Fällen auf junge Frauen sexuell anziehend wirken. Aber wie gesagt: ein kurzes Gespräch. Ich bitte nur um, sagen wir, eine Stunde von deinem Leben. Ich möchte nur deine Ansicht über diesen Fall hören. Über welchen Fall? Na ja. Das ist nicht so leicht. Es ist sehr intim, auch wenn es nicht um Geschlechtsorgane in Bewegung geht. Sagen wir es so: Die Messlatte liegt um einiges höher.

Es war so schwer! So entsetzlich schwer. Sie war eine junge Frau in einer fremden Stadt, und mir war nur zu bewusst, dass sie absolut alles missverstehen konnte. Ich stellte mir vor, wie ihr Vater sie zu sich gerufen hatte, am Vorabend ihrer Abreise nach Oslo, dieser norwegischen Version von Sodom und Gomorrha. Einer Stadt voll blinder Gewalt und widerlicher Annäherungsversuche. Einem Knotenpunkt, an dem sich unendliche Mengen von Perversität und Grauenhaftigkeit kreuzten. Einem ranzigen und nach Geschlecht stinkenden Knoten aus purer Bosheit.

Da steht er. Der Vater. Lehnt am Kaminsims, im Versuch,

Stabilität und Sicherheit auszustrahlen. Seine Haare sind schütter geworden, doch noch immer umgibt ihn diese Aura solider männlicher Autorität, die sie immer mit ihm verbunden hat. Nur er und sie sind im Zimmer anwesend. Nur Vater und Elise. Die Mutter sitzt in der Küche und umklammert mit weißen Fingerknöcheln eine Teetasse. Der Vater räuspert sich und strahlt tiefe Ruhe aus, in seinem Inneren jedoch toben Chaos und Verzweiflung. Für ihn ist das alles nicht leichter als für mich. Einerseits hat er vor, ein wenig über die kranke Psyche des Mannes zu plaudern. Will Elise klarmachen, was ihr alles über den Weg laufen kann, wenn sie am kommenden Tag ihre Füße auf den Bahnsteig im Osloer Hauptbahnhof setzt. Womit sie rechnen muss. Andererseits muss er ausgleichen und muss mit seinen eigenen Phantasien hinterm Berg halten, denn die könnten ihn in schlechtes Licht rücken. Es muss ihr unbedingt einschärfen, dass auf fremde Männer und Knaben kein Verlass ist. Andererseits darf er nicht zu sehr ins Detail gehen. Seine inneren Horrorfilme muss er um jeden Preis für sich behalten. Nein, leicht ist das nicht. Hier steht er nun und verbreitet sich ganz allgemein darüber, wie verkorkst das männliche Triebleben sich bisweilen geben kann, während er sich vorstellt, wie sie munter und vertrauensvoll mit einem bosnischen Kriegsverbrecher nach Hause geht. Elise, hör mir zu. Männer sind anders als Frauen. Einzelne Männer sind dermaßen anders als Frauen, das kannst du dir kaum vorstellen. Das kannst du dir überhaupt nicht vorstellen! Und in Gedanken, in seinen Gedanken, die ihn in langen schlaflosen Nächten foltern: seine kleine Elise, die von einem kompletten männlichen Asylantenheim missbraucht wird. Die schreiend auf dem Bett liegt und an den Handschellen reißt, während die gesamte Dritte Welt ohne Kondom Schlange steht. Und dabei scheint es doch kaum mehr als eine Woche her zu sein, dass sie keine Windeln mehr brauchte, und nun muss er sie loslassen. Sie wegschicken.

Zusehen, wie sie mit der Bahn zu Gratisheroin und lesbischen Schlägerinnen reist. Das Kind, das er noch vor kurzer Zeit in seinen beschützenden Armen hielt, wird in einer Stadt Würstchen verkaufen, in der Analsex längst zum normalen Alltag gehört. Und was die Nacht betrifft …

Ach ja. Sie war gründlich geimpft gegen Männer mittleren Alters, die bei einer Wiener mit allem vage Vorschläge machten. (Eins musst du dir merken, Kind. Oft sind die vertrauenerweckendsten Männer die allerübelsten Böcke im Pferch. Der freundliche Blick ist das ewige Kennzeichen des Psychopaten.)

Es war ungerecht. Es war ja so ungerecht! Hier mühte ich mich mit den redlichsten Absichten der ganzen Welt ab, und trotzdem stimmte absolut alles an meiner Erscheinung mit dem Feindbild überein, das der Vater ihr so sorgfältig eingehämmert hatte.

Doch abermals: Was hatte ich zu verlieren? Bald war die Mittagszeit meines Lebens gekommen. Bald würde ich steif und kalt in einem Keller liegen. Bald würde alles vorbei sein.

Ich schlenderte durch das Zimmer und bat um ein Gespräch mit ihr. Immer wieder.

Doch es ist schon seltsam, wie es im Leben zugehen kann. Im einen Moment regnet es Tränen, im nächsten reißt die Wolkendecke auf. Ich kam mit diesem Trockentraining nicht weiter. Die eine eröffnende Frage kam mir blöder vor als die andere. Aus absolut allem, was ich sagte, glaubte ich einen bohrenden sexuellen Unterton herauszuhören. Aber dann kam ein Donnerstagmorgen. Wir schrieben April, und es war Donnerstagmorgen. Ich wusste es, als ich die Augen aufschlug. Das hier war der Tag. Es bestand kein Grund zur Angst. Wenn alles in den Teich ging, dann würde ich meine Würstchen in Zukunft eben anderswo kaufen. Das war alles. Ich lag zwar vor dieser Frau auf den Knien, aber ich sah auch ein, dass es leichter sein würde, sie jetzt zu verlieren als irgendwann in der Zukunft, wenn unsere Beziehung schon feste Formen angenommen hätte.

An diesem Tag duschte ich acht- oder neunmal. Der ganze Tag erschien mir als eine einzige lange Dusche. Wieder und wieder waren heißes Wasser, Seife und Elling angesagt. Es war wie in den guten alten Zeiten. Ich hatte das Gefühl, einfach nicht sauber genug sein zu können. Genauer gesagt: Ich *konnte* für das, was vor mir lag, nicht sauber genug sein. Im tiefsten Herzen glaube ich, dass ich versuchte, mein altes Leben abzuspülen. Die vielen Niederlagen. Alle Angst und meine blöden, blöden Gedanken. Ich wollte als nagelneuer Mensch dastehen.

Aber das geht natürlich nicht. Man bleibt, was man ist. Man hat seine eigene Geschichte. Gerade deshalb war ich von mir selbst überrascht, als die abendliche Dunkelheit sich vor meinen Fenstern verdichtete. Absolut alle Erfahrung besagte, dass ich jetzt am Rand eines Zusammenbruchs stehen müsste. Mit Durchfall und Weinanfällen. Mit Zitterpartien und unkontrollierten Schweißausbrüchen. Fünf Milligram Vival oder nicht: Ich musste jetzt eigentlich ein Wrack sein.

Doch wer sich selbst scherzhaft auf die Wange schlug, das war ich.

Und jedes Mal, wenn mich der Drang, vor der Fensterbank ein wenig Trockentraining zu machen, überkam, dann verpasste ich mir eine mentale Backpfeife. Schlug den Drang weg. Ich wollte mich ganz und gar dem Schicksal anheim geben. Des Geschickes Mächten, wie der Dichter sagt.

Um neun Uhr stand Kjell Bjarne vor der Tür. Ich konnte hören, dass er es war. Er hatte sich die widerliche Gewohnheit zugelegt, mit dem Zeigefinger auf den Klingelknopf zu drücken und erst aufzuhören, wenn ich aufmachte.

Mir lag schon ein brennender Verweis auf der Zunge, aber

den schluckte ich sofort herunter, als ich ihn sah. Er sah aus wie ein Mann, der zuerst gefeuert worden ist und dann noch erfahren hat, dass er zwei Millionen Kronen Steuern nachzahlen muss. Er starrte seine Riesenquanten an, in der linken Hand hielt er eine grüne Zahnbürste.

Sieh an. Im ganzen Treppenhaus stank es nach Scheidung. Und nach Angstschweiß.

«Komm rein!», sagte ich.

Wortlos drängte er sich an mir vorbei und setzte sich aufs Sofa. Ließ den Kopf hängen und schlug mit der Zahnbürste auf die Tischkante. Der tatkräftige Kjell Bjarne, an den ich mich nun so langsam gewöhnt hatte, war wie weggeblasen.

Ich holte eine kalte Cola aus dem Kühlschrank. Stellte sie vor ihn hin. «Was hast du denn angestellt?»

«Hab kein' Scheiß gemacht.»

«Klar hast du Scheiß gemacht», sagte ich. Ich glaubte ja wohl nicht, dass er nur zum Zähneputzen zu mir gekommen war.

«Sie sagt, ich soll zu dir gehen. Weil sie's nich' mehr aushält.»

Was mich vor allem beunruhigte, war, dass ich nichts gehört hatte. Manchmal gerieten die beiden aneinander, und dann war es normalerweise nicht schwer, die Details mitzuhören. Dass der Teufel samt allen seinen Dämonen herbeigerufen wurde, wenn Kjell Bjarne fand, Reidun erinnere ein wenig zu sehr an seine Mutter. Reiduns schrille Stimme, die ins Falsett umschlug, wenn sie ihn in einer finanziellen Klemme ertappt oder es einfach satt hatte, jede Mitteilung viermal wiederholen zu müssen. Es konnte sich dramatisch anhören, aber wenn der Abend kam, dann knackte wieder das Bett über meinem Kopf.

Diesmal war nichts zu hören gewesen. Reiduns Befehle und Anordnungen mussten mit zitternder, brennend leiser Stimme erfolgt sein.

«Kjell Bjarne», sagte ich, «hast du damals alle Pornofilme weggeworfen? Wie du ihr das versprochen hattest?»

Er seufzte so tief, dass ich schon Angst hatte, der Boden unter uns könne nachgeben.

Jetzt war guter Rat teuer. Denn wenn es etwas gab, wofür Reidun Nordsletten ganz besonders wenig übrig hatte, dann waren das Schweinebilder und Schweinefilme. Sie war sogar Mitglied von «Küchenpersonal gegen Porno», wie die Mädels bei ihrem Job sich nannten. Sie hassten Porno. Sie waren davon überzeugt, dass Männer vom Pornogucken schlechtere Liebhaber werden. Und dass Frauen selbst wenig davon haben, wenn ihre Männer vor dem Schlafengehen Tanya Hansen oder andere Pornostars studieren. Weder Kjell Bjarne noch ich hatten das so richtig kapiert, aber am Ende war Kjell Bjarne jedenfalls mit einer ganzen Tragetasche voller Filme zum Abfallcontainer im Hinterhof getrottet.

«So», hatte Reidun gesagt, als er wieder nach oben kam, «mit dem Quatsch sind wir jetzt fertig.»

Aber so einfach war es eben doch nicht gewesen. Kjell Bjarne, den die meisten, wie ich selbst auch, für ein schlichtes Gemüt hielten, erwies sich jetzt als vielschichtige und komplexe Natur. Als ein Mensch mit geheimen Kammern, wie ich sie ja ebenfalls aufwies. Es war also gut möglich, dass auch er sich in den Keller schlich, um auf der Matratze zu übernachten.

«Wie kannst du bloß so verdammt bescheuert sein?» Ja, jetzt fluchte ich. Solchen Blödsinn anzustellen, wo er nun endlich auf Schussweite an eine Frau aus Fleisch und Blut herangekommen war!

«Hab den ganzen Kram weggeschmissen», sagte er und warf wütend seine Zahnbürste an die Wand. «Sogar die Filme, die du und ich zusammen gekauft hatten.»

Na ja. Ich hatte immerhin zwei wirkliche Schmachtfetzen retten können.

«Aber dann konntest du dich doch nicht beherrschen?», fragte ich.

«Hab von Jonny beim Job geliehen. Der wird sich morgen vielleicht freuen. Sie hat gesagt, jetzt wüsste sie, wieso ich auf solche Ideen komme ... ja, wenn wir schlafen gehen und so.»

Er tat mir von ganzem Herzen Leid. Ja, wirklich. Hier geht er nun pflichtbewusst zu seinem Job. Hatte bisher nicht einen einzigen Tag gefehlt. Und dann taucht dieser miese Vogel Jonny auf und bietet Gratisverleih von gefilmtem Frauenfleisch an. Man braucht schon Rückgrat, um da zu widerstehen.

Ich setzte mich ebenfalls aufs Sofa. Was sollte ich da sagen?

Ich sagte: «Das findet sich bestimmt wieder.»

Er schüttelte traurig den Kopf.

Ich erklärte ihm, dass ich zwar kein Fachmann für schiffbrüchige Beziehungen sei, dass ich es aber doch als positives Signal ansah, dass sie ihm nur die Zahnbürste mitgegeben hatte. Das konnte doch immerhin bedeuten, dass sie sich die Angelegenheit ein oder zwei Nächte überlegen wollte.

Doch kaum hatte ich diese tröstenden Sätze gesagt, da hörten wir aus dem Treppenhaus einen Höllenlärm. Und wir brauchten nicht sehr viel kohlpechrabenschwarze Phantasie, um uns vorstellen zu können, dass das Umzugsgut eines gewissen Mannes soeben aus dem dritten Stock die Treppe hinunter polterte. Dem Krach nach zu urteilen leerte sie seinen Werkzeugkasten aus, ehe sie mit einem Tritt den Kasten hinterher beförderte. Und dann – das dumpfe Aufklatschen von Kleidungsstücken, Schuhen und Stiefeln.

Du meine Güte. Was für Filme sie da wohl beschlagnahmt hatte? «Sex im Zoo»? «Bericht aus einem belgischen Kindergarten»? Ich traute mich nicht zu fragen. Wollte es ganz einfach nicht wissen.

Kjell Barne versuchte aufzustehen, aber ich hielt ihn zurück.

Ich versprach mich um die Sache zu kümmern. Von vorn bis hinten. Das war ich ihm schuldig. Jetzt war ich an der Reihe. Und als ob die Kater alles verstanden hätten, kamen sie jetzt zu Hilfe. Elmer und Pfeffer kletterten auf ihrem alten Freund herum und miauten dabei mit ihren hellen Stimmen.

«Da siehst du's», sagte ich, «die haben dich noch nicht vergessen.»

Er wollte schon lächeln, das sah ich ganz deutlich, aber dann wurde er doch von seinen Tränen überwältigt. Von hinten angesprungen gewissermaßen.

Es war unheimlich. Ein grobes, fast brutales Weinen. Er legte den Kopf in den Nacken und schrie wie um Gnade. Pfeffer legte den Kopf schräg und lauschte.

Und da und dort überschritt ich eine Grenze. Tat etwas, was ich noch nie getan hatte. Ich legte den Arm um ihn. Streichelte ihn kameradschaftlich. Aber, aber. Ganz, ganz ruhig. Das findet sich schon wieder, du wirst schon sehen. Wenn wir beide erst... Plötzlich hörte er auf zu weinen. Starrte mich an. Blitzschnell zog ich meinen Arm zurück.

«Wie gesagt», sagte ich, «überlass das einfach mir. Zuerst gehe ich auf den Flur zum Aufräumen. Und morgen rede ich mit ihr.» Zu meiner großen Verwunderung merkte ich, dass meine Stimme immer höher wurde, bis sie kippte. Ich lief ganz schnell ins Treppenhaus.

Und das sah vielleicht aus! Ich kann schon sagen, seit er diesen Teilzeitjob sein eigen nannte, hatte der Mann wirklich Besitztümer gescheffelt. Eine ganze Lawine aus Motorzeitschriften bedeckte die Treppe von oben bis zum Absatz. Werkzeug. Werkzeug, Werkzeug, Werkzeug. Schrauben, Muttern und alle Arten von Nupsys. Kleider und Schuhe. Ein Expander.

Ich warf einen Blick zur Tür im dritten Stock hoch. Reiduns Blick spürte ich mehr, als dass ich ihn durch den dunklen Türspalt sah. Trotzig starrte ich zurück. Hier war mein Schweigen ganz besonders beredt, das merkte ich genau. Dann wurde die Tür mit einem wütenden Knall geschlossen. Die Sicherheitskette klirrte. Auf der Straße heulte ein Martinshorn. Ein Gefühl von Unwirklichkeit überkam mich. Und dann riss ich mich zusammen und ging an die Arbeit.

Ich habe später oft daran gedacht. Daran, dass dieses Ereignis, so tragisch es auch war, doch dazu beitrug, das Gefühl von Entschlossenheit und Kontrolle zu verstärken, mit dem ich an diesem Morgen aufwachte. Natürlich wurde von Seiten Kjell Bjarnes nicht mehr erwartet als ein Feldbett und etwas zu essen. Doch diese Situation brachte mich dazu, dass ich von mir selbst etwas erwartete. Plötzlich befand ich mich in einem Zustand willkommener Verantwortung. Der harte Blick, mit dem ich Reidun gemessen hatte, musste als mein erster Schachzug betrachtet werden. Als ein Signal des Vermittlungsausschusses, dass von beiden Seiten Mäßigung erwartet wurde, nachdem die Verhandlungen nun zusammengebrochen waren. Mein Leben lang hatte ich die Vertreter solcher Vermittlungsausschüsse bewundert. Ihr übernächtigtes Gesicht auf dem Bildschirm, nachdem sie achtundvierzig Stunden am Stück zugehört hatten, wie sich Gewerkschaften und Arbeitgeberverbände um fünfzehn Öre und einen zusätzlichen freien Tag fetzten. Ihre überwältigend ruhigen Stimmen, mit denen sie der Presse auf dem Flur erklärten, dass es leider noch nichts Neues zu vermelden gebe. Dass die Verhandlungspartner noch immer weit voneinander entfernt stünden. Zu wem solche Vermittler wohl hielten? Im tiefsten Herzen, meine ich? Waren sie wirklich im Stande jegliches Gefühl auszuschalten, jegliche politische Überzeugung? Mir war klar, dass es keinen Zweck hätte, mich blind auf Kjell Bjarnes Darstellung zu verlassen, wenn ich eine Versöhnung zwischen ihm und Reidun in die Wege leiten wollte. Denn dann würde Reidun sofort abblocken. Ich würde mir das Ganze gründlich überlegen müssen, ehe ich den Mund öffnete. Und das war mir nur recht. Mein Leben lang hatte ich mich in meine Gedanken zurückgezogen. Und zu viele Jahre hindurch hatte ich keine Gesprächspartner gehabt. Und kein Gesprächsthema, wenn ich von den banalen Reibereien zwischen Mutter und mir über die Wahl von Aufschnitt und Mittagessen absah.

Aber das Seltsamste von allem Seltsamen war, dass die Fehde zwischen Kjell Bjarne und Reidun mein anderes Projekt durchaus nicht zu torpedieren drohte. Als er mit der Zahnbürste in der Hand vor mir stand, hatte ich gedacht: O nein, nicht heute! Jetzt passiert etwas, das mir jegliche Energie nehmen wird.

Doch in Wirklichkeit war genau das Gegenteil der Fall. Die neue Situation gab mir Kraft.

Wir räumten Kjell Bjarnes Habseligkeiten ein, während in der Küche das Teewasser kochte. Als ich Luftmatratze und Pumpe aus der Abstellkammer holte, teilte ich so ganz nebenbei mit, dass ich in einer halben Stunde noch kurz etwas erledigen müsse.

«Dann komm ich mit», sagte Kjell Bjarne und pumpte die Matratze auf. Wir waren übereingekommen, dass er nicht mit mir zusammen im Doppelbett übernachten würde. Das wollten wir einfach nicht.

«Das geht leider nicht», sagte ich und ging in die Küche, um den Tee aufzugießen.

«Warum denn nicht?»

Rein instinktiv wollte ich mir schon irgendeinen Schwank aus den Fingern saugen, aber dann riss ich mich zusammen. Warum sollte ich nicht ganz einfach die Wahrheit sagen? Was in aller Welt hatte ich zu verlieren?

«Weil ich mich mit einer jungen Frau treffe», rutschte es aus mir heraus. Und wieder bemerkte ich dieses seltsame Phänomen: meine Stimme, die höher wurde und brach. Ich hätte fast lachen müssen. War ich auf dem Weg in einen zweiten Stimmbruch? War das hier meine ganz persönliche Form der Midlife-Crisis? Ich kicherte vor mich hin und durchwühlte den Schrank nach Teebeuteln.

Kjell Bjarne ragte vor mir auf, als ich mich umdrehte. «Echt?»

Natürlich. Was bildete er sich denn ein? Er glaubte doch wohl nicht, dass ich ihm in meiner eigenen Wohnung und gerade zu diesem Thema Lügen auftischen würde?

Doch. Genau das glaubte er.

«Ich bin ja so froh, dass es ganz egal ist, was du glaubst und was du nicht glaubst», blaffte ich ihn triumphierend an. «Weg da, sonst gibt's keinen Tee.»

Er trat beiseite.

Ich goss den Tee auf.

«Wie heißt sie denn, Elling?» Misstrauisch wie ein Zöllner an der schwedischen Grenze.

«Sie heißt Elise Kornvoll», sagte ich, so ruhig ich konnte.

«Und mit der bist du zusammen, willst du mir einreden?»

Ich wollte schon ja sagen, aber dann erwachte mein Aberglauben. Ich dachte, ich würde alles ruinieren, wenn ich vorgäbe, unsere Beziehung sei schon eine Realität. Ich würde damit alles unmöglich machen.

«Das habe ich nicht gesagt», sagte ich. «Ich habe gesagt, dass ich mich mit einer jungen Frau treffe. Dass ich etwas mit ihr besprechen muss.»

Ich reichte ihm seinen Becher.

«Was denn?»

«Das geht dich ja wohl nichts an!», sagte ich ärgerlich. Jetzt bereute ich, ihm überhaupt etwas gesagt zu haben. Jetzt würde er mich rund um die Uhr mit blöden Fragen behelligen. Kaum wäre ich aus der Tür, schon würde er sich in seinen Gedankenspinnereien verheddern. Er würde sich sicher vorstellen, wie ich Elises Brüste begrabschte. Oder ihr im Schritt herumbohrte. Er würde sich einen viehischen Elling vorstellen. Sich eine Wirklichkeit zusammendichten, in der alles, was mir heilig war, in den Schlamm gezogen wurde. Meine Liebe war bisher rein gewesen, so rein. Ich hatte mich sogar vor der Versuchung gehütet, Elise in Gedanken nackt auszuziehen. Und nun schlürfte dieser geile Pavian seinen Tee und stellte sich vor, wie ich sie in irgendeinem heruntergekommenen Hinterhof von hinten fickte. Reidun hatte ganz Recht. Er war und blieb ein Schwein. Es war vielleicht nicht unbedingt seine Schuld, aber ein Schwein war er trotzdem.

«Is' die noch sehr jung?»

«Reg dich ab», sagte ich. «Wegen Elise und mir wird die Polizei nicht hier anrücken.»

«War doch nich' so gemeint. Wollte doch bloß…»

«Wollte doch bloß, was denn?»

«Dass du keinen Scheiß baust. Frauen sind nich' so wie wir.»

Ein kurzes, hartes Lachen rutschte mir heraus. Da servierte dieser Trottel mir doch tatsächlich meine eigenen Worte. Dass die weibliche Psyche anders ist als die männliche, hatte ich ihm damals eingehämmert, als die Sache mit Reidun für ihn ernst wurde. Alles, was ich über das weibliche Seelenleben gelesen hatte, hatte ich zu schlichten, verständlichen Sätzen destilliert und an ihn weitergereicht. Ohne Resultat. Dass er wirklich von dem mehrwöchigen Seminar, das ich für ihn abgehalten hatte, kein Wort verstanden hatte, stellte er doch gerade erst unter Beweis. Und nun hielt er es für angebracht, mich ausgerechnet über dieses Thema zu belehren. Es war unfassbar. Er war ganz einfach unbezahlbar.

«Lach du nur», sagte er, «ich weiß genau, was ich darüber weiß.»

«Ja, dann erzähl doch endlich», sagte ich säuerlich. «Jetzt bin ich wirklich gespannt.»

«Zum Bleistift, wenn eine Frau richtig sauer is' ...»

«Sag ruhig Reidun Nordsletten», fiel ich ihm ins Wort.

«Und dann fragst du, was is'n los. Gar nichts, sagt sie dann.»

«Gar nichts?»

«Nein. Und dann fragst du noch mal, klar? Nun sag schon, sagst du. Sag, was los is'. Aber nix is' los, sagt sie. Kein Stück. Aber wenn du dann mit Fragen aufhörst, dann kriegst du die ganze Kiste vorn Latz geknallt.»

Gar nicht so schlecht beobachtet. Ich war fast ein bisschen beeindruckt. Konnte mich nur zu gut an das psychische Tauziehen zwischen Mutter und mir erinnern. Wie ich hinter ihr hergelaufen war und sie angefleht hatte, die Karten auf den Tisch zu legen. Hatte ich etwas falsch gemacht? Konnte ich irgendetwas sagen oder tun? Aber nein. Nur dieser bittere Blick und die zitternde Unterlippe. Ganze Tage konnte sie mit dieser sinnlosen Schmollerei füllen. Und dann: Mitten im Fernsehkrimi schlägt krachend der Blitz ein, um Viertel nach zehn. Ich solle endlich aufhören, direkt aus dem Milchkarton zu trinken und schon gar nicht mit dem Mund voll Makrele in Tomate.

Ich schaute auf die Uhr. Viertel nach zehn.

«I have to go now», sagte ich. «Danke für den Tipp. Nur noch eins. Und jetzt hörst du zu, das ist wichtig. Hörst du zu?»

«Ich hör scheißgenau, Mann.»

«Wenn es klingelt, dann machst du nicht auf! Und du gehst auch nicht zu Reidun nach oben und bittest um Entschuldigung.»

«Meinst du, wenn sie runterkommt und heult und so, dann soll ich ihr sagen, ich will nich' aufmachen?»

«Du sollst überhaupt nichts sagen. Das meine ich. Du bist nicht da. Du bist mit mir auf die Piste gegangen.»

«Wohin?»

«Ins wilde Leben. Wenn sie bereut, dann lassen wir sie ganz einfach ein wenig im eigenen Saft schmoren. Morgen ist sie dann um einiges zahmer. Ja, du willst doch wieder zu ihr nach oben ziehen?»

«Klaro. Die Kleine fragt sicher, wo ich stecke, wenn sie morgen aufwacht.»

«Umso besser. Wenn Klein-Mojo aufwacht und nach ihrem lieben Stiefpapa fragt, dann wird Mama sicher schwach.»

«Aber ich muss doch was tun!»

«Du kannst fernsehen», sagte ich, «aber dreh den Ton runter.»

«Alles klar. Ich kann wirklich nich' mitkommen?»

«Tut mir Leid», sagte ich, «das geht einfach nicht.»

Das war wirklich so. Es tat mir Leid. Es tat mir ungeheuer Leid. Als ich den Mantel anzog und sah, wie Kjell Bjarne sein Ohr an den Bildschirm presste, um hören zu können, was in einer Diskussionsrunde gesagt wurde, hatte ich einen dicken, wehen Kloß im Hals. Ich musste einfach machen, dass ich wegkam.

Was hätte ich gemacht, wenn Elise auch an diesem Abend nicht in ihrem Imbisswagen gesessen hätte? Das weiß ich einfach nicht. Es hätte mir durchaus den Mut nehmen können. Aber zum Glück. Ich hatte mir das nicht einmal überlegt. Und da saß sie. Elise Kornvoll strahlte in ihrer Verkaufsluke wie eine Sonne. Mir war das noch nie aufgefallen, doch aus einiger Entfernung schien das grelle Licht im Wagen eine Art Heiligenschein um ihren Kopf zu bilden. Es war schön. Aber ich merkte doch, dass meine Nerven sich verhedderten. Mein altes Ich zog mich am Mantel und wollte mich anderswohin locken. Egal wohin, nur nicht zu diesem Imbisswagen. Der Imbisswagen lief mir doch nicht weg. Ich hatte Zeit genug, meinte dieser feige Teil von mir.

Aber ich hatte nicht Zeit genug. Das hatte ich entschieden. Mein halbes Leben lag hinter mir, vierzig Jahre Reptiliendasein. Das musste für alle Ewigkeit reichen.

Sie erkannte mich.

Nickte fast vertraulich.

Ich bestellte eine Wurst mit allem.

Sie fischte die Wurst aus dem heißen Wasser.

«Was macht denn dein Hals?», fragte sie.

Mein Hals? Ich spürte, wie meine rechte Hand sich unwillkürlich zu meinem Hals hob.

Ja, ich war das doch, der vor kurzem hier fast erstickt wäre? Hermansen hatte ihr alles erzählt. Es war ganz entsetzlich gewesen. Hermansen hatte dieses Erlebnis als «scheißgrausig» charakterisiert. Ich begriff, dass sie seine Stimme nachahmte.

Ich wusste nicht so recht, wie ich das deuten sollte. Wie hatte sie raten können, dass ich der Mann mit dem Wurstzipfel im Hals gewesen war? Dass zufällige Passanten mich auf den Kopf gestellt und wie eine Lappenpuppe geschüttelt hatten? Hatte sie gedacht, so ungeschickt kann nur einer sein? Oder hatte sie *gefürchtet*, dass gerade ich vor ihrem Wagen schon mit einem Fuß im Grab gestanden hatte? In diesem Fall konnte ich ihr doch nicht ganz unwichtig sein. Ich hatte auf hervorragende Weise dafür gesorgt, dass ich in ihrem Bewusstsein bereits einen Platz einnahm.

«Hermansen hat deinen Schlips beschrieben», sagte sie und reichte mir die Wurst. Dann lächelte sie. «So einen Schlips tragen nicht viele.»

Ich blickte hinunter auf meinen Schlips. Und die Südseeinsel.

«Jetzt musst du vorsichtig kauen. Ich kann dich nicht hochheben.»

Ich merkte, dass sich schon ein richtig guter Tonfall in unser Gespräch eingeschlichen hatte. In ihrer Mahnung versteckte sich ein kleiner Scherz, aber auch ein Hauch von

Mütterlichkeit. Aber einer ganz anderen Art von Mütterlichkeit, wohlgemerkt, als ich sie von meiner Mutter her kannte. Hier war wirklich von Qualität die Rede.

«Ich habe eine Missbildung im Hals», sagte ich und gab ihr das Geld. «Eine Verengung. Manchmal bleibt mir deshalb ein Bissen im Hals stecken, aber so etwas wie neulich habe ich noch nie erlebt.» Diskret reckte ich den Hals, ich wollte sehen, welches Buch sie gerade las, doch an diesem Abend waren offenbar Kreuzworträtsel angesagt. Plötzlich merkte ich, dass die erlösende Frage mir auf der Zunge lag, aber dann hörte ich hinter mir Schritte und musste einem angetrunkenen Ehepaar Platz machen, das den halben Wagen leer kaufen wollte. Als sie endlich gingen, rissen sie Witze über meinen Schlips. Ich bestellte noch eine Wurst, aber diesmal bildete sich hinter mir eine Schlange, noch ehe ich bezahlen konnte. Die Lage wurde wirklich entsetzlich kompliziert. Satt war ich auch. Ich wollte nicht noch mehr Würste. Andererseits hätte ich es als große und entscheidende Niederlage betrachtet, wenn ich jetzt mit eingeklemmtem Schwanz nach Hause getrottet wäre. Ich hatte im Laufe der Jahre ein wenig zu oft einen solchen schmachvollen Rückzug angetreten.

Ich bestellte noch eine Wurst. Die Straße war auf beiden Seiten öde und leer. Mir war inzwischen der kalte Schweiß ausgebrochen. Ich musste daran denken, was eine Wurst wirklich ist. Ein totes, durch den Wolf gedrehtes Tier, dem alle möglichen Chemikalien beigegeben worden sind. Ein in seinen eigenen Darm gepresster Kadaver. Wer war nur auf diese schwachsinnige Idee verfallen?

Das Leben soll ja auch nicht leicht sein, hatte Mutter immer gesagt, wenn ich bei irgendeinem Projekt versagte. Nein, leicht soll es wirklich nicht sein. Deshalb glänzen auch Fußgänger durch Abwesenheit, wenn ein freies Taxi vor den Imbiss fährt, mit einem hungrigen und redseligen Fahrer. Meine Zähne durchdrangen den Darm mit weichem Knacken, und dann hatte ich es plötzlich eilig. Ich stellte mir vor, wie mein Darm platzte und halbverdauter Inhalt sich über den Bürgersteig ergoss. Und während der Taxifahrer mit Elise schäkerte, ging ich mit zehn energischen Schritten über die Straße und hinter einen Lastwagen. Ich konnte mir gerade noch den Schlips über die Schulter werfen, dann quoll alles aus mir heraus. Eine Wurst nach der anderen. Ich hatte das Gefühl mich ganz und gar auszukotzen. Bis zum Müsli, das ich zum Frühstück gegessen hatte.

Was für eine Erleichterung. Ich fühlte mich wie neugeboren. Ich wischte mir Tränen und Schleim aus dem Gesicht. Dann holte ich tief Atem und ging mit gesenktem Kopf zurück. Der Taxifahrer gab Gas und verschwand.

«Eine Fanta bitte», sagte ich. Und registrierte, dass meine Stimme eine neue Autorität gewonnen hatte.

Während Elise die Flasche holte, trat ich einen Schritt zurück und sah mich nach allen Seiten um. Endlich war die Bahn frei. Ich trat wieder vor.

Und jetzt kam es! Jetzt kamen die gesegneten Worte! Sie strömten aus mir heraus wie ein Schmetterlingsschwarm. Ich sagte es ganz offen. Dass ich mit ihr sprechen müsse. Dass meine Absichten so rein seien wie ein Kinderpopo, doch das ich mit ihr sprechen müsse. Es sei wichtig.

Sie lachte. «Ja, dann red doch.»

Ich trank einen Schluck Fanta. Gurgelte und spuckte diskret seitwärts aus. «Nicht hier. Es ist … neulich ist mir aufgefallen, dass du ein Buch gelesen hast …»

«Ja?»

Nicht uninteressiert. Durchaus nicht uninteressiert.

«Ein Buch über UFOS.»

«Stimmt. Ich finde solche Themen interessant.»

Ich trat zurück. Noch immer freie Bahn.

«Ich kenne sonst niemanden, der sich dafür interessiert», sagte ich. «Aber ich habe etwas erlebt, das … etwas, über das ich noch nie zu sprechen gewagt habe.»

«Hast du gesehen, wie –?»

Ich winkte ab. Trank Limonade und erklärte ihr, ich könne hier und jetzt nicht darüber sprechen. Ich hätte Dinge erlebt, die mein Leben auf den Kopf gestellt hätten. Und mein Wesen verändert. Mein linker Unterarm juckte ganz entsetzlich. Ich stellte mir vor, wie die graue vierfingrige Hand mich festhielt.

«Bitte!», sagte ich. «Nur für eine halbe Stunde.»

Sie zögerte.

Und ich spielte meine Trumpfkarte aus. Ich hatte es nicht geplant, es kam ganz von selbst. Ich sank gewissermaßen in mich zusammen. Lächelte resigniert. «Tut mir Leid», sagte ich, «du musst mich für verrückt halten.» Ich stellte die leere Flasche auf das Brett vor der Servierluke. «Hier begegnen dir nachts sicher jede Menge Irre. Mach's gut.»

Ich drehte mich um.

«Nein, warte doch. Wir können uns am Samstag vielleicht im Felix auf einen Kaffee treffen?»

Kaffee? Im Felix? *Wir können uns am Samstag vielleicht auf einen Kaffee im Felix treffen?* Das war der Satz, von dem ich mein Leben lang geträumt hatte. Nicht: Fick mich hart, Elling. Nicht: Ich hab dich so unendlich lieb. Sondern: Wie wär's mit einem Kaffee im Felix?

Halb ohnmächtig hörte ich mich nach der Uhrzeit fragen.

«Vielleicht um drei?» Ihre Augen funkelten hinter ihren Brillengläsern. Meine Knie drohten nachzugeben. Ich schwebte.

Natürlich um drei. Nicht um zwölf oder um zehn oder um Viertel vor sechs. Um drei, ganz klar. Meine neue Glückszahl. Der Vater, der Sohn und der Heilige Geist. Um drei. Amen.

Ich gab ihr die Hand. Sie griff danach, und ich hatte eine kräftige Erektion, als ich ihre schmalen, kühlen Finger auf meiner Haut spürte. Ich stellte mir vor, wie sie… und verdrängte diese Vorstellung. Jagte sie davon.

«Ich heiße Elling.»

«Lone», sagte sie.

Wie bitte?

«Ich heiße Lone.» Sie zog ihre Hand zurück und fuhr sich damit durch ihre schönen braunen Haare. «Das ist ein dänischer Name. Meine Mutter ist Dänin.»

Ich befand mich in einem Zustand totaler Verwirrung, aber ich glaube nicht, dass sie etwas bemerkte.

Aber nun kam ein Nachtschwärmer auf Jagd nach einem Hamburger. Ich hatte das Gefühl aus ihrem warmen Bett vertrieben zu werden. Ich wich zurück und sah, wie sie den Fremden anlächelte. Es war ein Lächeln, das in vieler Hinsicht dem ähnelte, mit dem sie mich bedacht hatte, und das tat mir weh. Ich empfand den innigen Wunsch der Einzige zu sein. Als ich mich auf den Heimweg machte, ahnte ich schon, dass ich in eine neue Lebensphase eintrat und dass alles, von dem ich geträumt und phantasiert hatte, was meine Beziehung zum anderen Geschlecht betraf, vielleicht ganz anders ausfallen könnte als bisher angenommen. Als ganz und gar anders. Bis jetzt war ich mit absoluter Selbstverständlichkeit davon ausgegangen, dass sich ein Verhältnis zwischen mir und einer Frau ganz automatisch auf ein süßes Spiel beschränken würde. Dass wir auf glückliche Weise aus der Welt herausfallen würden. Aber so würde es wohl kaum kommen. Ehe ich mich umgedreht hatte und über die Straße gelaufen war, hatte ich das gesehen: ein zum Verwechseln ähnliches Lächeln, das angesichts dieses fremden Hamburger-Enthusiasten ihre Lippen kräuselte. Ein solches Lächeln wie das, mit dem sie mich gesegnet hatte. Und in mir stieg der Ekel erregende Gedanke auf oder senkte sich vielleicht auch, das ist schwer zu sagen: Was ist, wenn er einen Vorstoß unternimmt? Was, wenn er sich als Hybride ausgibt, als seltsame Mischung zwischen Mensch und Weltraumwanderer? Wird sie sich bereit erklären, auch ihn im Felix zu treffen – sagen wir am nächsten Samstag um eins?

Zwei Stunden vor meinem Eintreffen. Ich hatte eine eventuelle Frau in meinem Leben als schützenden Hafen betrachtet. Aber jetzt hatte ich den Eindruck, noch immer auf allen Seiten vom Meer umgeben zu sein.

Aber – und das war wichtig: Ich hatte eine Taube auf meinem Deck landen sehen, eine Taube mit einem Palmzweig im Schnabel. Ich wusste zumindest, dass der Hafen existierte.

Lone? Sieh an. So war das also. Sie hieß Lone. Na, von mir aus gerne. Dieser Name hatte etwas Weiches, Wohltuendes. Etwas zutiefst Dänisches. Warme Leberpastete und Sommerwind in reifem Korn. Rotweiße Flagge vor hellblauem Himmel. Lones Mutter in Holzschuhen auf der staubigen Landstraße. Noch auf der Grenze zwischen Kind und Frau – nicht wissend, dass ihr eines Tages ein Bergaffe aus dem hohen Norden begegnen wird, der sie dermaßen beeindruckt, dass sie sich freiwillig von ihm schwängern lässt. Klein-Lone ist unterwegs. Die spätere UFO-interessierte Würstchenverkäuferin schwebt durch dänisches Fruchtwasser und wartet darauf, dass sich die Pforten der Welt, die Schamlippen ihrer Mutter, öffnen werden, um sie freizugeben.

Ich blieb vor der Herrenkonfektion stehen. Stellte mir vor, Oliver Grøttes schwarzer Lieferwagen stehe noch hier. Oliver Grøtte in der Totenstille hinten im Auto. Das offene Rückfenster. Der Blick durchs Zielfernrohr. Das Fadenkreuz auf Elise Kornvolls bleicher Stirn. Dann der Kopf, der mit dumpfem Knall explodiert. Der Mann mit dem Hamburger hat graue Gehirnmasse auf dem linken Handrücken. Adieu, Elise!

Ich lief nach Hause und verfluchte dabei diesen Namen. Elise. In diesem Buchstabencode steckte etwas Verdecktes, stellte ich fest. Das Wort strahlte eine falsche Unschuld aus. Oberflächlich betrachtet war er melodiös und schön. Ich hatte schon Recht, ein solcher Name ließ sich kaum mit

Prostitution und Drogensucht verbinden. Das war nun wirklich nicht das Problem. Aber, und das war mir jetzt klar – was Treue und Pflichtbewusstsein anging, sah die Sache schon ganz anders aus. Eine Elise hatte kein Rückgrat. Sie war von der Sorte, die sich problemlos Gott und der Welt hingibt. Ich wäre mit ihr nicht glücklich geworden. Sie hätte mich nicht ernst genommen. Nicht, weil sie das nicht wollte, sondern weil sie das einfach nicht konnte. Ihr Leben lang hatte sie immer wieder dieses «Elise» gehört. Es war ihr zu allen Zeiten und in allen Zusammenhängen zugeflüstert worden. Dieser schmetterlingsschöne Name, der weder zu Verantwortung noch zu Mäßigung aufrief. Es lässt eine nicht unbeeinflusst, Jahr für Jahr Elise zu heißen. Sie lernt dadurch, die Dinge zu leicht zu nehmen.

Da war Lone doch sehr viel besser. Ein sanfter Ernst verbarg sich in diesem Namen aus dem Flachland im Süden des Skagerrak.

Als ich den Hinterhof betrat, sah ich Licht, in meiner Wohnung und in der von Reidun Nordsletten. Es war inzwischen halb zwölf. Auch in anderen Wohnungen brannte noch Licht, aber das interessierte mich nur minimal. Seit meinem Einzug war ich meinen Nachbarn gegenüber ganz bewusst auf Distanz geblieben. Meinen Namen hatte ich ihnen auf dem Briefkasten im Treppenhaus mitteilen müssen, aber meine Geschichte behielt ich für mich. Meiner Ansicht nach sind Nachbarn ein Unding. Man braucht sie nur einmal kurz anzulächeln, und schon stehen sie fast rund um die Uhr auf der Matte. In dieser Hinsicht hatte ich Erfahrung. Dreißig Jahre zusammen mit meiner Mutter im Wohnblock hatten mir in dieser Hinsicht einiges beigebracht. Ich hatte sogar erlebt, dass einzelne Exemplare der Spezies tief genug sanken, um sich mit dem Sozialamt zu verbünden.

Ich empfand den heftigen Drang, in den Keller zu gehen

und dort die Nacht zu verbringen. Einfach unten in der Dunkelheit zu sitzen und über die Tatsache nachzudenken, dass ich mit einer jungen Frau verabredet war. Und Oliver Grøttes perfekte Liquidation von Elise Kornvoll zu wiederholen. Wer *war* Elise Kornvoll, genauer gesagt, wer war sie gewesen? Eine Art Freundin? Wohl kaum. Hier war wohl eher die Rede von einer vagen Bekanntschaft. Vielleicht hatte eine Frau, die früher dort arbeitete, das Buch im Imbisswagen liegen lassen. Eine, die nach Feierabend vergaß, die Tür hinter sich abzuschließen. Eine, zu deren Entlassung man sich gezwungen gesehen hatte. Sie hatte bestimmt eine und noch eine Chance bekommen, aber dann hatte einfach ein Schlussstrich gezogen werden müssen. Es ging nicht mehr. Das musste sie doch einsehen. Sie konnte während der Arbeitszeit keine Mannsbilder in den Wagen holen. Und nach Feierabend im Grunde auch nicht. Es ging dabei schließlich um ein Minimum an Hygiene und Anstand.

Kjell Bjarne war schon zur Ruhe gegangen. Er lag auf seiner Luftmatratze und las in einer Motorzeitschrift. Die Kater lagen quer über der Decke.

«Habt ihr geredet?», fragte er ernst, ohne von seiner Zeitschrift hochzublicken.

Ich streifte den Mantel ab. «Ja, das kann ich dir sagen. Mein Hals tut fast schon weh. Hat Reidun an der Tür geklingelt?»

«Nein.»

«Oben brennt Licht. Bestimmt zerbricht sie sich den Kopf, wie es jetzt weitergeht. Soll ich uns einen Tee kochen?»

«Nein, davon muss ich bloß pissen.» Er legte die Zeitschrift beiseite und gähnte. «Worüber habt ihr denn geredet, Elling?»

Ich ging in die Küche und ließ Wasser in einen Kessel laufen. Ganz instinktiv spürte ich, dass ich ihn am liebsten zum Teufel geschickt hätte, aber ich riss mich zusammen. In diesem Moment traf mich nämlich eine schreckliche Erkenntnis. Ich musste zugeben, dass ich nicht die geringste Ahnung hatte, wo das Felix liegen mochte. Und ich hatte nur einen einzigen Tag, um mich darüber zu informieren. Wenn es sich als notwendig erweisen sollte im Branchenbuch nachzusehen, dann würde ich ganz einfach Hilfe brauchen.

«Ach, worüber wir gesprochen haben?», fragte ich. «Über alles Mögliche.» Ich erklärte ihm, unser Gespräch sei so ungezwungen hin und her gelaufen, dass ich mir die Einzelheiten nicht gemerkt hätte. So sei das eben in ihrer Gesellschaft. Die Stunden verflögen ganz einfach.

«Soll ich dir einen guten Rat geben?», fragte Kjell Bjarne.

«Lieber nicht», lachte ich.

«Sag ihr nichts von Brøynes. Sie schmiert dir sonst jedes Mal aufs Butterbrot, dass du in der Anstalt warst, wenn du ins Förmchen scheißt.»

«Du weißt nicht zufällig, wo das Felix liegt?», fragte ich. «Das scheint ein Café oder so zu sein.»

«Unten am Lapsetorget.»

«Lapsetorget?»

«Ja. Oder am Solli plass, wie das heute heißt.»

Was für eine Erleichterung! Das war nur ein Fußweg von zehn Minuten. «Warst du schon mal da?»

«Nein. Bin bloß vorbeigegangen.»

«Und?»

«Und was?»

«Ja, du musst doch einen Eindruck davon haben, was das für ein Lokal ist.»

Er schüttelte den Kopf. «Nur du bist so krank in der Birne, dass du beim Vorbeigehen einen Eindruck von so ’nem Loch kriegst.»

Dieser Kjell Bjarne aber auch! Was der manchmal so vor sich hin redete. Ich goss den Tee auf, ging dann ins Schlafzimmer zurück und setzte mich auf die Bettkante. «Ich weiß nicht, ob dir das aufgefallen ist», sagte ich, «aber du hast das Wort ‹Loch› benutzt. Ist das ein billiges, heruntergekommenes Lokal?»

«Was denn?»

«Ist das Felix ein billiges, heruntergekommenes Lokal?»

«Jetzt halt aber die Fresse», sagte er gereizt und warf die Zeitschrift auf den Boden. «Ich hab im Moment wirklich andere Sorgen.»

Da hatte er natürlich Recht. Ich bat um Entschuldigung.

Er ließ sich auf sein Kissen zurücksinken und starrte die Decke an. Versuchte, wie ich selbst schon so oft, sich vorzustellen, was sich gerade dort oben abspielte. Ob sie wach lag und alles bereute? Oder spielte sie ganz einfach mit ihren Brüsten, ohne an etwas Besonderes zu denken? Schwer zu sagen, wirklich. Fast unmöglich.

«Wie konnte ich bloß so blöd sein», sage Kjell Bjarne. «Und glaub ja nicht, dass ich dieses Video wiederkriege.»

«Ich werde sehen, was ich tun kann», sagte ich und trank meinen heißen Tee, «das verspreche ich dir. Gehst du morgen arbeiten?»

«Nein. Hab frei. Und ich werd ohnehin auf den ganzen Job scheißen, wenn sie nicht wieder lieb wird.»

«Das tust du nicht!», sagte ich.

«Ich tu genau das, was ich will, Elling. So sieht das aus.»

«Okay», sagte ich, «aber gib mir eine Woche.»

«Was willst ’n damit?»

«Du kannst doch nicht erwarten, dass ich sie schon morgen dazu bringe, sich wieder heiß in dich zu verlieben», sagte ich verzweifelt. «Das braucht Zeit. Du musst ihr die Möglichkeit geben, in Ruhe zu Ende zu schmollen. Zu merken, wie das Leben ohne regelmäßigen Sex ist.»

Er schnaubte. «Regelmäßiger Sex, meine Fresse. Wenn du –»

«Du sollst hier nicht ins Detail gehen!», schrie ich wütend. Mein Tee schwappte über. «Das hab ich dir schon tausend-

mal gesagt. Es ist ihr gegenüber taktlos und mir gegenüber auch. Es ist wirklich mehr als genug, dass ich mir anhören muss, wie euer Bett da oben knackt.»

«Wenn es knackt, dann bloß, weil Reidun sich am Arsch kratzt», sagte er vergrätzt.

«Morgen werden wir als Erstes einen großen Blumenstrauß kaufen», sagte ich, um unser Gespräch in konstruktivere Bahnen zu lenken.

«Aber es müssen Rosen sein», sagte er mit unerwarteter Begeisterung, «die mag sie am liebsten.»

«Ausgezeichnet. Und dann schreibst du einen Brief, den wir dazulegen. Einen Brief, in dem du bedingungslos um Entschuldigung bittest. Du schreibst, dass du leider der größte Idiot auf Gottes Erde bist. Und du *drohst auf keinen Fall mit Selbstmord*, wenn du deinen Willen nicht kriegst. Schreib lieber, dass du sie bis an dein Lebensende lieben wirst, obwohl du natürlich einsiehst, dass du ihre Liebe nicht verdient hast.»

«So einen Brief schaff ich nicht. Das weißt du.»

«Du musst dir einfach alle Mühe geben», sagte ich. «Je unbeholfener er ist, desto besser.»

Er dachte eine Weile nach. Dann sagte er: «Welche Farben haben denn ihre Augen? Die von dieser Elise.»

Natürlich wich er wieder aus.

«Sie heißt Lone», sagte ich leicht resigniert.

«Vorhin hieß sie aber nicht so.»

«Nein, jetzt eben schon. Man muss sich doch wohl noch versprechen dürfen.»

Aus irgendeinem Grund fand er das alles witzig. Er gluckste vor Lachen.

«Stell dir mal vor, du hättest Elise zu ihr gesagt. Wo sie doch Lone heißt.»

Nun ja. Da hatte er nicht Unrecht.

«Sie hat braune Augen», sagte ich. «Und durch die Iris ziehen sich goldene Streifen.»

Er ließ einen heftigen Furz fahren. «Klingt total krank, wenn du mich fragst. Goldstreifen, meine Fresse. Immer musst du übertreiben und lügen. Entweder hat die Frau blaue Augen oder braune. Oder auch graue oder grüne. Aber kein Mensch hat Goldstreifen in den Augen.»

«Vielleicht nicht», sagte ich. «Vielleicht bin ich der Einzige, der das sieht.»

«Darauf kannst du Gift nehmen.»

«Du willst mich nicht nach ihrer Arbeit fragen?», wollte ich dann wissen. Und hörte, dass sich in diesen Satz ein triumphierender Tonfall eingeschlichen hatte.

«Vielleicht putzt sie so wie Reidun?»

«Nein, stell dir vor, das tut sie nicht. Sie arbeitet in der Dienstleistungsbranche. Sie verkauft. Sie verkauft etwas, das du ganz, ganz toll findest.»

Er sah aus wie aus allen Wolken gefallen. «Sie is' doch keine Nutte?»

«Du Idiot», sagte ich. «Dreimal darfst du raten.»

Er überlegte. «Dann ist es was mit Essen.»

«Heiß», neckte ich.

«Serviert im Larsen?»

«Nein.»

«Verkauft vielleicht unten im Hafen Krabben?»

«Wieder falsch.»

«Mehr fällt mir nicht ein.»

«Sie verkauft Würstchen», sagte ich. «W-ü-r-s-t-c-h-e-n! Große, fette Würste mit Ketchup und Senf, Zwiebeln und allem Drum und Dran.»

Er nickte mit ernster Miene.

«Das hast du ja fein hingekriegt», sagte er lobend.

«Ja», sagte ich, «und wenn du fragst, ob sie einen großen Busen hat, dann bring ich dich um.»

An diesem Abend redeten wir noch lange miteinander. Es war fast wie in alten Zeiten. Ein bisschen wehmütig gewissermaßen. Denn stimmt es vielleicht nicht, dass wir gute Zeiten erst im Nachhinein zu schätzen wissen? Doch, so ist es. In den Jahren, in denen wir zusammengewohnt hatten, war es durchaus zwischen uns zu Auseinandersetzungen gekommen. Sogar zu vielen. Einzelne davon waren sehr hart gewesen. Wie damals, als wir aneinander geraten waren, weil Kjell Bjarne immer ins Waschbecken pisste, oder als es um den Einkauf von Kümmelkäse ging. Ich hatte in beiden Fällen schlankweg nein gesagt und damit Kjell Bjarnes liberalere Weltsicht herausgefordert. Auf beiden Seiten der Front hatte es Tränen und Flüche gehagelt, aber am Ende hatten wir eine Lösung gefunden. Ich setzte meinen Willen durch. Im Nachhinein konnte ich unschwer erkennen, dass es gute Zeiten gewesen waren.

Jetzt konnten wir über alles lachen. Und da lagen wir dann und lachten in der Dunkelheit. Und gleichzeitig: In unserem Lachen lag auch Verletzlichkeit. Nicht eine Sekunde lang konnten wir das Unglück vergessen, das früher an diesem Abend mit seiner ganzen Schwere über Kjell Bjarne hereingebrochen war. Obwohl ich keinerlei Erfahrung mit Beziehungskrisen hatte, konnte ich mir deren Wirkung auf die Psyche doch problemlos vorstellen. Da sitzt man nun im Sessel und fühlt sich sicher. Aber dann kommt Lone aus dem Badezimmer und überreicht einem seine grüne Zahnbürste. Adieu. Alles ist vorbei. Schluss, aus. Sie hat einen Videofilm von einer gewissen Sorte gefunden. Und jetzt heißt es, raus ins Nichts, und zwar sofort. Nicht einmal ein Streifen Zahnpasta kann noch auf die Bürste gedrückt werden, ehe der Rausschmiss erfolgt. Und wie Kjell Bjarne das in seiner unbeholfenen Art sagte: Das Schlimmste an allem war die Reue. Zu wissen, dass sie Recht hatte. Dass man ein Versprechen gebrochen hatte. Dass man sich alles ruiniert hatte, durch einen Verstoß gegen die einzige Regel, die die eigene Frau für ein harmonisches Zusammenleben aufgestellt hatte. In einem Moment der blinden Begierde und des

Voyeurismus hatte man die Möglichkeiten für wirklichen Sex mit krankhaftem Gezappel auf einer Videokassette vertauscht. Es war zum Heulen, und geheult hatte Kjell Barne schließlich auch. Er stellte außerdem klar, dass er kein großes Zutrauen in meine diplomatischen Fähigkeiten setzte. Er hatte eine neue und beängstigende Reidun Nordsletten kennen gelernt.

9

Als wir durch die Bygdøy allé gingen, versank ich in Gedanken. Genauer gesagt, ich sah vor mir Kjell Bjarne und mich, so, wie wir in der ersten Zeit nach unserem Aufenthalt im Kurheim Brøynes aufgetreten waren. Verängstigt und unsicher, auf unseren hilflosen Expeditionen durch die Straßen von Oslo. Nun gingen wir durch den Frühlingssonnenschein und hatten wegen des warmen Wetters die Mäntel offen. Ich war guter Laune und fühlte mich fast ganz und gar sicher. Meine Freude behielt ich natürlich für mich, um Kjell Bjarne nicht zu provozieren, dem es doch so schlecht ging. Immer wieder musste ich ein listiges Lachen unterdrücken. Es stellte sich ganz automatisch aus dem Nichts heraus ein, wenn ich an unsere damaligen Trainingsrunden durch die Stadt dachte. Ganz zu schweigen von den endlosen Vorbereitungen für diese Runden. Dem Studium des Stadtplans. Dem Streit, ob wir nun durch den Hegdehaugsvei zum Schlosspark oder den Kirkevei hoch zum Rundfunkgebäude gehen sollten. Welcher Weg ist weniger gefährlich? Was geht schneller? Jetzt war ich hier mit einem Teilzeitarbeitenden unterwegs, der zwar nicht begriff, warum ich ins Felix wollte, der aber ohne allzu großen Widerspruch mitgekommen war. Und wieder dachte ich an das Interview mit dem Gehirnspezialisten, das ich im Radio gehört hatte. Staunte über dieses phantastische Leben, an dem ich Teil hatte. Über die unfassbare Komplexität des Körpers. Hier gingen wir also. Setzten mit größter Selbstverständlichkeit einen Fuß vor den anderen. Und dabei dachten wir mehr oder weniger komplizierte Gedanken und sprachen sogar noch miteinander. Und während wir also gingen und redeten oder gingen und dachten, spielte sich unter der Haut auf dem, was unsere Körper waren, ein ganzes Universum von Ereignissen ab. Das Herz pumpte Blut in alle Winkel. Die weißen Blutkörperchen ritten eine scharfe Attacke gegen unerwünschte Eindringlinge. Die Reinigungsanlagen in Leber und Nieren arbeiteten Tag und Nacht auf Hochtouren. Wir waren zweibeinige Mysterien aus Fleisch und Blut, nicht mehr und nicht weniger. Das alles erzählte ich Kjell Bjarne. Hatte der sich schon einmal überlegt, welch unvorstellbarer Glückstreffer in der Tatsache lag, dass gerade wir gerade jetzt, um kurz nach eins an einem Freitagmittag im April, in Oslo eine sonnige Straße entlanggingen? Hatte er darüber nachgedacht, was es bedeutete, zu leben, ja, *auf der Welt anwesend* zu sein? War das nicht phantastisch? «Schau her»! Ich krümmte die Finger und machte sie wieder gerade. Das kann die Wissenschaft nicht erklären. Es ist zu kompliziert. «Aber schau her. Ich mach es noch einmal.» Wieder und wieder krümmte ich meine Finger und streckte sie dann aus. Hielt sie ihm vors Gesicht.

«Hör auf damit», sagte er sauer. «Wenn du so viel Unsinn denkst, wirst du bloß wieder krank in der Birne.»

Ach? So kam er mir also? Ich sollte mir wohl lieber den Kopf darüber zerbrechen, welche leere Limoflasche in welchen Kasten gehörte? Mich in existentielle Fragen von der Sorte vertiefen, warum man sich immer Tomatensoße auf den Schlips spritzt, wenn man eine Dose Makrelen in Tomate öffnet. Meinte er, ich sollte mich mit meinen Gedanken in solchen Räumen aufhalten? Sollte ich durch solche seelischen Aktivitäten meine mentale Gesundheit sichern? Was? *Was?*

Er schüttelte meine Hand ab, die auf unbegreifliche Weise seinen Mantelkragen gepackt hatte. Die Wissenschaft konnte es nicht erklären, aber genau hier und jetzt hatte ich diesen Kragen gepackt. Ich schaute auf meine Uhr. Es war punkt 13.12.44. An einem Freitag im April. Dem fünfzehnten noch dazu.

Er blieb stehen.

«Wenn du jetzt Scheiß machst, dann geh ich nach Hause.»

Ach? Was meinte er wohl mit nach Hause, wenn ich fragen durfte? Er dachte dabei doch wohl hoffentlich nicht an mein Zuhause? Das er *verschmäht* hatte, weil ihm ein anderes Zuhause besser behagte, genauer gesagt, das von Reidun Nordsletten? Ein Zuhause, das er sich durch sein ungeziemendes Verhalten selbst verscherzt hatte?

«Das war doch nur ein Scherz», sagte ich, als er stehen blieb und seine tränenfeuchten Augen immer wieder auf- und zuklappte.

«Sehr komisch», schluchzte er.

Ich war zu weit gegangen. Ich gab ihm die Hand und bat ihn vorbehaltslos um Entschuldigung. Ich erklärte, dass ich mich wie ein schlechter Freund verhalten hätte. Wie ein richtiger Widerling.

Er hörte sofort auf zu weinen.

«Du bist jederzeit bei uns zu Hause willkommen», sagte ich. «Und du darfst nicht vergessen, dass ich für dich mit Reidun sprechen werde.»

«Ja, aber warum stehen wir dann hier?», fragte er verzweifelt. «Warum hast du nicht schon längst mit ihr geredet?»

«Kjell Bjarne», sagte ich vertraulich, «als du mich heute Morgen um halb vier geweckt hast, war das einfach nicht der passende Zeitpunkt. Die Frau, die sich um halb vier Uhr morgens zu irgendetwas überreden lässt, ist noch nicht geboren.»

«Davon hast du doch keine Scheißahnung!» Er schaute auf die Uhr. «Und jetzt ist's schon nach eins.»

«Ich habe einen Plan», sagte ich. «Vertraust du mir, oder vertraust du mir nicht?»

Er gab keine Antwort. Wich meinem Blick aus.

«Vertraust du mir oder vertraust du mir nicht?»

«Was is'n das für'n Plan?»

«Würdest du mir bitte antworten?», schrie ich.

«Muss ich ja.»

«Was musst du ja?»

«Dir vertrauen.»

«Tausend Dank», sagte ich, «das ist wirklich großzügig von dir.»

«Vielleicht trifft sie sich gerade mit einem anderen Kerl», sagte er. «Daran denk ich die ganze Zeit.»

Genau. Mein guter Freund Kjell Bjarne, der mir eben erst mitgeteilt hatte, welche Sorte von Gedanken von weniger gesunder Natur ist, ging hier also an meiner Seite und stellte sich vor, wie Reidun Nordsletten im selben Moment die Spermien eines fremden Mannes hinunterschluckte. Gesund und aufbauend ging er hier neben mir und stellte sich vor, wie sie sich Hinz und Kunz hingab. In einem Film hatten wir gesehen, wie eine Amerikanerin einen schrecklichen Rekord im Massenverkehr mit Männern aufgestellt hatte. Mit offenem Mund hatten wir beobachtet, wie diese Frau sich auf alle viere stellte und sich von einem Mann decken ließ. Das Ganze spielte sich in einer Turnhalle ab. Hinter dem kopulierenden Paar stand eine Schlange von über dreihundertsechzig Männern. Nackt, in Socken, jeder mit einem Kondom in der feuchten Faust. Ich ging davon aus, dass dieses Bild immer wieder durch sein gesundes Gehirn flimmerte. Er selbst stand natürlich ganz hinten in der Schlange. Mit stinkenden Socken.

Ich erklärte ihm, dass das Reidun gegenüber ungerecht sei. Dass sie keine sei, die sich an irgendwen und irgendwas fortwarf. Warum, glaubte er, habe sie sich wohl für ihn entschieden?

Das habe er sich allerdings auch schon häufiger gefragt.

«Weil sie einen soliden Mann wollte», schmeichelte ich, «und die wachsen nicht auf Bäumen. Schon gar nicht in dieser Stadt.» Die Möglichkeit, dass sie innerhalb von zwei Tagen noch auf einen Mann wie Kjell Bjarne stoßen könne, sei so gut wie nicht existent.

«Du wartest verdammt noch mal nicht bis morgen», sagte er schockiert.

«Nein», sagte ich, «tu ich nicht. Ich schlage heute Abend nach den Fernsehnachrichten zu.»

«Ich möcht ja wissen, was sie gedacht hat, als sie die Blumen gekriegt hat. Und den Brief.»

Ich erklärte ihm, die allerwahrscheinlichste Antwort auf diese Frage sei, dass sie geweint und ihren eigenen Starrsinn verdammt habe. Sie fühlte sich jetzt kaum wohl in ihrer Haut, die gute Reidun Nordsletten. Wenn ich mich nicht sehr irrte, dann stand sie alle fünf Minuten vor unserer Tür. Und wir waren nicht zu Hause. Wir waren hier. «Kapierst du?»

Er strahlte. «Meinst du, du hast vor –»

«Ich sag doch, dass ich einen Plan habe», sagte ich. «Wenn du also vermeiden kannst, alles zu verpfuschen, dann ziehen wir sozusagen beide am gleichen Strang!»

Er lachte wiehernd und setzte sich in Bewegung. «Manchmal bist du richtig gerissen, Elling. Wollen wir die ganze Zeit im Felix sitzen?»

«Nein», sagte ich, «wir trinken einfach nur zwei Glas Limo und machen uns ein Bild von der Lage.»

«Ich will aber Kaffee!»

Die großen Fensterscheiben des Felix gefielen mir nicht. Sie ließen zu viel Licht durch. Ich fühlte mich richtig ausgezogen. Nackt und preisgegeben. Bis jetzt hatte ich mich auf mein Treffen mit Lone gefreut, doch nun wusste ich nicht mehr so recht. Hatte dieses Stelldichein, zu dem ich mich mit Lone verabredet hatte, nicht etwas Parodistisches, vielleicht sogar Tierisches? War auf die Liebe denn überhaupt Verlass? Ich hatte schon oft den Verdacht gehabt, dass das, was wir mit großer Selbstverständlichkeit Liebe nennen, in Wirklichkeit die Folge von chemischen Prozessen und Reaktionen ist. Ich hatte sogar gelesen, dass italienische Forscher glauben, durch eine schlichte Blutprobe Verliebtheit nachweisen zu können. Ich meine, Vögel und andere Tiere umtanzen einander und schlagen mit den Flügeln, ehe sie zur Sache kommen. Was machen die Menschen? Sie reden. Reden und reden. Über Filme, die sie gesehen, und Bücher, die sie gelesen haben. Über angebliche Hobbys, über Reisen in den sonnigen Süden. Einzelne sprechen sogar über Religion, Politik und Philosophie. Aber im Grunde wollen sie alle nur ins Bett gelangen, damit neue Generationen ihren Lauf nehmen. Hatte ich wirklich Lust in diesem durchschaubaren Schauspiel mitzuwirken?

Ja. Das hatte ich. Aber hier? Hier im Felix, wo das Sonnenlicht voll durch die Fenster zum Solli plass hereinströmte? Eins stand fest. Es würde nicht leicht werden. Es würde eine schwere, schwere Annäherung an das andere Geschlecht sein. Grundlegend anders als unser nächtliches Spiel am Würstchenwagen.

«Was ist los?» Kjell Bjarne schüttelte mich.

Was los war? Etwas Entsetzliches. Mir ging langsam auf, dass ich mich auf so dünnes Eis hinausgewagt hatte, dass es mich fast nicht tragen konnte.

«Setz dich hin.»

Er setzte mich hin. Zwang mich auf einen Stuhl, der nur mit Mühe anders als «unbequem» bezeichnet werden konnte. Ich saß nicht gut.

«Bist du krank?»

Nein. Ich war nicht krank. Ich schüttelte den Kopf. Ich schüttelte energisch den Kopf. So energisch, dass mir ganz schwindlig wurde. Ich hätte gern meinen Kopf auf den blöden Marmortisch vor mir geschlagen. Ihn daran platt gemacht.

Aber dann riss ich mich zusammen. Und wie.

«Hol mir ein Mineralwasser», hörte ich mich sagen. «Ich hab so schrecklichen Durst.»

«Bist du sicher, dass wir nicht nach Hause gehen sollten?»

«Ich bin total davon überzeugt.»

Zögernd ging er zum Tresen. Ich füllte meine Lunge mit Luft. Saugte Luft in mich ein, bis ich mich dem Zerreißpunkt näherte, und verspürte die wohltuende Wirkung des Sauerstoffs. Wenn etwas immer und zuverlässig seine Wirkung tut, dann eine zusätzliche Dosis Oxygen. Ich hyperventilierte, und das brachte mich langsam wieder aufs richtige Gleis. Nach einem großen Schluck Mineralwasser war das Dasein fast perfekt. Das Felix gefiel mir nicht. Na gut. Ich verfügte über ausgiebige Erfahrung darin, dieses und jenes nicht zu mögen. Das Wichtigste war aber, dass mir Lone gefiel. Wenn sie mir ein Treffen in einem Schweinekoben vorgeschlagen hätte, hätte ich auch angenommen.

Kjell Bjarne musterte mich verstohlen über den Rand seiner Kaffeetasse hinweg. Er schien auf irgendeine Art Anfall zu warten. Er glaubte mich durch und durch zu kennen. Aber auf diesen Anfall würde er warten müssen, bis er schwarz wäre. Ich hatte wahrlich nicht vor, auf mich oder andere loszugehen. Ich hatte mich, wie gesagt, gewaltig zusammengerissen. Deshalb sagte ich seelenruhig: «Morgen treffe ich mich mit einer jungen Frau. Hier.»

«Mit dieser …»

«Lone.»

Er grinste. «Und deshalb wolltest du vorher einen Blick –»

«Ich wollte vorher einen Blick auf die Lokalitäten werfen, ja.»

«Ach so. Deshalb hast du ein Gesicht gemacht, als ob du eine Qualle verschluckt hättest. Du hast jetzt schon Schiss.»

Da hatte er natürlich Recht, aber ich stritt es glattweg ab.

Ich sagte, mein leichtes Unwohlsein habe ganz andere Ursachen gehabt. Ursachen, die er einfach nicht begreifen könne. Es hänge mit meiner Kindheit zusammen. Und mehr wolle ich im Moment nicht darüber sagen.

Ich beugte mich über den Tisch: «Wo würdest du dich an meiner Stelle hinsetzen?»

«Wo ich mich hinsetzen würde?»

«Ja. Würdest du dir einen Fenstertisch suchen oder lieber weiter hinten ins Lokal gehen? Ich will nämlich vor ihr hier sein.»

«Keine Ahnung. Kommt drauf an, wo was frei ist.»

Natürlich. Daran hatte ich noch nicht gedacht. Um mir die Regie nicht aus der Hand nehmen zu lassen, würde ich sofort zur Öffnungszeit ins Café gehen.

«Ist das denn so verdammt wichtig? Wo du sitzt, mein ich.»

Nein, dieser Kjell Bjarne aber auch. Warum hatte Gott mich nicht mit einer ebenso großen Portion Naivität gesegnet, wie sie Kjell Bjarne zuteil geworden war?

Eins stand fest. Oder genauer gesagt, fast fest. Ich wollte so sitzen wie jetzt, mit dem Gesicht zur Eingangstür und den großen Fenstern. Ich wollte sehen, wie sie kam. Wollte sie schon auf der Netzhaut haben, ehe sie das Lokal betrat. Der Nachteil einer solchen Position war natürlich das scharfe Licht, das jede verstopfte Pore meiner Gesichtshaus und jede abgenutzte Zahnfüllung zeigen würde. Andererseits: Ich war nun einmal so. Wenn sie mich wollte, musste sie mich nehmen, wie ich war, mit all meinen Schwächen. Wenn sie auf äußeren Tand fixiert war, dann sollte sie sich einen anderen suchen. Mir selbst ging es dagegen um ihre inneren Werte. Über ihre fast zusammengewachsenen Augenbrauen und ihre große und durchaus komische Nase konnte ich mit Leichtigkeit hinwegsehen. Meiner Ansicht nach war das alles ganz und gar zweitrangig. Mir war wichtig, dass ich mich in ihrer Gesellschaft wohlfühlte. Sie strahlte eine tiefe Ruhe aus. Umgab sich mit einem Magnetfeld, in dem ein Mann sich wirklich entspannen konnte. Ich wusste noch, wie leicht es mir gefallen war, zu ihr verbalen Kontakt aufzunehmen. Ja, es war so leicht gewesen, dass ich sie ohne darüber nachzudenken ins schwärzeste Afrika mitgenommen hatte. Ein Patzer, das sah ich jetzt ein. Falls es zwischen uns zu Intimitäten kommen sollte, würde ich die Karten auf den Tisch legen. Würde die Wahrheit sagen, nämlich, dass ich meinen recht exotischen Hintergrund ausgenutzt hatte, um Kontakt zu ihr aufzunehmen. So, wie ich sie kannte, würde sie mir sicher verzeihen. Es war gut möglich, dass wir irgendwann in unserer gemeinsamen Zukunft darüber lachen würden. Ich sah es schon vor mir. Wie wir uns am gemütlichen Samstagabend über die Nagagambas vor Lachen ausschütten wollten.

«Ich würde dich gern etwas fragen», sagte ich.

«Schieß los.»

«Hast du je in einem Café auf Reidun Nordsletten gewartet?»

«Wieso denn?»

«Kannst du nicht einfach antworten?», fragte ich streng, aber freundlich.

«Wir gehen normalerweise nicht in Cafés.»

Ich erklärte ihm, dass ich nicht wissen wollte, was er und Reidun Nordsletten normalerweise nicht unternahmen. Mich interessierte nicht einmal, was sie normalerweise machten. Was ich wissen wollte, war, wie groß seine Erfahrung im Warten auf eine Frau war. Im Café.

Er schüttelte den Kopf. «Nein.»

«Nie irgendwo auf sie gewartet?»

«Das hast du nicht gefragt.»

Jetzt fragte ich das aber. Du meine Güte, man musste wirklich über einen Ozean an Geduld verfügen, um diesem Mann eine Auskunft zu entlocken.

«Hab im Larsen auf sie gewartet. Ein paar Mal. Wenn

du vor morgen einen so verdammten Schiss hast, dann scheiß doch auf die ganze Kiste. Du bist ja ganz grün in der Visage.»

Ich erklärte ihm, dass ich dem morgigen Tag in großer Ruhe entgegensähe. Was mich interessieren könnte, wäre, was er zu Reidun sagte, wenn sie an den Tisch kam und sich setzte. Seine erste Bemerkung.

Er zuckte mit den Schultern. «Hallöchen, vielleicht.»

«Hallöchen?»

«Jetzt drehst du gleich wieder durch», sagte er gereizt. «Ist doch ziemlich egal, was du sagst, verstehst du. Ich kapier nicht, warum du dich so anstellst. Du hast dich doch schon häufiger mit ihr getroffen.»

«Das war aber an ihrem Imbisswagen», sagte ich. «Das ist etwas anderes. Vergiss es. War blöd von mir, dich zu fragen.»

«Ja, stimmt, so was hab ich doch später nicht mehr in der Birne. Du kannst sie ja fragen, ob sie einen Kaffee trinken möchte.»

«Alles klar», sagte ich. «Thema beendet.»

Ich war wirklich darüber erhaben, mit solchen Gemeinplätzen um mich zu werfen.

Warum hatte sie sich dieses Lokal ausgesucht? Das hätte ich wirklich gern gewusst. Es passte einfach nicht so recht zu ihr. War zu kalt. Zu unpersönlich. Ich kam zu dem Schluss, dass der Name «Felix» ihr einfach so herausgerutscht war, weil sie sich in Oslo noch nicht gut auskannte. Von diesem Lokal wusste sie. Hatte es auf ihren einsamen Wanderungen zur Innenstadt registriert. Vielleicht war sie abends hier vorbeigekommen und hatte an den weißen Marmortischen ins Gespräch vertiefte Menschen gesehen. Und sich in ihren Jungmädchenphantasien gewünscht, sich an diesen Gesprächen beteiligen zu können. Als der reife Mann sie nun endlich um ein Treffen gebeten hatte, hatte sich sofort ihr Unterbewusstsein zu Wort gemeldet. Wir treffen uns im

Felix. Wie niedlich! Wie ganz und gar unschuldig! Die Unschuld vom Lande erobert die Großstadt. Wo sie hinging, wenn sie zwei Stunden totschlagen wollte? Ins Felix natürlich. Das sei nun einmal ihr Stammlokal. So einfach war das.

Ich war sofort davon überzeugt, dass sie noch keinen Fuß in dieses Café gesetzt hatte. Und als mir diese Erkenntnis gekommen war, hatte ich sofort Angst, sie könne enttäuscht werden. Und diese Enttäuschung später mit mir assoziieren. Der Vorschlag war zwar von ihr gekommen, aber in Großstadtzusammenhängen war sie ein Kind.

Ich beschloss, mir ein Bild von der Toilettensituation zu machen. Ich wusste, dass die für Frauen unendlich viel mehr bedeutet als für Männer. Es ist etwas ganz anderes, aufrecht zu stehen und mit einem Strahl ein Loch anzupeilen oder vielleicht sogar die Stelle neben dem Loch, als sich mitten in die Schweinerei wildfremder Menschen setzen zu müssen.

Die Toiletten lagen im ersten Stock, wie mir die Tresenfrau kundtun konnte. Eine Treppe hoch. Ich lief die Treppe hoch. Hier befand sich eine Art Galerie. Ein offener Raum mit Billardtischen. Hier konnte ich im Halbdunkel stehen und auf die Gäste hinunterblicken. Ich bemerkte sofort, dass Kjell Bjarnes Haare oben auf dem Kopf schon ziemlich schütter waren. Soviel ich wusste, hatte ich ihn noch nie aus diesem Winkel gesehen. Und das gab mir eine Art Gefühl von – Macht. Ja, von Macht. Da unten saß er zusammen mit den anderen Gästen. Sie hatten keine Ahnung davon, dass ich jetzt hier oben stand und sie eingehend musterte. Oliver Grøtte steht ganz still in der Dunkelheit. Keine Bewegung. Die Frau auf der regennassen Straße ahnt nicht, dass sie jetzt sterben muss. Sie denkt an ein fesches Kostüm, das sie im Ausverkauf gesehen hat. Oder an ein aus einer Illustrierten ausgeschnittenes Rezept. Hähnchen in Limonensoße. Eine Prise Estragon. Weißer Pfeffer. Olivenöl. Dann explodiert ihr Kopf, als das grobkalibrige Geschoss eindringt, unmittelbar hinter dem linken Ohr. Am nächsten Tag: «Der Gewehrmörder schlägt wieder zu.» Sinnloser Tod. Opfer nicht geschändet. Die Polizeipsychologen arbeiten rund um die Uhr an der Profilanalyse. Warum sind fast alle Opfer ältere Menschen? Oliver Grøtte liegt hinten im Auto auf der Matratze und raucht. Es regnet und regnet.

Die Herrentoilette hielt den erwünschten Standard ein. Alles andere wäre gelogen. Die Pissrinne roch zwar recht stramm – aber nach Mottenkugeln. Keine verfärbten Striche in den Klosetts. Ausreichend Papier und Seife. Aber leider würde Lone wohl kaum die Osloer Herrentoiletten frequentieren. Und konnte ich davon ausgehen, dass die Damentoilette sich auf demselben Niveau befand wie die für Herren? Vermutlich ja. Aber ich mochte mich nicht mit Vermutungen zufrieden geben. Es entsprach meinem Wesen, so viele Tatsachen auf den Tisch zu häufen wie möglich. Und damit steckte ich in der Klemme, denn ich wollte absolut nicht dabei erwischt werden, wie ich den Raum der Ladys von innen inspizierte. Ein solches Erlebnis würde mich ganz einfach kaputtmachen. Alles einreißen, was ich aufgebaut hatte. Wenn ich mich nun ins geheime Gemach der Frauen begab und dort auf frischer Tat ertappt würde, könnte ich das morgige Stelldichein getrost vergessen. Ich würde mich nie mehr in diesem Stadtteil sehen lassen können. Vielleicht würde ich sogar nach Moss oder Lillestrand übersiedeln müssen.

Andererseits: Wenn ich das richtig in Erinnerung hatte, dann war die Tresenfrau die einzige Frau, die unten im Lokal anwesend war. Außerdem konnte ich mir kaum vorstellen, dass noch andere außer mir im Hinblick auf eine bevorstehende romantische Begegnung eine Kontrollrunde unternahmen. Die meisten gehen nicht so gründlich ans Werk. In dieser Beziehung lag ich um Haupteslänge vor allen anderen, das wusste ich. Und es brauchte ja auch seine Zeit, sich die Treppe hochzubewegen. Wie viel Zeit? Zwanzig Sekunden? Bestimmt dreißig, wenn ich den Weg unten durchs Lokal mit einbezog. Ich schaute auf die Uhr. Zählte Sekunden. Eine halbe Minute war doch wirklich ein Ozean an Zeit. Aber Moment, sagte ich zu mir. Hier stimmt etwas nicht. Es kann unmöglich so lange dauern, hier im Felix aufs Klo zu gelangen. Ich musste den Fall von Grund auf unter die Lupe nehmen. Zu Kjell Bjarne zurückgehen und mindestens eine Viertelstunde lang die Treppe im Auge behalten, schließlich konnte sich hinter der geschlossenen Tür ja eine befinden, die unter Verdauungsstörungen litt oder ihr Make-up erneuern wollte.

Kjell Bjarne plapperte über die schreckliche Wendung zum Bösen, die sein Leben nach seinem Hinauswurf genommen hatte. Ich streute vage Antworten dazwischen und behielt dabei das Lokal und die Treppe zur Toilette genau im Auge. So weit ich sehen konnte, hatte ich Recht gehabt. Die einzige Frau hier war die Hüterin des Tresens. Sie blätterte lustlos in einer Modezeitschrift und schien absolut nicht mit ihrer Blase kämpfen zu müssen. Ansonsten war an diesem Tag im Felix ausreichend Platz. Nur vier Tische waren besetzt, an einem davon saßen wir. Junge Männer hinter schäumenden Bierkrügen oder Kaffeetassen. Warum saßen sie jetzt hier, an einem Freitag, mitten in der Arbeitszeit? Waren sie Frührentner wie ich oder Teilzeitarbeiter wie Kjell Bjarne? Das erschien mir nicht als sehr wahrscheinlich, ihre Bekleidung stammte auf keinen Fall von der Heilsarmee. Ich habe mich nie besonders für Mode interessiert, aber ich sah doch immerhin, dass sie alle hochmodern gekleidet waren. Und deshalb glaubte ich eher, dass ich hier die berühmten Papasöhnchen aus dem Westend vor mir hatte. Jungs, die schon mit vierzehn von den Zinsen ihres Vermögens lebten. Was führten sie eigentlich für ein Leben? Immer währender Müßiggang mit strotzenden Brieftaschen. Wilde Kokainpartys mit Gruppensex auf dem Parkett. Schließlich mussten Hanni und Nanni und Dusselinchen gleichermaßen an die Reihe kommen. Das war krank. Würdelos. Ich hasste sie. Wenn sie je ein Buch lasen, dann handelte das sicher von Betriebswirtschaft, damit sie eine Ahnung davon bekamen, woher Papas Geld denn eigentlich stammte. Wenn sie das überhaupt interessierte. Was ich aber nicht annahm. Im Sommer dümpelten sie vor den Seglerinseln Hvasser und Nøtterøy herum. Im Winter ging es zu Alpinanlagen im In- und Ausland. Und dazwischen? Tja? Wie wär's mit einem Bier und einer Runde Drecksgerede zum Beispiel im Felix? Ich meine, ehe man den Abend mit einem fünfgängigen Festmahl im Bagatelle totschlägt? Ich konnte ihrem Lachen ansehen, dass ich es mit gefühllosen und abgestumpften Wesen zu tun hatte. Mit jungen Zynikern, die die Mädchen einander weiterreichten und nachher laut darüber redeten.

Ich schaute auf die Uhr. Der Sekundenzeiger näherte sich der vollen Stunde. Achtundfünfzig. Neunundfünfzig. Voll! Ich sprang auf und durchquerte das Lokal in bemüht normalem Tempo. Erreichte die Treppe. Die Uhr. Herrgott, schon waren dreißig Sekunden vergangen. Vorhin vor der Herrentoilette waren dreißig Sekunden mir wie eine Ewigkeit vorgekommen. Das hier verhieß Gutes. Ich steigerte mein Tempo, als ich die Treppe hochging, für den Fall, dass die Tresenfrau plötzlich ein akutes Bedürfnis verspürte. Oben angekommen konnte ich nur feststellen, dass ich ganze fünfundvierzig Sekunden Zeit hatte. Ich stürzte in die Damentoilette. Der Raum war fast identisch mit der Herrentoilette. Die Uhr. Schon zehn Sekunden vorbei. Das Waschbecken. Sauber. Ich fuhr mit dem Finger über die Spiegelkante. Fast staubfrei. Fünfzehn Sekunden. In die Klozelle. In der Toilettenschüssel schwamm eine Filterzigarette. Ohne darüber nachzudenken, fischte ich sie mit der Hand heraus. Fünfundzwanzig Sekunden. Papier genug, aber es war noch früh, ich konnte nur hoffen, dass die Rolle bis zum nächsten Tag reichen würde. Dann kam mir eine

Idee. Ich hatte sie sicher schon die ganze Zeit im Hinterkopf gehabt, aber jetzt wurde sie mir bewusst. Dass ich durchaus keine fünfundvierzig Sekunden hatte. Man brauchte fünfundvierzig Sekunden, um die Tür zu erreichen. Nun gut. Aber ich wollte in der Tür mit niemandem zusammenstoßen. Ich fuhr herum und stürzte hinaus. Alles unter Kontrolle. Niemand auf der Treppe. Nichts bewegte sich unten im Lokal. Nur die jungen Bonzen und Kjell Bjarnes beginnende Glatze. Die klitschnasse Kippe in der Hand. Schweinerei. Es konnte sie doch jemand bepisst haben, ganz zu schweigen von… Jetzt wurde mir schlecht. Ich warf die Kippe weg und lief in die Herrentoilette. Wusch mich gründlich. Wie sah es im Nachbarraum eigentlich mit der Seife aus? Ich hatte vergessen, das zu überprüfen. Aber jetzt hatte ich alles unter Kontrolle. Und ich hatte abermals fünfundvierzig Sekunden, wenn die Luft rein war. Ich nahm eine Rolle Klopapier mit, die unter dem Waschbecken auf dem Boden gelegen hatte. Doch, alle saßen an Ort und Stelle. Ich wieder in die Damentoilette. Blick auf die Seife. Genug Seife. Weg mit der Klopapierrolle. Zwanzig Sekunden. Wieder raus, ich war in Schweiß gebadet. Unten steuerte jetzt ein neuer Gast, wenn auch ein Mann, die Treppe an, und ich sah ein, dass mein Kontrollgang zu Ende war. Ich hatte mein Bestes getan, auch wenn ich nicht nachgesehen hatte, ob der Wasserhahn heißes Wasser hergab und ob der Spülkasten zufrieden stellend funktionierte.

Unten angekommen konnte ich nur feststellen, dass Kjell Bjarne inzwischen unruhig geworden war.

«Hast du Magenprobleme oder was?»

«Nur ein bisschen», sagte ich. «Kaum der Rede wert.»

Es wurde ein hektischer Nachmittag. Kjell Bjarne war schrecklich nervös, und ich muss zugeben, dass seine Unruhe mich ansteckte. Ich musste ihn mehrmals inständig bitten, den Mund zu halten, um nicht die ganze Diplomatie zu ruinieren. Aber er ließ nicht locker. Er wollte wissen, was ich sagen würde. Ich sollte ihm meine Strategie verraten.

Die kannte ich aber noch nicht, deshalb sagte ich, er solle sich zum Teufel scheren. Ich hatte überhaupt keine Strategie, und das machte mir doch arg zu schaffen. Die Zeit drängte. Ich hatte während der letzten vierundzwanzig Stunden zwar, was Gedankenarbeit anging, nicht auf der faulen Haut gelegen, aber meine Gedanken hatten sich viel um Lone und wenig um Reidun gedreht. Ich bin weder besser noch schlechter als andere, und es ist doch oft so, dass einem die eigene mögliche Zukunft wichtiger ist. Übrigens erkannte ich jetzt, wie zeitraubend der Umgang mit Frauen ist. Früher, als ich keine einzige Frau gekannt hatte, hatte ich fast rund um die Uhr an Frauen gedacht. Und jetzt, wo ich Kontakt aufgenommen hatte, war die Lage kaum besser. Eher im Gegenteil. Für mich war von früh bis spät Lone angesagt. Hier hatte ich immerhin eine klare Strategie, war aber durchaus nicht sicher, ob diese greifen würde. Es reichte einfach nicht, eine Entführung durch Außerirdische zu behaupten. Falls sie sich nur eine Spur weniger für dieses Thema interessierte, als ich Grund hatte anzunehmen, dann würde sie mir vermutlich voll ins Gesicht lachen. Mich verspotten. Ich musste alles auf eine Karte setzen und abwarten. Aber jetzt war es schon nach sechs, und ich zwang meine Gedanken in eine andere Richtung. Mit Reidun Nordsletten sah die Sache schließlich ganz anders aus. Hier musste ich improvisieren, mich ihr am besten von mehreren Seiten zugleich nähern. So gesehen war es durchaus logisch, dass ich nicht mit einer festen Strategie operierte, aber es machte mir doch zu schaffen, dass ich nicht wusste, wie ich anfangen sollte. Es wäre irgendwie zu billig, einfach auf die Knie zu fallen und für Kjell Bjarne um Gnade zu flehen. Wenn ich das Problem auf diese Weise angriff, dann würde ich ihr genau das liefern, was sie erwartete, und damit wäre sie von der ersten Sekunde an in der stärkeren Position. Sie würde jedes einzelne Argument meinerseits voraussehen und es wie einen ungeöffneten Brief zurückschicken.

Und als ich das gedacht hatte, wusste ich die Lösung.

Das Treppenhaus lag im Halbdunkel, irgendwo war eine Glühbirne ausgegangen. Ich stellte mir vor, wie Kjell Bjarne jetzt mit schräg gelegtem Kopf und halb offenem Mund in der Wohnung saß. Wie er sich darauf vorbereitete, auf meine energischen Schritte über Reidun Nordslettens Fußboden zu lauschen. Ob sie mich hereinlassen würde? Das war der springende Punkt.

Ich klingelte nicht. Ich klopfte an. Ich hatte mir überlegt, dass dieses sanfte Pochgeräusch etwas Vertrauliches hat. Es ist weniger brutal als das elektrische Klingelsignal. Ist persönlich, fast intim.

Sie war sofort zur Stelle, ich vermutete, dass sie hinter der Tür gehorcht hatte.

«Wer ist da?»

«Ich bin's nur, Elling», sagte ich.

Nur ich. Nur Elling. Dein Nachbar und Freund. Dieser du weißt schon. Der zukünftige Starstatist. Ganz ungefährlich. Mach schon auf. Dann plaudern wir im besten Einvernehmen.

Die Tür wurde einen Spalt breit geöffnet, doch die Sicherheitskette lag vor.

Es war ganz deutlich, dass sie vor kurzer Zeit geweint hatte.

«Hallo!» Ich lächelte das ein wenig schiefe Lächeln, das ich seit meiner Knabenzeit geübt habe.

«Was ist los?»

«Na, dreimal darfst du raten», sagte ich.

«Der kann genau da bleiben, wo er ist!», sagte sie. Doch ich registrierte, dass die Strenge in ihrer Stimme durchaus ein wenig aufgesetzt wirkte. Unecht ganz einfach.

«Nein», sagte ich. «Genau das kann er nicht.»

«Ja, ja, mein Problem ist das jedenfalls nicht.» Jetzt kam sie mir auf echtere Weise verstimmt vor. Gut. Ich habe ein bisschen Widerstand gern, wenn ich diplomatisch tätig werde.

Ob die Möglichkeit zu einem kleinen Gespräch bestehe, ohne dass die ganze Zeit diese blöde Kette zwischen uns hinge?

Es müsse unbedingt ein kurzes Gespräch sein, meinte sie. Ich hatte den Eindruck, dass sie alles Mögliche zu erledigen habe.

Noch ehe sie hinter uns die Tür geschlossen hatte, gratulierte ich ihr aufs Wärmste. Das warf sie um, wie ich mir das vorgestellt hatte, und nun redete ich ohne Punkt und Komma weiter. Sie hatte das einzig Richtige getan. Und es war höchste Zeit gewesen. Es war ein Fehler von ihr, ihn zu sich zu nehmen, und es wäre bedauerlich gewesen, wenn sie Jahr für Jahr mit diesem Fehler hätte weiterleben müssen. Ich war froh und erleichtert darüber, dass sie diesen scheinbar herzensguten Gorilla endlich durchschaut hatte. Dass sie jetzt sein wahres Gesicht sah, das eines egozentrischen Psychopathen, der eine Frau als ein Stück Fleisch betrachtete. Ich selbst war schon längst zu dieser Erkenntnis gelangt und bat sie tausendmal um Entschuldigung. Ich hatte mich nicht einmischen wollen. Und das war feige von mir gewesen. Verachtenswert. Ich hatte es einfach nicht über mich gebracht. Er war doch eine Art Freund für mich gewesen. Das heißt, in diese Illusion hatte ich mich eingehüllt. Aber jetzt war Schluss damit. Es reichte. Ich wollte ihrem Beispiel folgen. Mich von diesem Widerling so schnell wie möglich befreien. Wie wäre es, wenn wir uns zusammentäten? Ja, natürlich nicht auf diese Weise, ich meinte als eine Art Konsorten. Wir könnten zur zuständigen Behörde gehen und sagen, dass wir ihn mit heruntergelassener Hose erwischt hätten. Er habe sich an Klein-Mojo vergriffen.

«Elling!», sagte sie verzweifelt. «Hör auf. Habt ihr diese

blöde Suppe gemeinsam angerührt, oder geht mal wieder deine Phantasie mit dir durch?»

Ich merkte, dass ich knallrot anlief. Ich war heilfroh darüber, dass ich mich so gemäßigt ausgedrückt und nicht vorgeschlagen hatte, ihn umzubringen, was ich ursprünglich vorgehabt hatte.

Ich beteuerte, ihn aus ganzem Herzen zu hassen, aber ich merkte selbst, dass mir das nicht überzeugend gelang. Meine Stimme schlug wieder ins Falsett um. Ich würde demnächst zum Arzt gehen und meine Stimmbänder untersuchen lassen müssen. Bei Kehlkopfkrebs ist die Früherkennung überaus wichtig.

«Und den Brief hast auch du geschrieben», sagte sie. «Gib's doch zu!»

Den Brief? Welchen Brief?

«Den Brief, der bei den Blumen dabei war.»

Energisch schüttelte ich den Kopf. Mit Brief und Blumen hatte ich nichts zu tun. Darauf gab ich ihr mein Wort.

Plötzlich prustete sie los. «Sei nicht so blöd, Elling.» Sie nahm den hellroten Briefbogen vom Tisch. Reichte ihn mir.

«Ja, hier siehst du doch, dass das Kjell Bjarnes Schrift ist», sagte ich eifrig.

«Ja, aber trotzdem höre ich beim Lesen deine Stimme, wenn du verstehst, was ich meine. Kjell Bjarne benutzt keine Ausdrücke wie ‹Zusammenbruch der Beziehung› oder ‹aus meinem eigenen Zuhause vertrieben›, ganz zu schweigen von ‹demütig um Gnade flehen›. Das warst du, Elling.»

«Jetzt kapier ich gar nichts mehr», sagte ich. «Sicher hat er sich an eine Schreibstube gewandt. An so eine, die Konfirmationsgedichte verfasst.»

«Er weiß nicht einmal, dass es solche Schreibstuben überhaupt gibt.»

Ich beschloss einen unerwarteten Haken zu schlagen. Sie war an eine gewisse Hartnäckigkeit meinerseits gewöhnt, deshalb ging ich davon aus, dass es einen gewissen Eindruck auf sie machen würde, wenn ich die Karten fast kampflos auf den Tisch legte.

«Na gut», sagte ich, «du hast mich durchschaut. Ich finde es nur so schrecklich traurig, zusehen zu müssen, wie er mit dem Kopf auf den Boden schlägt.»

Ich erklärte außerdem, ich hätte das Brotmesser wegschließen müssen. Ersann einen fast gelungenen Selbstmordversuch aus unserer Zeit in Brøynes.

«Was für ein Unsinn», sagte Reidun. «Kjell Bjarne bringt sich nicht um. Damit droht er nur, wenn etwas nicht nach seiner Mütze geht. Er sagt das sogar, ohne darüber nachzudenken. So, wie du nach Strich und Faden auch dann lügst, wenn gar kein Grund dazu besteht. Warum seid ihr bloß so?»

Ich wieherte und spielte den Beschämten. Gab ihr teilweise recht. Kjell Bjarne und ich waren eben nicht der graue Durchschnitt. Wenn sie zwei langweilige Bürohengste gesucht hatte, dann war es ein dicker Patzer von ihr gewesen, sich mit uns einzulassen.

«Ich finde es verdammt in Ordnung von dir, dass du deinem Kumpel zu helfen versuchst, Elling. Das ist nicht das Problem. Nur hab ich seinen ganzen Unfug manchmal so restlos satt.»

«Ich muss schon sagen, du hast gründlich zugelangt.» Ich schmunzelte, denn jetzt rauchte das ganze Zimmer vor Vertraulichkeit. «Du hättest mal sein Gesicht sehen sollen, als sein Werkzeugkasten die Treppe herunterkam!»

«Fast hätte ich alles aus dem Fenster geworfen», sagte sie.

«Bloß wegen dieses blöden Films?», fragte ich. Ja, sie durfte mich hier nicht missverstehen. Ich war selbst ein eifriger Gegner aller Arten von Pornographie. Ich hatte sogar schon mit dem Gedanken gespielt, mich als männlicher Sympathisant einer PorNo-Gruppe von Frauen anzuschließen. Und das nicht nur einmal.

«Wegen einer ganzen Schublade von Dingen», sagte sie.

«Zum Beispiel wegen seines ganzen Geredes über seine Mutter. Dieser bescheuerte Film war gewissermaßen nur das Fass, das alles zum Überlaufen brachte.»

Wir schwiegen eine Weile.

Dann sagte ich: «Es geht ihm jetzt nicht gut, Reidun. Er überlegt schon, ob er seinen Job nicht kündigen soll. Damit er rund um die Uhr deprimiert sein kann.»

Sie wand sich. «Ach herrje. Warum muss alles so schwierig sein?»

Sie war ganz einwandfrei ins Schwanken geraten. Und ich durfte auf keinen Fall verraten, dass mir das bewusst war. In diesem Leben gibt es ja trotz allem etwas, das Stolz heißt.

Deshalb griff ich eifrig zu dem Thema, das sie hier aufs Tapet gebracht hatte. Warum in aller Welt musste alles so schwierig sein? Ich konnte ihr versichern, dass ich mir diese Frage im Laufe der Jahre auch immer wieder gestellt hatte. Ja, ich hatte sie schon als kleiner Junge geradezu als Mantra benutzt. Es war nicht ein Tag vergangen, an dem mir diese Frage nicht durch den Kopf gewirbelt wäre. Es soll nicht leicht sein, heißt es dann. Was für ein Unsinn. Warum in aller Welt soll das Leben denn nicht leicht sein? Was hat es für einen Sinn, die ganze Zeit Probleme und unbeantwortete Fragen mit sich herumzuschleppen? Warum kann das Leben nicht ganz einfach ein Tanz auf Rosen sein?

Nein, das hatte sie sich auch bisweilen schon gefragt. Diesen Eindruck gewann ich jetzt ganz klar und deutlich.

Ich ging noch einen Schritt weiter. Skizzierte unser kurzes Erdenleben. Dieses verletzliche Leben zwischen Empfängnis und Tod. Hatten wir eigentlich Zeit, um uns gegenseitig zu hassen und zu verachten?

Jetzt wurde sie misstrauisch, das merkte ich. Eilig betonte ich, das sei ganz allgemein gemeint, aber ich war wohl doch ein wenig zu weit gegangen. Sie warf einen Blick auf die Uhr, und ich wusste, dass sich die Audienz dem Ende näherte. Deshalb beschloss ich zu gehen, ehe ich vor die Tür gesetzt werden konnte. Ich wollte ihr diesen letzten Stich nicht lassen. Ich schaute selbst auf die Uhr und stellte mich erschüttert darüber, wie spät es schon war. Ich musste vor dem Schlafengehen schließlich noch allerlei erledigen.

«Er bereut das alles ganz bitterlich», sagte ich und stand auf. «Vergiss das nicht. Und über die Sache mit seiner Mutter werde ich mit ihm reden. Mit dem Gequengel muss jetzt Schluss sein.»

«Ich brauche ein wenig Zeit für mich selbst», sagte sie, als sei sie einem Roman von Knut Faldbakken entsprungen.

Ich redete ihr nach dem Munde. Behauptete, das sei nur recht und billig, wenn man bedenke, was sie alles durchgemacht habe. Wenn man vom Geschlechtstrieb absah, dann war Kjell Bjarne doch ein großes Kind.

Ach? Wie das zu verstehen sei? Jetzt klang ihre Stimme scharf. Ob ich mir vielleicht einbildete, hoch über allen anderen zu stehen, bloß weil ich gern Bücher ohne Bilder las? Ich sollte mir hier lieber gar nichts einbilden. Sie hatte mich gesehen, als ich ganz unten war, daran erinnerte sie mich jetzt. Verwirrt, mit Ketchup auf dem Mantel. Sie hatte mich mitten in der Nacht grundlos schreien gehört. Und was dieses ewige Muttergequengel anging, konnte ich es mit Kjell Bjarne absolut aufnehmen. Das Einzige, was mich von Kjell Bjarne unterschied, waren die Größe und die Tatsache, dass ich ein notorischer Lügner war. Ich log zum Vergnügen. Ich log sicher sogar noch im Schlaf.

Jetzt hab ich dich, dachte ich. Du hast keine Ahnung davon, aber jetzt hab ich dich. Ich wies ihre Behauptungen kategorisch zurück. Stritt ab, auch nur einen einzigen kleinen Makel zu haben. Ich sei ein Einzelgänger, so sehe die Sache aus. Ich erklärte ihr ausführlich, was ich von Leuten hielt, die jeden Abend vor dem Fernseher saßen und den Schnurrbart irgendeines dusseligen Moderators diskutierten.

Dann ging ich. Knallte mit der Tür.

Kjell Bjarne stand mitten im Zimmer und blickte mir fragend entgegen.

«War sie stocksauer?»

Ich nickte. Erklärte ihm meine Strategie. Dass ich Reiduns Zorn auf mich selbst lenken wollte. Dass ich mir gewissermaßen seine Sünden auflud. Ich sagte ganz offen, dass ich mich gezwungen gesehen hatte, ihn und Reidun als leicht zurückgeblieben zu charakterisieren. Er dürfe das nicht übel nehmen und brauche sich absolut nicht bei mir zu bedanken, aber so sei es gewesen. Es habe sich als notwendig erwiesen, mit scharfer Lauge zu scheuern. Ich endete elegant mit ihrer Phrase, sie brauche Zeit für sich selbst.

«Zeit für sich selbst? Wieso denn?»

«Mach dir darüber keine Gedanken», sagte ich. «Das hat sie einfach irgendwo gelesen.»

«Also ich brauch keine Zeit für mich», seufzte er. «Dann dreh ich bloß durch.» Er schielte zu mir herüber. «Ich weiß aber nicht, ob das so schlau von dir war, dass du gesagt hast, ich wär verrückt. Das hat sie ja selbst auch schon mal behauptet. Wegen Brøynes.»

«Das Geniale ist, dass das ganz anders wirkt, wenn es von einem Dritten kommt», erklärte ich. «Vor allem, wenn ich dieser Dritte bin. Die Verhandlungen stockten jedenfalls total, bis ich diese Karte ausgespielt habe. Dann erst kam sie in Fahrt. Es würde mich nicht wundern, wenn sie dir allein aus purem Trotz verzeihen würde.»

Wir redeten zwei Stunden lang über dieses Thema, aber ich merkte, dass ich immer weniger dabei war. Dass ich immer häufiger den Faden verlor. Ich sah Lones Gesicht vor mir. Ihre kräftigen Augenbrauen. Ihre große, komische Nase. Die Reflexe in den dicken Brillengläsern. Ihre Hände, die die Würstchenzange lenkten. Wie wär's mit dem Felix, am Samstag um drei? Ich schaute auf die Uhr. In etwas über einer Stunde fing der Samstag an. Es gab also nur noch die Kleinigkeit von sechzehn Stunden bis zu dem Augenblick, in dem ich ihr gegenübersitzen würde. Sechzehn Stunden! Gemessen an einem fast vierzig Jahre langen unfreiwilligen Mönchsdasein waren sechzehn schnöde Stunden doch so gut wie gar nichts. Diese Erkenntnis traf mich wie ein Schlag, und ich brach in unkontrolliertes Zittern aus. Ich bebte. Zugleich wollte mein Magen nicht mehr. Ich konnte einfach nur zur Toilette stürzen.

Dort blieb ich sehr lange sitzen. Ich nahm ein Vival und sagte mir, alles sei unter Kontrolle. Hier ginge es trotz allem nur um ein Gespräch. Von einer zivilisierten Unterhaltung über außerirdische Wesen, bei einem Glas Limonade. Von sexueller Nötigung würde wohl kaum die Rede sein können.

Aber das half nichts. Ich hatte Angst. Ich dachte, ist das nicht komisch? Da träumt man jahrzehntelang von einer Frau. Dick, dünn, groß oder klein – alles egal, solange sie nur keinen Penis hat. Und wenn sich endlich eine Gelegenheit bietet, dann kippt die Psyche einfach um. Dann stellt sie uns ein Bein.

Die Wirkung des Vival setzte ein. Immerhin. Ich wurde nicht direkt gleichgültig gegenüber der Situation, in die ich mich da gebracht hatte, aber ich war auch nicht mehr außer mir vor Angst. Außerdem würde ich sie ja erst in knapp sechzehn Stunden treffen. Die Zeit floss langsamer dahin. Und ich wusste mit unverbrüchlicher Sicherheit: Es würde eine lange, lange schlaflose Nacht werden.

10

Die Welt trieb in ihrer ganzen Gleichgültigkeit dahin. Es war zwei Uhr, und draußen auf der Straße drängte sich der Samstagsverkehr. Die vier Vival, die ich im Laufe der Nacht und des Vormittags genommen hatte, hatten sich zwischen mich und die anderen gesenkt. Ich hörte von den Tischen um mich herum Gerede und Gelächter, doch diese Sinneseindrücke trafen mich nicht so recht. Ich schien nur teilweise zur Stelle zu sein. Wie oft hatte ich geduscht? Wie viele Male war ich auf dem Klo gewesen? Das wusste ich nicht. Ich wusste nur, dass ich in dieser langen schlaflosen Nacht mehrmals das Haus verlassen hatte und immer zurückgekehrt war, um zu duschen und aufs Klo zu gehen. Erst gegen Mittag hatten die Medikamente und der Schlafmangel mich in diesen Zustand halber Unwirklichkeit gepresst. Und ich war ins Felix gegangen. Zuerst hatte ich ganz hinten im Lokal gesessen, um mich dann schrittweise zu den Fenstertischen vorzuarbeiten. In der Zwischenzeit hatte ich wie am Vortag mehrere Male die Damentoilette überprüft. Es bestand kein Grund zur Besorgnis. Der Spülkasten funktionierte perfekt. Aus dem Wasserhahn strömte heißes Wasser. Ich hatte noch eine zusätzliche Rolle Klopapier von der Herrentoilette eingeschmuggelt.

Was hatte Kjell Bjarne noch gesagt? So ungefähr, dass ich jetzt wieder durchdrehte. Aber diese Prophezeiung wollte ich Lügen strafen. Durchdrehen? Hier saß ich doch lässig und locker und wartete auf eine Frau. Auf eine junge Frau noch dazu. War es so entsetzlich schwer zu begreifen, dass diese Vorstellung zwölf Stunden, ehe sie zur Wirklichkeit wird, beängstigend wirken kann? Was mich stolz und froh machte, war, dass ich diese Angst mit großem Erfolg bearbeitet hatte. In meinem alten Leben hätte ich die Flucht ergriffen. Hätte die Frau versetzt. Doch jetzt war ich hier und studierte den Sekundenzeiger der Uhr, der meinem neuen Leben entgegenruckte. Meinem neuen Dasein. Ab und zu nippte ich am Glas mit Mineralwasser aus der König-Haakons-Quelle in Larvik. Wahrlich erfrischend. Kjell Bjarnes Fehler war, dass er viel zu begriffsstutzig war, um die Details des Daseins zu registrieren. Zum Beispiel musste er aus seinem Zuhause verwiesen werden, um psychischen Schmerz empfinden zu können. Ich dagegen nahm alle Details wahr, alle Facetten. Und ich packte jedes Problem beim Schopf und arbeitete daran, bis es kein Problem mehr war. So war ich nun einmal: der wandelnde Problemlöser. Mein ganzes Leben lang war ich noch den kleinsten Konflikt angegangen und hatte ihn neutralisiert. Es hatte Blut, Schweiß und Tränen gekostet, aber das war es wert gewesen. Meine Beziehung zu meiner Mutter ließ sich im Grunde wohl als Dreißigjährigen Krieg bezeichnen, aber meine tägliche Kritik an ihrem Verhalten hatte doch Früchte getragen. Sie war als Mensch gestorben, in dessen Nähkästchen Ordnung herrschte. Und obwohl Kjell Bjarnes Charakter doch noch einiges zu wünschen übrig ließ, hegte ich keine Zweifel daran, ihn doch immerhin aufs rechte Gleis gebracht zu haben. Mir ging mit einem weichen Pochen in den Gehirnwindungen auf, dass ich ein guter Vater gewesen wäre, wenn sich die Gelegenheit geboten hätte. Wenn ich zum Zuge gekommen wäre. Übrigens: Es war noch nicht zu spät. Vierzig war doch kein Alter. Vor allem nicht, wenn man in Betracht zog, dass der Acker, den ich zu pflügen gedachte, erst Mitte zwanzig war. Woher hatte ich das mit dem Acker? Aus dem Alten Testament? Ich wusste es nicht mehr. Ich erinnerte mich nur vage an eine junge Frau, die sich fragte, wer wohl ihren Acker pflügen würde. Es war schön. Es war das Gegenteil von Pornographie. Ob Lone wohl Phantasien über den Pflug hatte? Vermutlich. Über ruhige, zärtliche Pflugführung in späten Nachtstunden.

Auf einmal stand sie vor meinem Tisch. Ich war vielleicht eingenickt, ich weiß es nicht. Es geschah irgendwie so plötzlich. Ich hatte mir vorgestellt, sie schon aus der Entfernung zu sehen, sie kommen zu sehen, um mich vorbereiten zu können, aber nein. Da stand sie.

«Tut mir Leid, dass ich mich ein bisschen verspätet habe», sagte sie und setzte sich.

Ich schaute auf die Uhr. Und wahrlich: zehn nach drei. Ich registrierte, dass die Tresenfrau mich ein wenig forschend musterte.

Ich gähnte ein wenig träge; ich glaube, dass mir das richtig gut gelang. Es war so ein Gähnen, das verriet, dass ich nicht gerade auf Nadeln gesessen und auf sie gewartet hatte. Meine Güte, man hat sich schließlich schon häufiger mit dem schwachen Geschlecht getroffen. Wenn man drei sagt, dann wird es halb vier, so ist es nun einmal. Frauen haben zur Zeit eine andere Beziehung als wir Männer. Sie war wunderbar! Erst jetzt sah ich zum Beispiel, wie schön ihre Haare waren. Sie waren braun. Ich saß im Café mit einer Person, die in der Literatur als «Brünette» bezeichnet worden wäre. Hier war nicht die Rede von einer dummen Blondine oder einer rabenschwarzen Ausgabe der Spezies Frau. Ganz zu schweigen von einer platinblonden Bombe aus Hollywood. Oder von rotem Haar und Sommersprossen. Nein, hier gab's Brünette fürs gute Geld. Und was das Geld anging, ich fuhr mit der Hand über die Stelle meines Jacketts, unter der ich meine Brieftasche mit meiner gesamten Rente fühlen konnte. Ob ich ihr eine Erfrischung anbieten dürfe? Ich war ganz überrascht von meiner weltmännischen Ausdrucksweise. Froh darüber, dass ich eingenickt und auf diese Weise einfach in dieses Abenteuer hineingefallen war. Ich hatte schlicht keine Zeit, jetzt irgendein Chaos anzurichten. Ich musste ein Wort das andere geben lassen, bis sich eine sichere, gute Konversation ergab.

«Ja, danke», sagte sie und lächelte recht weiß unter ihrer komischen Nase. «Ich hab schrecklichen Durst. Ich glaube, ich nehme ein Bier.»

Bier. Nun gut. Ich fand es ja noch ein wenig zu früh am Tag für Alkohol, aber ich beschloss, deshalb kein großes Aufhebens zu machen. Ein Teil von mir protestierte energisch, aber ich kam zu dem Schluss, dass sie sicher auch nervös war. Wenn ich mich nicht sehr irrte, dann hatte sie in der Nacht, die wir zum Glück jetzt beide hinter uns hatten, ebenso wach gelegen wie ich. Hatte sich hin und her gewälzt und sich vor dem Treffen mit diesem seltsamen reifen Mann aus Afrika gegraut. Das durfte ich nicht vergessen. Dass ich meine Kindheit und Jugend unter Akazien verlebt hatte.

Ich erhob mich vorsichtig, ein wenig Angst hatte ich davor umzukippen, denn jetzt merkte ich erst wirklich, wie schwer das Vival mich gemacht hatte. Damit muss jetzt Schluss sein, dachte ich. Nie, nie mehr vier Vival auf nüchternen Magen. Der Weg zum Tresen lief dann aber sehr gut. Ich hatte das Gefühl durch lauwarmes Wasser zu waten. Ich bat um einen Halben und legte einen Hunderter auf den Tresen. Aber dann stellte ich mir etwas vor. Obwohl die Tresenfrau mit größter Selbstverständlichkeit meiner Bestellung nachkam, stellte ich mir vor, dass ich wie Espenlaub loszittern würde, wenn sie das volle Glas auf den Tresen stellte. Das passiert mir ab und zu. Ich denke, jetzt fängst du an zu zittern, und schon geht's los. Ich betete, sie solle das Glas nicht bis zum Rand voll zapfen, solle von der knausrigen Sorte sein. Aber nein. Sie war stattdessen übertrieben großzügig. In einer Herrenzeitschrift hatte ich gelesen, dass die Kneipiers der Stadt ihre Gäste mit den Maßen betrogen.

Auf diese Weise erwirtschafteten sie pro Fass bis zu zehn Halbe. Dieser Artikel hatte mit dieser Frau hier nicht das Geringste zu tun. Wenn es nach ihr ginge, dann würde sie versuchen, einen ganzen Liter in ein Halbliterglas zu pferchen. Ich sah geradezu, wie das Bier über dem Glas einen Bogen bildete, als sie es vor mich hinstellte. Einen Bogen so ungefähr wie ein ferner Horizont. Und schon, als ich das Wechselgeld an mich nahm, zitterten meine Hände dermaßen, dass ich in Verzweiflung geriet. Sie zitterten ganz unkontrolliert. Was sollte ich machen? Ich wurde traurig und wütend zugleich, denn warum musste das immer mir passieren? Warum war immer Elling derjenige, der sich mitten in der Kassenschlange erbrechen musste? Oder mitten im Film das Kino verlassen, weil die Nähe der fremden Körper ihn zu ersticken drohte? Seit fast vierzig Jahren warte ich auf die Gelegenheit einer attraktiven Frau ein Bier auszugeben, und dann passiert das. Ich gerate an die ehrlichste Bierzapferin der Stadt. An Karin Tveiten, die das Bier viel zu teuer findet, weshalb sie einige Tropfen hinzugibt, obwohl es erst kurz nach drei ist. Am liebsten würde sie das Bier in großen Eimern verschenken, aber es ist nun einmal üblich, Bier in Halblitergläsern zu verkaufen, und deshalb will sie daraus das Beste machen. Karin Tveiten, der Traum jeden Biertrinkers.

Ich blieb in meiner wilden Verzweiflung stehen. Jetzt sah sie auch mich an. Sah das Bierglas an, dann mich, dann wieder das Bierglas. Was war ich denn für einer? Wollte ich das Bier denn nicht zu dem Tisch bringen, wo die durstige Frau schon wartete? Ich spielte für einen Moment mit dem Gedanken an eine kleine Notlüge. Unwahrheitsgemäß könnte ich sagen, ich sei schon in jungem Alter einer Nervenkrankheit zum Opfer gefallen. Sei in Afrika aufgewachsen, wo in den fünfziger Jahren die Kolonialmächte hemmungslos mit Pflanzenschutzmitteln um sich geworfen hätten. Ob sie je von DDT gehört habe? Dort, wo ich herkam, waren

Obst und Gemüse dermaßen von DDT verseucht gewesen, dass sogar die Elefanten kapituliert hatten. Für einen jungen Vegetarier wie mich war die Lage katastrophal.

«Ist Ihnen schlecht?», fragte sie. «Sie sehen so –»

Ich wurde wütend, und das half. Ich hatte diesen Spruch in letzter Zeit einfach zu oft gehört. Kjell Bjarne in gehirntoter Wiederholung. Ich umfasste das Bierglas mit beiden Händen und drückte es an meine Brust, während ich herumfuhr und zu meinem Tisch zurücklief. Natürlich schwappte es über, aber als ich in die Knie ging, konnte ich es ohne allzu große Probleme auf die Marmorplatte schieben. Mein Schlips war zwar nass geworden, aber das Glas enthielt noch immer Bier genug.

Ich registrierte, dass sie mich mit einem Blick bedachte, den ich nur mit Mühe anders als ziemlich misstrauisch bezeichnen kann. Deshalb packte ich den Stier bei den Hörnern und sagte, diese kleine Schwierigkeit habe allerlei mit dem Thema zu tun, worüber ich mit ihr sprechen wolle.

«Mit UFOs?», fragte sie verwundert und nippte am Bier.

Ich schloss die Augen und nickte schmerzlich. Dann lächelte ich leicht verlegen und erklärte, es falle mir so schwer. Ich kannte sie ja nicht. Aber mir sei ihre Lektüre im Imbisswagen aufgefallen. Ich kannte sonst keinen Menschen, der sich dafür interessierte. Abgesehen von mir selbst. Ich hatte schreckliche Angst davor, mich lächerlich zu machen. Konnte es nicht ertragen, nicht ernst genommen zu werden. Ob sie das verstehen könne?

Und das konnte sie. Sie nickte und verstand. Das Beste an der Lage war die Tatsache, dass ich nicht log. Mein Leben lang hatte ich es verabscheut, wenn über meine Person gelacht wurde. Ich war anders gewesen, hatte gewissermaßen auf einer anderen Frequenz gesendet als die meisten anderen. Ich wusste schon gar nicht mehr, wie oft mir nicht geglaubt worden war. Und ich dachte: Wie sind diese UFO-

Impulse in mir entstanden? Nur weil Lone da im Würstchendampf sitzt und sich in diese Problematik vertieft? Nein, das wohl kaum. Die Wahrheit war – wie mir jetzt aufging –, dass der Anblick dieses Buches mich geweckt hatte. Er hatte an mein Unterbewusstsein appelliert. Plötzlich war ich überzeugt davon, dass tief in mir ein Geheimnis ruhte. Ein Geheimnis, das ich durch meine fast täglichen Gespräche mit Lone an die Oberfläche holen musste und wollte. Mein linker Unterarm juckte an der Stelle, wo ich in einer Vision die vier grauen Finger gesehen hatte. Komm mit. Elling, jetzt kommst du mit.

«Hast du ein UFO gesehen oder was?» Ihr klarer Blick hielt mich fest, bis meiner sich auf die Straße richtete. Nicht so schnell. Nicht so direkt, sagten mein Blick und meine Körperhaltung. Und wer das verstand, war die kleine Lone. Als sie auf höchst zuverlässige Weise das Gespräch auf ein neutraleres Gebiet lenkte, ihr eigenes Leben nämlich, ging mir auf, wie sehr ich sie liebte. Ihre Politik lief zweifellos darauf hinaus, mich meine Schmerzen zur Sprache bringen zu lassen, wenn die Zeit dafür reif wäre. Bis dahin konnte sie erzählen, dass sie bei ihrer Tante (Tante Elise – mit Getöse fügte sich ein neues Bild zusammen!) in der Oscarsgate wohnte und dass selbige Tante Elise eine ganze Bibliothek mit UFO-Literatur besaß. Deshalb. Sie selbst kam aus Hønefoss. Ihre Mutter war Dänin, wie gesagt.

In einem hirnrissigen Moment der totalen Verantwortungslosigkeit hätte ich fast ihre Hand gepackt, die neben dem Bierglas auf dem Tisch lag, aber glücklicherweise konnte ich meine Triebe noch unter Kontrolle bringen. Ich sagte wahrheitsgemäß, die Frau, mit der ich mehrere Jahrzehnte zusammengelebt hatte, sei verstorben, weshalb ich nun mehr als genug Zeit hätte, mir über grundsätzliche Fragen nach Leben und Tod und dem Sinn des Lebens Gedanken zu machen, vom Kosmos ganz zu schweigen.

Ihr tat das sehr Leid. Einen Menschen zu verlieren, mit

dem man so lange zusammengelebt hatte. Ob wir verheiratet gewesen seien?

Das nicht. Wir hatten beide keinen Grund gesehen, Pastor und Kirche oder gar Verwaltungsbonzen in unsere Beziehung hineinzureißen. Wir hatten einander ein Versprechen gegeben, und dieses Versprechen hatten wir gehalten. Bis der Tod uns geschieden hatte.

Sie nickte zustimmend. Ich hatte den Eindruck, dass die Tatsache, dass sie noch nicht aus der Kirche ausgetreten war, einiges mit Trägheit zu tun hatte. Oder mit Gleichgültigkeit. Auf jeden Fall war ziemlich klar, dass sie sich oft genug aus Tante Elises Bibliothek bedient hatte, um zu wissen, dass die Kirchenbänke zu hart und zu eng waren. Sie strebte das endlose All und die allgegenwärtige Liebe an. Ich nickte verschwörerisch. Für einen zitternden Augenblick des puren Glücks war jedes Wort überflüssig. Nach einer kurzen Pause beugte ich mich über den Tisch und erklärte, meine Absichten seien ganz und gar rein. Und ich könne es gut verstehen, wenn Tante Elise über unsere Verabredung nicht gerade in Begeisterungsschreie ausgebrochen sei. Ein alternder Mann und eine attraktive junge Frau. Ja, danke. Wir lebten schließlich nicht im Wolkenkuckucksheim.

Himmel, sagte sie und lachte. Sie sei fast dreißig. Tante Elise mische sich nun wirklich nicht in ihre Verabredungen ein.

Ach? *In ihre Verabredungen?* Tante Elise? Ich geh mal kurz weg und treff mich mit einem Typen. Einem Vierzigjährigen. Triff dich nur, Lone. Kondome nicht vergessen.

Nein. So war das nicht. Da war ich mir ganz sicher. Dennoch hatte die Selbstverständlichkeit, mit der sie diese Mitteilung gemacht hatte, etwas Abstoßendes. Achtung, fertig, los gewissermaßen. Heute trifft frau den einen Kerl, morgen einen ganz anderen. Das Jahr hat dreihundertfünfundsechzig Tage. Montags ist Bernt an der Reihe, dienstags Tor. In der Nacht zum Freitag: Pelle und Jonas.

Aber ich sagte nichts. Ich riss mich zusammen. Es war nicht der richtige Zeitpunkt für lange Brandreden über Untreue und Ausschweifungen. Im Gegenteil. Deshalb lächelte ich feinsinnig und nickte aufmunternd. Das Ganze sei doch nur ein Scherz gewesen. Wie sie mit Nachnamen heiße? Hammer. Gut. Ein hart zuschlagender Name. Hier war von Rückgrat die Rede. Lone Hammer. Weich trifft auf Hart.

Ich musste handeln. Zur Sache kommen. Das war mir klar. Es hatte keinen Zweck sich mit Small Talk abzugeben. Sie konnte doch nur eine halbe Stunde Zeit haben, bis sie mit jemand anderem verabredet war.

Aber dann kam sie mir zuvor. Ich wollte gerade meinen linken Hemdsärmel aufkrempeln und ihr die rote Schwellung am Unterarm zeigen, als sie fragte, was ich denn so mache. Beruflich.

«Lone!», sagte ich. «Ich bin Frührentner. Und das hat seinen guten Grund.»

Sie begriff, dass es jetzt kommen würde. Sie stellte ihr Bierglas hin und blickte mich voller Ernst an.

«Ich muss dich ein Stück in der Zeit zurückführen», sagte ich. «Wenn du es also eilig hast…»

Energisches Kopfschütteln. Sie hatte es nicht eilig. Heute stand offenbar Elling auf dem Programm.

Nun gut. Die Wirklichkeit sah also wie folgt aus: Wie sie ja schon wusste, war ich am Rande der hitzeflimmernden Savanne aufgewachsen. Das konnte auf den ersten Blick für einen kleinen Jungen wie ein Abenteuer aussehen, aber so war es nicht. Erzählungen über Zulukrieger und Sklavenhandel hatten zu meinem Alltag gehört. Wenn der Häuptling Ngegu Mgube sich am Lagerfeuer über den Gang der Generationen verbreitete, war das sicher interessant und spannend, aber nicht weiter exotisch für jemanden, der sich schon hier aufgehalten hatte, als er so klein wie eine Nuss gewesen war. Das galt auch für die sexuell aufgeladenen Tanzvorführungen, für die schweißglänzenden Leiber und die Masken aus mit Pflanzensaft gefärbtem Holz. Nackte Brüste waren so natürlich wie der Karton Magermilch auf dem norwegischen Frühstückstisch. Sie musste schon entschuldigen. Nein, da war es schon etwas anderes, wenn meine Eltern in regelmäßigen Abständen von Norwegen erzählten. Wir verbrachten dort zwar jeden Sommer einige kurze Wochen, aber die verbrachten wir eben in Oslo oder bei Erweckungsandachten in christlichen Zeltlagern. Viel aufregender fand ich es, wenn mein Vater über den schwarzen Tod oder die Züge der Wikinger erzählte, über das Hochgebirge und die engen Fjorde in Westnorwegen. Darüber, wie die Menschen dicht unter dem Polarkreis gelebt hatten und teilweise noch lebten. Bei Sätzen wie «als das Eis sich zurückzog» wurde mir schwindlig. Vor meinem inneren Auge sah ich in Felle gekleidete Neandertaler den Rentieren folgen, während sich das Eismassiv langsam in Wasser verwandelte. Ich hörte die Vogelscharen schreien. Sah die klare Luft und die langen, dunklen Winter. Ich wusste, dass die Geheimnisse meiner Gene irgendwo oben im Norden vergraben waren, und sehnte mich nach – was soll ich sagen? Danach, sie auszuleben? Nein, mit ihnen in Übereinstimmung zu leben. Ich wollte den Steinadler über dem blaugrünen Gletscher sehen, nicht die verdreckten Geier, die wie stinkende Kadaver am Rand der Lehmhütten umher watschelten. Es heißt, dass der, der einmal den Löwen brüllen hörte, das nie vergessen wird. Das kann schon sein. Ich hatte ja auch nichts vergessen. Aber das Gebrüll dieses blutrünstigen Raubtiers war in meiner Erinnerung verblasst, nachdem ich zum ersten Mal im Norden von Sandane einen brünftigen Hirsch hatte röhren hören. Ich erwartete nicht, dass sie das verstehen könne. Ich sagte einfach nur die Wahrheit. Dieses Röhren hatte etwas Reines, Schönes gehabt, das ich nicht erklären konnte. Kurz gesagt: Ich hatte mich von Staub und Hitzedunst weggesehnt, zu glasklaren Bächen und beißenden Kältenächten. Ich hatte Heimweh nach Norwegen. Ich wollte nach Hause und zum Norweger werden. Mit achtzehn Jahren hatte ich das Internat in Botswana, in dem ich drei Jahre zusammen mit anderen Missionarskindern ein ziemlich erbärmliches Leben gefristet hatte, verlassen und war gen Norden gezogen. Ich war nun mein eigener Herr. Meine Eltern waren nicht sehr begeistert von meinem Entschluss, aber ich war stur und hartnäckig und wusste, was ich wollte. Ich wollte ein norwegischer Freiluftmensch werden. Wollte von Wanderhütte zu Wanderhütte gehen. Wollte mich im Notfall im Schnee eingraben. Wollte mit einer brennenden Kerze in meiner Schneehöhle liegen und draußen den Sturm über den Harschschnee jagen hören. Wollte eimerweise Preiselbeeren pflücken und mit Wurfangel und Ottergerät widerspenstige Saiblinge an Land holen. Und so geschah es dann. Bis fast zu meinem dreißigsten Jahr verbrachte ich mehr Zeit in der Wildnis als in der Stadt. Die Finanzen? Ich hatte gejobbt, ich hatte mich einige Monate lang wie ein Irrer abgeplagt und mich dann in die großen Wälder und die erhabene Majestät der Hochebenen zurückgezogen. Ob sie je von Helge Ingstad gehört habe? Das hatte sie. Ungefähr so war mein Leben gewesen, nur ohne Apachen und Eskimos.

Ich dankte ihr für ihr geduldiges Zuhören. Aber bald würde sie verstehen, wie wichtig diese vielen Einzelheiten waren. Wichtig, um die Bedeutung dessen zu erfassen, was vor fast zehn Jahren in jener seltsamen Nacht unter dem Gipfel des Borildknatten geschehen war. Die Wörter strömten nur so aus mir heraus, es ging fast automatisch, ich hatte das Gefühl, dass jemand außerhalb von mir sprach. Ich sah Lone Hammer, die mir gegenüber am Tisch saß, ganz klar, ich sah die Tresenfrau Bier zapfen, ich sah meine Hände, die untätig auf dem Tisch lagen. Aber gleichfalls, in einer Art Doppelbild, sah ich alles, was ich ihr erzählt hatte. Die Hahnenfußwiesen in der Dämmerung. Das verlöschende Feuer, den Kaffeekessel auf den rußigen Steinen. Ich hörte die Registrierkasse und zugleich den Prachttaucher, der weit draußen auf dem Stortsee nach seiner Gefährtin rief.

«Das ist doch in Ordnung», sagte sie, «du bist ein so guter Erzähler.»

Ja, das war ich. Das bin ich. Ich wies darauf hin, dass es einen kleinen Jungen nicht unbeeinflusst lässt, jeden Abend die Berichte der Nagagambas über den Lauf der Generationen zu hören. Das hat Folgen. Man lernt den Wert des gesprochenen Wortes kennen. Aber genug davon. Es ging um jene Nacht. Wenn auch noch nicht direkt. Während dieser glücklichen Jahre war ich fast immer allein gewesen.

«Aber diese Frau, mit der du ...»

Ach, die. Ich musste einfach zugeben, dass wir beide ziemliche Sonderlinge gewesen waren. Wir hatten keine Durchschnittsbeziehung geführt, wenn sie wusste, was ich meinte. Sie hatte ihr Leben gelebt, ich meins. Und was glaubte sie wohl, was es für ein Gefühl war, nach zwei Monaten in einer Erdhütte auf der Finnmarksvidda nach Hause zu kommen? Gar kein schlechtes, das konnte sie mir glauben. Wurde sie jetzt rot? Da war ich mir nicht sicher. Nein, das mit der Einsamkeit, der selbst gewählten Einsamkeit war für mich wichtig gewesen. Ich hatte mir genau überlegt, wen ich an mich heranließ. Ich hatte während dieser Jahre nur einen einzigen Jagdgenossen gehabt, einen Mann namens Alfons Jørgensen. Der hatte meinen Ansprüchen Genüge getan. Alfons war ein echter Freund gewesen. Einer, mit dem man am Lagerfeuer zusammen schweigen konnte. Und deshalb war das, was dann passierte, so schrecklich gewesen.

Hier legte ich eine Pause ein. Ihr Bierglas war leer. Ob sie noch Durst habe?

Das schon, aber jetzt wollte sie lieber ein Mineralwasser. Ich nahm das als gutes Zeichen. Sie wollte meinem Bericht ohne störende Promille lauschen. Ich hob meine eigene

Wasserflasche hoch und behielt sie oben, bis die Tresenfrau mich entdeckt hatte. Das dauerte seine Zeit, war es aber wert. Erstens war es eine ziemlich kernige Geste, zweitens blieb mir eine weitere Expedition durchs Lokal erspart. Während wir auf das Wasser warteten, zeigte ich auf die Rückseite der Flasche und erzählte, wie im Buchenwald von Larvik der Regen fiel, um dann seine langsame Wanderung durch die verschiedenen Bodenschichten anzutreten. Bis dieses Wasser dann aus der König-Haakons-Quelle hochgepumpt werden konnte, jetzt zum Bersten angereichert mit Mineralien und Salzen.

Das Mineralwasser wurde gebracht. Sie wollte selbst bezahlen, aber ich wehrte mich. Schließlich verzehrte ich hier ihre Zeit. Basta. Sie protestierte, aber ich hatte schon einen Geldschein hervorgezogen. Diesmal einen Fünfziger. Ich ließ mir nichts zurückgeben, denn ich wusste, dass Lone Hammer an meine elende Rente dachte. Und wenn ich im Moment auf etwas verzichten konnte, dann auf das Mitleid einer Frau. Bei der erstbesten Gelegenheit wollte ich durchblicken lassen, dass ich über gewisse zusätzliche Einkommensquellen verfügte. Ich schrieb ein wenig für *Jagd und Fischerei*, unter Pseudonym. Hatte mir eine gewisse Anerkennung als Statist erarbeitet. Sollte *Kristin Lavranstochter* wieder in die Lichtspielhäuser kommen, dann könnte sie ja versuchen, mich darin zu entdecken. Der, der im dritten *Peter und der Prof*-Film den Zuschauern den Rücken zukehrt und aus dem zerbrochenen Fenster schaut? Na? *Guess who.* An Zaster fehlte es mir wahrlich nicht.

Sie musste zur Toilette. Ganz automatisch wäre mir fast herausgerutscht, dass ich eine zusätzliche Rolle Papier auf den Spülkasten gelegt hatte, aber ich konnte es mir in letzter Sekunde noch verkneifen. Das hätte ihr ja einen merkwürdigen Eindruck von mir verschafft.

Sie erhob sich und ging, und ich warf einen Blick auf die Uhr. Fünfundvierzig Sekunden. Das Lokal durchqueren und dann die Treppe hochgehen. Zwanzig Sekunden. Ich schaute mich um und sah, dass sie die Treppe bereits erreicht hatte. Sie war schneller als ich, was im Grunde keine große Überraschung war. Fünfzehn Jahre jünger und um allerlei totes Fett ärmer. Allerdings. Fett war ich nicht, aber es ist eben seltsam. Zu einem gewissen Zeitpunkt im Leben stellen sich die Rettungsringe ganz von selbst ein. Ich sah, dass sie die Treppe fast hochrannte, sicher trieb sie der Druck auf ihre Blase an. Oder sie wollte den Toilettenbesuch ganz einfach so schnell wie möglich hinter sich bringen. Falls das der Fall war, dann wunderte mich das gar nicht. Ich bin eben ein guter Erzähler. Wenn man mich lässt, kann ich meine Zuhörer ohne große Probleme fesseln. Wie oft hatte ich in alten Zeiten schließlich Eriksen vom Sozialamt in eisernem Griff gehalten? Er hatte laut gelacht und über meine Schilderungen des Lebens in unserem Wohnblock, damals als Mutter noch lebte, geschmunzelt. «Dieser Elling aber auch», war sein feststehender Kommentar gewesen, wenn ich von Ludvigsen, der seine Nasenpopel aß, erzählte oder die diversen Konflikte schilderte, die sich um die drei Waschmaschinen im Keller abspielten. Manchmal wollte er auch etwas über Treppenputzen und Gemeinschaftsarbeiten hören, denn dann wusste er, dass er nach Feierabend ein Gesprächsthema haben würde. Und ich gab ihm, was er wollte, obwohl ich schon seit einer Ewigkeit mit niemandem im Haus mehr aneinander geraten war.

Ich schaute auf die Uhr und konnte nur feststellen, dass Lone Hammer sich jetzt aller Wahrscheinlichkeit nach in der Klozelle aufhielt. Schließlich rennt keine eine Treppe hoch, weil sie sich plötzlich in den Kopf gesetzt hat, dass sie ihren Lidschatten erneuern muss. Außerdem war Lone gar nicht geschminkt, also ging es hier um ein Bedürfnis der unbedingt notwendigen Sorte. Schon seltsam. Hier hatte ich mich Wochen und Monate lang energisch zusammenreißen müssen, um sie nicht in Gedanken auszuziehen. Ich hatte großes Gewicht auf gute Manieren gelegt, sogar in meiner Phantasie. Aber jetzt sah ich ganz deutlich vor mir, wie sie sich die Hosen bis zu den Knien herunterstreifte. Es war wirklich nicht böse gemeint, aber ich konnte ihre weißen Hinterbacken, die sich auf den Sitz senkten, einfach nicht übersehen. Ich spürte, wie die Allnatur mir zusetzte und mir eine kräftige Erektion verpassen wollte, doch das beruhigende Gift, das durch meine Adern strömte, setzte sich dagegen energisch zur Wehr. Ob ich impotent geworden war? War das hier ein Dauerzustand, oder konnte eine Nacht mit friedlichem Schlaf das Problem lösen? Ein bitteres Lachen entrang sich mir. Nun hatte ich vier Jahrzehnte eine Potenz gehabt, die ich absolut nicht verwenden konnte – und jetzt das! Kaum bewegt die Welt sich in die richtige Richtung, schon verbeugt der Penis sich in den Staub und gibt seinen Geist auf. Aber nicht doch. So groß war meine Angst nun auch wieder nicht. Die Vorstellung jedoch war betörend. Ich musste einfach zugeben, dass es mir ähnlich sehen würde, jetzt von einem solchen Naturphänomen, um nicht von einer Naturkatastrophe zu sprechen, getroffen zu werden. Wo Elling auftauchte, lag das Unheil schon auf der Lauer.

Wieder schaute ich auf die Uhr. Das dauerte ja vielleicht! Wenn sie sich nicht schminkte, und zu einer solchen Annahme bestand nun einmal kein Grund, dann war sie mit einem ernsthaften Geschäft befasst. Von einem Spritzer Pisse konnte hier keine Rede sein. *Dich geht das überhaupt nichts an!*, fauchte ich mir zu. Rein gar nichts! Und zugleich, ich hatte mich nie damit abfinden können, dass attraktive Frauen so regelmäßig kacken müssen wie wir anderen auch. Es war mir einfach unvorstellbar, dass Madonna oder zum Beispiel Cher jeden Tag gekrümmt in ihrem eigenen Gestank hockten. Das war ganz einfach wider die Natur. Es war unmöglich. Und dennoch: So brutal ist das Menschenleben. So haben Gott oder der Zufall es gefügt.

Ich riss mich aus dieser unsinnigen Gedankenspinnerei. Das hatte mir der Psychologe in Brøynes beigebracht. Hatte mir beigebracht, nicht mehr zum Opfer meiner destruktiven Gedanken zu werden. Früher hatte ich mich mitreißen lassen, wenn die verbotenen Gedanken sich einstellten, ja, hatte mich ihnen geradezu freudig hingegeben. Hatte sie gepflegt. Jetzt schickte ich mich in den Wald, fast im selben Augenblick befand ich mich unterhalb des Gipfels des Borildknatten. Zusammen mit Alfons Jørgensen.

Es ist so still. Alfons hat gerade unten im Bergsee Besteck und Plastikteller gespült. Jetzt steht er bewegungslos da und schaut auf den blanken Wasserspiegel, auf dem nur einige Bergenten für Bewegung sorgen. Es wird rasch dunkel. Es ist schon nach sieben und wir schreiben den 22. September. Ich lege mehr Holz ins Feuer und lasse mich auf meinem Lager aus Tannenzweigen zurücksinken. Die Forelle von vorhin liegt leicht und fein im Magen und nach einem Schluck starkem Kaffee spucke ich eine Tannennadel aus. Das Dasein ruht in haarfeiner Balance. Das Leben tut gut, und weder Alfons noch ich haben auch nur die leiseste Ahnung davon, dass unser gemeinsames Schicksal bereits mit dem Countdown zum Chaos angefangen hat. Wir glauben den Überblick zu haben. Wir glauben die Welt zu kennen. Dort springt ein Fisch, er hat gerade eine Mücke erwischt. Solche Dinge. Wir kennen den Zusammenhang, wissen, in welcher Beziehung alle Teile des wunderbaren Uhrwerks, das uns umgibt, zueinander stehen. Die plötzlichen Windstöße früher an diesem Tag? Regen im Anmarsch. Die Ameisen legen ihren Bau auf der Südseite der Kiefer an. Wenn die Schnepfe in der Frühlingsnacht über uns hinwegfliegt, dann wissen wir, dass sie in fast genau einer Viertelstunde zurückkommen wird. Die Existenz Gottes mag diskutieren, wer sich dazu berufen fühlt, die Tatsachen in der Natur erlauben das nicht. Sie liegen da, offen für alle, die einen Blick dafür haben.

Wie oft haben wir schon in späten Abendstunden auf solche Weise philosophiert! Sehr oft! Alfons mit seiner alten Stummelpfeife, ich selbst kaue auf einem saftigen Zweig herum. Kaffee. Einen Schnaps. Gelbe und rote Glut in der Dunkelheit. Auf der Hochebene. Im Wald. Draußen am Meer. Aber in dieser Nacht wird also –

Lone kam zurück. Ich sah sie fast durch eine Art Dunst, denn ich war weit, weit weg gewesen.

«Kommst du oft her?», fragte sie lächelnd.

Ich erklärte, dass ich nirgendwo oft hinkäme. Dass ich im Grunde ein Mann des trauten Heims sei.

«Ich meine nur, weil oben auf dem Damenklo ein ziemlich schönes Liebesgedicht für einen namens Elling steht. An der Tür.»

Himmel! Ja, ja. Damit kannte sie sich sicher viel besser aus als ich. Sie als Frau. Ich selbst konnte kaum glauben, dass ich mit diesem Gedicht gemeint sei, obwohl ich allerdings ab und zu seltsame Anrufe erhielt.

Erzähl schon, sagte sie, aber auf eine Weise, die mir zu verstehen gab, dass es nicht die nächtlichen Anrufe waren, über die sie mehr erfahren wollte.

Also erzählte ich von Alfons und den Bergenten. Es war zur Zeit der alljährlichen Schneehuhnjagd. Den 22. September erwähnte ich nicht, ich wusste nicht, wann Schneehühner gejagt werden. Ich redete mir ein, das ganz einfach vergessen zu haben.

«Da lagen wir nun also und redeten über alles und nichts», sagte ich, «wie Männer das gerne nach einem Jagdtag machen. Und da ist es passiert. Es war kurz vor elf.»

Alfons bemerkt es als Erster. Er setzt sich plötzlich auf und dreht sich um. Und nun sehe ich es auch. Ein hartes blaues Licht aus Richtung der Zwergbirken. Die Wolken hängen tief, und das Licht scheint sie an ihrer dünnsten Stelle zu durchdringen. Ein auf Abwege geratenes Flugzeug? Ein Hubschrauber? Nein, wir hören keinen Motor. Nur ein leises Summen wie das eines Elektrogerätes. Das Licht bewegt sich langsam nach Nordwesten, dann bleibt es ganz still über dem Bergsee stehen, etwa zweihundert Meter von unserem Lager am Ufer entfernt. Was wir dabei empfunden haben? Ach, das lässt sich nur schwer in Worte kleiden. Ein Chaos aus Angst, gemischt mit Neugier. Vor allem Angst. Uns war absolut bewusst, dass wir hier etwas erlebten, das ziemlich weit entfernt von dem war, was der Durchschnitt als wirklich betrachtet. Aber Alfons und ich waren doch beide nüchterne Gemüter. Jegliche Form von Phantasterei lag uns unendlich fern. Wann immer irgendwer über Spukerscheinungen oder unidentifizierte Flugobjekte gesprochen hatte, hatte ich nur den Kopf geschüttelt und versucht das Gespräch in eine bodenständigere Furche zu lenken. Kosmischer oder übersinnlicher Unfug waren mir am verlängerten Rücken vorbeigegangen. Besuch von fremden Planeten? Macht doch keine Witze. Solche Vorstellungen waren etwas für überspannte Phantasten und notorische Schwärmernaturen.

Lone Hammer nickte eifrig. Und dann erfuhr ich, was ich schon gewusst hatte, nämlich, dass UFO-interessierte Menschen nur selten UFOs sehen. Über neunzig Prozent solcher Beobachtungen stammen von soliden Hausfrauen, soliden Bauern und soliden Landrichtern. Diese Regel gilt auch für die, die glauben, entführt worden zu sein. Der Literatur zu Folge zeigen die Fremden nur geringes Interesse an irdischen Neurotikern. Etwas ganz anderes ist, wie es dann nachher um die Nerven ihrer Auserwählten bestellt ist.

Alfons und ich schaffen es, mitten in unserer Verwirrung eine nüchterne Diskussion zu führen. Sogar dann noch, als das intensive Licht grün und orange wird und uns in einem pulsierenden Rhythmus erreicht. Wir sprechen über geheime Forschungen von NATO und UDSSR. Wir sprechen über Kugelblitze und unbekannte Energieanhäufungen.

Aber im tiefsten Herzen wissen wir: Das hier ist etwas ganz anderes. Das ist etwas, wofür uns die Worte fehlen.

Dann, plötzlich, setzt das Licht sich wieder in Bewegung. Es wiegt sich gleichsam hin und her, schlägt jetzt in blendendes Weiß um – und verschwindet in extrem hohem Tempo. Und wir sitzen auf unseren Tannenzweigmatratzen in der Dunkelheit.

«Und dann?», fragte Lone Hammer. Ich registrierte, dass sie ihr Glas umklammerte. «Habt ihr es wieder gesehen?»

Ich lachte freudlos. Ob wir es wieder gesehen hätten? Ich erklärte ihr, dass das, was ich bisher erzählt hatte, als eine Art erstes Kapitel gelten könne. Als Vorwort gewissermaßen. Ich schaute auf die Uhr. Hatte sie es auch ganz bestimmt nicht eilig?

Sie hatte jede Menge Zeit. Ganz unaufgefordert konnte sie nun mitteilen, dass sie und diese Tante am Wochenende immer gegen sieben Uhr aßen. Nun gut. Bis dahin sollte ich wohl zu Hause in meinem Bett liegen, das spürte ich. Ich deutete ganz klar an, dass es nicht in Frage kommen würde, meinen ganzen Bericht auf einmal von mir zu geben. Dazu hatten diese Erlebnisse in mir zu viele wehe Stellen hinterlassen.

Das könne sie gut verstehen, sagte Lone. Das freute mich sehr, denn damit hatte sie doch indirekt gesagt, dass sie mich wieder sehen wollte. Ihr war in ihrem Leben noch kein Mensch begegnet, der ein UFO gesehen hatte, außer auf diesen Treffen, die sie mit ihrer Tante besuchte. Das erste war im Oslo Spektrum gewesen und vom Alternativen Netzwerk veranstaltet worden. Ich kannte den Namen des Vortragenden als den eines der weniger vertrauenswürdigen Zeugen. Es war ein Fernsehtechniker aus Drangedal, der mit automatischem Schreiben ein Buch verfasst hatte, das auf Grund eines Versehens dann veröffentlicht worden war. Ich konnte das wesentlich besser als er. Automatisches Schreiben oder nicht.

Frau Wirtin! Mehr Wasser! Zwei Flaschen. Ich bezahlte mit einem Hunderter, und nie im Leben! Sie konnte sich ja denken, dass wir in dieser Nacht lange keinen Schlaf fanden. Wir legten neues Holz ins Feuer und führten lange, intensive Gespräche über all die Dinge zwischen Himmel und Erde. Am Ende hatten wir eine halbe Flasche Sechzigprozentigen geleert, um uns von den Eindrücken zu befreien, denen wir ausgesetzt gewesen waren. Eine halbe Flasche Schnaps, die sonst für mehr als eine Woche Jagd gereicht hätte. Aber nein, da konnte sie ganz unbesorgt sein, mäßig, wie wir beide tranken. In dieser Nacht war nicht mehr passiert. Ich lieferte hier keine Erinnerungen an eine Sauferei im Hochgebirge, außerdem waren wir nicht betrunken gewesen. Nach einem solchen Erlebnis wird man von einer Viertelflasche Schnaps nicht betrunken. Das konnte ich ihr versichern.

Nein, in dieser Nacht war nichts mehr passiert. Und am folgenden Tag auch nicht. Aber ich konnte nicht leugnen, dass wir immer zusammenfuhren, wenn ein Schneehuhn die Luft durchschnitt, dass das Dasein jedoch im Rahmen der Wirklichkeit blieb. Natürlich war das seltsame Licht das Gesprächsthema des Tages, und die Jagdkonzentration ließ zu wünschen übrig. Ein einsamer Hahn, das war für uns der absolute Minusrekord.

Aber es ist nun einmal so, dass auf den Tag die Nacht folgt… Ich verstummte für einen Moment. Genauer gesagt, ich verlor den Faden. Das merkte ich selbst, konnte aber nichts daran ändern. Ich war jetzt zu dem Schlimmen, Schwierigen gekommen. Zu der Schranke, die mich und mein Leben aus der großen Gemeinschaft ausschloss – falls ich von etwa vier Millionen Amerikanern absah. Mit mir war etwas passiert.

«Du…»

Sie berührte meine Hand! Benutzte ihre eigene, um meine vorsichtig zu berühren.

«Du brauchst das jetzt nicht zu erzählen, wenn du das nicht schaffst.»

Als ich in ihre lieben, lieben Augen schaute, liefen meine über. Und gleichzeitig, als hätte ich mir eine Doppeldosis Viagra gespritzt, saß ich mit einer pochenden Erektion da. Es war so, als habe jemand auf einen Knopf gedrückt. Unwillkürlich fuhr ich zurück und brach damit unseren physischen Kontakt. Ich hätte schreien können, denn es war doch deutlich geworden, dass sie nichts dagegen gehabt hätte, meinen Körper noch weiter und ausgiebiger zu liebkosen. Wie kühl und trocken ihre Finger gewesen waren! Und zugleich: wie heiß und feucht. Ich kann das nicht erklären. Wo ihre Fingerspitzen schon überall gewesen waren! Ich sah das junge Mädchen vor mir, das seinen Körper erforschte. Das unter der Bettdecke suchte und fand. Das am nächsten Morgen mit weichen Knien und herbem Geruch am rechten Zeigefinger am Küchentisch erschien. War das gefährlich, was sie da gemacht hatte? Doch es war niemand da, den sie hätte fragen können. Niemand. Niemand. Nur ihr Vater hinter der Zeitung. Nur ihre Mutter, die ein Stück Brot mit Diätmargarine bestrich. Ob die Mutter wohl auch … Nein. Nicht die Mutter. Der Vater vielleicht, aber nicht die Mutter.

«Wir wurden geweckt», hörte ich mich selbst sagen.

Und dann kamen sie. Die Worte. Wie Perlen auf einer Schnur. Der Telefontechniker aus Drangedal konnte sich sein automatisches Schreiben an den Hut stecken. Hier ging es um automatisches Reden. Ja, das glaubte ich wirklich. Ich war sicher, dass der oder die, die jetzt durch mich sprachen, sich diesen etwas konstruierten Rahmen über Alfons und mich auf Schneehuhnjagd ausgesucht hatten, um Lone die Botschaft leichter verständlich zu machen. Dass das, was jetzt gesagt wurde, im Grunde die Wahrheit war. Mein Blick war unscharf. Verschleiert geradezu. Ich konnte die schmächtige Gestalt auf der anderen Tischseite nur mit

Mühe erkennen. Das, was ich erzählte, oder was vielleicht genauer gesagt durch mich erzählt wurde, war viel klarer.

Ich werde von dem Geräusch geweckt. Von diesem seltsamen Summen. Es ist dunkel, ich strecke die Hand nach Alfons aus, aber er ist nicht da. Dann sehe ich ihn in der Dunkelheit, einige Meter von mir entfernt. Das heißt, ich glaube ihn zu sehen. Als meine Augen sich jedoch an die Finsternis gewöhnt haben … Ich habe eine vage Erinnerung an meinen Schrei, der die Hochgebirgsnacht zerfetzt. Danach gibt es nur noch zusammenhanglose Bilder. Zerbrochene Erinnerungen gewissermaßen. Sie sind zu zweit. Sie sind grau. Sie sind eins zwanzig, vielleicht eins fünfzig groß. Aber was mir vor allem auffällt und was ich niemals vergessen werde, sind ihre Augen. Ellipsenförmig, überdimensional und schwarz. Diese Wesen stehen im Heidekraut und strahlen weder gut noch böse aus, ich fühle mich versucht, hier zum Begriff totale Normalität zu greifen. Sie sind Forscher und ich bin für sie ein Stück durchblutetes Fleisch mit einer verängstigten Seele. Dann kommen sie näher, und ihre entsetzlichen Gesichter sind dicht vor meinem. Schwarz. Finster. Ich muss in Ohnmacht gefallen sein, mein Gehirn hat sich aus einer Wirklichkeit ausgeschaltet, die normale Menschen nicht ertragen können.

«Herrgott!», sagte Lone Hammer und biss sich ein Stück vom Nagel ihres linken kleinen Fingers ab.

Aber damit hat die Sache noch lange kein Ende, das kann ich ihr sagen. Als ich wieder zu mir komme, liege ich mitten in einem kreisrunden Raum auf einem Tisch oder einem Tresen. Der Raum wird von dem intensiven Licht erhellt, dass ich in der vergangenen Nacht zusammen mit Alfons gesehen habe, als das UFO aus unserem Blickfeld verschwand. Ich bin so nackt wie ich einst aus dem Mutterleib gekommen bin, und um mich herum … ja, was glaubt sie denn?

«Sie?», fragte sie.

Ja. Sie. Genauer gesagt, sie und jene. Ich bin gelähmt, ich

kann mich nicht einen Millimeter bewegen. Und um mich herum stehen nicht weniger als vier von diesen erschreckenden Wesen. Sie sind ebenfalls nackt, aber ich kann nicht einmal eine Andeutung von Geschlechtsorganen erkennen. Sie sind glatt und grau und ganz unbehaart.

Ob ich mich fürchte? Ich fürchte mich dermaßen, dass ich immer wieder das Bewusstsein verliere. Aber ich kann mich auch noch an andere Wesen im Raum erinnern. Sie sind viel größer als die grauen und haben viel mehr Ähnlichkeit mit Menschen. Aber dennoch: Auch hier sind es ihre Augen. Kalt und forschend. Als sie mich anfassen, sehe ich, dass sie an jeder Hand vier Finger haben. Ich habe einwandfrei den Eindruck, dass sie hier die Chefs sind. Dass sie die Grauen beherrschen. Ich kann nur mit Mühe darüber sprechen und erkläre Lone, dass ich einfach nicht ins Detail gehen kann. Das wäre zu intim. Zu schmerzlich. Aber ich gebe ihr immerhin zu verstehen, dass an allen möglichen Stellen spitze Nadeln in mich eingeführt werden. An den unaussprechlichsten Stellen, wie ich das in allerlei amerikanischen Büchern gelesen habe.

Diese Bücher kennt sie zweifellos auch, das sehe ich ihrem verständnisvollen Nicken an. Dieses Wissen teilen wir. Wir wissen, dass die Sache so aussieht. Dass diese Burschen so vorgehen. Sie durchwühlen die Arschlöcher unschuldiger Menschen. Ich habe Lone eine Standardgeschichte serviert und sorgfältig jegliche Übertreibung vermieden. Ich habe vier Millionen Amerikaner im Rücken, und das weiß Lone auch.

«Aber», sagt sie, «sie … haben sie denn nichts gesagt? Ich habe gelesen, dass sie mit den Menschen, die sie in ihre Schiffe holen, telepathisch kommunizieren können.»

«Nein», sage ich, «sie haben nichts gesagt. Da noch nicht. Beim ersten Mal waren sie einfach stumm. Sie haben keinen einzigen Gedanken in meinen Kopf geschickt.»

«Willst du damit sagen, dass du noch immer Kontakt zu

ihnen hast?» Sie sah aus wie ein Kind, das soeben den ersten Huflattich des Jahres entdeckt hat.

«Ja», sagte ich, «aber mehr bringe ich jetzt nicht. Darüber zu sprechen ist fast genauso schlimm, wie es zu erleben. Deshalb konnte ich doch nicht vor deinem Imbisswagen stehen und meine Seele umstülpen. Denn so kommt mir das vor. Als hätte ich meine Seele umgestülpt.»

Aber. Wie ich zurückgekommen bin. Und was ist mit Alfons?

Ich bin am nächsten Morgen um sieben Uhr erwacht. Auf dem Boden, beinahe einen halben Kilometer vom Lager entfernt. Alfons? Der hatte fast dasselbe wie ich erlebt. Der einzige Unterschied war, dass er mich im Fahrzeug beobachtet hatte. Ich hatte nichts von ihm gesehen. Ja, und er war im Lager wieder zu sich gekommen. Auf meinen Tannenzweigen zwar, aber immerhin.

«Lone», sagte ich, «du musst mir versprechen keiner Menschenseele davon zu erzählen.»

Das konnte sie nicht versprechen. Tante Elise interessierte sich doch so sehr für solche Dinge. Und dann gab es da noch einen gewissen Klaus Otto.

«Klaus Otto?»

«Klaus Otto Syvertsen. Mein Verflossener. Wir haben eine kleine Gruppe, die über solche Dinge spricht.» Sie strahlte. «Du musst Tante Elise kennen lernen. Möchtest du das? Und es wäre schön, wenn du auch Alfons mitbringen könntest.»

Tante Elise – ja. Ich sah ein, dass eine stabile Beziehung zu Lone Hammer auch ungezwungenen Umgang mit ihrer Verwandtschaft erforderte. Aber bei Klaus Otto verlief bei mir die Grenze.

«Alfons können wir leider vergessen», sagte ich traurig.

Und dabei beließ ich es dann.

11

Ich faltete meinen Anzug ordentlich zusammen und legte Hose und Jackett auf den Sack mit dem Birkenholz. Mein Hemd hängte ich an den Nagel, an dem normalerweise die Tüte mit dem Schlafsack hing. Ich sah doppelt. Meine Knie schienen mit lauwarmem Gelee gefüllt zu sein. Klaus Otto Syvertsen. Nun gut. Ich zündete mir eine Blue Master an und setzte mich auf die stinkende Matratze, ich fror ein wenig und versuchte nachzudenken. Das klappte nicht besonders gut. Die Tatsache, dass ich mich an meinen Abschied von Lone Hammer nicht erinnern konnte, beunruhigte mich. Ich konnte doch einen folgenschweren Fehler begangen haben, ohne das zu wissen. Konnte mich nach einer Vorstellung, die man wohl kaum anders als perfekt bezeichnen konnte, schrecklich blamiert haben. Ich flehte Gott an, mich nicht den Versuch unternommen zu lassen haben, ihre Brüste zu befühlen. Fest stand nur meine Entdeckung, dass mein Glied mir aus dem Hosenschlitz hing, als ich mir im Kellerraum den Mantel vom Leib riss. Vage erinnerte ich mich an einen Toilettenbesuch im Felix. An das Echo der letzten Worte, die an unserem Tisch gefallen waren. Dass wir Alfons leider vergessen müssten. Und später? Lone Hammer war in einem Loch in meinem Bewusstsein verschwunden. Hatten wir das Lokal zusammen verlassen? Hatten wir uns wieder verabredet? Ich wusste es nicht. Ich zog wütend an meiner Zigarette und registrierte, dass ich einen Lungenzug versuchte. Der gelang mir nicht.

Zum Glück war und blieb ich ein rauchender Nichtraucher. Die Telefonzelle. Das Licht von draußen, das sich gewissermaßen ein- und wieder ausschaltete. Die zerknüllte Seite mit den S-Namen, die vor mir im Pappkarton lag. Klaus Otto Syvertsen. Grefsen. Oslo. Eine Telefonnummer. Eine miese Telefonnummer.

Zum Glück war ich so gescheit gewesen, statt ihn Kjell Bjarne anzurufen. Jetzt hatte ich das Gefühl im Zimmer zu stehen, in unserem Zimmer, unserem Wohnzimmer; ich war ein Gespenst, das niemand sehen konnte. Das Telefon klingelte. Kjell Bjarne näherte sich, ein wenig ängstlich. Dann hatte er den Hörer in der Hand.

«Kjell Bjarne, bitte sehr!»

Das hatte er gelernt. Das hatten wir beide gelernt. Bitte sehr. Bitte. Sehr.

Ich bat sehr darum, mit Elling sprechen zu dürfen.

«Wo steckst du denn bloß?»

Das ging ihn nun wirklich nichts an. Mit etwas Glück würde er vielleicht lernen können, sich um seine eigenen Angelegenheiten zu kümmern. Das wäre dann wirklich höchste Zeit.

«Es ist schon nach zehn!»

«Geh schlafen», sagte ich. «Aus allerlei Gründen kann ich heute Nacht nicht nach Hause kommen.»

Ich erklärte, dass das nichts mit Sex zu tun habe. Dass Lone nach einem wenig angenehmen Erlebnis oben beim Borildknatten arge psychische Probleme habe. Und meine Hilfe brauche. Ich müsse ein wenig ihre Hand halten und Verständnis zeigen. Die weiteren Einzelheiten könne er nicht verstehen. Hier war ein feinsinniges Gemüt auf ein gleiches getroffen.

Mehr wusste ich auch davon nicht, ich erinnerte mich nur an Bruchstücke seines zynischen Lachens. An ein barbarisches Kichern. Ich ging mit Sicherheit davon aus, dass ich den Hörer auf die Gabel geknallt hatte.

Ich drückte meine Zigarette aus, sie schmeckte schlechter als sonst. Kroch in den Schlafsack und blies die Kerze aus. Ich war ja so müde. Einfach restlos erschöpft. Bilder flimmerten an meinem inneren Auge vorbei. Hier lag ich nach einem langen Jagdtag am Skønnsee, neben mir Alfons Jørgensen. Hinter uns ragte der Borildknatten in den Nachthimmel. Ob sie zurückkommen? Und dann fährt Oliver Grøtte im Rückwärtsgang bei der Villa in Grefsen vor. Wartezeit. Einfach im Dunkeln sitzen und darauf warten, dass Klaus Otto Syvertsen auftaucht. Dass er von seinem Zug durch die Gemeinde zurückkehrt. Auf dem Beifahrersitz liegt das Gewehr. Olivers Hand liebkost das Zielfernrohr.

Ich erwachte, und es war schon später Vormittag. Fast zwölf Uhr. Ich hätte ausgeruht sein müssen, war das aber nicht. Mein Kopf fühlte sich schwer an, fast betäubt. Bruchstücke eines Traums schwebten durch meinen Kopf. Ich hatte geträumt, dass sie mich wieder holten. Dass sie plötzlich im Zimmer standen und mich mitnahmen. Ich betrachtete meinen linken Unterarm und glaubte, eine rote Schwellung zu sehen. Hatte ich mich selbst gekratzt, oder waren es wieder diese vier Finger aus einem anderen Ende des Universums, die hier zugelangt hatten? Im dunklen Keller fiel es mir nicht schwer Letzteres anzunehmen. Mir vorzustellen, dass ich trotz allem ein Auserwählter war, so unangenehm mir das auch vorkommen mochte. Dass das alles einen Sinn hatte. Einen Sinn, den ich nur nicht begreifen konnte. Dass ich eine kleine Figur in einem großen, großen Spiel war. Ja, ich entschied mich da und dort. Ich war einer von denen, die aus einem unbekannten Grund helfen sollten, die Erde in eine andere Phase eintreten zu lassen, in eine ganz neue Zeit. Und ich wollte aus voller Überzeugung in meine neue Identität eintreten. Von jetzt an sollte das die Wahrheit sein. Es war die Wahrheit! Die Wahrheit war, dass ich in regelmäßigen Abständen von außerirdischen Wesen entführt wurde. So sah die Wirklichkeit aus meiner Ecke der Welt betrachtet aus und damit basta. Die Skeptiker sollten denken, was sie wollten.

Kjell Bjarne machte sich an meinem kaputten Wecker zu schaffen. Versuchte so zu tun, als interessiere es ihn nicht, ob mir in der vergangenen Nacht ein wenig Oralsex zuteil geworden sei.

«Hat jemand angerufen?», fragte ich und schlenderte in die Küche. Setzte Teewasser auf.

«Wer sollte denn anrufen?», fragte er griesgrämig. Es war fast nicht zu glauben, aber er war tatsächlich sauer darüber, dass ich dabei war, eine Liebesbeziehung aufzubauen.

«Nein, sie schläft sicher noch», sagte ich, vor allem zu mir selbst. Ich fischte einen Beutel Lipton's aus der Schachtel und warf ihn von einer Hand in die andere. Im Radio lief «Love is in the air», und ich ließ mir bei einem richtig erquickenden Tanz alle Freiheit. Ich war mit Lone Hammer verabredet, auch wenn ich nicht mehr wusste für wann. Das spielte keine Rolle. Denn wer an diesem Abend Wurst mit allem essen würde, das war ich. Auf irgendeine Weise würde ich aus ihr herauslocken, was ich ihr versprochen hatte. Und eigentlich konnte ich ihr ja auch die Wahrheit erzählen. Dass die Entführungen und die daran anschließenden Untersuchungen mein Gedächtnis geschwächt hatten. Ob ihr mein unkontrolliertes Zittern aufgefallen sei? Genau. Was glaubte sie wohl, welchem Umstand ich dieses leichte Gebrechen verdankte?

«Hast du sie beruhigen können?» Er musterte mich skeptisch.

Ja. Ich hatte sie beruhigen können. Aber leicht war das nicht gewesen. Sondern fast unmöglich, doch am Ende war es mir gelungen. Wenn und falls ich ihn ihr jemals vorstellte, dann müsste ich ihn um eins bitten. Kein Wort über UFOS.

«Über UFOS? So fliegende Untertassen?»

«Kein Wort», sagte ich. «Das musst du versprechen.»

«Glaubt sie, auf dem Mars wohnen grüne Männlein?» Er lachte schallend.

Ich erklärte ihm, was ich von Leuten wie ihm hielt. Von Männern, die mit ihrer eigenen Unsicherheit kämpften und die zugleich endlos viel Zeit dafür aufbrachten, sich über die Schwächen anderer lustig zu machen. Was hatte er denn eigentlich zu bieten? Er war ein riesiger Arsch von hundertdreißig Kilo, der es bisher nur zu einem Teilzeitjob und einem absolut überflüssigen Rausschmiss gebracht hatte. Fühlten Leute wie er sich dazu berufen, andere in ihre Schranken zu weisen? Wer Angst hat, hat eben Angst. Es spielt keine Rolle, ob man Angst davor hat, auf die Straße zu gehen, oder ob man sich vor außerirdischen Wesen von eins zwanzig fürchtet. Die Angst ist immer gleich.

Er vertiefte sich in die Betrachtung eines Zahnrädchens. «Ja, ja, damit kennst du dich ja aus.»

Und das war wirklich der Fall. Ich konnte fast als Experte durchgehen. Experte für dies und jenes. Ärgerlich ließ ich den Teebeutel in die Tasse fallen und übergoss ihn mit kochendem Wasser.

«Es ist bloß so, dass es einige Millionen Lichtjahre dauern würde, von einem anderen Planeten hier rüberzukommen», teilte er unangefochten mit.

Ich ließ mich zu keiner Antwort herab. Es war ein Fehler gewesen, dieses Thema überhaupt nur anzuschneiden. Er glaubte offenbar, die grauen Burschen führen mit Diesel. So borniert war er, das hätte ich doch als Erster wissen müssen. Es war einfach zu blöd. Ich stellte mir zwei Neandertaler vor, die es sich in ihrer Höhle gemütlich machten. Der eine hat eine Vision, der andere nicht. Der Visionär erzählt von der Zukunft. Von Internet und Jetflugzeugen. Von der Mondlandung. Von Raumsonden und vakuumverpackten Lebensmitteln. Und wird vom anderen ausgelacht. Denn das ist natürlich alles unmöglich. Das Rad ist noch nicht erfunden, und die Wirklichkeit ist statisch und unbeweglich.

Eine Dumpfbacke wie Kjell Bjarne konnte sich natürlich keine Reisen zwischen verschiedenen Dimensionen, die Aufhebung der Materie und unterschiedliche Herangehensweisen an den Begriff Zeit vorstellen. Für mich war das nicht nur möglich, sondern sogar höchst real. Zusammen mit Millionen anderer Menschen auf diesem Erdball lebte ich mit einem offenen, luftigen Weltbild. War ein Teil eines Universums, in dem es von Leben in allen möglichen Formen nur so wimmelte.

«Das halt ich nicht aus», sagte Kjell Bjarne und ließ den Wecker fallen. «Jetzt sitze ich hier und höre, wie sie da oben... Was glaubst du, was sie jetzt wohl denkt?»

Ich ließ mich aufs Sofa fallen. «Schwer zu sagen», meinte ich so freundlich ich konnte. Es hatte schließlich keinen Sinn, jemandem wie Kjell Bjarne etwas nachzutragen. Darüber war ich ganz einfach erhaben.

«Manchmal glaube ich, dass früher alles besser war», sagte er dann. «In Brøynes. Weißt du noch, wie wir nachts gequatscht haben? Darüber, wie alles werden würde?»

Und ob ich das noch wusste. Ich hatte fast einen Kloß im Hals. Ich hatte mich zwar in konstanter Opposition zu Psychologen und Pflegepersonal befunden. Aber Kjell Bjarne hatte ganz Recht. Es war eine gute Zeit gewesen. Eine Zeit voller sinnvoller Auseinandersetzungen. Ja, in vieler Hinsicht hatten mich diese dauernden Auseinandersetzungen wach gehalten oder, besser gesagt: hatten mich aus dem Tran gefischt, in dem ich nach dem Tod meiner Mutter versunken war. Ich habe Ungerechtigkeit noch nie ertragen können, und in Brøynes hatte es davon mehr als genug gegeben. Mein kritischer Blick hatte sich an der Institution überhaupt und an den kleinen Details des Alltags aufgerieben. Nichts war mir zu belanglos gewesen. Ich konnte mich immerhin damit trösten, dass ich das beste Gewissen der Welt hatte. Ich hatte mein Bestes getan.

Die Nächte, ja. Die waren von Hoffnung erfüllt gewesen.

Von konstruktiven Dialogen über eine erträumte Zukunft. Und als der Traum langsam zur Wirklichkeit wurde, als wir begriffen, dass wir in die richtige Richtung unterwegs waren, zu einer betreuten Wohnung in der Stadt ... Es war eine Freude gewesen. So stark möchte ich das ausdrücken. Als wir endlich den Grundriss der Wohnung erhalten hatten, saßen wir flüsternd auf meiner Bettkante und diskutierten über die Einrichtung, bis die Nachtwache die Glühbirne in der Decke herausdrehte. Und dann der Umzug. Die Welt, die sich für uns öffnete. Die Möglichkeiten, die die Stadt bot. So viele Möglichkeiten, dass uns schwindlig wurde, dass wir stolperten und stürzten – doch immer wieder hatten wir uns aufgerappelt. Und jetzt, hier. Ich entführt und missverstanden, Kjell Bjarne, hinter dem seine erste Trennung lag. Aber immerhin. Ich hatte Lone. Zumindest hatte ich eine Freundin, davon ging ich aus. Und es war nun einmal so, dass nur Gottvater wissen konnte, wozu eine gesunde Freundschaft zwischen zwei Menschen unterschiedlichen Geschlechts führen würde. Alles war offen.

«Weißt du noch, wie du dir die ganzen Frauengeschichten zusammengelogen hast?»

Jetzt war er plötzlich sehr viel besserer Stimmung. Doch gerade das lag nun hinter mir. Auch die Nostalgie musste ihre Grenzen haben.

«Und dabei warst du genauso Jungfrau wie ich.»

Ich gab keine Antwort. Das hätte nichts gebracht. Ich versenkte mich in meine eigenen Gedanken. Ich trank heißen Tee und dachte ein wenig darüber nach, warum Träume und Hoffnungen auf die Zukunft so wenig mit dem übereinstimmen, was dann später zur Realität wird. Da hatte ich gelegen. In meinem Kinderzimmer. Später im Zimmer in Brøynes. Meine Träume und Hoffnungen waren allesamt nicht besonders extravagant gewesen. Ich hatte von einem durchschnittlichen Familienleben geträumt. Hatte mich als Vater gesehen, auf den die Kinder sich verlassen konnten.

Nun ließ sich natürlich nicht behaupten, dass die meisten Menschen dieses Ziel erreichten, aber sie bekamen doch immerhin die Gelegenheit. Nun gut. Vielleicht war ich ja jetzt an der Reihe. Besser spät als nie. Spät und zu spät sind schließlich nicht dasselbe. Mein achtzigster Geburtstag war trotz allem noch an die vierzig Jahre entfernt.

Das Telefon klingelte. Kjell Bjarne verkrampfte sich sofort. Er presste den Kopf auf seine Knie und hielt sich die Ohren zu.

Mein erster Gedanke war, alles zu ignorieren. Sollte es doch klingeln. Ich konnte ja auch den Stecker herausziehen.

«Aufhören», wimmerte Kjell Bjarne. «Aufhören, aufhören!»

Aber es konnte doch schließlich Lone sein. Ich wusste zwar nicht, ob ich am Vortag Lone meine Telefonnummer gegeben hatte. Als es immer weiterklingelte, glaubte ich mich erinnern zu können, dass ich unten im Felix einen Stift in der Hand gehabt hatte. Und warum hatte ich einen Stift in der Hand gehabt, wenn nicht, um meine Telefonnummer mitzuteilen? Ich hatte die Poesie ja schon vor Jahren an den Nagel gehängt. Fest steht jedenfalls, dass ich aufsprang und den Hörer von der Gabel riss.

Um es kurz und brutal zu sagen: Es war Reidun Nordsletten. Voll wie eine Strandhaubitze, wie mir schien. Das nun folgende Gespräch lässt sich nur mit Mühe rekonstruieren, immerhin kam der Name Kjell Bjarne darin ziemlich häufig vor. Er sei ein Arsch, und sie liebe ihn. Sie weinte und fluchte. Ich schaute auf die Uhr. Halb zwei. Nicht schlecht.

«Für dich», sagte ich. Und machte dabei ein angemessen besorgtes Gesicht. Ich konnte wirklich nicht ahnen, ob dieser Anruf ein gutes Zeichen war. Ich wusste nur, dass Kjell Bjarne Suff hasste, sei es nun frühmorgens oder abends spät. Um spontane Schmähreden zu unterbinden, legte ich die Hand auf die Sprechmuschel und schärfte ihm ein, es sei nicht der passende Moment für schnöden Tadel.

«Kjell Bjarne, bitte sehr.»

Seine Stimme zitterte.

Vom anderen Ende der Leitung kam eine lange chaotische Rede. Die pure MG-Salve. Noch auf zwanzig Zentimeter Entfernung konnte ich Ausdrücke wie «mein Junge» und «mieser Arsch» hören. Er schob mich weg. Brutaler als unbedingt nötig. Trotz allem war dieser Durchbruch, wenn es denn einer war, doch mir zu verdanken. Sein Gesicht war ansonsten eine Studie wert. Im Sekundentakt wechselten dort Sonne und Schatten. Wieder schob er mich beiseite. Also wirklich! Ich musste mich zur Küchentür zurückziehen, um seinen physischen Schikanen zu entgehen.

«Also, hör her», sagte er und kehrte mir den Rücken zu, «ich komm jetzt rauf. Und dann steht die Tür offen.»

«Sag, dass du sie liebst», flüsterte ich und wich ganz schnell wieder zurück.

«Hä? Meinst du, ich finde das witzig, mir Ellings Gefurze anhören zu müssen? ... Ja ..., und jetzt machst du die Scheißtür auf!»

Genau. Wie dankbar, wie dankbar!

Er blickte mich unsicher an. «Außerdem ist es so, dass –»

Ich stürzte vor und schrie in den Hörer: «Dass er dich liebt.»

Das brachte mir eine Ohrfeige, aber die war die Sache wert. Es lag ihm einfach nicht, seine Gefühle dermaßen bloßzustellen. Er brauchte Hilfe, ob er das nun einsah oder nicht.

Er legte auf und war wieder der gute alte, ratlose Kjell Bjarne. Der Mann, der seine ganze Jugend hindurch zugesehen hatte, wie seine Eltern das Geld der Steuerzahler vertranken, während sie sich mit willkürlich gegriffenen Gegenständen bewarfen. Er presste sich seine riesigen Fäuste auf die Ohren und kniff die Augen zu.

«Ich komme mit», sagte ich.

«Nix da, zum Henker. Das wird nur ... Wenn du jetzt irgendwelchen Scheiß redest, dann geht die ganze Kiste in den Teich.»

Ich ignorierte diese Unverschämtheit und sagte: «Ich komme mit hoch und kümmere mich um die kleine Mojo. Du weißt doch, wie schlimm Prügeleien im Suff für ein Kind sein können.»

Ich verbreitete mich ein wenig über seelische Verletzungen und darüber, wie schwer es sei, sie zu heilen. Er brauchte ja nur ins Badezimmer zu gehen und in den Spiegel zu schauen. Er wollte doch wohl nicht, dass Klein-Mojo auf dem Straßenstrich endete?

«Ich kann irgendwo mit ihr Kuchen essen», sagte ich, «und Limo trinken. Während ihr euch aussprecht.»

«Nur, wenn das Reidun recht ist», sagte er zögernd.

«Jetzt bist du das, der Scheiß redet», sagte ich. «Auf Reidun können wir im Moment nicht zählen. Jetzt musst du hier leider der Chef sein. Zusammen mit mir, wohlgemerkt. Du kannst nur hoffen, dass Reidun genug Promille, hat um dich in Gnaden wieder aufzunehmen. Dass ihr der ganze Pornokrieg entfallen ist.»

Und danach rannten wir die Treppe hoch.

Die Tür war natürlich verriegelt und verrammelt. Wir mussten betteln und flehen. Ich nahm an, dass das zu ihrer Strategie gehörte. Hier war eben Betteln und Flehen angesagt. Nach vielem Hin und Her konnten wir sie an den Verhandlungstisch bringen. Ich registrierte, dass sie plötzlich stocknüchtern war. Was meine Anwesenheit anging, ließ sie jedoch nicht mit sich reden. Sie weigerte sich, die Tür auch nur einen Spalt breit aufzumachen, solange ich im Treppenhaus stand. Kjell Bjarne schielte zu mir herüber. Ich zuckte die Schultern und flüsterte, wenn sie Mojo kaputtmachen wollten, dann von mir aus. Wenn er und Reidun miteinander glücklich würden, sei das das Wichtigste. Oder wie er das selbst sehe? Ich ging davon aus, dass wir in einigen Jahren im Treppenhaus benutzte Spritzen aufsammeln könnten.

«Scher dich in deine Wohnung!», brüllte er.

Ach was. Jetzt war das wieder meine? Das merkte ich mir. Was war er für ein Dreckskerl! Kaum tauchte ein Problem auf, schon verkroch er sich auf meiner höchstpersönlichen Luftmatratze. Bei Gegenwind gab es nur Beleidigungen. Ich ging. Zeigte ihm mit Rücken und Schultern, wie ich zutiefst von ihm enttäuscht war. Andererseits: Es würde schön sein, wieder allein zu wohnen. Diese wenigen Tage hatten mich daran erinnert, wie störend es sein konnte, immer mit anderen zusammen zu sein. Man konnte dann gewissermaßen nicht richtig denken. Es änderte die Qualität unseres Denkens. Der Assoziationsstrom wurde von Belanglosigkeiten unterbrochen, von sinnlosen Diskussionen zum Beispiel darüber, welchen Fernsehsender man einschalten sollte. Die beiden Kater waren da doch etwas anderes. Mit großer Selbstverständlichkeit waren sie über menschlichen Unsinn erhaben.

Als ich unten angekommen war und die Tür nachdrücklich abgeschlossen hatte, holte ich die Leichtmetallleiter aus der Abstellkammer. Wenn ich auf der obersten Sprosse stand und mich an der Aufhängung der Deckenlampe festhielt, konnte ich mein Ohr fast an die Decke pressen. Ich kletterte wieder hinunter und ging in die Küche. Holte mir ein Wasserglas. Diesen Trick kannte ich aus Filmen. Man hält ein Wasserglas gegen eine Wand und kann damit das Gespräch im Nebenzimmer belauschen. Ich dachte mir, wenn man das Nebenzimmer abhorchen kann, dann muss das auch mit dem Zimmer über uns gehen. Es interessierte mich einfach, was sie in meiner Abwesenheit über mich sagten. Wollte ihre wirkliche Meinung über meine Person in Erfahrung bringen. Ich konnte mir schon denken, dass ihr Tonfall jetzt ein ganz anderer war als dann, wenn ich mich zu einem ungenießbaren Essen an ihren Tisch setzte.

Die Abhörmethode funktionierte natürlich nicht. Das hätte ich mir ja denken können. Filme sind und bleiben von Anfang bis Ende Lüge und Fiktion. Alles, was ich hörte, waren Kjell Bjarnes schwere Schritte, und dazu brauchte ich nicht einmal das Glas. Tatsache war, dass ich seine Schritte ohne Glas viel besser hören konnte. Ich staunte. Ich hatte Heulen und Geschrei erwartet, aber nun hörte ich überhaupt keine Stimmen. Auch die Schritte verstummten. Saßen oder standen sie beiden, tuschelten sie miteinander? Fauchten sie vielleicht? Oder zischten?

Weiter kam ich nicht. Denn nun wurde vorsichtig an die Tür geklopft. Sieh an, dachte ich – nicht ohne eine gewisse Schadenfreude. War wohl nichts mit den Friedensverhandlungen. Ich schaute auf die Uhr. Eine schnöde Viertelstunde. Nun waren wohl wieder gesenkter Kopf und *unsere* Wohnung angesagt. Aber damit sollte jetzt Schluss sein. Jetzt würde ich einem gewissen Mann den Weg zur Matratze im Keller zeigen. Ich klappte die Leiter zusammen und schob sie wieder in die Abstellkammer. Dann riss ich die Tür auf. Nicht ohne ein verhältnismäßig spöttisches Lächeln auf den Lippen, möchte ich meinen.

Es war Klein-Mojo! Sie stand auf der Fußmatte und kaute auf ihrem Daumen herum. Mit einem Teddy unter dem Arm. Als halbe Spanierin fixierte sie mich mit ihren braunen Augen. Mein Hass und mein Zynismus waren sofort verflogen. Ich schmolz dahin. Sofort. Als ich hallo sagte, klang meine Stimme seltsam belegt. Dieses kleine Wesen sollte den Mund für fremde Schniedel aufreißen, weil es Geld verdienen musste, um sich das Leben zu nehmen? Niemals! Niemals! Nicht solange ein gewisser Elling noch lebte. Und wieder ging mir auf, wie abwesend ich im Leben dieses Menschen gewesen war. Es war nicht zu fassen. Schon vor ihrer Geburt hatte ich mich in einer soliden Onkelrolle gesehen. Als der zuverlässige Onkel Elling eine Treppe tiefer. Ich hatte persönlich dafür gesorgt, dass bei ihrer Geburt alles mit rechten Dingen zugegangen war. Hatte Alfons Jørgensen gezwungen, die Geschwindigkeitsgrenzen zu überschreiten, um eine Sitzgeburt auf der Rückbank zu vermeiden. Hatte das Krankenhauspersonal zusammengestaucht. Doch als Mojo dann auf der Welt war, hatte ich sie im Stich gelassen. Das sah ich jetzt ein. Ich war meiner Wege gegangen und hatte nur an meine eigenen Angelegenheiten gedacht. Ich schämte mich.

«Kjell Bjarne sagt, ich kann zu dir kommen», sagte sie zutraulich.

«Ja, wenn Kjell Bjarne das sagt!», heuchelte ich. Sie kam aus dem Beziehungskrieg im dritten Stock, aber hier unten im zweiten sollte sie wahrlich nicht mit den Konflikten der Erwachsenen konfrontiert werden. Wenn ich das Kriegsbeil begraben musste, damit Mojo sich geborgen fühlte, dann wollte ich diesen Preis gern zahlen. Die beiden Trottel da oben waren einfach nicht wichtig genug im Vergleich zu Mojos Sicherheit und ihrer glücklichen Kindheit. Ich wäre durchaus bereit, mich als ihren besten Freund auszugeben, wenn das dem Kind helfen würde.

Nun ja. Was macht man, wenn einem die elterliche Verantwortung für ein dreijähriges Kind aufgezwungen wird? Man reißt sich natürlich zusammen – aber was noch? Ich meine, ich konnte nicht einmal Kakao kochen. Natürlich wusste ich, dass Kinder aktiviert werden müssen. Aber was ist eine gesunde Aktivität und was eine ungesunde? Den Fernseher würde ich jedenfalls nicht einschalten. Solche Menschlein werden davon apathisch, das hatte ich in der Zeitung gelesen. Vor allem Zappen lenkt die Konzentration in den Teich.

Aber das Leben ist bisweilen einfach wunderbar! Während ich noch mit zusammengekniffenen Augen dastand und mir Sorgen machte, hatte das Problem schon längst eine Lösung gefunden. Schickt eine Dreijährige in eine Wohnung mit zwei Katzen und wartet ab, was passiert. Als ich die

Augen wieder öffnete, war die Lage geklärt. Elmer und Pfeffer flirteten hemmungslos mit der kleinen Dame. Rieben ihre runden Katerköpfe an ihren Beinen. Sie lachte vor Freude und zog die Jungs am Schwanz, und aus irgendeinem Grund ließen die sich das gefallen. Normalerweise bringt ein solches Vorgehen nur Ärger. Tiere sind seltsam. Sie scheinen zu verstehen, dass Kinder ohne Schuld sind. Und als ich das gedacht hatte, stellte sich automatisch die folgende Frage ein: Wie sah es mit mir und dem Begriff Schuld aus? Natürlich war ich nicht ohne Schuld, hinter mir lagen trotz allem ja fast vierzig Jahre Menschenleben. Ich glaubte jedoch mich damit trösten zu können, dass ich zumindest Mojo gegenüber ohne Schuld war, falls ich von meinem Beitrag zur anfallenden Umweltkatastrophe absah. Ich begehrte sie nicht. Wollte nicht, dass ihre Händchen meinen nackten Leib streichelten. Aber jetzt erschrak ich. Es war doch nicht etwa so, dass ich mich bisher nur nicht für pädophil gehalten hatte, weil sich niemals eine Gelegenheit bot? Gelegenheit macht Diebe, das weiß das Sprichwort. Und jetzt hatte ich Gelegenheit – mitten in meiner eigenen Wohnung. Was würde ich über mich denken, wenn ich jetzt, in Gegenwart dieses Kindes, eine Erektion bekäme? Dieses Phänomen begegnete mir zwar häufig und zu allen Tageszeiten. Allein, mitten am Tag. Sogar abends zusammen mit Kjell Bjarne. Wenn sich mein Glied jetzt aufrichtete, wäre das jedoch eine Katastrophe. Dann wäre ich wohl pädophil, ohne es geahnt zu haben. Fühlte mich unbewusst vom haarlosen Geschlecht kleiner Kinder angezogen. Nein! So war das nicht. Oder? Konnte ich ganz sicher sein? Was sollte ich sagen, wenn Mojo Doktor spielen wollte? Nein, natürlich. Aber was wäre mein geheimster Wunsch? Ich stieß in mir selbst gegen eine Mauer. Und ehe ich mich's versah, stand ich hinter dieser Mauer. In der Gefängnisabteilung für absoluten Abschaum. Als einer der Häftlinge, die nicht mit den normalen Verbrechern auf den Hof durften, weil … weil unser Vergehen unbegreiflich war. Auf dieser ganzen elenden Welt konnte kein Mensch uns verstehen. Wir waren uns selbst und Wärtern überlassen, die uns voller Abscheu musterten, wenn sie alle halbe Stunde überprüften, ob wir uns nicht endlich an unseren Bettlaken aufgehängt hatten. Was? Liegst du noch immer auf deiner Pritsche und atmest und spielst dich auf? Schämst du dich nicht über das Blut, das durch deine unversehrten Adern strömt? Über dein Gehirn, das unanständige Nacktphantasien entwickelt? Eins wollten wir dir sagen: Wir freuen uns darauf, dich mit hängender Zunge und vollgekackter Hose zu finden. Wir sind Väter. Wir haben kleine Kinder. Ein Wort wie «Abschaum» ist viel zu freundlich für eine Kreatur wie dich.

Wie gesagt: Im Zimmer herrschte die pure Idylle. Mojo besuchte Onkel Elling und seine freundlichen zwei Kater. Lachen und Maunzen war zu hören. Doch meine Gedanken hatten mich nervös gemacht. Ich wusste immer weniger, ob sich hinter meiner harmonischen Fassade nicht ein Ungeheuer verbarg. Und ob dieses Ungeheuer – wenn es denn vorhanden war – mich nicht jederzeit in Fetzen reißen und in seiner ganzen Schrecklichkeit zum Vorschein kommen könnte. Ich hatte ja schon oft über Mörder und Sexualverbrecher gelesen, die vor Gericht beteuerten, sich an rein gar nichts erinnern zu können. Sie hatten nur eine vage Ahnung von Blutnebel, der sich über sie gesenkt hatte. Das war alles. Die Wahrheit war, dass ich das so oft gelesen hatte, dass ich keinen Grund sah, mich sicher zu fühlen. Ich musterte ihr dünnes Hälschen. Ihre Hände, die warmes Fell streichelten. Lauschte dem hellen Lachen. Wie unendlich verletzlich ein solches Menschlein doch ist! Hier bestand kein Bedarf an Oliver Grøttes grobkalibrigen Kugeln. Hier reichten zwei Schritte durch das Zimmer und dann …

«Mojo», sagte ich mit einer Stimme, die nicht ganz trug, «jetzt machst du mit Onkel Elling einen kleinen Spaziergang. Hast du Lust?»

Sicherheitshalber. Nur um hundert Prozent sicher zu sein. Hinaus zu den Menschen. Hinaus ins strahlende Tageslicht, das alles Böse unmöglich macht.

Sie hatte keine Lust. Sie wollte mit Pfeffer und Elmer spielen.

Mir wurde schwindlig. Ich lockte mit Kuchen. Und mit Limonade. Und nachher könnten wir dann weiter mit Elmer und Pfeffer spielen.

Sie schüttelte energisch ihr Köpfchen. Streichelte Elmers Bauch.

Was sollte ich machen? Mich auf dem Klo einschließen und den Schlüssel aus dem Fenster werfen? Meine Hände waren schweißnass. Ich ließ mich aufs Sofa fallen und kniff die Augen zu. Natürlich hatte ich alles unter Kontrolle. Das sagte ich mir immer wieder. Aber diese absolute Kontrolle galt nur dem Augenblick. Das war das Entsetzliche. Dass niemand wissen konnte, welche mentalen Gesetze für den nächsten Augenblick gelten würden. Ich öffnete die Augen und nahm meine Uhr ab. Legte sie vor mir auf den Tisch. Betrachtete den Sekundenzeiger, der um das Zifferblatt ruckte. Kontrolle. Eine Sekunde fügte sich an die andere, mein Leben tickte der Null entgegen. Und die ganze Zeit hatte ich die Kontrolle. Ich strich das Uhrarmband gerade, damit es parallel zur Tischkante lag. Es bestand keinerlei Grund zur Besorgnis. Ich war keiner von diesen verdammten Vergewaltigern. Eher war das Gegenteil der Fall. Ich war der Wärter mit dem höhnischen Blick. Der Mann mit dem Schlüsselbund. Der, der laut auflachte, wenn die idealistische Organisation Kriminalfürsorge in Freiheit erwähnt wurde, und der im Stillen davon träumte, Monrad Karlsen aus Zelle 17 die Eier abzuschneiden. Freigang? Kommt nicht in Frage. Nie im Leben. Es kann nicht einmal die Rede davon sein, ihn mit Handschellen auf den Friedhof zu führen, wenn seine Mutter unter die Erde kommt. Du. Bleibst. Hier. Bis der Teufel endlich beschließt dich zu holen. Wovor fürchtete ich mich eigentlich? War ich denn nicht in Lone verliebt? Doch, das war ich. Für mich gab es nur Lone und keine andere. Um mir das zu beweisen, verstieß ich gegen meine Prinzipien und zog sie aus. Riss Lone ein Kleidungsstück nach dem anderen vom Leib, bis sie nackt und weiß vor mir lag. Es war Sommer, die Sonne schien, die Balkontüren standen offen. Eine frische Brise blähte die leichten Vorhänge. Streichelte ihr leicht über Bauch und Oberschenkel. «Elling», murmelte sie. «Ach, lieber, lieber Elling.» Und wer hier lieb war, das war ich. So lieb, so lieb. Das Vorspiel war wichtig, das wusste ich. Bei einer Frau durfte man nichts überstürzen. Immer wieder hatte ich über dieses seltsame Phänomen gelesen. Dass die Frau Zeit braucht. Ich hatte den Eindruck gewonnen, dass das Vorspiel fast noch wichtiger sei als der eigentliche Akt. Dass stundenlang gestreichelt und geturtelt werden musste, ehe man zur Sache kam. Ein Mann konnte das ja nicht begreifen, aber es sollte ja auch nicht begriffen werden, es war wohl eher ein Naturphänomen, das man einfach hinnehmen musste. Die Natur hat viele Rätsel, und es steht nicht fest, ob es der Sinn der Sache ist, alles zu verstehen. Unser Leben wäre doch eigentlich um vieles langweiliger, wenn wir die Ursachen aller Phänomene kennen würden. Und warum nicht zwei oder drei Stunden verständnisvoll sein? Schaden konnte das wohl kaum. Ich wäre jedenfalls zu einem Vorspiel von vier Wochen bereit, wenn Lone sich das wünschte. Ich würde nicht eine Sekunde lang zögern. Mir kam eine kräftige Erektion, als ich mir vorstellte, wie sie einen Oberschenkel beiseite gleiten ließ, nachdem ich ihr fünf Stunden lang versichert hatte, dass ich sie liebte und begehrte. Mir kam eine Erektion. Aber ich sagte mir, es sei eine gesunde Erektion, denn wir beide, Lone und ich, waren ja erwachsene Menschen. Sie war Frau. Ich war Mann. So hatte Gott das gefügt. Oder von mir aus auch Darwin. Im Grunde spielte das ja keine Rolle.

Doch nun schlug Pfeffer mit der Pfote auf den Tisch. Katzen haben eben klare Grenzen. Irgendwann reicht es ihnen, auch wenn sie es mit Kindern zu tun haben. Mit wildem Geschrei rannte die kleine Prinzessin ziellos im Zimmer herum. Ich sprang vom Sofa auf, noch immer mit meiner kerngesunden Erektion. Mojo war zerkratzt worden, konnte sie mitteilen. Von dieser blöden, blöden Mieze. Ein feiner Streifen von Blut war auf ihrem Handrücken zu sehen. Instinktiv wollte ich ihr den Mund zuhalten, aber ich sah ein, dass sich eine solche Handlung durchaus missverstehen lassen würde. Andererseits hatte ich Kindergeheul noch nie vertragen können. Ich fürchtete mich und war gleichzeitig wütend, wenn ich diese hohen Töne hörte. Jetzt war es besonders schlimm, da die Mutter des Kindes in Hörweite war und ohnehin nicht viel von mir hielt. Wenn dieses Geheul nicht ganz schnell aufhörte, würde Reidun sich ihrer Sache sicher sein. Und diese Sache würde damit zu tun haben, dass sie Elling für einen miesen Sittenstrolch hielt. Ich bereute meinen Scherz, wir könnten Kjell Bjarne wegen pädophiler Unternehmungen in der Wohnung anzeigen. Denn wieso kam ich überhaupt auf solche Ideen? Man soll nicht von sich auf andere schließen, auch das ist ein Sprichwort. Ich schnitt einige feine Grimassen. Verdrehte die Augen und streckte die Zunge heraus. Das half nichts. Mojo weinte noch immer. Zum Glück machte mich das schrecklich wütend, was dann die Lösung brachte, wie sich noch herausstellte. In der Angst, ich könnte dem Kind etwas tun, rannte ich ins Schlafzimmer und packte mir das Kopfkissen. Schlug damit gegen Bettpfosten und Wand. Ich wandte dabei meine sämtlichen Kräfte an. Gab mich ganz und gar der freien Dressur hin, um das so zu sagen. Und als ich den Nagel traf, an dem Kjell Bjarne abends immer seine Jacke aufgehängt hatte, trat Stille ein. Das Weinen verstummte urplötzlich, als eine Daunenwolke sich zur Erde senkte.

Kinder verfügen über viele segensreiche Eigenschaften. Eine davon ist, innerhalb von Sekunden von Weinen auf Lachen umschalten zu können. Wie dieses Wuselchen lachen konnte! Sie heulte vor Freude und versetzte den Daunen Fußtritte. Doch auch in mir steckte ein Kind, und ich merkte, dass meine Wut dahinschwand wie Tau in der Sonne, nur ein bisschen schneller. Ich lachte schallend los und beteiligte mich am Tanz. Ein Kissen weniger. Na und? Eine Katastrophe war abgewehrt worden. Und damit nicht genug: An diesen Tag würde Mojo sich ihr Leben lang erinnern. Sie würde Kindern und Kindeskindern von dem lustigen Onkel Elling erzählen, der einfach so im Schlafzimmer Schneesturm gespielt hatte.

Er war schon etwas ganz Besonderes, der gute Onkel Elling. Ein Mann, der sich nicht davor fürchtete, seine eigenen Wege zu gehen. Wir Kinder haben ihn angebetet. Einmal hat er ohne Vorwarnung ein fast nagelneues Daunenkissen zerrissen, nur um mich in bessere Laune zu versetzen. Nicht viele Erwachsene kommen auf solche Ideen.

Das Lachen wollte einfach kein Ende nehmen. Wir lachten und lachten und tobten herum. Ich war davon überzeugt, dass Kampfhahn und Kampfhenne über uns begriffen hatten, was hier passiert war. Dass Mojo einen Kater zu hart angefasst und eins auf die Finger bekommen hatte. Und dass Onkel Elling resolut eingegriffen und sich etwas Witziges ausgedacht hatte. Das wussten sie aus Erfahrung. Was so witzig war, konnten sie natürlich nicht erraten.

Tja. Aber irgendwann endet jedes Lachen. Zu irgendeinem Zeitpunkt hat man dann Bauchweh. Das Zimmer sah schrecklich aus, aber darauf legte ich kein großes Gewicht. Ich hatte einen Staubsauger im Schrank und unendlich viel Zeit, um alles in Ordnung zu bringen. Schlimmer war es schon, dass auch unsere Kleidung mit Federchen besetzt war. Es war ungeheuer schwer die feinen Daunen abzuzupfen. Sofort schlug ich ein neues Spiel vor. Wer am schnellsten Federchen zupft.

Dieses Spiel hatte sie schrecklich schnell satt. Jetzt wollte sie Eis und Limo. Wusste ich denn nicht mehr, dass ich ihr Eis und Limo und Sahnetorte und Hamburger und jede Menge Schokolade versprochen hatte? Sie blickte schmollend zuerst mich und dann ihre Hand an, aus der noch immer einige Blutstropfen quollen.

Ich beteuerte rein gar nichts vergessen zu haben. Onkel Elling sei keiner, der seine Versprechen nicht einhielt. Und ich war zudem ziemlich erleichtert. Ich wollte doch mit ihr aus dem Haus gehen. Und sei es nur, um ganz sicher sein zu können. Aber so konnten wir uns doch nicht unter Leute wagen, oder? Und sie brauchte auch zuerst ein Pflaster auf ihre Wunde. Mein erstes Argument interessierte sie nur mäßig. Die Verarztung ihrer Hand war da schon etwas ganz anderes. Alle Kinder lieben Pflaster. Ich bürstete mir die ärgsten Federn ab, und dann zogen wir ins Badezimmer.

Großes Pflaster. Nicht groß genug, fand sie. Na gut. Noch größeres Pflaster. Und noch eins. Dann fiel mir ein, dass ich eine Rolle Gazebinden im Schrank hatte, was einen wunderschönen Verband ergab. Sie sah aus wie frisch von der Front, aber jetzt war sie endlich zufrieden. Doch was war mit den Federn? Ich wischte ihren Rücken und die untere Kante der Hosenbeine ab, machte aber einen Bogen um die nicht existierenden Brüste und die anderen beiden Tabuzonen. Dachte mir, dass die Federchen in ihrem Schritt und an ihrem kleinen Steiß doch im Grunde bewiesen, dass ich sie nicht angefasst hatte. Und draußen würden sie sich verdecken lassen. Ich müsste Mojo ja auf jeden Fall wärmer anziehen, im zeitigen Frühling wehte oft noch ein scharfer Wind. Doch womit? Die Vorstellung, nach oben zu gehen und mich in die Verhandlungen zwischen Reidun und Kjell Bjarne einzumischen, war mir zuwider. Aber dann kam mir eine Idee. Ich lief ins Schlafzimmer und öffnete die dritte

Schublade von unten. Dort lag der Pullover, den meine Mutter mir einmal zu Weihnachten geschenkt hatte. Der Kjell Bjarne zwischen die Kochwäsche geraten war. Als Klein-Mojo den übergestreift hatte, reichte er ihr bis zu den Knien. Ganz perfekt! Ich dachte mir, das ist Vorsehung. Alles hat einen Sinn. Ich war so wütend gewesen, als das passiert war. Jetzt aber hatte ich den Zweck verstanden.

Gibt es etwas Schöneres als ein Kinderhändchen in der eigenen sündigen Faust? Nein. Sie schaute so vertrauensvoll zu mir hoch, und ich schluckte und schluckte, ohne mich von dem dicken Kloß im Hals befreien zu können. Sie hatte Vertrauen zu mir! Zu mir Widerling, der nicht einmal genau wusste, ob er sich an ihr vergreifen würde, und der deshalb mit ihr durch die Straßen wandern musste, um sich sicher fühlen zu können. Jetzt fühlte ich mich sicher. Das schon. Trotzdem kam ich mir vor wie nach einer schmählichen Niederlage. Ich hatte mich zwar nie zu Kindern hingezogen gefühlt, aber für meine Selbstachtung war es schrecklich. Hier stand ich nun, weil ich mir selbst nicht vertrauen konnte. Ein wenig albern war es auch. Denn es war nicht nur eine Tatsache, dass ich mich nicht im Geringsten zu Dreijährigen hingezogen fühlte. Nein, Tatsache war noch dazu, dass meine Phantasien sich immer eher auf reife Frauen gerichtet hatten. Auf reife, erwachsene Frauen mit Lebenserfahrung. Auf Frauen wie Gro Harlem Brundtland und Tina Turner. Ich als überzeugter Antirassist hätte nichts dagegen mich zwischen Tinas muskulösen Oberschenkeln wiederzufinden. Das stand auf jeden Fall fest. Ich würde nicht einmal darauf bestehen, dass sie ihre Netzstrümpfe auszog. Behalt die ruhig an, würde ich sagen. Das spielt doch keine Rolle.

Wir gingen in Richtung Majorstua und dann ins Seven-Eleven. Dort kaufte ich Eis für uns. Und das, was ich als einen Haufen Süßigkeiten bezeichnen würde. Eine riesige

Tüte. Ich kaufte alles, worauf sie zeigte. Denn wieder dachte ich: Daran soll sie sich erinnern. Dieser Tag soll mit scharfer und präziser Nadel ins Kindergemüt eingraviert werden. Ich selbst verfügte nicht über viele schöne Erinnerungen und hielt es deshalb für meine Pflicht, in Mojos Gedächtnis einige angenehme Bilder zurückzulassen. Die Alternative war mir nur zu vertraut. Die freudlosen Nachmittage und frühen Abende mit meiner allein stehenden Mutter. Doch, sie hatte sich alle Mühe gegeben. Und nach den damaligen Maßstäben für Gemütlichkeit war es bei uns gar nicht so schlecht gewesen. Samstags liefen *Flipper* oder *Daktari* in Schwarzweiß, während wir an unserer Schokolade zu fünfzig Öre lutschten. Luftschokolade für mich, Geleetrüffel für Mutter. Ich war immer schon der Überzeugung, dass Schokolade im reinen Zustand am besten zur Geltung kommt. So schlicht und verbindend war die Welt damals gewesen! Es war erst zwei oder drei Jahrzehnte her, aber das Leben hatte grundlegend anders ausgesehen. Ein Fernsehsender. Alle sahen mit derselben Begeisterung dieselben Sendungen. Montags diskutierten erwachsene Menschen an ihren Arbeitsplätzen über das Tun und Lassen eines Delfins. Wenn sich Simon Templar freitags auf dem Bildschirm zeigte, seufzte die gesamte Bevölkerung auf. Von Karasjok bis Kragerø waren Markt und Straßen verlassen. Und Mutter? Hatte wie alle anderen dagesessen. Eine Frau in den besten Jahren. Ich glaube, sie wäre nie auf den Gedanken gekommen, einen Babysitter zu suchen, um ein wenig unter Leute zu kommen und sich vielleicht einer Zufallsbekanntschaft hinzugeben. Das Leben war, wie es nun einmal war. Was für sie bedeutete, dass sie ihren Mann schon vor der Geburt des gemeinsamen Kindes verloren hatte. Schluss, aus, was sexuelle Aktivitäten anging. Gott hatte gesprochen und ihren Sperling zu Boden fallen lassen. Und nun kam der samstägliche Delfin und fand den gestohlenen Schatz unten auf dem Meeresgrund. Zusammen mit zwei amerikanischen Rotzbengeln im Alter ihres eigenen Sohnes. Das kam mir so armselig vor. Es verdarb mir richtig die Laune.

Aber wer mit einem Kind unterwegs ist, kann sich solchen düsteren Gedanken nie lange hingeben. Es liegt in der Natur des Kindes, ganz und gar und mit größter Selbstverständlichkeit Zeit und Bewusstsein der Erwachsenen für sich zu beanspruchen. Als Mojo in gefährlicher Nähe der Autos auf der Majorstuakreuzung eine Taube jagte, dachte ich, dass das vielleicht das Geheimnis meiner Mutter gewesen sei. Ihre Überlebensstrategie. Sie hatte einfach keine Zeit gehabt, an sich zu denken. Sie hatte vergessen, dass sie ein Ego besaß. Hatte es im Halbschlaf vergraben. Sie war Ellings Mutter gewesen. Rund um die Uhr.

Ich konnte Mojo zurückhalten, als sie sich unter einen vorbeidonnernden LKW werfen wollte. Ihr Händchen wieder in meiner Hand. Geborgenheit. Kontrolle.

Wie wäre es mit einer Runde Straßenbahn? Eine gewisse Adresse oben in Grefsen ging mir nicht aus dem Kopf.

Doch. Sie wollte. Ich wusste, dass Reidun auf Fahrrad mit Kindersitz schwor, und deshalb war das hier zweifellos ein weiterer von Onkel Ellings genialen Schachzügen.

Wir setzten uns nach ganz hinten. Auf meinen Stammplatz gewissermaßen. Manchmal stieg ich wieder aus der Straßenbahn aus, wenn der hinterste Sitz besetzt war. Und stieg in die nächste wieder ein. Denn es ist schon seltsam. So sehr wir Menschen uns auch von Hunden und Katzen unterscheiden mögen – eine Gemeinsamkeit haben wir, nämlich die Sache mit den Stammplätzen. Das sind heilige Stätten im Alltag. Wir haben doch alle schon einen Hund beobachtet, der erst ausgiebig im Kreis läuft, um sich dann nach vielem Hin und Her *just dort* niederzulassen. Für einen Menschen kann es unbequem aussehen, mit dem Kinn halb auf der Sofakante zu liegen, aber nein. So soll es sein. Und Katzen? Pfeffer oben auf dem Ofen. Elmer auf der Fensterbank. Nicht auf irgendeiner Fensterbank, sondern auf der im

Wohnzimmer. Auf der der Küche nächstgelegenen, wohlgemerkt. Alle anderen Fensterbänke fielen seiner Verachtung anheim. Ich war sicher, dass das Kjell Bjarne niemals aufgefallen war, aber dasselbe galt auch für ihn und mich. Bereits am ersten Tag in unserer neuen Wohnung hatte er den dem Schlafzimmer nächstgelegenen Sofateil für sich beansprucht. Und ich hatte nichts dagegen, ich wäre nicht im Traum auf die Idee gekommen, mich an eine andere Stelle als den Platz dicht bei der Tür zu setzen. Es spielte keine Rolle, ob Kjell Bjarne zu Hause war oder nicht. Ich saß, wo ich saß. Einmal, als er einkaufen gegangen war, hatte ich mich zum Spaß auf seinen Platz gesetzt. Aber es war alles andere gewesen als spaßig. Es war geradezu unangenehm gewesen... Ich hatte den Fernseher aus einem Winkel gesehen, der... Ich weiß nicht, aber ich hatte irgendwie gar nichts mitbekommen. Hatte mich nur geärgert. Aber das alles war nicht nur in der Wohnung so. Es war zum Beispiel etwas ganz anderes, ob ich den Kirkevei oben beim Bahnhofsgebäude oder weiter unten bei der Apotheke überquerte. Das war einfach so. Wenn ich vor dem Bahnhof über den Zebrastreifen ging, dann überkamen mich Schwindel und Zitteranfälle. Jedes Mal. Weiter unten bei der Apotheke war die Straßenüberquerung die reine Freude. Ein Spiel. Ich hatte darüber Buch geführt, ich konnte also belegen, dass es keine Einbildung war. Natürlich konnte man nach dem Grund fragen, aber ich hatte mich damit begnügt, dass es zwischen Himmel und Erde mehr gibt und überhaupt. Mit den üblichen Ausflüchten, wenn der Mensch mit dem Mysterium konfrontiert wird. Jetzt, wo ich in regelmäßigen Abständen entführt wurde, sah ich das alles etwas anders. Ich ging davon aus, dass kosmische Strahlen eine Rolle spielten. Ich war mir da fast sicher. Es kam mir so logisch vor. Denkt doch nur an die Sonne! Mit den meisten von uns ist es so beschaffen, dass wir uns gern an Stellen setzen, die von Sonnenstrahlen getroffen werden. (Wir machen es uns in der Sonne gemütlich.) Oder wir ziehen den Schatten vor. (Wir ziehen uns in den Schatten zurück.) Gleichzeitig wissen wir, dass die Luft von Strahlen und Wellen gesättigt ist, *die wir nicht sehen können.* Was wäre also natürlicher, als dass wir, aus Laune und Veranlagung heraus, unbewusst den einen Ort dem anderen vorziehen? Ich meine, das Gehirn ist doch ein fein gestimmter Apparat. Von der Seele ganz zu schweigen. Das Unbehagen, das sich mit dem Zebrastreifen vor dem Bahnhof verband, konnte durchaus mit dem Rundfunkgebäude weiter oben zusammenhängen. Außerdem gab es ja auch noch etwas, das Erdstrahlen hieß. Ich hatte gelesen, dass manche wegen solcher Strahlen ihre frisch bezogenen Häuser wieder verlassen mussten.

Da saßen wir nun und stopften uns mit Schokolade und Lakritze voll. Ich konnte nur feststellen, dass ich ganz und gar Herr der Lage war. Gewissermaßen voll in meinem Element. Es war Sonntag, und hier kam Onkel Elling mit der spanisch-norwegischen kleinen Mojo. Mit der angehenden Flamencotänzerin aus Oslo 4.

Ich versetzte ihr einen scherzhaften Rippenstoß. Flüsterte in ihr vertrauensvolles Öhrchen. Ob ihr die große dicke Dame da vorn schon aufgefallen sei. Mojo nickte eifrig, und ich erklärte, die Dame heiße Lola Simonsen, werde von ihren Freunden aber nur Lolle genannt.

Lolle. Komischer Name. Munteres Kinderlachen.

Und was glaubte sie wohl, was Lolle von Beruf sei?

«Vielleicht so eine Frau im Kaufladen?», schlug Mojo vor.

Aber nein. Das war sie nicht. Ob Mojo ein Geheimnis für sich behalten könne.

Ihr heftiges Nicken deutete an, dass sie dazu durchaus in der Lage war. Um ganz sicher zu gehen, erklärte ich ihr noch, dass Mama sehr böse und traurig sein würde, wenn Mojo ihr unser Geheimnis verriete.

Mojo würde es nicht weitersagen. Großes Ehrenwort.

Ich erklärte ihr, dass Lolle in einem fiesen Restaurant unten in der Stadt als Tänzerin arbeite. In einem Lokal namens Rio, wo fast kein Essen serviert werde. Und wenn sie glaubte, dass Lolle ganz allein mit sich selbst tanzte, dann irrte sie sich aber gewaltig.

Ich senkte meine Stimme noch weiter. Es sei nämlich so, dass Lolle auf dem Tisch tanzte. Und um den Tisch herum saßen Männer.

Mojo kicherte.

Und wenn man ihr hundert Kronen in die Unterhose steckte, dann zeigte sie ihren Hintern.

Sofort wollte Mojo alles über Lolle wissen. Ich sagte wahrheitsgemäß, dass sie aus einem sehr geheimen Dorf namens Luster in Sogn komme. Aus einem Dörflein, in dem die Sonne sich nur einmal im Jahr sehen ließe. Ich erzählte ihr von dem schwarzen und bodenlos tiefen Fjord und von den Bergen, die in die regenschweren Wolken hineinwuchsen. Hier war Lolle bei ihren Eltern aufgewachsen. Und mit ihrem Bruder Ottilein, der mit nur einem Bein geboren worden war.

Und so weiter. Ich hatte sie in meinem sanften Griff. Ich nahm mir einen Fahrgast nach dem anderen vor. Da saß Even Bratteng, der auf Borneo einen Schneeleoparden nach dem anderen geschossen hatte. Er aß jeden Sonntag bei seiner Tante Leber, aber heute war er über eine Stunde zu spät. Deshalb fuhr er sich immer wieder nervös mit der Hand durch die Haare. Die Tante war nämlich schrecklich streng. Der Straßenbahnfahrer? Der kam aus Van Diemens Land und hieß Gudde Pnedeng.

Mojo starrte vor sich hin, und ich wusste, dass vor ihrem inneren Auge ein Film nach dem anderen ablief. Und warum nicht. Auch in meinem eigenen Kopf war schließlich allerlei los. Da war ich nun durch das Leben gestolpert, ohne auch nur zu ahnen, wie ungeheuer gut ich mit Kindern umgehen konnte. Ich war froh und stolz. Wenn Reidun

Nordsletten sich erst wieder ein wenig beruhigt hätte, dann würden die Sonntagsausflüge mit Onkel Elling zum festen Brauchtum werden. Sie könnte derweil ja mit Kjell Bjarne über den Zynismus der Pornoindustrie diskutieren. Eins stand fest: Mojo betete mich an.

In Grefsen stiegen wir aus. Grefsen. Ich merkte, dass dieser Name etwas Unheilschwangeres ausstrahlte. Ich assoziierte ihn mit Krebsen, Grabschen und Grabschändern. Die Feststellung, dass Klaus Otto Syvertsen sich gerade in diesem Stadtteil angesiedelt hatte, war für mich wahrlich keine Überraschung. Grefsen! Typisch für Halbsnobs. Klaus Otto Syvertsen. *Dipl. Ing.* Sieh an. Was machten Diplomingenieure denn eigentlich so? Ich wusste es nicht. Und es ging mir außerdem ziemlich weit unten am Rücken vorbei. Vielleicht sogar sehr weit unten. Ich nahm Mojo an der Hand und marschierte los. Die Adresse hatte sich in mein Gedächtnis eingemeißelt, außerdem ich hatte mir früher an diesem Tag den Stadtplan sehr sorgfältig angesehen.

Es war nicht schwer zu erraten, was zwischen Klaus Otto und Lone schief gegangen war. Das wurde mir jetzt klar, als ich an den Millionenvillen entlangspazierte. Die meisten waren zwar alt, aber hier roch es trotzdem nach Geld. Nach Erbauseinandersetzungen und Steuerhinterziehung. Hatte ein Landmädel wie Lone Hammer denn in diesem Konservativen-Stadtteil mit teilweisem Fjordblick bestehen können? Wohl kaum. Sicher hatte er einige kurze Wochen lang mit ihr gespielt, doch als das Dipl.-Ing.-Examen näher rückte, hatte er der Würstchenverkäuferin ade gesagt. Aber von Wochen konnte wohl kaum die Rede gewesen sein. Eine kurze Begegnung, zwei Tage eventuell, das klang wahrscheinlicher. Eine eingebildete Verliebtheit vermutlich. Ich konnte mir kaum vorstellen, dass es zu Sex gekommen war. Lone war einfach keine, die sich hingab, nachdem sie einen Minisnob einige wenige Stunden gekannt hatte. Dass Klaus Otto alles verdrängt hatte, was ihm je über Vorspiel zu Ohren gekommen war, mochte noch angehen. Diplomingenieure waren zweifellos daran gewöhnt, dass die Menschen vor ihnen einen Kratzfuß machten und dass Frauen ihre Wünsche erfüllten. Doch im Fall Lone Hammer war er auf Grund gelaufen. Auf Felsgrund. Da war ich mir sicher.

Natürlich hätten auch Klaus Ottos Eltern die Trennung herbeiführen können. Das hatte ich schon zahllose Male im Film gesehen. Ich stellte mir die gedrückte Stimmung vor, in der sie an einem Sonntag im Mai beim Kalbsbraten saßen. Diplomingenieur Claudius Syvertsen räuspert sich Unheil verkündend und mustert über die weiße Tischdecke hinweg seinen einzigen Sohn. Diese Kleine, wie hieß sie denn noch gleich?

Lone. Die Kleine hieß Lone. Lone Hammer. Klaus Otto merkte, wie er knallrot anlief.

Die Mutter, Cille, reichte die Soße herum. Und ihre Eltern? Wie vertrieben die sich so die Zeit?

Mit Landwirtschaft. Sie waren wohl in der Landwirtschaft tätig.

Die rechte Augenbraue des Vaters hebt sich ein wenig, während sein linker Mundwinkel sich um einen halben Zentimeter senkt. Im Wohnzimmer herrscht tiefe Stille. Nur die von Onkel Moritz geerbte alte Wanduhr ist noch zu hören.

Die Mutter: «Mein Junge! Du meinst das doch sicher nicht ernst?»

«Nein. Nicht ernst. Es ist nur, dass ...»

«Dass?» Hektische rote Flecken an Mutters Hals.

Der Vater, der selbst einmal jung war, tupft sich mit der Stoffserviette die Lippen ab und legt die Serviette dann beiseite. «Damit wäre der Fall wohl erledigt.»

Er denkt an die unbezwinglichen Triebe und das Hausmädchen aus Nr. 13.

Und so geschieht es dann auch. Kein Wort mehr über Lone Hammer. Die Bourgeoisie beherrscht die Kunst der

Andeutung. Klaus Otto weiß, was er zu tun hat. Und weil er ein Waschlappen ist, tut er es auch. Löst seine Nicht-Verlobung mit Lone Hammer und stürzt sich in die Examensvorbereitung.

Diese Tatsache betrachtete ich mit sehr gemischten Gefühlen. Einerseits konnte mir das doch nur recht sein. Andererseits fand ich es so gemein, so feige und würdelos, dass mir richtiggehend übel wurde.

«Wohin gehen wir?»

Ich wollte schon antworten, «Geradewegs in die Hölle», aber ich bin fast sicher, dass ich es dann doch nicht gesagt habe. Von der vielen Schokolade war ihre Hand klebrig. Die Süßigkeiten hatten sich mit ihrem Kinderschweiß vermischt, und ich musste an einen schleimigen Pilz denken, den ich auf Befehl einiger älterer Jungen einmal hatte anfassen müssen.

«Wir laufen einfach ein bisschen herum», sagte ich. «Und dann werden wir ja sehen. Dann fällt uns schon etwas ein.»

Aber sie war müde!

Ich ging in die Knie und wollte sie Huckepack nehmen. Das fand sie gut, und ich lief als Pferd weiter durch das Viertel. Nicht in die Kamera blicken, Elling. Nicht in die Kamera! Oder, genauer gesagt, schau geradeaus, wenn du an dem Haus vorbeikommst. Stell dir vor, die Fenster seien riesige Linsen, und jetzt haben wir die Szene erreicht, wo der liebe Vater das Kind nach Hause trägt. Das hier ist einfach nur eine Aufnahme.

Ja. Ich konnte die Stimmung unter den Filmschaffenden richtiggehend spüren. Die Stimmung *auf dem Set*, hieß das nicht so? Da hatte man nun jeden Stein umgedreht auf der Suche nach einem Darsteller für den Vater in diesem Drama. Für die anspruchsvolle Szene, in der das Kind ins sichere Heim getragen wird. Einen, der nicht der Versuchung erlag, in die Kamera zu starren. Und dabei war er die ganze Zeit in Reichweite gewesen. Dieser begnadete Statist, die Leiche im Wald, der Mann, der mit einer Zeitung unter dem Arm die Straße überquerte. Wie hieß er doch gleich? Fing das nicht mit E an? Elling. Elling, genau! Elling wird ins Warme geholt. Und das im wahrsten Sinne des Wortes. Jetzt brauchte er nicht mehr fröstelnd, mit einem Becher lauwarmer Bouillon in der Hand, im Kalten herumzustehen. Jetzt bekam er einen eigenen Wohnwagen und leicht bekleidete junge Damen, die so taten, als wollten sie nur ein schnödes Autogramm.

Ich lief nun also durch Grefsen und trug dabei ein Kind. Es überraschte mich, wie leicht sie war. Sie wog fast nichts. Sie kam mir vor wie ein Teil meiner selbst, wie eine Art Buckel, ein Auswuchs. Hier kommt der Bucklige! Ich musste fast lachen.

Ohne erwähnenswerte Probleme fand ich die richtige Straße. Gründliche Vorarbeit macht sich eben bezahlt. Ich hatte den Stadtplan über eine Stunde lang studiert. Klaus Otto Syvertsen logierte laut Telefonbuch in Nr. 44. Nun gut. Ich passierte Nr. 3. Ein grün angestrichenes Holzhaus aus den dreißiger Jahren. Also am anderen Ende der Straße. Ein älterer Mann kam mir entgegen und bedachte mich im Vorübergehen mit einem aufmunternden Lächeln. Alles unter Kontrolle, mit anderen Worten. Das hier war Normalität in Großbuchstaben. Ich nahm an, dass er sich an seine eigenen Jahre als junger Vater erinnerte. An den Sonntagsspaziergang, der leicht zu lange dauern konnte. Die Kleine musste auf Vaters breitem Rücken nach Hause getragen werden. Diese wenigen Kilo Fleisch, Knochen, Knorpel und Blut, die seinem Leben einen neuen Sinn gegeben hatten.

Ich zog weiter. Ertappte mich dabei, dass ich ein Liedchen von Elvis summte, Mojo sollte schließlich wissen, dass ich guter Laune war. Sie sollte keine Angst haben müssen, ich könne sie unter einen Busch zerren und sie mit einer abgebrochenen Colaflasche umbringen. Oder ihren Kopf gegen einen Stein schlagen.

Ich zog weiter. Stetig wie eine gut aufgezogene Standuhr. Zugleich jedoch munter und hellwach. Es fiel mir nicht schwer, schon aus weiter Entfernung das gesuchte Haus anzupeilen. Es ist nämlich so: Wenn Nr. 33 auf der einen Straßenseite liegt, dann liegt Nr. 44 auf der anderen. So verhält es sich nun einmal. Das gesuchte Haus entpuppte sich – wie erwartet – als Villa. Als richtig scheußlicher Kasten von der Jahrhundertwende. Die ursprünglichen Fenster waren irgendwann in den sechziger oder siebziger Jahren durch Hausfrauenfenster ersetzt worden. Das sagt allerlei über den Bewohner aus. Oder über die Bewohner. Ob Klaus Otto allein hier wohnte? Im Telefonbuch hatte nur sein Name vor der Telefonnummer gestanden. Was darauf hinweisen konnte, dass er sich wirklich in einsamer Majestät auf zweihundert Quadratmetern suhlte, während andere, die nicht mit einem Silberlöffel im Hintern geboren worden waren, sich mit einer miesen Bude von vierzehn Quadratmetern in der Oststadt zufrieden geben mussten. So sah die Welt aus, auch noch, nachdem die Sozialdemokraten sich alle Mühe gegeben hatten, die Ungerechtigkeiten des Turbokapitalismus auszugleichen. Lone? Wohnte zu Hause bei Tante Elise. Verschmäht. Oder? War es nicht eher so, dass sie Schluss gemacht hatte? Dass sie lange vor irgendeiner sexuellen Aktivität schon erkannt hatte, wohin hier der Hase lief? Dass sie seinen erbärmlichen Eltern zuvorgekommen war? Doch. So war das. Das beschloss ich ganz einfach. Sie war auch nur ein Mensch und hatte sich für kurze Zeit von den Aussichten auf glanzvolle Bälle und Seglertreffen auf Hvasser blenden lassen. Frauen neigen in dieser Hinsicht nun einmal zur Schwäche. Das gehört zu ihrer Natur. Aber dann hatte sich ihr Verstand eingeschaltet und in ihrem Gefühlschaos Ordnung geschaffen. Der Mann hinter den Hausfrauenfenstern war ein Trottel. Ein Dipl. Ing. mit ungefähr dem gleichen Sinn für Ästhetik wie eine Kohlraupe mit verbundenen Augen. Einer, der mit ihr nur ein wenig auf dem Resopaltisch in der Küche spielen wollte. Sie hatte ihn fallen gelassen, ehe er sie fallen lassen konnte.

Nicht in die Kamera schauen, Elling. Einfach ruhig vorübergehen. Aber dann fiel mir ein, dass das hier ja trotz allem kein Film war, sondern eher Wirklichkeit, und deshalb gönnte ich mir einen raschen Seitenblick. Als Blick konnte der eigentlich kaum bezeichnet werden, aber ich konnte doch feststellen, dass niemand hinter der Kamera stand. Leere Fenster. Öde. Verlassen. Wenn ich mich nicht sehr irrte, dann saß er in einem Kellerraum vor dem Fernseher, jetzt, mitten am helllichten Tag. Oder er war in Kniebundhosen mit seinem Vogelhund losgezogen, dazu weisen Leute wie er ja eine genetisch bedingte Tendenz auf. Eine dritte Möglichkeit war, dass er in seinem Arbeitszimmer vor dem Computer saß und seines diplom-ingenieurischen Amtes waltete. Für eine fremde Macht.

Nun ja. Genug davon. Schluss damit. Ich hatte ja immerhin gelernt, mich zusammenzureißen, wenn die Bilder zu schnell durch meinen Kopf liefen. Ich fand es nicht einmal besonders verlockend, Karl Otto in seine Geheimkammer hinter der Bibliothek zu folgen. Darauf konnte ich gern verzichten. Zur Hölle mit dem ganzen Heini. Ich hatte das Straßenende erreicht und bog dort um die Ecke.

Erleichtert. Ich war erleichtert. Dieses eine Mal konnte ich mir selbst bestätigen, das Richtige getan zu haben. Ich kam mir vor wie die Verwandtschaft, die soeben die Unfallstelle aufgesucht hat. Die Stelle, an der das Schreckliche geschehen ist. Wo das Auto von der Straße abgekommen und in den Fjord gestürzt ist. Irrational? Tja. Aber so ist es nun einmal, oder? Ich war sicher, dieses ganze schmerzliche Kapitel nun abhaken zu können. So kam es mir zumindest vor. Ich konnte Mojo problemlos tragen. Ihr Köpfchen ruhte an meiner rechten Schulter.

Es wird dunkel. Du meine Güte, wie schnell es dunkel wird. Die Straßenlaternen flackern wie tote Sterne. Die Straßenbahn muss aufgegeben werden. Das ist mir immerhin klar. Die Straßenbahn existiert nicht mehr. Das Kind, die Geschwulst, schläft. Darf nicht gestört werden. Wenn ich jetzt in eine Straßenbahn einsteige, dann wecke ich sie. Wenn ich sie wecke, dann dreht sie ihre Sirenen auf. So ist das nun einmal. Und ihr Geschrei könnte das in mir wecken, was schlafen muss, schlafen.

Die Straßen sind so seltsam. So schmal. Die Häuser scheinen sich über den Asphalt zu beugen, sich über meinem Kopf zu berühren, miteinander zu verschmelzen. Mit leichtem Erstaunen muss ich feststellen, dass ich durch einen Tunnel gehe. Und ebenso erstaunlich, um nicht zu sagen Aufsehen erregend: Ich habe Lust auf eine Zigarette. Auf eine Blue Master. Wie spät mag es sein? Ich weiß es einfach nicht. Ich halte die dünnen Beinchen des Kindes fest, und meine Armbanduhr liegt zu Hause auf dem Tisch. Darüber ärgere ich mich. Ich brauche die Zeit, um die Kontrolle behalten zu können, aber nun kann ich nur gehen und gehen. Den Rhythmus halten, damit sie weiterschläft. Ich kann im Tunnel das Echo meiner Schritte hören. Von den feuchten Wänden fallen Tropfen. «Oliver», flüstere ich mir zu, «Kurs halten.» Im Haus liegen die Toten. Jetzt gilt es das Kind wohlbehalten heimzuschaffen. Nicht in die Kamera schauen! Auf dem ganzen Weg begegnen mir Menschen mit allerlei Eigenschaften und Geschlechtern, aber geschickt weiche ich ihren Blicken aus. Ich bin einfach der Vater, der sein Töchterchen nach Hause trägt. Mutter wartet schon mit dem Essen. Schweinebraten und Aprikosenkompott. Alles ist normal. Es ist ein ganz durchschnittlicher Sonntag in Oslo, und Vater trägt das Töchterchen nach Hause, wo Mutter schon mit schräg gelegtem Kopf und mit einem holden Lächeln um den Mund wartet. Weit gelaufen? Nein. Aber die Arme, sie war so schrecklich müde. Ich musste sie doch tatsächlich huckepack nehmen. Ach, jetzt wird es mir schmecken.

Ich gehe und gehe durch diese Unendlichkeit, die für einen Moment Oslo ist, dann etwas anderes, noch immer umschließt mich dieser Gebirgstunnel. Ich glaube nicht, dass es ihn gibt, das nicht. Aber die Vorstellung der kühlen Ruhe, ganz tief drinnen, kommt mir so verlockend vor, dass ich sie nicht wegschieben kann, wenn sie sich einstellt. Als Junge und junger Mann hatte ich häufig solche Phantasien. Immer wieder sogar – sie tauchten nicht nur auf, wenn ich ein seltenes Mal mit Mutter aneinander geraten war. Ich schloss die Augen und stellte mir vor, mich in einer Höhle tief unter der Erde oder in einem Berg zu befinden. Die Höhle war bestens eingerichtet. Spitzenqualität überall. Möbel und Stereoanlage. Farbfernseher und gefliestes Bad. Tiefkühltruhe mit Köstlichkeiten aus aller Welt. Ich verbrachte meine Tage auf dem Diwan, schwelgte in Leckereien und wurde vom Fernseher über die Welt dort draußen informiert. Es gab zahllose Sender, aber alle zeigten die Wirklichkeit. Westernfilme und Dokumentationen gab es nicht. Erstes Programm: versteckte Kamera zu Hause in Mutters Küche. Durch die Lautsprecher höre ich ihre Gedanken. Wie sie sich eine Stippvisite am Bodensee ausmalt, sie kratzt sich am Rücken und schaut aus dem Fenster. Dann verfliegt das Bild des schönen Sees, als sie unten auf dem Fußweg die alte Frau Skreie entdeckt. Die sieht aber schlecht aus, denkt Mutter. Lange macht sie's wohl nicht mehr. Und warum ist Elling so schwierig? Kann das Krebs sein? Kann sie selbst Krebs haben? Sie läuft ins Badezimmer, um sich die Brüste abzutasten. Elling ist nicht schwierig. Eigentlich nicht. Aber er ist ein aufgeweckter Junge, der ein bisschen zu viel nachdenkt. Der sich traut Fragen zu stellen, wenn andere Kinder einfach mitplappern. Elling lässt sich keinerlei Ungerechtigkeiten bieten. Das kostet ihn Freunde, aber so ist er nun einmal. Auch Gandhis Mutter muss sich ähnliche Gedanken gemacht haben, damit tröstet sie sich. Was soll aus dem Jungen nur werden? Warum läuft er immer in diesem seltsamen Lendenschurz durch die Gegend? Er ist etwas ganz Besonderes, vielleicht sogar ein bisschen heikel – aber er ist mein Junge. Ich bin seine Mutter. Ich habe ihn in die Welt gesetzt.

Ab und zu benahm sie sich daneben. Neigte vielleicht sogar ein wenig zu Sauereien. Ich glaube mir das mit gutem Grund ausmalen zu dürfen. Ich glaubte nicht eine Sekunde lang, dass anständige Frauen wie meine Mutter rund um die Uhr innerlich ganz und gar anständig blieben. Diese Überzeugung hatte mich übrigens ins Erwachsenenalter begleitet. Sie saßen zwar als weißhaarige Achtzigjährige beim Kaffee und unterhielten sich über neutrale Themen. Ich konnte zur Not auch akzeptieren, dass gewisse Triebe mit den Jahren ein wenig nachließen. Aber was war mit dem Hass? Der Verachtung? Der Rachsucht? Rein logisch betrachtet, müsste ein älterer Mensch doch viel mehr zu rächen haben als ein junger. Manchmal träumte Mutter über ihrer Hohlsaumstickerei davon, wie sie einer alten Rivalin beide Augen ausstach. Und zwar Tordis, die dem Mann, der später mein Vater werden sollte, ihre Möse fast auf dem Präsentierteller hingehalten hatte.

Ich hatte direkte Fernsehverbindung ins Lehrerzimmer und ins Büro der Ministerpräsidentin. Und zum Mädchenklo, natürlich. Ich war trotz allem ein Junge mit gesunden Interessen. Im 15. Programm konnte ich Brigitte Bardots Gedanken studieren. Und nicht nur ihre Gedanken. Und zwar zu der Zeit, als sie sich noch nicht mit dem Wohl und Wehe der Tiere befasst hatte.

Aber jetzt… hier gab es keine Kanäle und Verbindungen. Hier gab es nur diese endlosen Straßen und die Gebäude, die sich zeitweise über mich beugten. Das Kind auf meinem Rücken. Ich wurde langsam müde, wagte aber nicht stehen zu bleiben, ich fürchtete, dass mich die Erschöpfung dann überwältigen würde. Ich musste nach Hause, so war das. Nicht mehr und nicht weniger.

Mein erster Gedanke beim Erwachen war: Jetzt ist es wieder passiert. Ich hatte dasselbe kalte blaue Licht gesehen, an das ich mich von früher her immer klarer erinnern konnte. Das blaue flackernde Licht, das leise Dröhnen, wie von einem Motor im Leerlauf. Die Hände, die mich festhalten, nein, nach unten pressen. Die Fragen, die in ... nein, nicht in der Luft schwirren, sondern durch meinen eigenen Kopf. Name? Wer bin ich? Ich kann sie nicht deutlich sehen, ich werde von dem starken, von Silhouetten umgebenen Licht geblendet. Ich wehre mich, ich will mir das nicht gefallen lassen, ich muss mich um dieses Kind kümmern, es beschützen. Aber es hat alles keinen Zweck. Ich bin ihnen hilflos ausgeliefert, und als ich in Tränen ausbreche, finden sie dieses Phänomen hochinteressant. Auch Mojo weint jetzt. Ich sehe sie nicht, sie haben sie im Fahrzeug in einen anderen Raum verschleppt, aber ich höre sie weinen. Zwei Menschen verschiedenen Geschlechts. Ein Kind und eine ausgewachsene Ausgabe der Spezies. Sie stoßen seltsame Geräusche aus, und ihre Augen sondern eine salzige Flüssigkeit ab. Scheint eine Folge von Stress zu sein.

Ich setzte mich auf der Matratze auf. Wie lange lag ich diesmal schon hier? Lange. Sehr lange. Ich zündete die Kerze auf dem Pappkarton an und registrierte zugleich, dass ich im Anzug eingeschlafen war. Mein Rücken fühlte sich nass und kalt an. Ich zog meine Jacke aus. Süßlicher Uringestank. Für einen Moment überkam mich die Angst, ich sprang auf – aber nein. Die beiden Säcke enthielten weiterhin nur Birkenholz. Sicherheitshalber leerte ich sie über dem Fußboden aus, aber wirklich, sie enthielten nur unschuldige Holzstücke.

Danach saß ich auf der Matratze und ließ mir die Fetzen eines Traumes durch den Kopf gehen. Chaotische Filmstücke, so, wie Träume nun einmal sind. Kjell Bjarne und Reidun. Wir stehen in meiner Wohnung, und sie fuchteln mit den Armen und sind offenbar außer sich. Große runde Münder – aber kein Wort kommt über ihre Lippen. Es sind auch noch andere anwesend, aber das spüre ich nur, ich kann sie nicht sehen. Dieses ekelhafte Gefühl von anderen, die in unserer Wohnung machen, was sie wollen. Die Verletzung der eigenen Grenzen.

Seltsamerweise fühlte ich mich munter und tatendurstig. War draußen Tag? Nein. Bei Tag herrschte hier unten eine Art Zwielicht. Ich blies die Kerze aus, nahm die Jacke über den Arm und zählte in der Dunkelheit Schritte.

Im zweiten Stock war meine Wohnungstür angelehnt. Ich horchte? Hörte ich da schweißnasse Handflächen, die sich aneinander rieben? Unmöglich zu sagen. Vorsichtig tippte ich mit dem rechten Zeigefinger die Tür an. Lautlos glitt sie nach innen auf. Dunkel. Es war ganz dunkel. Ich fasste Mut, ging hinein und schaltete das Licht ein.

Auf den ersten Blick schien alles normal zu sein. Aber dann fielen mir die Kater ein. Wo steckten sie? Wo waren Elmer und Pfeffer? Die Tür war angelehnt gewesen... Dann fiel mein Blick auf den eingelaufenen Pullover, den ich Mojo übergestreift hatte. Er lag neben dem Ofen auf dem Boden. Jemand hatte ihn einfach zu Boden geworfen. Und auf dem Tisch stand ein mit Kippen gefülltes Puddingschüsselchen. Scharfer Zigarettenrauch hing im Zimmer. Das Fehlen der Kater und der Anblick dieses missbrauchten Puddingschüsselchens raubte mir den Mut. Diese Schüsselchen hatten Kjell Bjarne und ich zusammen gekauft. Wir hatten uns ein Herz gefasst und waren nach vielem Hin und Her ins Kaufhaus gegangen. Hatten auf die Schüsselchen gezeigt und gesagt: Diese da. Die grünen mit dem weißen Rand. Sechs Stück. Wir bezahlen bar. Ich ging hinüber und sah mir die Kippen genauer an. Pall Mall. Roter Lippenstift an den Filtern.

Neben dem Schüsselchen lag ein Zettel:

«Zu Hause auf Bewährung. Und außerdem reichz jetz. Sie hat gesagt ich muss mich endtscheiden und das hab ich getan. Kjell Bjarne.

PS: Elmer und Pfeffer nehm ich bis auf weiteres mit.»

Bis auf Weiteres? Bis wann also? Ich bückte mich und las eine kleine Kugel aus weißen Haaren vom Boden auf. Das waren die feinen Haare, die auf Elmers Bauch wuchsen.

Ich zog mir einen anderen Anzug an. Genauer gesagt, mir wurde ein anderer Anzug angezogen. So kam mir das vor. Als ziehe meine Mutter mir die schmutzigen Sachen aus und dann saubere an. Dann ging ich in die Küche und zog den Müllsack unter dem Spülstein hervor. Er war halbleer. Platz genug für die sechs Puddingschüsselchen. Ich schloss die Tür hinter mir ab und trug den Müllsack in den Hinterhof hinunter. Vermachte ihn der Mülltonne. Wo steckte mein Mantel? Keine Ahnung. Vermutlich hing er im Keller, und das war ja eigentlich egal, es war schließlich eine milde Frühlingsnacht. Es tat gut neben der schwarzen Mülltonne zu stehen und die frische Luft zu trinken. Mit meiner Lunge stimmte nämlich etwas nicht. Etwas, das mich am Spielen mit anderen Kindern hinderte. Ich bekam dann keine Luft und mir wurde schwindlig. Deshalb stand ich hier und sah den anderen zu. Das war nicht traurig. Tatsache war, dass ich mit meiner Rolle als Beobachter sehr zufrieden war.

Alle Fenster waren dunkel. Kjell Bjarne und Reidun schliefen. Mojo schlief. Ich begnügte mich damit, das als Tatsache zu registrieren. Es waren keine Gefühle mit im Spiel. Sie schliefen den gesunden Schlaf der schlichten Gemüter. Das Leben war vielleicht kein Tanz auf Rosen, aber immerhin ein ruhiger Gang durch feuchtes Gras. Man hatte einen Fernseher und einen geschützten Arbeitsplatz. Man ging zwar ab und zu ein Risiko ein, aber das nur beim Ausfüllen von Lotto- oder Totozetteln.

Mein linker Unterarm juckte wieder. Die UFO-Literatur

konnte berichten, dass das graue Volk seinen Versuchspersonen dort häufig winzige Biochips einoperierte. Der Sinn dieser Operationen war umstritten; einer Theorie zu Folge konnten die Außerirdischen dadurch jedoch zumindest teilweise die Handlungen ihrer Auserwählten steuern. Ihnen neue Impulse vermitteln. Ich hatte diesen kleinen Knubbel unter der Haut meines Unterarms schon längst bemerkt. Wieder und wieder sagte ich mir, es müsse sich entweder um Unterarmskrebs handeln – oder um das andere. Ich hatte zwar nicht das Gefühl gesteuert zu werden, ich hatte immer schon über einen starken Willen verfügt, aber der Sinn solcher Implantate war schließlich nicht bekannt. Vielleicht handelte es sich nur um einen kosmischen Sender, der den anderen mitteilte, in welcher Dimension und welchem Teil der Milchstraße ich mich gerade befand. Ungefähr wie bei der Markierung von Wild. Elling? Steht in einem Hinterhof einer Mietskaserne im Kirkevei. In Norwegen. In Europa. Auf Tellus. Wir haben die Meldung bekommen, dass er jetzt ein Weibchen gefunden hat. Er blickt nicht in die Kamera, und eine Abschussgenehmigung kann auf keinen Fall erteilt werden. Gepp.

Bewegt sich jetzt in südlicher Richtung durch die Stadt. Schnell. Die Frage ist, ob er nicht rennt. Es geht wirklich rasch.

Eigentlich hatte ich sofort zum Wagen laufen und um eine Wurst bitten wollen. Locker unsere letzte Begegnung erwähnen und das Übliche bestellen. Doch als ich um die Ecke bog und auf den Lichtwagen hinabblicken konnte, fand ich das sehr schwer. Ich wusste doch nicht mehr so recht, was beim letzten Mal passiert war. Das Ende unseres Treffens war aus meinem Gedächtnis verschwunden. Und ich durfte ja auch nichts überstürzen. Das war eine Falle, in die die meisten Männer hineintappten. Ich zog mich also wieder in den Eingang der Herrenkonfektion zurück. Wie in den guten alten Zeiten. Als ich nun hier neben den Plastikpuppen stand, fühlte ich mich als Teil einer Gemeinschaft, so seltsam das auch klingen mag. Hier standen eben nachts die Jungs. Durch eine Glasscheibe getrennt, das schon, aber trotzdem zusammen. Es war nur ein Spiel. Himmel, ich war doch nicht so krank! Sie waren und blieben aus Plastik, und ich stand hier aus Fleisch und Blut. Trotzdem ließ es sich nicht leugnen, dass der, den ich Kåre getauft hatte, sich inzwischen eine fesche Windjacke zugelegt hatte. Rot, mit blauen Schultern. Er lächelte starr und hielt sich zum Ausschauhalten die Hand über die Augen. Beschützte die Augen vor der nicht vorhandenen Sonne und richtete seinen Blick auf Syvers Hinterkopf. Syver in grünem Bossmantel. Ken? Hose und Jacke. Dunkle Jacke und sandfarbene Hose. Das weiße Hemd am Hals männlich aufgeknöpft. In Gedanken kabbelte ich mich manchmal mit Ken. Immerhin hatte der Schaufensterdekorateur Kens Blick auf einen gewissen Imbisswagen unten in der Straße gerichtet. Ken, dachte ich. Vergiss es. *Just forget it.* Frauen paaren sich nicht mit Puppen. Zu solchen Lösungen greifen nur Männer. Darüber weiß ich nun wirklich Bescheid.

Gedankenspinnereien. Der blanke Unfug. Das wusste ich ja auch. Dass ich hier stand und das Unvermeidliche hinauszögerte. Das, was mein Karma von mir verlangte. Dieses Zögern hatte im Grunde Ähnlichkeit mit einem kleinen Rückfall. Ich hatte doch immerhin schon längst erkannt, dass das Leben mir durch die Finger rieselte. Dass ich rein gar nichts zu verlieren hatte. Plötzlich ging mir auf, dass ich alles zwischen Himmel und Erde für so ungeheuer schwierig hielt, weil ich mich immer wieder fragte, welche Lügen und Halbwahrheiten ich servieren sollte. Wie jetzt, zum Beispiel. Warum ging ich nicht zum Würstchenwagen und sagte ganz einfach die Wahrheit? Dass diese vielen Entführungen meine linke Gehirnhälfte beschädigt hatten. Mein Gedächtnis verändert. Ich konnte mich einfach nicht mehr daran erinnern, wann und wo wir uns voneinander verabschiedet hatten. So sah es aus. Wenn ich mich im Tonfall vergriffen hatte, dann wollte ich demütig um Verzeihung bitten. Mein wahres Ich würde ich ihr bei der nächsten Gelegenheit nur zu gern zeigen. Ich wollte alles tun, um das Geschehene wieder gutzumachen, unter der Voraussetzung, dass es wirklich geschehen war.

Gott mochte wissen, zum wievielten Mal ich mich hier zusammenriss. Mich dazu zwang, auf derselben Frequenz zu senden wie die Wirklichkeit. Den Tag oder genauer gesagt die Nacht zu nutzen. Himmel! Ich brauchte doch bloß über die Straße zu gehen, ohne in die Kamera zu schauen. Die Straße zu überqueren. Das hatte ich in den vergangenen Jahren schon so oft gemacht! Im Grunde war es mir längst zur Gewohnheit geworden. Diese Wankelmütigkeit war geradezu lächerlich. Also weg damit, und etwas ganz anderes willkommen geheißen. Ich machte so energische Schritte, dass mein offenes Jackett nur so flatterte.

Gott, Karma oder die Gesetze des Zufalls hatten alles bestens geregelt. Die Straße war verlassen. Schon aus der Entfernung konnte ich im grellen Licht Lones geliebtes Profil sehen. War sie zusammengezuckt? Schon möglich. Schon möglich, dass sie ein wenig zusammenfuhr, als das Objekt ihrer Jungmädchenphantasien sich aus der Dunkelheit löste. Da ist er. Der Mann aus Ngombo. Der Auserwählte des Grauen Volkes.

Ich stürzte zum Wagen und kam gleich zur Sache. Es strömte nur so aus mir heraus. Ich erklärte, wie sehr ich das, was möglicherweise geschehen sei, bedaure. Für mich sei das alles ein tiefes schwarzes Loch. Ich sei in eine der seltsamen Nischen der Natur gestürzt.

Und sie lächelte mich einfach nur an! Schüttelte leicht den Kopf und erklärte, sie habe sich solche Sorgen gemacht, als ich plötzlich ohne ein Wort losgelaufen sei. Wieder und wieder habe sie sich den Kopf zerbrochen, ob sie etwas Falsches gesagt haben könne. Etwas, das mich verletzt, mich böse, vielleicht traurig gestimmt habe.

Ich bat um das Übliche. Erklärte ihr die Sache mit meiner linken Gehirnhälfte, in der immer wieder herumgebohrt und gestochert wurde. Wenn hier jemand alles andere war als böse, dann war ich das. Ich war ihr doch zu so großem Dank verpflichtet. Sie war die Erste und bisher die Einzige, mit der ich über diese Dinge zu sprechen gewagt hatte.

Mit einer liebevollen Bewegung fischte sie die Wurst aus dem Kessel. Sie hatte Tante Elise von meinen Erlebnissen erzählt. Und Møller.

Møller?

Møller war ein alter Nachbar, der ihr mit den schweren Blenden half, wenn sie nach Feierabend den Wagen abschloss. Notwendig war das nicht. Sie hätte das problemlos auch allein geschafft. Aber Møller war ein alter Mann von Welt und von der schlaflosen Sorte. Er war mehr als bereit zu einem nächtlichen Spaziergang.

Ich war ja so erleichtert! Ich erzählte ihr, dass Møller mich nicht wenig an meinen alten Freund Alfons Jørgensen erinnere.

Ich registrierte, dass sie Klaus Otto Syvertsen mit keinem Wort erwähnte.

«Ich hatte ihn für deinen Großvater gehalten», sagte ich. «Ich habe ihn neulich gesehen, als ich spätabends vom Essen im Le Canard zurückkam.»

Das Le Canard kannte sie nur aus der Zeitung, erzählte sie. Aus der Restaurantspalte. Nicht doch. Møller war ein Nachbar. Aber sie musste zugeben, dass sein Verhalten ihr gegenüber etwas Großväterliches hatte. Meine Beobachtung lag also nicht ganz daneben.

Ich taute auf. Nahm die Wurst und versicherte ihr, dass meine Beobachtungen nur sehr selten ganz daneben lägen. Ich wagte zu behaupten, dass ich normalerweise über eine verhältnismäßig scharfe Beobachtungsfähigkeit verfügte.

Und deshalb litt ich so sehr unter dem Gedächtnisverlust, der mich seit einiger Zeit quälte. Ich hatte noch nie das Gefühl gehabt, diese fremden Wesen seien mir übel gesonnen. Aber ich war mir nicht so sicher, ob sie wirklich wussten, was sie taten. Bei Alfons hatten sie doch immerhin den Strom abgedreht. Und das war eine entsetzliche Vorstellung. Ich erzählte ihr, wo Alfons sich jetzt befand.

Sie glaubte, das alles habe vermutlich einen Sinn. Sie hatte darüber mit Tante Elise gesprochen. Tante Elise konnte berichten, dass rund um die Welt solche Fälle dokumentiert worden waren. Es war tragisch, aber kaum zu vermeiden, wenn die Welt sich in eine ganz neue Phase hineinbewegte. Es hatte etwas mit Schwingungen zu tun. Mit Frequenzen gewissermaßen. Wir waren auf dem Weg hinauf zu einer höheren Bewusstseinsebene. Die Alternative wäre der Zusammenbruch der gesamten Zivilisation.

«Die Erde ist trotz allem ein lebendiger Organismus», sagte sie. «Wir dürfen sie nicht weiter so ausquetschen wie bisher. Ich glaube, Tante Elise hat Recht. Denk doch nur daran, wie sich inzwischen die Naturkatastrophen jagen. Das kann doch einfach eine natürliche Reaktion sein.»

Ich konnte ihr da nur zustimmen. Es verging fast kein Tag, an dem nicht John oder Sylvia oder Fred über den Mittleren Westen fegten und ganze Städte dem Erdboden gleichmachten. An dem nicht rachgierige Tornados Menschen und Möbel in trichterförmigen Wirbelwinden zum Himmel hochpumpten. Noch vor wenigen Jahren hatten wir solche Katastrophen vor allem aus Comics wie *Donald Duck* gekannt. Jetzt gehörten sie zu unserem Alltag. Was glaubte sie wohl, wie wir das, was wir heute als UFO-Phänomen bezeichneten, in etwa zwanzig Jahren sehen würden? Ich gab mir alle Mühe sie viel sagend anzublicken.

Um es kurz zu machen: Wir sprachen über wichtige Themen. Wir sprachen nicht über Tinnef und Tand, sondern über Dinge, die wirklich etwas bedeuteten. Unsere etwas unbeholfene Begegnung im Felix wurde zu einer bleichen, vergilbten Erinnerung. Jetzt gingen wir in die Tiefe und wurden nur ab und zu von einem Trottel auf dem Heimweg unterbrochen. Wir nahmen uns das Bermudadreieck vor. Und den so genannten Schneemenschen in Tibet. Wir waren beide davon überzeugt, dass die US-Behörden aller Wahrscheinlichkeit nach insgeheim außerirdische Wesen in der Wüste von Nevada gefangen hielten. Wir hatten dieselben Bücher gelesen. Waren zu denselben Schlussfolgerungen gekommen wie deren Autoren. Wir waren Zwillingsseelen, davon war ich jetzt überzeugt. Aber – zum Glück – hatten wir nicht dasselbe Geschlecht.

Als ich ging, hatte ich eine neue Verabredung in der Tasche. Sorglich in runder Frauenschrift auf einem Zettel notiert. Das Wunder war geschehen. Mir war ein Mensch begegnet, den die Geschehnisse in meiner linken Gehirnhälfte nicht weiter störten. Alles habe seinen Sinn, glaubte Lone. Besser hätte ich es auch nicht ausdrücken können.

12

Alfons Jørgensen schlief. Ich konnte das seinem Gesicht ansehen, das noch im Schlaf die schiefe Maske zeigte, die der Schlaganfall ihm verpasst hatte. Hinter mir stand das andere Bett leer, seines Bettzeugs beraubt. Nur die nackte Matratze im Metallgestell war noch vorhanden. Gut. Da hatte eine griesgrämige Seele endlich Frieden gefunden. Oder? Warum griffen wir so begehrlich zu dieser abgenutzten Floskel, wenn jemand von uns ging? Welche Garantie hatten wir dafür, dass wir «endlich Frieden finden» würden, wenn uns dereinst der Tod umfing? Es konnte doch auch sein, dass der ganze Ärger erst nach dem Tod so richtig losging. Dass das Leben auf Erden nur als Vorpostengeplänkel gelten konnte. Wir wussten schließlich nur, dass wir nichts wussten. Es war durchaus möglich, dass die Zeugen Jehovas Recht hatten. Bei dieser Vorstellung wieherte ich leise vor mich hin. Ich hatte immerhin die Broschüren gelesen, die sie meiner Mutter aufgeschwatzt hatten. Platon und Kant hatten sich ihre tief schürfenden Gedanken gemacht. Aber nun stellte sich heraus, dass die großen Fragen nur mit krankhaften Banalitäten beantwortet werden konnten. Ei der Daus, Elling! Du hast also nicht an sechs Tagen der Woche vor dem Königreichssaal den *Wachtturm* verkauft? Hast deine und fremde Geburtstage gefeiert? Tut mir Leid, aber dann ist Hölle angesagt. Das schreiben die kosmischen Gesetze nun einmal vor. Du hattest eine Chance, aber du hast sie nicht genutzt. Ich musste lachen. Stellte mir Gott als vorurteilsbeladenen engstirnigen Dorftrottel vor. Aber wiederum: warum nicht? Ich hatte schließlich schon als junger Mann das Alte Testament gelesen.

Doch es ist schon seltsam, wie es um uns Menschen bestellt ist. Schon nach wenigen Sekunden der Gotteslästerung bekam ich Angst und hörte auf. Eben, weil wir nun einmal nichts sicher wissen können. Ich bat deshalb um Vergebung. Bereute, so aufrichtig ich konnte, was mir laut Bibel Vergebung sichern sollte. Und um auf keinen Fall noch einmal solchen blasphemischen Versuchungen zu erliegen, klatschte ich laut in die Hände. Dicht vor Alfons Jørgensens linkem Ohr. Um mich auf andere Gedanken zu bringen.

Ich will nicht behaupten, er sei aufgefahren. Das war er nicht. Aber für seine Verhältnisse reagierte er durchaus. Sein leicht verzweifelter Blick, an den zu gewöhnen ich mir so lange hatte Mühe geben müssen, richtete sich jetzt auf meinen milden. Ich freute mich sehr darüber, dass er sich aus dem Koma gelöst hatte.

«Ich wünsche dir einen wunderschönen Abend, Alfons.»

Und mit zitternder Greisenstimme: «Nein, wen haben wir denn da? Das ist aber reizend!»

Ja, da wollte ich ihn beim Wort nehmen. Das konnte ich ihm versichern. Jetzt wollten wir ein paar reizende Stunden miteinander verbringen. Scherzhaft klatschte ich noch einmal in die Hände. Ich brachte nämlich gute Nachrichten. Die auserlesensten Nachrichten sogar, die man sich überhaupt denken konnte.

Er starrte mich verängstigt an, aber ich wusste ja, dass das nur eine Maske war. Dass er sich im tiefsten Herzen für mich freute. Er war immerhin ganz klar im Kopf. Es bestand kein Grund, das zu bezweifeln. Ich umfasste kumpelhaft sein Kinn und fuhr ihm mit der anderen Hand durch die Haare. Wollte er raten? Wollte er in Gedanken raten? Rat doch mal, Alfons. Glaubst du, es hat mit Geld zu tun? Glaubst du, du hast hier einen Millionär vor dir, der ganz anders ist als die meisten anderen Millionäre? Dass ich im Lotto gewonnen habe? Falsch. Ich bin so abgebrannt und glücklich wie der Bursche, dem du damals aus freien Stücken deine innige Freundschaft geschenkt hast. Glücklicher sogar. Ich ließ ihn los und ging ans Fenster. Blieb wie in Gedanken versunken stehen und betrachtete Parkplatz und Tor. Dann fuhr ich auf dramatische Weise herum und sagte ihm alles. Dass ich nicht mehr allein durchs Leben gehen müsse. Dass mir eine junge Frau begegnet sei. Dass sie Lone heiße. Und dass jetzt Lone und ein gewisser Elling angesagt seien.

Er machte ein überraschtes Gesicht, aber das machte er ja eigentlich immer. Der Schein trügt, weiß das Sprichwort. Ich ging davon aus, dass ihn im Grunde gar nichts besonders überraschen konnte. Die Überraschung war sicher damals viel größer gewesen, als er mich kennen gelernt und erfahren hatte, dass ich ganz und gar frauenlos lebte. Als Antwort auf eine Frage, die er sich wohl dachte, hatte ich einmal geantwortet, dass ich in Bezug auf das andere Geschlecht eine schlimme Erfahrung gemacht habe. Dass ich verraten worden sei. Verraten und aufs Übelste hintergangen.

«Erinnerst du dich daran, was ich dir über Lene erzählt habe?», fragte ich so nebenbei, während ich mir den Mantel auszog. «Über die, die mit dem pakistanischen Kaufmann durchgegangen ist? Ich dachte ja, ich würde nie darüber hinwegkommen. In mir schien damals etwas zerbrochen zu sein. Etwas, das sich nicht reparieren ließ.»

Aber ich hatte mich geirrt. Und wie! Denn jetzt hatte Lone Hammer die Arena betreten. Betreten? Sie hatte sie im Sturm genommen. Hatte jeglichen Widerstand beiseite gefegt. Ich war ja eher eine skeptische Natur, aber im Fall Lone Hammer hatte ich einfach kapitulieren müssen. Mich bedingungslos ergeben. Zu meiner großen Verwunderung konnte ich jetzt nur noch feststellen, dass ich abermals liebte. Dass ein Wunder geschehen war. Nicht mehr und nicht weniger. Ich legte ein paar Steppschritte ein. Zog wieder meinen Mantel an. Glaubte er, ich wolle ihm einen Bären aufbinden? Ich würgte ihn kurz, aber natürlich nur aus Jux. Er würde schon sehen. Er würde schon sehen, dass ich die Wahrheit gesagt hatte. Seine Zunge war pelzig belegt.

Ich schaute auf die Uhr. Zwanzig nach vier.

Ging ans Fenster.

Schaute wieder auf die Uhr. Zwanzig nach vier.

Hatte ganz vergessen, dass sein starrer Blick mich aus dem Gleichgewicht warf. Lone, dachte ich. Jetzt musst du kommen! Jetzt musst du kommen, ehe Oliver Grøtte aus seinem Keller nach oben steigt. Ich schloss die Augen und ertastete mir den Weg zum Waschbecken: aus der Reichweite des Kranken heraus. Kaltes Wasser im Gesicht half. Sehr viel kaltes Wasser.

Ich trocknete mich mit einem hellblauen Handtuch ab, dass geschickterweise neben dem Waschbecken hing. Aber dann fiel mir ein, dass eine Pflegerin dieses Handtuch benutzt haben könnte, nachdem sie Alfons Jørgensen gewaschen hatte, und deshalb wusch ich mich gleich noch einmal gründlich. Diesmal mit Seife. Spülte. Spülte gründlich mit eiskaltem Wasser. Noch einmal. Noch einmal. Elling. Immer wieder. Und dann mit dem Mantel abgetrocknet.

Schaute auf die Uhr. Fünf vor halb fünf.

Ging ans Fenster. Ignorierte den Schlaganfallblick und ging ans Fenster.

War sie von der pünktlichen Sorte? Eine, auf die man sich blind verlassen konnte? Ihr Auftritt im Felix konnte auf etwas ganz anderes hinweisen, aber ich hatte voller Interesse registriert, dass sie um Entschuldigung bat. Ich wusste aus Erfahrung, dass notorische Zuspätkommer diesen Fehler normalerweise nicht bedauern. Sie finden es ganz natürlich, zwei Stunden später als abgemacht anzuschlendern. Wenn man sie dann zurechtweist, blicken sie einen nur mit unschuldsblauem Blick an und beteuern, so schnell gekommen zu sein wie nur möglich. Ob ich böse sei? Nein, böse nicht, nur ein wenig resigniert. Wir hatten uns für die Fünf-Uhr-Vorstellung verabredet und landeten stattdessen im Spätfilm. Und ich fror an den Ohren.

Ich war ja so froh, als ich sie durch das Tor kommen sah. Schaute auf die Uhr. Halb fünf. Nicht mehr und nicht weniger. Eine ziemliche Leistung angesichts der Tatsache, dass sie den weiten Weg aus der Innenstadt sicher mit dem Bus zurückgelegt hatte. Statistisch gesehen war es fast unmöglich, das Eintreffen auf die Sekunde genau festzulegen. Zufall? Ebenso unwahrscheinlich. Ich kam zu der Erkenntnis, dass sie größere Ähnlichkeit mit mir hatte als zuerst angenommen. Sehr gut. Gleich und Gleich gesellt sich gern, wie der Dichter sagt. Und als ich das erst gedacht hatte, war ich davon überzeugt, dass sie bereits einmal am Vortag mit dem Bus aus der Innenstadt gekommen war, genau wie ich selbst. Dass sie genügend Zeit eingeplant hatte und schon, sagen wir, um kurz nach vier hier gewesen war. Und dann hatte sie draußen gewartet. Hatte immer wieder auf die Uhr geschaut und gewartet. Um dann zum abgemachten Zeitpunkt durch das Tor zu gehen. Ihr Zuspätkommen zu unserer Verabredung im Felix hatte sicher an Dingen gelegen, die sich ihrer Kontrolle entzogen. Bei genauerem Nachdenken erkannte ich, wie großmütig es von ihr gewesen war, die Schuld für ihre Verspätung nicht anderen zuzuschieben. Sie war zu spät gekommen und hatte dafür um Entschuldigung gebeten. Schluss, aus. Kein Wort über Tante Elises simulierten Nervenzusammenbruch gerade in dem Moment, in dem sie selbst aufbruchsbereit in Mantel und Laufschuhen in der Tür stand.

In Laufschuhen, ja. Als ich jetzt vor dem Fenster stand und ihren anziehenden Körper betrachtete, während sie den Parkplatz überquerte, war ich stolz und froh darüber, dass sie Rückgrat genug besaß, um sich von der derzeitigen

Schuhmode zu distanzieren. Die meisten unter uns, die einige Jahre auf dem Buckel haben, hatten sicher gehofft, das Phänomen Plateausohlen sei Geschichte. Sei damals in den Siebzigern eine späte Nachwirkung von LSD gewesen. Aber nein. Sie waren wieder da. Zwar eine etwas andere Ausgabe als die, die ich damals besessen hatte, aber dennoch. Jetzt gab es sogar Plateau-Turnschuhe! Auch die Hosen mit dem weiten Schlag waren aus dem Grabe auferstanden. Ich registrierte zwar, dass Lone einen modernen Mantel von der Sorte trug, der aussah, als könne er Feuer fangen, wenn jemand in fünfzig Metern Entfernung eine Zigarette anzündete, aber das war mir ziemlich egal. Ich rauchte nur manchmal im Keller, und dorthin wollte ich sie ja nicht schleifen. Jedenfalls nicht im Mantel, dachte ich mit einem Lächeln.

Ich hörte sie zuerst klingeln, dann waren auf dem Flur leichte Schritte zu hören. Jemand ging aufmachen. Alfons Jørgensen? Nein, wie nett. Er hat zwar schon Besuch, aber das macht doch nichts. Schließlich kommt das nur selten vor. Wie beliebt? Ach, das ist Ihr Verlobter. Heißt er nicht – Elling? Ja, ja. Manche haben eben Glück. Sie selbst hatte die Scheidung einreichen müssen. Mit ihr und Henrik lief es einfach nicht mehr.

Vorsichtig wurde an die Tür geklopft. Ich warf Alfons eine Kusshand zu und ging hin, um zu öffnen. Sicher wie ein Bauarbeiter auf dem Weg zur Pausenbaracke. Wusch mir unterwegs schnell die Hände und trocknete sie am Hosenboden ab. Riss die Tür auf.

Sie war so reizend! Und so lieb! Der Wind hatte mit ihren dunklen Haaren gespielt, was sie ein wenig hektisch oder vielleicht auch erregt aussehen ließ. Das hatte nichts Vulgäres und beileibe nichts Vamphaftes an sich, doch es war ein wenig – prickelnd. Aufreizend. Ja. Ich hatte den Eindruck, dass sie ein wenig aufreizend war.

«Hallo!», sagte sie.

Worauf ich mein eigenes Hallo anbot. Das kam mir ganz natürlich vor.

Sie hatte Blumen mitgebracht. Und einen Korb, der, wie sich später herausstellte, eine Thermoskanne voll Kaffee und drei Stück von einem Kuchen enthielt, den ich noch nie gegessen hatte. Blumen und Korb hatte ich einfach übersehen, als sie den Parkplatz überquerte. So etwas! Liebe macht blind!

Wieder wurde an die Tür geklopft. Was war das denn? War das nicht typisch? Da lief alles wie geschmiert und dann … bestimmt sind das seine elenden Töchter, die endlich die Zeit reif für einen kleinen Flug über den Atlantik befunden haben. Bisher haben sie Alfons gewissermaßen zufälligen Passanten überlassen, aber gerade heute kommt ihr großer Auftritt. Jetzt kommen sie mit ihren amerikanisierten Absichten. Sie konnten das bald bevorstehende Erbe bis nach Detroit riechen.

Ich wollte Lone gerade bedeuten, das Ganze zu ignorieren und Ruhe zu bewahren, als die Tür aufgerissen wurde. Falscher Alarm. Es war nur ein Weißkittel mit einem zusätzlichen Stuhl.

«Das ist aber nett», sagte der Weißkittel und strich Alfons die Haare aus der Stirn.

Dann war er wieder verschwunden und alles war in Ordnung.

Auf diesen Besuch hatte ich mir wirklich gefreut. Ich hatte unten im dunklen Keller gelegen und mir alles ausgemalt.

Zuerst stellte ich sie einander vor. Erklärte Alfons, das sei die Frau, die ich vorhin erwähnt hätte. Lone Hammer.

«Nett, dich kennen zu lernen», sagte Lone und hob seine gelähmte Hand. Behielt sie einen Moment in ihrer und legte sie dann vorsichtig zurück auf den Bettbezug.

Dann passierte etwas Seltsames. Etwas, das ich noch nie gesehen hatte, seit Alfons hier lag und an die Decke starrte.

Sein Blick war plötzlich wacher und anwesender, und seine Gesichtsmuskeln zuckten. Vor allem um den Mund. Und dann kam es. Einige quakende Geräusche. Zum Glück waren sie völlig unverständlich, es war das pure Reden in Zungen, aber trotzdem. Die ganze Zeit war sein Blick auf Lone gerichtet.

«Er sagt, dass er sich freut, weil du dir die Zeit für einen Besuch genommen hast», erklärte ich. «Wir haben es bisher niemandem erzählt. Wir hatten Angst, ausgelacht zu werden.»

Jetzt sah er mich an. Und trug wieder seine alte Maske.

Während Lone Pappteller, Kaffee und Kuchen auspackte, sagte ich, er könne ganz beruhigt sein. Lone glaube uns. Sie habe mehr über diese Phänomene gelesen als er und ich zusammen.

«Elling hat so viel von dir erzählt», sagte Lone in ihrer stillen Art. Sie hob mit der rechten Hand seinen Kopf und ließ ihn vorsichtig aus der Kaffeetasse in ihrer linken trinken.

«Ich habe alles ganz wahrheitsgetreu erzählt», sagte ich und ging zum Fenster. «Alles, was da oben beim Borildknatten passiert ist. Ich habe nichts weggelassen und nichts hinzugefügt.»

Ich ging zum Bett zurück und legte Alfons die Hand auf die Stirn.

Für manche war es einfach zu viel. Menschen mit feststehendem Weltbild erleiden oft einen Schock, wenn die sicheren Mauern um ihren Alltag einstürzen. Nicht, dass ich Alfons für einen Vertreter dieser Gruppe gehalten hätte, aber ich selbst hatte an meinem verhältnismäßig gut entwickelten Vorstellungsvermögen eine gute Hilfe gehabt. Es war hart, wenn sie mich holten, aber auf seltsame Weise war ich aus diesen Begegnungen gestärkt hervorgegangen.

An dieser Stelle übernahm Lone auf ihre stille Weise die Regie. Ohne die Stimme zu heben, was mir so leicht passiert, berichtete sie über Kongresse und Seminare, die sie und Tante Elise besucht hatten. Vor allem ein dreitägiges Seminar in Gjøvik hatte sie beeindruckt. Dort hatte eine Frau, die ursprünglich vom Sirius stammte, sehr ausführlich über ihre Mission hier auf Erden berichtet. Dass sie zum Beispiel schon als Kind lieber den gestirnten Himmel angeschaut habe als den Fernseher. Erst jetzt hatte sie begriffen warum.

Ich zog gewisse Parallelen zu meinem eigenen Leben. In letzter Zeit tauchten immer wieder Erinnerungen auf, die andeuten konnten, dass ich bereits als kleiner Knabe in regelmäßigen Abständen geholt worden war. Auch für mich fügte sich immer mehr ein großes Bild zusammen.

Und während Lone und ich Erfahrungen und Gedanken austauschten, lag Alfons Jørgensen auf seinem weißen Kopfkissen und lauschte. Gelähmt und stumm, aber mit wachem Blick. Er bekam alles mit, davon war ich ganz und gar überzeugt.

Inzwischen war es sechs Uhr. Zeit zum Aufbruch, denn um sechs wurde das Abendbrot serviert. Lone und ich räumten die Reste des Kaffeeklatschs weg, und ich dachte, so könnte die Zukunft aussehen. Ein Mann und eine Frau räumen nach dem Essen den Tisch ab. Und in diesem Fall würde ich mich auch dafür einsetzen, dass wir danach gemeinsam den Abwasch erledigten. Eine Spülmaschine würden wir uns nicht zulegen. Die täglichen Gespräche über dem Spülbecken wollten wir nicht verachten. In vieler Hinsicht konnten sie als heilig gelten und das trotz ihrer Alltäglichkeit. Oft hatte ich mir überlegt, dass die Ursache der vielen gescheiterten Beziehungen in unserer Zeit mit dem Fehlen gemeinsamer Arbeit zusammenhängen könnte. Damit, dass man keine sinnvolle gemeinsame Tätigkeit hatte. Jeden Tag.

Wir verabschiedeten uns. Zuerst Lone, dann ich. Lone war großzügig und küsste ihn auf die Wange. Ich fand das eigentlich zu großzügig, denn der alte Mann schwitzte heftig. Es war ein wenig ekelhaft. Ihre jungfräulichen Lippen, die in den Altmännerschweiß getunkt wurden. Aber egal. Ich machte gute Miene zum bösen Spiel und fuhr ihm noch einmal durch die Haare. Boxte ihm sportlich gegen die Brust und nannte ihn «alter Sternenkrieger».

Das gefiel ihm. Da bin ich mir ganz sicher.

Als wir auf dem Flur standen, passierte etwas Seltsames. Ich glaubte, pissen zu müssen. Das war kein Problem, denn die Toilette lag nur wenige Meter entfernt in der anderen Richtung. Ich war schon häufiger dort gewesen. Ich wollte Lone aber nicht sagen müssen, dass ich pissen musste. Das kam mir so – ach, ich weiß nicht. Ein bisschen platt vor vielleicht, nach dem schönen Gespräch, das wir gerade geführt hatten. Zu sagen, ich müsse zur Toilette, kam auch nicht in Frage. Das Wort Toilette konnte sie auf den Gedanken bringen, dass ich vielleicht etwas Großes zu erledigen hätte, und das wäre mir zu diesem frühen Zeitpunkt unserer Beziehung ein wenig vulgär vorgekommen. Wir befanden uns in einer labilen Phase, ich begriff intuitiv, dass Vorsicht geboten war. Unsere Beziehung musste gehegt und gepflegt werden. Deshalb stieß ich nur ein kurzes Grunzen aus und eilte zur Tür. Wenn sie mich nun verließ, dann könnte ich nichts daran ändern. Dann wäre sie nicht die Frau, für die ich sie gehalten hatte.

Es stellte sich jedoch heraus, dass ich gar nicht pissen musste. Ich stand da mit dem Glied in der Hand und starrte in die Toilette hinab. Null Druck auf der Blase, ich kam mir richtiggehend blöd vor. Dann kam mir eine Idee. Das heißt, diese Idee war mir schon vor langer Zeit gekommen, ich hatte nur nicht gewagt sie in die Tat umzusetzen. Oder vielleicht doch? Plötzlich war ich unsicher. Nahm an, dass ich dann an Mutter gedacht und mich auf diese Weise gezügelt hatte. Jetzt erkannte ich jedoch, dass die Zeit reif war. Mutter war trotz allem seit Jahren tot und begraben. Und Leben nach dem Tode oder nicht: Voyeuristisch betätigen die Toten sich bestimmt nicht. Entweder sind sie zu nichts geworden, oder sie beschäftigen sich mit spirituellen Aktivitäten. Auf jeden Fall ist es ihnen restlos egal, ob ein Mann unten auf der Erde unter seinem zugeknöpften Mantel seinen Penis aus der Hose hängen hat oder nicht. Das geht sie einfach nichts an.

Sie wartete bei der Tür zum Treppenhaus. Gut! Ich hatte mich also nicht in ihr getäuscht. Fast sofort stellte sich eine Erektion ein und ich spürte, wie der raue Mantelstoff sich an mir rieb, an der äußersten Spitze meines Gliedes. Eins stand fest: Hier hatte ich eine Entdeckung von ganz grundlegender Natur gemacht! Seit wie vielen Jahren trug ich nun schon einen Mantel? Drei? Vier? Diese Zeit hatte ich ganz einfach vergeudet. Warum um Himmels Willen hatte ich meinen Neigungen nicht schon längst nachgegeben? Das lag natürlich an meiner Erziehung. An dieser verdammten Erziehung. Obwohl ich immer weniger davon ausging, dass uns nur dieses eine Erdenleben beschieden war, hatte es doch keinen Sinn, sich um schlichte Freuden wie diese zu bringen. Die Gelegenheit würde sich vielleicht nicht so bald wieder bieten, zum Beispiel dann nicht, wenn man zwei oder drei Runden als Frau drehen musste. Und wenn man dann endlich mit Penis und Eiern reinkarniert wurde, stand noch längst nicht fest, ob Mäntel gerade in Mode waren.

Es war ein seltsames Gefühl in diesem Zustand über den Flur zu gehen. Jede einzelne Bewegung stimulierte mein Geschlechtsorgan. Aber das wirkliche Erlebnis, der Kick, wie die jungen Drogensüchtigen sagen, lag in der Tatsache, dass ich verhüllt war – und mich zugleich splitternackt fühlte. Ich war ein böser Junge, aber das ahnte niemand. Die Frau neben mir sah nur einen Mann mittleren Alters, der in einem hellen Frühjahrsmantel auf sie zukam. In einem Mantel, der der Heilsarmee geschenkt worden war, weil sein früherer Besitzer beim Jüngsten Gericht keine Probleme bekommen wollte. Doch davon konnte sie nichts ahnen, so wenig, wie sie erraten konnte, mit welcher, gelinde gesagt, Aufsehen erregenden Form von Onanie ich gerade beschäftigt war. Als Erwachsener hatte ich mich nicht sehr oft auf diese Weise betätigt, doch nun dachte ich, wenn schon, denn schon. Von jetzt ab war Mantel angesagt. Ich stellte mir lange Spaziergänge mit Lone am Frognerkil und draußen auf Bygdøy vor. Vielleicht würden wir auch die gute alte Tante Elise mitlocken können. Ein bisschen frische Luft würde ihr gut tun. Ich im Mantel. Immer im Mantel. Sommers wie winters.

Kaum hatte ich daran gedacht, Tante Elise Gassi zu führen, schon strömte ihr Name aus Lones Mund. Wir wurden nämlich erwartet. Falls ich das wollte und Zeit hatte, natürlich. Es war die Rede von Rehbraten.

Mein erster Impuls war, schlankweg abzulehnen. Tut mir Leid. Ich bedaure. Danke für dein Vertrauen, aber ich bin schon verabredet. Die Arbeit wartet. Ich muss im Keller etwas erledigen. Aber dann riss ich mich zusammen. Packte mich in letzter Sekunde am Schlafittchen. Einerseits war natürlich klar, dass Lone es jetzt ein wenig zu eilig hatte, andererseits war ebenso klar, ja, im Grunde noch klarer, dass ich diese Begegnung einfach früher oder später über mich ergehen lassen musste. Wenn ich Lones volles Vertrauen gewinnen wollte, dann musste ich einigen einschläfernden Stunden bei ihrer Tante ins Auge sehen. So war das. Es war sogar möglich, dass ich mich mit diesem Greis würde befassen müssen, der ihr bei den Blenden des Würstchenwagens half. Mir sein Gefasel über den Ausbruch des Ersten Weltkriegs und über das Armenwesen im norwegischen Dorf der Jahrhundertwende anhören. Ich war alt genug, um zu wissen, dass sich hinter jedem Erfolg, hinter jedem Sieg ein Opfer verbirgt. Mindestens eins.

Also sagte ich ja. Ganz einfach. Tausend Dank, das ist wirklich ganz wunderbar. Aber ob sie sich auch ganz sicher sei, dass es nicht ungelegen komme? Ich wollte mich nun wahrlich nicht aufdrängen. Und so weiter.

Es komme absolut gelegen, konnte Lone berichten. Tante Elise habe es selbst vorgeschlagen. Es war ihre Idee.

Ach? Nun gut. Das merkte ich mir. Dass nicht Lone selbst auf diesen Gedanken gekommen war. Ich registrierte es einfach als Tatsache, dachte aber nicht weiter darüber nach. Lone war ja noch so jung! Tante Elise gehörte der Generation an, die noch wusste, dass Jungen essen müssen. Und da ich Junggeselle war, hatte sie sich sicher vorstellen können, wie es in meiner Küche aussah. Dort gab es vermutlich viel Spiegelei und Bohnen direkt aus der Dose. Ich empfand eine ganz neue Zuneigung für sie. Denn sie hatte an mich gedacht und dann den teuren Rehbraten aus der Tiefkühltruhe geholt. Ich hatte in meinem Leben noch keinen Rehbraten gegessen. Solche Delikatessen hatten einfach keinen Platz in meiner und meiner Mutter Wirklichkeit gehabt. Über Rehbraten konnte man in Büchern und zur Not noch in Illustrierten lesen. Rehbraten gehörte in dieselbe Kategorie wie Gämse und Gnu. Unerreichbar.

Der Penis, der während meiner Grübeleien über die Großzügigkeit der Tante und die unerreichbaren Steaks meiner Kindheit ein wenig von seinem pochenden Eifer eingebüßt hatte, wurde von Neuem stimuliert, als wir die Treppe hinuntergingen. Es tat dermaßen gut, die Treppe hinunterzugehen, dass ich der Versuchung, das noch einmal zu wiederholen, nicht widerstehen konnte. Sollte mich doch dieser und jener, gewissermaßen. Ich hatte vergessen Schwester Bodil zu sagen, dass Alfons gegen Kabeljau allergisch war. Nur einen Moment! Warte draußen auf mich, es dauert nur zwei Sekunden. Ich stürzte die Treppe hoch, und es war der reine Wahnwitz! Als ich wieder im Erdgeschoss stand, war mir klar, dass eine weitere Runde katastrophale Folgen haben würde. Es tat fast körperlich weh, darauf zu verzichten, aber ich riss mich zusammen.

Ich konnte ja auf der Kellertreppe zu Hause alles nachholen.

Ich weigerte mich energisch, dieser Essenseinladung zu folgen, ohne Blumen mitzubringen. Aber das sei doch nun wirklich nicht nötig, meinte Lone. Nein, da hatte sie natürlich Recht. Es war nicht nötig. Es war jedoch eine Frage der normalen Höflichkeit. Außerdem hatte sie doch selbst... Das schon. Ohne große Widerrede gab sich nach. Wir gingen ins Blumengeschäft neben dem Tor.

Ich hatte zuerst an einen Strauß langstieliger Rosen gedacht. Blutrot und kühn. Aber als ich die strotzenden Fleißigen Lieschen sah, überlegte ich mir die Sache anders. Dachte, Fleißige Lieschen seien nun einmal die Tantenblume par excellence. Außerdem hat eine Topfblume ja gemeinhin ein langes Leben, was man von Schnittblumen nicht unbedingt behaupten kann. Mit pochendem Glied unter dem Mantel zeigte ich auf das größte Fleißige Lieschen und sah dann zu, wie die roten Hände es einwickelten. Sie war nicht gerade etwas fürs Auge, diese Blumenhändlerin, aber ihre Finger wirkten kühl und fest. Ich konnte sehen, dass sie einen guten Griff hatte. *Aufhören!*

Ich hörte auf. Bezahlte und hörte auf.

Sollten wir zu Fuß gehen? Den Bus nehmen?

Nein. Ihr Wagen stand gleich um die Ecke. Sie hatte nicht gewusst, dass das Pflegeheim einen eigenen Parkplatz besaß.

Ihr Wagen? Aus irgendeinem Grund kam es mir einfach absurd vor, dass Lone Auto fuhr, dass sie vielleicht sogar ihr eigenes hatte. Ich war jedenfalls noch nicht auf diese Idee gekommen. Aber warum eigentlich nicht? Heutzutage fuhr doch alle Welt Auto. Sogar Kjell Bjarne konnte Auto fahren. Nur solche Sonderlinge wie ich besaßen diese Kenntnis nicht. Hatte ich vielleicht insgeheim angenommen, eine Würstchenverkäuferin könne sich einen solchen Luxus nicht leisten? Oder sei dazu nicht in der Lage? Dann konnte ich mir dazu gratulieren, dass ich mich soeben von einem Vorurteil befreit hatte. Zugleich freute ich mich über die Aussichten, die dieses Auto eröffnete. Die Freiheit. Die Sonntagsausflüge am Ufer des Mjøsa. Sie am Lenkrad, er nachdenklich über die Karte gebeugt. Jetzt nach links abbiegen, Lone. Geradeaus. Ich fürchte, wir sind zu weit gefahren. Lass uns eine Pause machen und eine Limonade aus der Kühltasche trinken. Sowie wir uns etwas enger einander angeschlossen hätten, würde ich die Anschaffung eines kleinen Campingtisches und zweier aufklappbarer Stühle vorschlagen. Einfach am Straßenrand sitzen und die Hummel brummen lassen. Tee aus der Thermoskanne trinken und...

«Wirf deinen Mantel doch auf den Rücksitz!»

Sie schloss den Wagen auf.

Ich erklärte, ich fröstele ein wenig. Und das sollte Frühling sein!

Zog den Mantel eng um mich zusammen und setzte mich auf den Beifahrersitz. Schnallte mich an. Mein Glied? Tot. Ausgeschaltet.

Auf der Fahrt in die Stadt fiel mir plötzlich der Brief ein. Ich hatte ihn vor einigen Nächten um drei Uhr gefunden, als ich den Briefkasten von Werbung befreite, um mich danach im Keller zur Ruhe zu begeben. Der Brief kam vom Sozialamt. Ich hatte ihn in die innere Manteltasche gesteckt und dann vergessen. War so entsetzlich müde gewesen. War eingeschlafen, sowie ich im Schlafsack lag. Als ich mich jetzt vorbeugte und den Verkehr betrachtete, spürte ich den Umschlag an meiner Brust. Es tat nicht weh, aber ich spürte ihn nun einmal. Na ja. Die mussten ihres Amtes walten, wie man sagt. Wer einmal in ihrem System gelandet ist, muss mit Weihnachts- und Neujahrsgrüßen rechnen. Und jetzt rückte ja der Johannistag schon näher. Und mein Geburtstag auch, das hatte ich ganz vergessen.

Ich bat sie, beim nächsten Briefkasten zu halten. Ich müsse einen dringenden Brief einwerfen.

Sie schlug vor, zum Postamt Majorstua zu fahren.

Spitze!

Wir schienen nie etwas anderes getan zu haben, als in Oslo Auto zu fahren und über Alltäglichkeiten zu sprechen. Ein Brief musste aufgegeben werden. Sie fragte nicht einmal, an wen dieser Brief gerichtet sei. War vermutlich ganz sicher, dass ich keinerlei doppeltes Spiel betrieb. Wusste, dass das nicht meine Art war. Wenn eine andere Frau mit im Spiel wäre, würde ich es offen sagen. Würde klare Verhältnisse schaffen.

Ob sie etwas zum Schreiben hätte? Die Frage lief wie geschmiert.

Handschuhfach.

Und richtig! Ein Parker sogar. Ich beschloss den Brief an Ngombo weiterzuleiten und schrieb eine Adresse auf, die sich wahrscheinlich anhörte. Queen's Street klang doch überzeugend. Alte englische Kolonie vor der Christianisierung.

Wenn ich von den Malen absah, wo ich bei Kjell Bjarne und Reidun gegessen hatte, was ich mehr als gerne tat, dann war das hier meine erste Essenseinladung. Nervös? Ja. Einwandfrei. Trotzdem registrierte ich, dass die blanke, panische Angst, die mich früher so oft gequält hatte, wie weggeblasen war. Das hier war eine natürliche Nervosität. Es war die Angst des jungen Mannes, der mit dem Unvermeidlichen konfrontiert wird – mit der Familie seiner Auserwählten. Die feuchten Handflächen und das leichte Kribbeln im Bauch waren sicher schon bei den der jungen Steinzeitmännern ein vertrautes Phänomen. Mit anderen Worten, ich stand mit meiner Nervosität in einer altehrwürdigen Tradition. Auf dem Weg zum Postamt Majorstua hatte ich zwar voller Panik an meinen offenen Hosenschlitz gedacht, aber wie so oft erwies sich die Wirklichkeit als viel leichter zu bewältigen als erwartet. Die Sache ließ sich mit einem blitzschnellen Griff in Ordnung bringen. Lone hatte prachtvoll eingeparkt und sprang aus dem Auto. Das ungebärdige Ungeheuer hatte sich längst in seine Höhle zurückgezogen, ich konnte einfach den Reißverschluss hochziehen.

Doch als wir den dritten Stock erreichten und Lone ihre Manteltasche nach den Schlüsseln durchwühlte, fing mein Herz an, Amok zu laufen. Schwere, tiefe Schläge, meine Schläfen dröhnten.

Lone lächelte mich an und schloss auf. «Alles in Ordnung?»

Ich versicherte ihr, dass alles in Ordnung sei. Registrierte in meiner Stimme ein seltsames Echo. Eine Art Nachhall. Alles in Ordnung, nung, nung, nung.

Wir betraten einen langen, dunklen Flur. Schließlich befanden wir uns im besten Frogner. Die Wände waren hoch, und die Zimmer der Wohnung gingen vom Flur ab. Vor uns lag ein großes, helles Wohnzimmer. An den Wänden hingen Bilder, die ich nicht verstand, ich konnte mir aber denken, dass sie nicht billig waren. Allein schon die Rahmen waren sicher ein Vermögen wert. Auf einem niedrigen Tisch vor der Garderobe stand eine riesige Buddha-Statue aus Messing. Es roch nach Räucherstäbchen – oder vielleicht nach Hasch? Nein, natürlich nicht nach Hasch. Doch auf jeden Fall herrschte hier eine Atmosphäre, die mir fremd war. Die alte Tante Elise war sicher eine Exzentrikerin. Meine Mutter zum Beispiel wäre nie auf die Idee gekommen in unserer Blockwohnung Räucherstäbchen anzuzünden, sie ließ höchsten zu Weihnachten ein- oder zweimal ein Räuchermännlein sein Werk tun. Und selbst dann hatte sie Angst, der Rauch könne sich in den Wänden festsetzen. Hier war offenbar alles anders. Hier herrschten andere Regeln.

Mein erster Gedanke, als ich Tante Elise in der Wohnzimmertür sah, war, dass es der größte Fehler meines Lebens gewesen sei, statt langstieliger Rosen ein Fleißiges Lieschen zu kaufen. Ein Schraubenzieher oder die Zeitung von gestern wären immer noch bessere Mitbringsel gewesen als diese rosa Puddingblume, diese Rentnerpflanze. Was hatte ich eigentlich erwartet? Wie hatte ich mir Tante Elise vorgestellt? Wie die Tanten, die ich selbst nicht gehabt hatte, natürlich. Wie die Tanten aus meiner Kindheit. Groß und unförmig, mit grauen Dauerwellen und dicken Schuhen. Oder klapperdürre Geier mit hektischen roten Flecken am Hals. Die Tanten meiner Kindheit und Jugend hatten durchaus unterschiedlich ausgesehen, aber eine Gemeinsamkeit hatten sie doch gehabt: Sie waren ganz und gar geschlechtslos. Es war unmöglich gewesen, sie sich bei sexuellen Aktivitäten vorzustellen.

Tante Elise war eine Sexbombe. Nicht mehr und nicht weniger. Das ging mir auf, als sie nun auf uns zukam. Sie ging durch den langen Flur wie ein Mannequin über den Laufsteg. Ich merkte, wie der Schweiß meiner Hände das dünne Papier um den Topf des Fleißigen Lieschens feucht und klebrig werden ließ. Tante Elise trug ein schlichtes, schwarzes Kleid, das ihr bis zu … Na ja. Es war kurz. Dunkle Haare, die ihr bis auf die Schultern fielen. Die Haut war wie aus einem Roman – marmorweiß. Sie war barfuß und hatte blutrote Zehennägel. Schwarz. Weiß. Und eine Prise Rot.

Himmel, was war ich bloß für ein Idiot! Warum lebte ich nicht in meiner Zeit? Tina Turner ist Großmutter! Cher hat erwachsene Kinder und trotzdem einen Hintern, der einen Jungen vor Begierde weinen lassen kann. Wir bewegten uns im Eilschritt auf ein neues Jahrtausend zu. Tanten und Großmütter der Vergangenheit gehörten eben in die Vergangenheit. Auf den Schrotthaufen der Geschichte, gewissermaßen.

Ihre Brüste. Mein Herz. Alle drei wollten sich freimachen und losfliegen.

«Elise», sagte sie. «Freut mich.» Ihre kühle Hand glitt in meine Sauna.

Ich weiß nicht mehr, was ich gesagt habe. Weiß nur, dass ich diese schmähliche Blume überreichte und dass Lone mir den Mantel abnahm. Ich würde in meinem ganzen Leben nicht vergessen, dass ich dieser Frau ein Fleißiges Lieschen mitgebracht hatte. Sie war von der Sorte, die sich ziemlich sicher mit langstieligen Rosen auspeitschen lässt.

«Sag mal», sagte sie und schaute mich aus zwei dunklen, von etwas Schwarzem, Glänzendem umkränzten Augen an, «Alfons Jørgensen, der hat doch mal Gedichte geschrieben, oder nicht?»

Damit konnte ich mich wieder fassen. Noch einmal hatte Alfons Jørgensen mich gerettet. Es war eine unbeschreibliche Erleichterung für mich, dass sie nicht direkt auf mich und meine Angelegenheiten zu sprechen kam, sondern zum Anwärmen einen Dritten herbeizog. Ich hatte plötzlich keine Lust über Ngombo oder über fliegende Untertassen zu sprechen.

Sie war zweifellos eine Frau von Welt. Machte kein Aufhebens um dieses Fleißige Lieschen. Bedankte sich recht überzeugend und zauberte es fort. Weg war es. Ich versicherte ihr, dass Alfons wirklich Poesie verfasst habe. Er war der, den sie meinte. Der in den sechziger Jahren zum Genie ausgerufene Lyriker, der nach zwei Bänden plötzlich verstummt war.

Ob ich vielleicht annahm, dieses plötzliche Verstummen könne zusammenhängen mit... Nein. Er hatte schon mehrere Jahre vor unserem ersten Jagdausflug die Lyrik an den Nagel gehängt. Aber ich hatte natürlich meine Theorien. Das ja. Erst jetzt war mir bewusst geworden, dass ich schon als Kind immer wieder entführt worden war. Ich sah keinen Grund zu der Annahme, dass diese Nacht unter dem Borildknatten für ihn das erste Mal gewesen sei. Das konnte ich immerhin sagen, ohne den Schnabel zu weit aufzureißen.

Wir gingen durch den Flur in Richtung Wohnzimmer. Plötzlich zuckte ich zusammen. Was war denn hier passiert? In nur einer Minute hatte ich Lones Anwesenheit vergessen. Hatte sie kaum noch registriert. Sie war zu einem grauen Schatten am Rand meines Blickfeldes reduziert worden. Ihr stilles Wesen war einfach beiseite gedrängt worden. Ich hatte mich von der unleugbaren Schönheit der Tante vollständig blenden lassen.

Aber damit sollte jetzt Schluss sein. Ich konnte mir ja unschwer denken, wie oft sie das schon erlebt hatte. Dass es schon längst zum Trauma geworden war. Der attraktive Mann betritt die Wohnung und bricht beim Anblick des Dekolletés der Tante einfach zusammen. Aber bei mir war das anders. Ich hatte mich zwar für ein oder zwei Sekunden aus der Fassung bringen lassen, aber ich hatte mich doch bemerkenswert schnell wieder am Riemen gerissen. Es lag auf der Hand, dass ein zukünftiges Zusammenleben mit Tante Elise eine ziemliche Hölle sein würde. Sie war durchtrieben, die gute Elise, und sicher drängten die Männer sich, wo sie auch ging und stand, wie geile Hunde um sie. Ein Eifersuchtsdrama kündigte sich an, das eines Edvard Munch würdig wäre.

Ich bedachte Lone mit einem Lächeln, das sie sicher beruhigend fand. Ich bin ein erwachsener Mann, Lone. Ich weiß, was ich will. Wo Qualität zu finden ist. Ich will nicht so banal sein, dass ich mich über diese ewigen innerlichen Werte verbreite, aber für mich bist du attraktiv genug. Gott weiß, dass ich selbst auch kein Adonis bin. Ich kenne meinen Platz. Ich habe an den Stränden von Rio, wo die neuen Tanten ihre Hintern schwenken, wirklich nichts zu suchen.

Doch. Je mehr ich mir das überlegte, umso deutlicher wurde mir, dass Tante Elise von der liederlichen Sorte war. Eine echte Schlampe! Das verrieten ja schon ihre Bewegungen. Sie hatte etwas Katzenhaftes, Träges. Ihre Hüftbewegungen grenzten schon ans Vulgäre. So brauchte keine zu gehen, es war unnatürlich. Aufgesetzt. Und ihre Hände! Schmale, starke Hände mit roten Nägeln. Langen Nägeln. Nägel, die im Laufe eines einzigen verzweifelten Orgasmus einen Mann von den Hinterbacken bis zum Hinterkopf zerfetzen konnten. Schon wenn sie sich eine Locke aus der Stirn strich, war diese Geste mit Sex geladen. Als strecke sie zerstreut die Hand nach einem wartenden Männerglied aus. Warum machte sie das?

Abermals lächelte ich Lone zu. Diesmal ein wenig schelmisch. Es war ein Ich-habe-deine-Tante-durchschaut-Lächeln. Ein Lächeln, das ganz deutlich sagte, dass diese lächerliche Werbung bei mir nicht ankam. Denn so bin ich nun einmal. Mein Interesse nimmt sofort ab, wenn eine Frau sich anbietet. Ein solches Verhalten finde ich einfach erbärmlich. Wer sich so verhält, ignoriert meinen Intellekt. Trampelt auf meinem Gefühlsleben herum. Solche Frauen können einen Penis zwar hart werden lassen. Das schon. So wie jetzt, als ich hinter ihr ging und ihr Hintern mein gesamtes Blickfeld füllte. Aber Begehren? Keine Spur! Meine Begehren ist nämlich mit Romantik und Zärtlichkeit verbunden. Eine eilige Nummer auf dem Wohnzimmertisch ist einfach nichts für mich. Nein. Für Elling führt der Weg ins Bett über ruhige Spaziergänge am Fjord. Über Gespräche über Gott und die Welt. Über behutsame Küsse, bei denen langsam in ihr und mir der Saft hochsteigt. Ich möchte züchtige Frauen. Frauen, die verzweifelt mit ihrem Sexualtrieb ringen und sich am Ende geschlagen geben müssen. Frauen? Frau. Ich will Lone. Für mich hieß es, Lone oder keine, und ich war darauf vorbereitet, dass es sehr gut keine werden könnte.

«Setzt euch doch erst mal. Das Essen ist bald fertig!» Tante Elise sexte sich durchs Wohnzimmer und verschwand in der Küche.

Erst, als sie nicht mehr zu sehen war, wurde ich auf das Zimmer aufmerksam, in dem wir uns befanden. Das Zimmer! Was für ein Zimmer! Genauer gesagt, was für Zimmer, denn es waren zwei, getrennt durch einen spanisch inspirierten Türbogen. Dicke Teppiche bedeckten den Boden. Gemälde. Eins zeigte einen nackten Mann im türkisen Wasser eines Schwimmbeckens. So so. Vermutlich stellte sie sich vor dieses Werk und rieb sich den Zapfen, wenn sie sich langweilte. Wenn sie nicht gerade einen oder zwei Männer zur Hand hatte.

Auf ganz natürliche Weise stellten sich nun eine Reihe von Fragen ein. Ich räusperte mich und flüsterte Lone etwas zu. Flüsterte sehr leise, weshalb sie sich zu mir hinbeugen musste. Cleverer kleiner Trick.

Es war doch unmöglich, dass sich das alles mit einem einzigen Imbisswagen finanzieren ließ, auch wenn der in Frogner stand.

Nein, so war das auch nicht. Tante Elise besaß die ganzen Leckereien.

Die ganzen Leckereien?

Ja. Die Kette, die so hieß. Die Supermarktkette.

Die zweihundert Würstchenwagen zwischen Lindesnes und dem Nordkap waren offenbar nur eine Art Nebengeschäft.

Ich stieß einen leisen Pfiff aus und versuchte, diesen viel sagend klingen zu lassen. Plötzlich stieg meine Bewunderung für Tante Elise. Vor allem, weil sie offenbar zur guten alten Schule gehörte. Hier saß sie nun auf Milliarden, aber ihre Nichte musste sich in die Firma erst einarbeiten. Auf diese Weise entwickeln sich gute Führungskräfte, und das sagte ich auch ganz offen.

Lone lachte und zeigte dabei starke, weiße Zähne. Sie waren so weiß und stark, dass ich mir sofort die Handfläche vor den Mund hielt. Nein, Lone wollte nicht bei Leckereien einsteigen. Sie wollte im Herbst ein Studium aufnehmen. Irgendein Fach, von dem ich noch nie gehört hatte. Ich nickte deshalb nur kurz und brachte zum Ausdruck, dass ich das für eine kluge Entscheidung hielte. Für ein zukunftsweisendes Fach.

«Jetzt kommt essen! Ich hoffe, ihr habt genügend Appetit mitgebracht!»

Die Lebensmittelmagnatin Elise in der Küchentür. Die rechte Hand auf der Hüfte. Die andere hing frei, beschwert von allerlei Karat.

Wie gesagt: Es war ein beeindruckendes Wohnzimmer. Es war riesig. Und Tante Elise blieb einfach stehen. In der Tür zur Küche. Warum konnte sie sich nicht umdrehen und in die Küche gehen? Warum musste sie so dastehen und uns zusehen, wie wir durch das Zimmer gingen? Mir wurde schwindlig und schlecht dabei.

Es wurde besser, als wir dann saßen. Nicht gut, aber besser. Ich dachte an alles, was hier auf dem Spiel stand. Dass hier faktisch die zweite Halbzeit meines Lebens auf dem Spiel stand. Wenn ich hier einen falschen Schritt machte, dann könnte ich mir die Sonntagsausflüge mit Lone gleich abschminken. Und so seltsam das auch klingen mag – an die hatte ich mich aus irgendeinem Grund schon gewöhnt. Ich wollte sie machen, so war das. Basta!

Wir plauderten, während Tante Elise den Braten zerschnitt. Plaudern war mir noch nie leicht gefallen, aber nun merkte ich zu meinem Erstaunen, dass es ziemlich gut ging. Und dieses Geplauder über Wind und Wetter half mir beim Entspannen. Du meine Güte, dachte ich. Hier sitzt du nun und unterhältst dich mit zwei wunderbaren Frauen. Mitten am dunklen Sonntagabend! Doch als Lone auf meine Vergangenheit als Missionarskind in Afrika zu sprechen kam, schob ich freundlich, aber bestimmt einen Riegel vor. Sagte, wie ich schon im Felix angedeutet hatte, es höre sich zwar exotisch an, Tatsache sei jedoch, dass die meisten Missionarskinder unter einem Trauma litten. Ich selbst auch. Ich war mit neun Jahren ins erste Internat gekommen, und ein neunjähriges Kind gehört nun einmal zu seiner Mutter. Das meinte ich zumindest. Meine Kindheit war im wahrsten Sinne des Wortes ein schwarzes Kapitel in meinem Leben gewesen. Meine Stimme versagte, genau wie an dem Tag mit Kjell Bjarne. Ich musste meinen Hals wirklich endlich untersuchen lassen.

Und dann passierte es. Lone lächelte ihr herzensgutes Lächeln und legte zum zweiten Mal ihre Hand auf meine. So hatte sie das nicht gemeint. Ich war zum Essen eingeladen. Ich war nun wirklich nicht hier, um Vorträge über unangenehme Themen zu halten. Verzeihung. Ich durfte mich auch nicht dazu verpflichtet fühlen, über meine seltsamen Erlebnisse zu sprechen. Aber sie und Tante Elise gehörten zu einer kleinen Gruppe. Einer Gesprächsgruppe, die über solche Phänomene diskutierte. Ich wusste ja bereits, dass sie sich dafür interessierten.

Ich sagte, ich hätte nichts dagegen, über meine Entführungen zu sprechen. Falls sie mich nicht in größere Versammlungen hineinzogen, wohlgemerkt. Was ich durchgemacht hatte, hatte mich geprägt. Früher war mir der Umgang mit Menschen aller Art sehr angenehm gewesen, doch in den vergangenen Jahren hatte ich mich mehr und mehr zurückgezogen. Einmal hatte ich versucht mit jemandem, den ich damals für einen guten Freund hielt, über meine Erlebnisse zu sprechen. Und war verspottet worden! In der ganzen Nachbarschaft zum Gespött gemacht. Über Nacht galt ich als einer, der glaubt, der Mars werde von grünen Männlein bewohnt. Ich hatte ganz einfach umziehen müssen. Jetzt war ich erleichtert. Ich wusste, dass ich hier bei Freundinnen war.

Eine Zeit lang aßen wir schweigend weiter. Es war ein gutes Schweigen, und das Essen war köstlich. Vor allem die Soße, in der ich die mehligen Kartoffeln zermanschte. Der Rosenkohl: Kleine Geschmacksgranaten trafen meinen Gaumen.

«Im Universum wimmelt es nur so von Leben», sagte

Elise. «Wir sind nicht allein, und es gibt keinen Tod. Nur ein Meer der Liebe. Es ist traurig, dass es mit Jørgensen so gekommen ist, aber ich kann dir versichern, dass es einen tieferen Sinn hat.»

Und von nun an übernahm die Tante die Regie. Schenkte Rotwein ein und übernahm die Regie. Ich konnte mich nur an der warmen Mahlzeit gütlich tun und zuhören. Tante Elise konnte ab und zu in tiefer Meditation Kontakt zu einem gewissen Nabel aufnehmen. Einem uralten Geist, der ihr aus dem Jenseits erzählte. Er hatte die Raumwesen erwähnt. Und mitgeteilt, dass wir an der Schwelle zu einem neuen Zeitalter standen. Und nun mussten wir uns öffnen und das annehmen, was uns gebracht wurde.

Ja, dachte ich. Das stimmt. Ich spürte, dass es stimmte. Ihre Brüste. Der tiefe Spalt über dem schwarzen Ausschnitt. Das Universum strotzte von Milch und Leben und weißer Haut. Von weich gerundeten Hinterteilen und rosa Fleischtunnels, in die das Leben hineingepumpt und aus denen es herausgezogen wurde. Ich war wieder eisenhart, und während Elise sich über den Präsidenten der USA lustig machte, der der Öffentlichkeit nicht mitteilen wollte, was die Behörden über die Herkunft der UFOs wussten, stellte ich mir vor, wie ich von hinten in sie hineinglitt. Ihre etwas heisere Stimme hypnotisierte mich ganz und gar. Ich malte mir eine neue Weltordnung aus, in der es schön und natürlich und nicht sündhaft und verstohlen wie heute war, sich überall und mit aller Welt zu lieben. Im Bus. Im Supermarkt. Unter den Brücken und im Fahrstuhl. Lone! Ich liebe dich! Tante Elises Brüste wogen und wogen und drängen sich uns entgegen. Ein kühner Gedanke: Könnten wir nicht so weit kommen, dass es uns als natürlich erschien, miteinander Verkehr zu haben – alle drei? Und warum eigentlich nicht? Ich hatte mehr als einmal im Video gesehen, dass das problemlos verlaufen konnte. Der mentale Kontakt zwischen uns war jedenfalls wunderbar. Wir hatten genau dieselben

Schwingungen, und ich sah keinen Grund, warum sich das ändern sollte, bloß weil wir uns unserer unbequemen Kleidung entledigten. Im Gegenteil. Wir könnten eine Sekte gründen, um unsere Ruhe zu haben. Mir schwindelte. Tante Elises Mittel erlaubten den Ankauf einer Ranch in Nevada, wo wir uns in all das vertiefen konnten, was Präsident Clinton zu verbergen versuchte. Keine krankhafte Sekte natürlich, keine von der Art, die kollektiven Selbstmord begeht, wenn ein Komet am Himmel auftaucht, sondern eine gesunde Sekte, die in selbst gewählter Harmonie lebt. Vor nur wenigen Minuten hatte ich Angst gehabt, nicht gut genug zu sein. Weil das, was ich zu erzählen hatte, vielleicht ein wenig verrückt wirken konnte. Und jetzt erzählte Elise vom alten Nabel und von dem Raumschiff aus Plasma, das sich in den Pyramiden von Mexiko verbarg. Ich hatte das Gefühl mich von Sekunde zu Sekunde mehr zu entwickeln und zu wachsen. An einer Gemeinschaft von Eingeweihten teilzunehmen. An einer weltumspannenden Bruderschaft. Wir wussten, was wir wussten. Die Schafsköpfe mochten derweil die Lohnverhandlungen diskutieren.

Als zum Nachtisch eine Creme aus Torfbrombeeren aufgetischt wurde, tippte ich vorsichtig mit dem Teelöffel mein Glas an und hielt eine kurze Rede. Bedankte mich für die Einladung und erzählte, es sei für mich ein großes Erlebnis. Sie selbst seien daran gewöhnt, ganz offen über diese Dinge zu sprechen, ich dagegen… Mir kamen die Tränen, und ich ließ ihnen freien Lauf. Fasste mich bald wieder, sah aber auch keinen Grund, in dieser Gesellschaft meine Gefühle zu verhehlen. An diesem Tisch konnte man durchaus ein wenig weinen, ohne gleich als Trottel abgetan zu werden.

Den Nachtisch verzehrten wir schweigend. Mein Weinanfall hatte mich ruhig werden lassen. Ich merkte, dass die beiden Frauen ab und zu kurze Seitenblicke tauschten. Was ich ganz natürlich fand. Hier war nämlich die Rede von warmen Seitenblicken. Da war ich mir sicher. Wie oft legte ein Mann schon auf diese Weise sein Leben in ihre Hände? Ohne einen einzigen Hintergedanken? Vor allem Tante Elise musste sich sicher tagtäglich damit abmühen, einen gewissen Typ Mann auf Armeslänge von sich zu halten. Bestimmt! Sie wusste Sex zweifellos zu schätzen, aber nicht ohne einen Gutteil universeller Liebe. Und die gab es nicht außerhalb des Kreises der Eingeweihten.

Ich musste pissen. Es war schließlich schon über eine Stunde her, dass ich geglaubt hatte pissen zu müssen, also war es nur natürlich. Jetzt war es Ernst. Unmöglich, nach Hause zu rennen und ins eigene Klo zu pissen. Nun ja. Wer muss, muss. Ich bedankte mich noch einmal höflich für das Festmahl, diesmal ohne eine einzige Träne zu vergießen. Es sei schon spät, ich wolle doch nicht ihren ganzen Abend mit Beschlag belegen. Also: Vielen Dank, und wo ist die Toilette?

Die Toilette? Die dritte Tür links auf dem Flur. Aber ich würde vor dem Gehen doch sicher noch eine Tasse Kaffee trinken? Einen Espresso? Und vielleicht auch ein Gläschen Cognac?

Lone nötigte mich geradezu. Ich musste an ihre Hand denken, die sich für einen Moment auf meine gelegt hatte. An das Gefühl, das sich bei der Berührung von Haut und Haut eingestellt hatte.

«Ja, danke», sagte ich mit fremder Stimme. Und abermals diesem Echo.

«Setzt euch einfach schon ins Wohnzimmer», sagte Tante Elise, «dann kümmere ich mich um den Kaffee. Danach müsst ihr mich entschuldigen. Ich muss mich auf eine Besprechung morgen vorbereiten.»

«Wir trinken den Kaffee auf meinem Zimmer», sagte Lone, «und den mach ich. Danke fürs Essen, Tante Elise.»

Ich rutschte auf meinem Stuhl hin und her und kehrte ihnen beim Aufstehen den Rücken zu. Ich sah keinen Grund ihnen mein pochendes Potential zu zeigen, um das mal so zu sagen.

Ich verließ eilends die Küche und lief durch das Wohnzimmer. *Wir trinken den Kaffee auf meinem Zimmer.* Ich wusste nicht, was ich denken sollte. Hatte keine Ahnung.

Den Kaffee? Ja, den trinken wir auf meinem Zimmer. Wir gehen in mein Zimmer und trinken Kaffee. Wir schlendern zu meinem Zimmer und nehmen zur Tarnung zwei Tassen Kaffee mit. Was wir auf meinem Zimmer treiben? Kaffee trinken. Unter anderem. Eigentlich mag ich gar keinen Kaffee, aber ich war doch bereit, eine Ausnahme zu machen. Zumindest wollte ich am Becher nippen. Eine kleine Menge zu mir nehmen. Vielleicht sogar einen Schluck Cognac, wenn Lone das mit dem Cognac zum Kaffee ernst gemeint hatte. Ich hatte noch nie welchen probiert.

Dritte Tür. Links. Eins, zwei, drei. Links. Kaffee auf meinem Zimmer. Meine Blase drohte zu bersten, ich hätte mich fast voll gepisst. Aber ich hatte ja diese unpassende Erektion. Die Lage war verzweifelt, jetzt eilte es. Ich war aber nicht in der Lage den Strahl in die Toilette zu lenken. Ich wusste mir keinen Rat, aber dann fiel mein Blick auf die Duschkabine. Eine Notlösung natürlich, aber eben doch eine Lösung. Ich schloss hinter mir ab, riss meine Hose auf und steckte mein Glied in die enge Öffnung zwischen Tür und Plastikwand. Dann ließ ich meinem Wasser freien Lauf. Weit die Wand hoch. Was für ein Druck! Um mich nicht zu bespritzen, musste ich die Tür bis zu meinem Penis zuziehen. Die kühle Metallleiste an meiner heißen Haut. Auf jeder Seite eine kühle Metallleiste. Es war – seltsam. Mir fiel ein, dass mein Geschlechtsorgan frei unter meinem Mantel gehangen hatte, auf dem ganzen Weg vom Pflegeheim in die Innenstadt, und das steigerte meine Erregung noch. Ich sah ein, dass ich eingreifen müsste, nachdem ich meine Blase geleert hätte. Das hier ging so nicht weiter. Jetzt musste ich Dampf aus dem Kessel lassen, sonst würde ich platzen. Daran bestand leider kein Zweifel.

Als ich diese gewaltige Pisserei endlich beenden konnte,

wagte ich, die Handbrause aufzudrehen. Ich spülte das Duschkabinett mit glühend heißem Wasser aus. Worauf es im ganzen Raum nach frischem Urin roch. Verzweifelt zog ich eine Dose Haarspray aus einem Regal und sprühte wild drauflos. Das half. Ich stellte die Spraydose wieder weg und wollte gerade die Hand nach der Klopapierrolle ausstrecken, als mein Blick auf einen großen Bastkorb in einer Ecke fiel. Ich konnte mich nicht beherrschen. Mit den Hosen um die Knöchel schlurfte ich hinüber und hob den Deckel hoch. Und wie erwartet. Schmutzige Wäsche. Ein dünner Pullover. Eine Bluse. Ich wühlte ein wenig herum und hielt dann eine schwarze Spitzenhose in der Hand. Ich zitterte wie Espenlaub, während meine Finger über die kühle Seide fuhren. Ich stellte mir vor, wie Tante Elise diesen dünnen Stoff über ihren weißen Hintern streifte. Ich hielt mir die Hose vor die Nase und atmete mit geschlossenen Augen den säuerlichen weiblichen Geschlechtsduft ein. Den Mösenduft gewissermaßen. Dieses Wort hatte mich immer schon geärgert, und während der Duft mich langsam betäubte, versuchte ich mir ein besseres Wort für das weibliche Organ auszudenken. Ein Wort, das meine Ehrerbietung zum Ausdruck brachte. Votze? Vulgär. Erniedrigend. Muschi? Kindisch. Scheide war ein Wort, das höchstens im Sprechzimmer eines Arztes und vor Gericht Verwendung finden konnte. Ich muss leider Ihre Scheide untersuchen. Die Klägerin sagt aus, der Angeklagte sei ohne ihre Zustimmung in ihre Scheide eingedrungen. So ungefähr. Ich kam zu der düsteren Erkenntnis, dass es unserer Sprache ganz einfach an einem passenden Wort für etwas so Wichtiges wie das weibliche Geschlechtsorgan fehlt. Es ist fast nicht zu glauben! Es ist einer Kulturnation unwürdig. Hier ersinnen wir Namen für alle möglichen unwichtigen Körperteile wie kleiner Finger und Ohrläppchen, aber den Namen für das Portal des Lebens überlassen wir Medizinern und Juristen – oder der groben Sprache der Gosse!

Tante Elises Geruch berauschte mich förmlich. Plötzlich konnte ich sehr gut die Sniffer verstehen. Wusste, worum es ihnen ging. Um die körperliche Ruhe und die angenehmen Bilder, die über den inneren Bildschirm laufen. Jaja. Die Behauptung, mein Körper sei nun ruhig gewesen, wäre wohl eine gelinde Übertreibung. Doch die Bilder waren da. Tante Elise, die sich fest um mich schloss, während Lone aufmunternd nickte. Ich hatte Grund zu der Annahme, dass unser Dreieck funktionieren würde.

Behutsam hängte ich das hauchdünne Seidenteil auf die äußerste Spitze meines Gliedes. Ließ es vorsichtig hin und her wehen. Sehr vorsichtig, denn jetzt stand ich unmittelbar vor dem Abgrund. Aber dann kam mir eine kühne Idee. Ich stellte mich vor den Spiegel und stülpte mir die Hose über den Kopf. Dann betrachtete ich mich durch die Öffnungen, aus denen sonst Tante Elises wohlgeformte Oberschenkel herausragten. Sog den fremden Geruch in mich hinein. Und gleich darauf kam ich dann. So etwas hatte ich noch nie erlebt.

Danach wurde ich wütend. Ich wischte auf, so gut ich konnte, und machte mir dabei bittere Vorwürfe. Das war krankhaft, was ich da gemacht hatte. Ärgerlich warf ich die Unterhose auf den Boden. Trampelte darauf herum. Was bildete die Frau sich eigentlich ein? *Die Alte brauchte sich überhaupt nichts einzubilden!* Das war doch klar. Mir ging es um eine behutsame Annäherung an Lone. Ihre Schweinereien konnte die Tante sich an den Hut stecken. Ich ließ meine Hosen fallen und streifte ihre Seidenunterhose über. Dann meine Boxershorts. Und zum Schluss: meine etwas zerknitterte Anzughose. Perfekt. Sie konnte sicher nichts dafür. Sie war eben so. Ich selbst konnte Sex für diesen Tag abhaken. Der ganze Unfug hatte also doch eine konstruktive Wirkung gehabt. Sollte sich doch schämen, wer sich dazu berufen fühlte. Ich hatte schließlich niemanden verletzt. Und es ist schon komisch. Was nur wir selbst gesehen haben, ist im Grunde nicht passiert. Auf jeden Fall können wir es verdrängen. Und darin besitze ich lange Erfahrung.

Ich war also einfach nur kurz pissen gewesen. Was nun? Ich war ein wenig unsicher. Ich hatte ganz vergessen mich zu erkundigen, wo Lones Zimmer lag. Und deshalb schlich ich mich auf Zehenspitzen zurück in die Küche.

Sie stand am Fenster und hielt eine Tasse in der Hand. Irgendwo in der Wohnung flogen flinke Finger über eine Tastatur.

«Hast du dich zurechtgefunden?»

Ihr Lächeln kam mir durchaus echt vor, etwas an ihrer Stimme jedoch ließ mich aufhorchen. Ein leicht beunruhigter Unterton, so, als habe sie an der Tür gehorcht. Nein. Das ginge denn doch zu weit. Ich war davon überzeugt, dass ich es mit einem anständigen Mädchen zu tun hatte. Mit einer, die sich für andrer Leute Klogewohnheiten nicht weiter interessierte. Doch, ich hatte mich problemlos zurechtgefunden. Ich hatte mich nach links gehalten, erzählte ich. Und drei Türen gezählt. Ich roch ein wenig nach Haarspray, aber eine ungeübte Nase konnte das für Seife halten. Ich ging davon aus, dass das Haarspray Tante Elise gehörte.

Lones Zimmer war groß und hell. Eine Sitzgruppe. Ein Fernseher. Ein vollbelegter Bücherschrank. In einer Ecke standen ihr Bett und ein Nachttisch. Ich dachte, hier liegt sie also. Hier schläft sie jede Nacht. Mir war plötzlich ein bisschen schlecht, mir ging das alles viel zu schnell. In diesem Zimmer hatte ich ganz einfach nichts zu suchen, jedenfalls jetzt noch nicht. Dass ich in dieses Zimmer geführt wurde, sollte die Belohnung für irgendetwas sein, wofür, wusste ich allerdings nicht so recht. Für meine ausdauernde Zurückhaltung vielleicht. Die Belohnung für die vielen Spaziergänge draußen auf Bygdøy. Die Belohnung dafür, dass ich sie nie gedrängt hatte, dass ich nicht von der Sorte war, die nur an das eine dachte. Denn ich war doch anders als andere

Männer. Jetzt stand ich hier und roch leicht nach Haarspray, und das alles hatte ich einfach geschenkt bekommen. Ich hatte rein gar nichts unter Beweis stellen können. Ich fühlte mich ein wenig betrogen. So hatte ich mir das nicht vorgestellt. Ich war ganz einfach ein wenig enttäuscht von ihr.

Sie ist so jung, dachte ich. So vertrauensvoll. Vergiss das nicht, alter Mann von Welt! Vergiss nicht, dass eine Frau unter dreißig ganz und gar liebt, wenn es denn so weit ist. Und dann hat sie nicht immer Zeit, daran zu denken, was sich gehört.

Also beschloss ich, das Beste aus der Sache zu machen. Mich der Jugend anzupassen. Auf einem Couchtisch aus Rauchglas stand schon mein Kaffeebecher. Daneben zwei Gläschen, die sicher den erwähnten Cognac enthielten. Ich setzte mich aufs Sofa und machte ihr Komplimente für ihr Zimmer. Tante Elises Unterhose spannte im Schritt.

«Ich hab wirklich Glück gehabt», sagte sie, «bei der Wohnungsnot hier in der Stadt. Und Tante Elise ist total in Ordnung. Sie mischt sich nirgendwo ein.»

Sofort war mein Argwohn geweckt. Denn was in aller Welt war das, worin Tante Elise sich nicht einmischte? Wie Lone sich anzog? Was sie sich im Fernsehen anschaute? Natürlich nicht. Und noch eins: Warum erzählte sie mir das? Warum sagte sie ganz offen, dass Elise sich nicht einmischte? *Nirgendwo!* Wollte sie mir damit Mut machen? Mir grünes Licht für allerlei Unternehmungen signalisieren? Ich wusste es nicht. Musste ganz einfach einsehen, dass es mir hier an Erfahrung fehlte. Zum Glück ließ sie die Tür zum Flur offen stehen und zum noch größeren Glück setzte sie sich mir gegenüber in den Sessel. Ich spürte aber trotzdem, dass meine Handflächen feucht wurden und dass mein Herz ungesund schnell schlug. Denn hatte sie ihre Beine nicht ausgesprochen weit geöffnet? Sicher konnte ich das nicht wissen, ich wusste nicht, wie Frauen normalerweise saßen, aber sie hatte jetzt etwas Einladendes, das konnte ich immerhin feststellen. Sie erzählte von ihren Eltern, die offenbar nach Dänemark übersiedelt waren. Es fiel mir schwer, mich zu konzentrieren, und immer wieder wurde mein Blick von ihrem gemachten Bett angezogen. Hatte sie Klaus Otto Syvertsen dort übernachten lassen? Während Tante Elise sich nicht einmischte? Hier ist es passiert, dachte ich. Du kannst es nicht sehen, denn es gehört in die Vergangenheit, aber hier, genauer gesagt, dort auf dem Bett, ist es passiert. Du befindest dich jetzt am Tatort. Auf dieser Matratze dort drüben hat sie Klaus Otto geritten, bis der um Gnade flehte. Genau so war das. Hier in diesem Zimmer haben sie geschrien und gejuchzt, während Elise mit einem wehmütigen Lächeln im Wohnzimmer saß und an ihre Jugend dachte. Während sie ihre Gedanken in die Vergangenheit wandern ließ und beschloss sich in nichts einzumischen.

Ob irgendetwas nicht stimmte?

Nicht stimmte? Ich lachte beruhigend und ließ mich auf dem Sofa zurücksinken. Legte einen Arm auf den Sofarücken. Hier saß ich als glücklichster Mann auf der Welt, aber sie fragte, ob etwas nicht stimmte. Ich war einfach nur überwältigt. Jahrelang hatte ich mich in meine schmerzlichen Erlebnisse eingekapselt, doch dann waren sie und ihre Tante gekommen und hatten die Tür aufgeschlossen. Ich bat um ein gewisses Verständnis dafür, dass einem in einer solchen Situation allerlei seltsame Gedanken durch den Kopf gehen. Das verstand sie gut. Das konnte sie mir versichern. Aber das, was sie getan hatte… Sie habe doch nichts getan. Fast nichts. Ach? Sie hatte alles getan. Ich würde noch an dem Tag, an dem sie mich endgültig abholten, in ihrer Schuld stehen. Das hatten sie nämlich vor. Darauf hatte ich ihr unausgesprochenes Wort. Ob das wirklich stimme? Ja. Es stimmte.

Mehr wurde über diese Angelegenheit nicht gesagt. Sie spielte ein wenig an ihrem Uhrarmband herum und wirkte plötzlich etwas unsicher. Dann erwachte sie wieder zum

Leben. Strahlte mich geradezu an. Ob ich Bilder vom letzten UFO-Seminar in Lillehammer sehen wolle, das sie zusammen mit Tante Elise besucht habe? Ich könne doch beim nächsten Mal mitkommen. Ob ich Lust dazu hätte?

Ja. Die hatte ich. Unter der Voraussetzung, dass ich meine Geschichte nicht auf irgendeinem Rednerpult erzählen müsse. Das würde nämlich über meine Kräfte gehen. Und ich musste ein Zimmer für mich haben. Mit Schlüssel. So war ich nun einmal geworden.

Dazu sagte sie nichts. Wir würden ja sehen, gewissermaßen. Diese Diskussion könnten wir bei einer späteren Gelegenheit auch noch führen.

Als sie aufstand und zum Regal ging, um das Fotoalbum zu holen, erwachte in mir wieder diese unendliche Zuneigung. Dieses ganz besondere Gefühl, das nur sie zum Leben erwecken konnte. Ich schielte zum Bett hinüber, doch nun sah ich nur, was dort wirklich zu sehen war. Die straff gespannte Bettdecke. Die Kissen. Den kleinen Schmusebären in der Ecke. Und dachte mir, dass wir diese Sache mit Klaus Otto Syvertsen doch aus der Welt schaffen könnten. Dass wir sie gemeinsam abhaken würden. Sie hatte schließlich schon so oft geduscht, seit er sich in sie ausgeleert hatte. Zahllose Male! Sie hatte sich seit damals mit einem ganzen Ozean reingespült. Außerdem erinnerte ich mich daran, dass nicht einmal feststand, ob ihm wirklich der Zugang zu ihr erlaubt worden war. Das war sogar sehr zweifelhaft. Direkt unwahrscheinlich, wenn man die kurze Lebenszeit dieser Beziehung in Betracht zog.

Und dann passierte es. Sie setzte sich neben mich aufs Sofa. So dicht, dass ich ihren Oberschenkel an meinem spürte. Als sei das normales, gesundes Verhalten. Ich bin nicht prüde, aber dieses direkte Zur-Sache-Kommen war so überraschend. Ich hatte von einem Mädchen wie Lone keine sexuellen Zudringlichkeiten erwartet. Ich wollte zwar geliebt werden, aber nicht unbedingt schon an diesem Tag. Ich wäre völlig zufrieden gewesen, wenn ich damit hätte rechnen können, zum Beispiel morgen geliebt zu werden. Oder irgendwann in der nächsten Woche. War das denn so schrecklich schwer zu verstehen?

Sie verstand offenbar nur Bahnhof. Klebte ihren Oberschenkel an meinen und deutete eifrig auf ein Farbfoto, das sie und Tante Elise zusammen mit einer Gruppe anderer UFO-Enthusiasten zeigte. Das hier war Ben aus Australien. Und das da Lotte aus Schweden. Und dort...

Ben? Ich wusste nicht, was ich mit ihrem Oberschenkel machen sollte. Wenn ich auswich, konnte das missverstanden werden. Als Hinweis darauf, dass ich mit ihr wirklich nur ein sachliches Gespräch führen wollte. Und damit konnte ich meine zukünftigen Chancen torpedieren. Wenn ich mich dagegen an sie drückte und gewissermaßen die Liebkosung erwiderte, würde ich vielleicht eine Grenze überschreiten. Ich wusste ja trotz allem nicht sicher, ob sie wirklich etwas von mir wollte. Ich durfte nicht für eine Sekunde vergessen, dass ich es mit einer jungen Frau zu tun hatte. Dass ihr Verhalten in einer gewissen Achtlosigkeit fußen konnte. Es stand durchaus nicht fest, dass sie hier und jetzt von mir angefasst werden wollte. Es mochte zwar so aussehen, aber war sie selbst sich darüber im Klaren? Es war doch sehr gut möglich, dass ihr Unterbewusstsein ihr einen Streich spielte, damit kannte ich mich ja nun wirklich aus. Und da ich hier der Ältere war, musste ich auch die Ereignisse in die richtige Bahn lenken. Die Verantwortung übernehmen. Deshalb rückte ich ein *wenig* von ihr ab, aber nur so weit, dass sie es nicht übel nehmen könnte. Jedenfalls nicht, wenn sie nicht total paranoid war.

Ben?

Ben Johns. Forscher an der Universität in Sidney.

Na gut. Und was erforschte dieser Kerl denn so?

Physik. Sie glaubte, Physik. Ihr Zeigefinger wollte weiter. Ich registrierte, dass er panisch auf ein anderes Foto zusteuerte, auf dem Tante Elise in einem roten Kleid sich mit einer älteren Frau unterhielt. Ein harmloses Bild, eine Oase der Unschuld.

Momentchen! Wir waren mit diesem Ben Johns ja wohl noch nicht fertig. Ich sagte es nicht laut, aber er hielt seine rechte Hand auf eine Weise in die Luft, die andeuten konnte, dass diese Hand eben noch auf Lones Schulter geruht hatte. Warum hatte der Fotograf mit dem Bild gewartet, bis Ben seine Hand entfernte? Und warum in aller Welt hatte Lone ihn und diese Lotte aus Schweden namentlich erwähnt, wo sie doch mit einem ganzen Schock Menschen zusammen abgebildet war? Es lag doch auf der Hand, dass hier etwas nicht stimmte. Es war leicht zu erraten, dass Lone Lotte, einen ganz willkürlich gewählten Frauennamen, nur dazugezogen hatte, um die Tatsache zu neutralisieren, dass Ben der einzige Mensch war, an dessen Namen sie sich erinnern konnte. Wenn sie Lotte, die in Wirklichkeit Susan hieß und aus Kanada stammte, nicht erwähnt hätte, dann hätte es doch so aussehen können wie: Hier siehst du mich und Ben, den australischen Forscher, der sich auf die weibliche Physis spezialisiert hat. Den nussbraunen Mann aus Zimmer 207. Schräg gegenüber. Ihre Nervosität verriet sie. Jetzt sollte und wollte sie weiter. Sie zeigte und erklärte. Da! Und da! Mrs. Sommer am kalten Buffet. Spezialistin für die seltsamen Kreise in englischen Kornfeldern. Tante Elise zwischen zwei Vorträgen im Schwimmbad des Hotels. Ihr kleiner Nuttenhintern, nur teilweise verdeckt von einem gelben Stoffstreifen, suhlte sich im Türkisen.

Und wieder berührte Lones Oberschenkel meinen eigenen. Du meine Güte! Sie kroch auf dem Sofa ja förmlich in mich hinein. Wollte mir Bilder aus dem Konferenzsaal zeigen. Einen der amerikanischen Experten hinter dem Rednerpult. Grauhaariger Mann. Fachmann für Area 51. Über gerade dieses Wüstengebiet in Nevada wusste ich nun wirklich so gut wie alles, unter anderem, dass die Amerikaner dort Raumwesen gefangen hielten, doch mein Blick richtete sich auf eine Serie von Bildern auf der gegenüberliegenden Seite. Auf eine kolorierte Dokumentation eines zutiefst irdischen Festes. Papierhüte auf den Köpfen und ein halber Weinkeller auf dem Tisch. Überquellende, stinkende Aschenbecher und mitten in der ganzen Schweinerei: ein Kuchen. Drei Männer. Drei Frauen. Unter das erste Bild hatte Lone in runder Mädchenschrift geschrieben: *Neujahrsparty bei Glenn und Stine, 96.* Lone neben einem wildfremden Mann! Und weiter unten auf der Seite hat der nämliche Mann sein Hemd aufgeknöpft und einen Arm um sie gelegt. Sieh an. Und ich wusste natürlich sofort, um wen es sich bei dieser Kreatur handelte. Klaus Otto Syvertsen lächelte mir voller Besitzerstolz entgegen.

Jetzt wollte sie mit mir anstoßen. Also, Prost, Elling! Mit bemerkenswerter Ruhe hob ich mein Glas und schüttete den Inhalt in mich hinein. Es brannte wie die Hölle, schmeckte aber gar nicht schlecht. Rasch goss ich einen großen Schluck Kaffee hinterher. Beugte mich vor und betrachtete Klaus Ottos Gesicht. Seine ganze Erscheinung hatte etwas Weiches, Kraftloses. Seltsam, die Natur hatte ihn schließlich mit recht gut entwickelten Muskeln ausgerüstet. Vermutlich drängte sich sein eigentliches Wesen durch den Firnis aus durchtrainiertem Fett und sonnenbrauner Haut. Das registrierte ich. Dass er am Silvesterabend sonnenbraun war. Wieder hatte ich eines dieser Papasöhnchen vor mir, die auf die Seychellen entflohen, wenn in Norwegen die dunkle Jahreszeit einsetzte. Ich hatte also ganz Recht gehabt, Lone war an einen Snob geraten. Einen Bonzen. Die ganze Seite war mit ihm gefüllt. Klaus Otto in der Küche, wo er im Topf rührt. Klaus Otto mit blödem Hut am Tisch. Klaus Otto, der durch das Zimmer tanzt. Der auf dem Sofa herumhängt…

Ich riss mich zusammen. Das musste ich ganz einfach. Alles, nur sie nicht ins Gesicht schlagen. Voller Überraschung hörte ich mich sagen: «Und das hier? Klaus Otto Syvertsen, wenn ich mich nicht sehr irre?»

Und dabei lächelte ich sogar.

Das hier? Nein, das sei Svend.

Was für ein Svend?

Svend. Ihr Verflossener.

«Aber ich dachte…, war das denn nicht…»

Sie blätterte im Album zurück. Ein Farbchaos, ich sah nicht mehr ganz klar.

Hier war Klaus Otto. An einem Strand auf Mykonos. Halblange Haare und Shorts, die die Eier betonten. Und hier! Und hier und da und dort.

Ich unterbrach sie freundlich. Ob es so zu verstehen sei, dass sie sich sowohl Ben als auch Svend und Klaus Otto hingegeben habe? Hatte ich das richtig verstanden?

Sie blickte mich verdutzt an. Gerade jetzt schien ihr aufzugehen, was sie getan hatte. Und mit wie vielen noch dazu. Sie wollte das Album zurückziehen, aber ich war schneller. Riss es an mich und schlug irgendeine Seite auf. Noch mehr Männer. Noch mehr Feste. Noch mehr Reisen. Ich blätterte weiter. Männer, Männer und abermals Männer. Frauen natürlich auch, aber ich ging ja doch davon aus, dass sie nicht auch noch in dieser Branche tätig war. Anderseits, wer konnte das wissen? Ich nicht. Jetzt nicht mehr. Jetzt war alles offen. Wieder wollte sie das Fotoalbum an sich reißen. Mit dem Ergebnis, dass ihr Kaffeebecher umkippte und meinen Anzug bespritzte. Und mich außerdem noch verbrannte. Jetzt war ich wütend. Nicht mehr und nicht weniger. Richtig wütend. Packte sie am Handgelenk und verlangte eine Erklärung. Hier und jetzt wollte ich wissen, wie viele Männer sie vor mir schon gehabt habe. Wie viele Liter Sperma sie sich einverleibt habe. Ich verlangte die genaue Bilanz für alle drei Körperöffnungen!

Sie fing an zu weinen. Sagte, ich solle sie loslassen. Ich solle gehen. Rief nach Tante Elise.

Weinen. Das uralte Mittel, zu dem Frauen immer dann greifen, wenn von ihnen eine Erklärung verlangt wird. Mutter hatte das auch immer gemacht, wenn ich ihr eine Prise Gegenwind entgegengeblasen hatte.

Ich ließ sie los. Natürlich würde ich gehen. Ich warf das Album auf dem Boden. Spuckte es an. Hatte sie etwa gedacht, ich würde mich mit einer wie ihr verloben? Und sie meiner Mutter vorstellen? Meinen Freunden? Nein. Sie konnte ganz ruhig sein, ich würde gehen. Aber ehe ich ging, wollte ich ihr noch von einem Zeitungsartikel erzählen, den ich gelesen hatte. Wovon der gehandelt hatte? Dreimal durfte sie raten. Er handelte von einer Amerikanerin, die sich in weniger als zwölf Stunden von über dreihundertsechzig Männern hatte ficken lassen. Auf allen vieren, in einer nach Schweiß stinkenden Turnhalle. Falls sie verstand, was ich meinte.

Dann zerrte plötzlich Tante Elise an mir. Stieß mich quer durch das Zimmer. Lone lag zusammengekrümmt auf dem Sofa. Ihr Rücken zitterte. Ich wollte sie trösten und sagen, wir könnten es doch noch einmal versuchen. Einen neuen Anfang machen, aber die ganze Zeit wurde ich umhergestoßen und mit Schimpfwörtern überhäuft. So und so sei ich... Ich sollte doch bloß... und mir auf keinen Fall einbilden...

Ich hielt das nicht aus. Genau das war der Fall. Ich hielt es nicht mehr aus. Dass sie die ganze Zeit an mir zerrte und mich herumstieß!

Als ich am nächsten Morgen gegen vier nach Hause kam, sah ich in meiner Wohnung Licht brennen. Und auch in der von Kjell Bjarne und Reidun. Auf dem Bürgersteig lag ein abgebranntes Streichholz. Das hob ich natürlich auf. Dort lag auch ein kleiner blauer Ball. In die Mülltonne damit. Und dann stand ich da. Neben der Mülltonne. Wie schon so oft, sollte ich wohl hinzufügen. Und ich dachte, bald kommt bestimmt Vater. Bald stellt er draußen auf der Straße seinen schwarzen Wagen ab und kommt herein und nimmt mich in den Arm. Diesmal wollte ich nicht ohne Vater in den Keller gehen. Nicht nach dem Ausflug nach Grefsen. Ich traute mich ganz einfach nicht. Sollten sie doch glauben, was sie wollten. Außerdem bin ich ein geduldiger Junge. Das Warten habe ich gelernt. Es fing an zu regnen, aber ich achtete nicht darauf. Ich habe einen guten Mantel.

Wir bewegen uns durch die Gedanken der anderen. Genauer gesagt: durch die Früchte dieser Gedanken. Ein Mensch denkt, hier legen wir eine Straße an. Hier bauen wir ein Haus und dann noch eins. Wir füllen die Erde mit Leitungen, mit Wasser- und Abwasserrohren. In der Luft hissen wir Wimpel und Flaggen. Ein anderer Mensch erträumt sich ein Auto und baut es, wenn der Tag gekommen ist. Noch ein anderer kümmert sich um Dusche und Badewanne, während ein dritter sein Leben lang mit Farben und Formen arbeitet. Noch andere laufen einfach umher und nehmen dieses Wunderliche und bisweilen Erschreckende in sich auf.

Und die ganze Zeit sterben wir davon weg. In jeder einzelnen Sekunde unseres Leben sterben wir von dem weg, was andere gedacht und geformt haben. Traurig? Nein, das finde ich nicht.

Das Traurige enthält alles, was zur Vergangenheit gehört. Alles, was nicht ungeschehen gemacht werden kann. Die bösen Gedanken, die die bösen Taten geformt haben. Das dachte ich, als ich in Lones Fotoalbum blätterte. In ihrem Sündenregister gewissermaßen. Es tat so weh zu wissen, dass nichts davon getilgt werden konnte. Es war passiert. Es ließ sich nicht leugnen. Wann immer ich in unserer zukünftigen Beziehung ihren Rücken streichelte, irgendeinen Körperteil von ihr berührte, würde ich es wissen. Dass andere vor mir hier gewesen waren. Ben und Gunnar waren hier gewesen. Petter und Kurt. Sogar *dort* waren sie. Sie waren hier und haben gedacht. Haben sich Bilder gemacht, die dann zu einem Teil der Welt geworden sind. Und dann liegt doch die Frage nah: Was kommt dabei für eine Welt heraus?

Ich glaube, Oliver Grøtte ist ein Ordnungsmann. Einer, der sehr gut warten kann, sagen wir, des Nachts in einem Garten in Grefsen. Um sich eine Antwort auf bestimmte Fragen zu holen. Um die Dinge zurechtzurücken. Um Ordnung in die Sache zu bringen. Denn es gibt überall so viel Unordnung. Unsere Zeit ist geprägt von Übertreibungen und Verlogenheit.